U0501620

乐都文学丛书

散文卷

乐土与古都

LE TU YU GU DU

茹孝宏　主编

青海人民出版社

图书在版编目（CIP）数据

乐土与古都：散文卷 / 茹孝宏主编 . -- 西宁：青海人民出版社，2023.6
（乐都文学丛书）
ISBN 978-7-225-06408-6

Ⅰ．①乐… Ⅱ．①茹… Ⅲ．①散文集 — 中国 — 当代 Ⅳ. ①I267

中国版本图书馆 CIP 数据核字（2022）第205991 号

乐都文学丛书

乐土与古都（散文卷）

茹孝宏　主编

出 版 人　樊原成

出版发行　青海人民出版社有限责任公司

西宁市五四西路71号　邮政编码:810023　电话:（0971）6143426（总编室）

发行热线　（0971）6143516／6137730

网　　址　http://www.qhrmcbs.com

印　　刷　青海德隆文化创意有限责任公司

经　　销　新华书店

开　　本　720mm×1010mm　1/16

印　　张　23.25

字　　数　300 千

版　　次　2023 年 6 月第 1 版　2023 年 6 月第 1 次印刷

书　　号　ISBN 978-7-225-06408-6

定　　价　298.00 元（共五册）

版权所有　侵权必究

《乐都文学丛书》编委会

顾　　问　　梅　卓　王文泸　毛文斌　马　钧　刘晓林　李永新

主　　任　　丁生文　李长龙

副 主 任　　杜存梅　李积霖

委　　员　　丁生文　李长龙　杜存梅　李积霖

　　　　　　李明华　周尚俊　钟有志　朵春英

　　　　　　张永鹤　茹孝宏　郭守先

总　　编　　李积霖

主　　编　　茹孝宏

副 主 编　　郭守先

编　　辑　　茹孝宏（评论卷）

　　　　　　郭守先（小说卷）

　　　　　　张永鹤（纪实卷）

　　　　　　蓟荣孝　李天华（散文卷）

　　　　　　李积祥　郭常礼（诗歌卷）

编　　助　　陈芝振　朱韶虹

序一

梅　卓

南北青山遥携手，滚滚湟流起春潮。

乐都雄踞河湟，扼守甘青要道，是丝绸南路青海道重要地理和文化节点，历史上曾上演过一幕幕风云变幻大剧，文化灿烂辉煌，人文积淀深厚。在一辈辈代表性文化人物的引领与推动下，尊师重教、崇文尚礼逐渐蔚然成风，由此奠定了乐都文化的久远渊源和深厚基础。新中国成立后，历届县委、县政府着力文化建设，"北山赛马、南山射箭"成为极具品牌效应的群众文化现象，文学创作日趋活跃，"青海文化大县"美名广为流传。本世纪初，乐都县成立文联，创办《柳湾》文学季刊，文艺组织和文艺阵地，犹如两团温暖光芒洒向文艺界，暖光所及，广大文学爱好者创作热情被激活、才华得以触发，新人新作渐次涌现。新时代的乐都实现了由县改区的历史性跨越，区委、区政府将文化建设始终置于重要发展地位，给予强力领导和有力扶持。在美好传统孕育的相互砥砺、相互学习、团结和谐、积极向上的创作氛围中，新生创作力量不断加入，全区作家队伍阵容日益壮大，创作中比学赶超之势愈加明显，涓滴泉溪积为静水深流，盛放之花汇成满目春色，文学园地迎来了硕果垂枝、清香漫溢的收获时节。

既是收获，就有必要回顾与总结。回顾是为了展望前路，总结是为了更好发展。

摆在我案头的五卷本"乐都文学丛书"，是一套涵盖小说、散文、诗歌、纪实文学、评论各文学体裁的作品集，作者众多，内容丰富，风格多样，比较全面地呈现了乐都文学的创作队伍结构状况与优秀作品风貌。可以说，这是乐都文学品类齐全、精挑细选、分量重、成色足的收成，是区委宣传部、区文联、区作协献给新时代新征程的深情颂歌，对回顾全区文学发展脉络、激励广大作家投入新时代文学创作，引领意义和传播价值自不必细说。

每一次收获都是一个新的起点。

习近平总书记在文艺工作座谈会讲话中强调指出："文艺工作者应该牢记，创作是自己的中心任务，作品是自己的立身之本，要静下心来、精益求精搞创作，把最好的精神食粮奉献给人民。"衡量一个时代的文艺成就最终要看作品，衡量一个地区的文艺成绩最终也要看作品。乐都区曾是脱贫攻坚主战场，当前正全力推进经济繁荣、创新兴业、品质宜居、绿色秀美、和谐善治、勤政务实"六区"建设，全区上下踔厉奋发、笃行不怠，共同书写了乐都波澜壮阔的时代画卷，新时代的历史大剧正在这片背负荣光、承载梦想的土地澎湃上演。时代召唤文艺工作者从新时代的重大成就和伟大变革中萃取题材、提炼主题，为人民抒写，为人民抒怀，为人民抒情。

这是我们共同的责任。愿我们载梦前行，永不停步，坚信下一个收获就在不远的前方！

是为序。

序二

丁生文

　　湟水河流经西宁，滔滔不绝地向东奔流，在进入大峡至老鸦峡的一片狭长开阔地带，孕育出了一块丰腴之地，这里历史悠久，人文葳蕤，这就是河湟文化古都，被誉为"文化大县"的滨水生态新城——乐都区。

　　如果海东是河湟文明的发祥地、核心区，那么乐都则是其核心中的核心。青海著名作家王文泸在《文明边缘地带》谈到乐都人时说："他们有礼貌地待人接物，用干净的语言和人交谈，自觉维护着一些约定俗成的文明规则，从而使得看起来稀松平常的乡村生活因为有了文明的骨架而变得法度井然。"2021年元月，中新网以"耕读传家久，诗书继世长"为题报道了青藏高原"博士村"乐都区瞿昙镇徐家台村。综上所述，"魅力海东，人文乐都"的概括无疑是精准的。

　　尤其值得一提的是，从吴栻、赵廷选、谢善述、萌竹等硕儒名士留存于世的作品来看，他们的创作也代表了历代青海文坛的较高水平。近年来，在区委宣传部主导的《柳湾文艺》期刊的引领下，在乐都文化人的努力下，在乐都崇文传统的激励下，多方筹措资金，出版了《河湟民族文化丛书》《乐都历史文化丛书》《河湟历史文化通览》《河湟花儿大全》《柳湾文丛》《瞿昙文化纵览》《凤山书院》等各类文化图书百余部，破羌轶事、南凉史话、鄯州故事、瞿昙传说等也被乐都作家写成地方史志类小说，创造了高原图书出版之最的记录，形成了被业内人士称为最具发展潜力的"柳湾文学方阵"，其作者的作品先后在《读者》《青年文摘》《大公报》《文艺报》《光明日报》《中国教育报》《上海文学》《北京文学》《星星诗刊》《绿风》《诗选刊》《诗江南》《诗歌月刊》《四川文学》《黄河文学》《文学港》《散文百家》《飞天》《黄河》《散文选刊》《文学自由谈》《时代文学》《青年作家》等大报名刊刊发，其中一些文艺家还先后获得"《飞天》大学生诗苑奖"、青海青年文学奖、青海文艺评论奖、青海省政府文学艺术奖、孙犁散文奖、青海省委宣传部"四个一批"人才及青海省"德艺双馨"文艺工作者称号，作品入选省内外多种重要选本。

　　为了进一步落实习近平总书记在中国文联十一大、中国作协十大开幕式上的讲话精神，培养"胸中有大义，心里有人民，肩头有责任，笔下有乾坤"的文学队伍，献礼中国共产党第二十次全国代表大会的胜利召开，在区委宣传部、区文联、区作协的努力下，编选出版了这套《乐都文学丛书》。该丛书对改革开放以来乐都文学作品进行了巡览式的选编，以点带面全景式展示了新时期以来乐都作者在诗歌、散文、小说、纪实、评论等方面的创作，并辑纳了外籍作家抒写乐都风物、评论乐都作家作品的诗文；丛书不薄新人爱前贤，征集入选了100多名作家和文学爱好者的500多篇（首）作品，既有耄耋作家的作品，也有后起的90后年轻作家的作品；这些作品雅俗共赏、不拘一格，既有黄钟大吕，也有阳春白雪，既收录了精英知识分子写作，也编辑了业余爱好者的作品。该丛书为总结跨世纪40多年来的乐都文学创作积累了宝贵的文学资源，我们相信它将激励文学才俊竭尽全力投身文学创作，为新时代创作更多更好的文学作品。

　　文化是一个国家、一个民族的灵魂，文化兴则国运兴，文化强则民族强。故《习近平新时代中国特色社会主义思想学习纲要》鲜明提出"建设具有强大感召力和影响力的中华文化软实力"的重大论断。海东早在2013年就绘就了"全面建设河湟文化走廊，着力打造海东文化名区"的文化发展蓝图，号召各级领导"要真正增强发展文化、壮大文化、繁荣文化的紧迫感和责任感，将文化建设融入经济建设的方方面面，把文化'软肋'变为文化'软实力'，把文化资源的潜在优势转化为文化发展的现实优势，力争在文化建设领域异军突起，实现海东文化大发展大繁荣"。

　　海东撤地设市之后，市委领导也一再要求：要厚植河湟文化，建设文化名市，打造精神高地，为繁荣我市文化事业提供可靠的组织保证，奋力谱写我市文化事业繁荣发展的新篇章。近年来海东市以习近平新时代中国特色社会主义思想为指导，在市委的坚强领导下，提高站位、乘势而上、担当作为，携手谱写美好生活的时代赞歌，不断开创全市各项事业发展新局面，努力把"五个新海东"美好蓝图早日变为现实。乐都区也紧紧围绕推进"四地""五个新海东"建设目标，以经济领域改革为重点，增强高效能服务，全方位扩大改革开放，推动中央和省委、市委各项改革（试点）任务在乐都区落地生根、开花结果，为经济繁荣、创新兴业、品质宜居、绿色秀美、和谐善治、勤政务实"六区"建设注入强劲动力。尤其是在"人文乐都"的抟塑方面，在精神文化的创作方面我们更要凝心聚力、继往开来，我们相信在乐都区广大文艺工作者的共同努力下，"人文乐都"必定会在新的时代再放异彩，乐都文学创作也一定会在千帆竞发的河湟文化重建大潮中更加繁荣昌盛。

　　是为序。

目 录

人文乐都

文明边缘地带

王文泸

　　瞿昙乡因为名闻遐迩的瞿昙寺而得名。这是一个沟壑纵横的山乡，老百姓多数很贫困。幸运的是瞿昙河水质好（可能含有微量元素之类），所以吃这条河水长大的男男女女，多属聪明伶俐之人，并且形貌也很端正。

　　1991 年秋季，我带着由报社的一些编辑记者和县上的几名干部组成的工作队在瞿昙下乡，我担任工作队队长。我们的主要任务是向农民灌输一些思想，帮助完善联产承包制，整顿村级组织，落实计划生育政策等，事情还很繁杂。

　　对山外来客永远有着好奇心的乡民们很快知道了这支工作队成员的来源，"噢，报社的，都是文化人！"语气里透露出某种信息。

　　相处的日子稍久，我从这些衣着敝旧、生活拮据的人身上感觉到这块贫困地区与其他贫困地区的精神差异。那就是：在同样纯朴的乡风民俗中氤氲着一层文化气质。那些胡子拉碴的嘴巴和少油寡肉的生活丝毫也不影响他们对文化的亲近。这里的人好谈历史，热爱书法，崇仰文化名人，并且以对这方面的知识的十分有限的占有为自豪。即使是没文化的人，也不缺乏对文化的敏感，不缺乏对那些远远高出于他们的水准的传统文化的欣赏态度。也许正是这一切，才在一定程度上弱化了他们作为农民阶层固有的自卑，强化了他们精神上的归属感。他们有礼貌地待人接物，用干净的语言和人交谈，自觉维护着一些约定俗成的文明规则，从而使得看起来稀松平常的乡村生活因为有了文明的骨架而变得法度井然。

比如，到农民家去访问，进门必是三杯酒"打个冷"（我们去时时值冬令，不知夏季有无此俗）。如果家中无酒，必去邻家借来，履行完此项手续，再谈正题。

他们的语言干净，说话从来不带"把子"（脏字），更没有城市语言中常见的痞子话。这跟有着城市人优越感的西宁人形成鲜明对比。西宁人说带"把子"的话很随便，而且往往不分场合。有一次，我们的一位工作队员对正在用铁锨往房顶上撂土的房东老汉说："你歇一会儿，我来撂球两锨。"这一家老少立刻大窘。羞赧之状，不啻乍闻秽语，弄得这位队员好不尴尬。

山路难行，乡民们多有养骡子代步者。骑骡子的人，路逢应该招呼的人，必定先行离鞍，再致问候，以示谦恭。我在乡间小道上，每每遇见年老的骑者，在看清他们的下马意图之后，总是连声劝阻，但都无用。至于一些年轻人，见到我之后，老远地就"滚鞍下马"，动作颇有些夸张，不禁令人莞尔。

我与乡民们交谈，注意着尽量使用生活化的词语，比如把生活叫"光阴"，产量叫"收成"，土块叫"干胡"，等等，以表现我们贴近群众的态度；而乡民们正好相反。他们尽量挑拣文雅的词语，以表现他们贫而不俗。有一回，我和两位记者去徐家台村了解一件事情，途经一溜短墙，见两位须发皤白的老人正坐在墙根曝阳闲话，便过去和他们打招呼，随后蹲下来，向他们询问生产生活方面的情况，他们都有礼貌地作了回答。有顷，其中的一位忽然问道："不敢动问王队长贵庚多少？"

我们一怔，又都笑了。我说："虚度四十有六。"

"噢，年富力强，年富力强！"这位老者频频颔首。另外的一位接着又问：

"王队长仙乡何处？"

"敝乡贵德河阴。"

"噢，好乡土，好乡土！"两张皱纹密布的脸上，再次绽开温文尔雅的微笑。

事后我想，这种舞台化的发问方式出自灰头土脸的庄稼人之口，固觉可笑，但当今一些风度翩翩的节目主持人只会直白无文地问："老大爷，您今年几岁啦？"似乎也不高雅。

这地方的农民尊崇书法和书法家，能写几笔字的也不乏其人。到村民家去串门，如果家里挂着一幅字，他必定请你评判一下这字的好坏。如果这幅字多少有点来头，主人说起来更是神采飞扬。尽管他们自己很可能认不全那一幅字。乡政府的炊事员郑师傅也是一位书法发烧友。每每，我们蹲在食堂的木头疙瘩上喝他做的油茶时，他便要借机介绍一番当地的书法家。有早已作古的，亦有正在土坷垃里刨食吃的。介绍过程中又要大加评论。起初我以为这位郑师傅亦是布衣而擅翰墨者，及至有一次乡政府发工资，看见郑师傅在花名册上签写名字的艰难情状，才知大谬不然。他其实与其他农民一样，只不过以对艺术的喜爱和尊崇来维系着自己在精神上的归属感和依托感。

有天早上，我们照例在食堂喝郑师傅烧好的油茶（真想念他做的油茶），郑师傅忽然想起一件事："噢，对了！磨台村的老鲁手里有一幅字儿哩，是他爷爷写的。他爷爷是晚清进士。嗨，人家那个书法！不比不知道，一比吓一跳。"

我问他，他见过的当代人的书法，比起鲁进士差距若何？郑师傅不屑地用大马勺叩着锅沿说："哼，脚后跟上的垢痂都不如！王队长，耳听为虚，眼见为实，有工夫了你去磨台看看，就知道我是不是吹牛！"

此后他又多次问我去磨台村看过没有。我因为一则对郑师傅这位评家的权威性早已怀疑，二则我自己并不懂书法，三则——这是最主要的——我们的工作已转入落实计划生育政策的阶段，我每天带人早出晚归，所以始终没有去瞻仰那幅"一看吓一跳"的字。

冬至过后，天气一天冷似一天。还有一个月就要撤队了，工作日益忙迫。有天下午，我在乡政府的宿舍里铺开稿纸，准备早早起草工作总结，这时记者小张来了，他从十几里外的古龙湾村赶来，冻得唏唏哈哈的，我赶紧把炉子捅旺，让他烤烤手。

小张告诉我，他的房东老薛恳请我去一趟，有要事央求。我问啥事情，小张说，老薛死活不肯说，必得"等王队长来了当面说"。于是我和小张在乡政府门口的小饭馆吃了点饭就匆匆上路了。

擦黑时分来到古龙湾。暝色昏蒙中感觉到老薛家院落狭小，房舍破旧，人口众多。

主人差不多是倒屣而出，把我们请进堂屋。灯光下看清这是一位年近六旬的人，铁塔也似的壮实。广额、隆准、阔颔，相貌大方。小张介绍说，老薛是乡间兽医，家有九口人，但不是超生游击队。除了他和老伴、儿子儿媳、孙子孙女，他还拉扯着从小失去父母的侄子侄女。于是我对这位肯于拉扯这么一大家子人而并无愁苦之态的主人生了几分敬意。

一面满间大炕上早已放好炕桌和茶具。老薛让我坐上首位置，并且再三敦请我："升端，升端。"直至屁股完全居于中轴线才罢。他和小张相向而坐。

一切礼节如仪。先是"进门三杯酒打个冷"，继而大呼"上茶"，继而敬烟，继而又隔着窗户喊："快点炒！"

我们告诉他已吃过晚饭，不必再费事，但他不听。

儿媳妇把菜端上来：大头菜炒肉丝和洋芋炒肉丝各两盘。盘子很大，油放得很汪。看得出来，这是这个九口之家所能待客的最好菜肴了。

随后他把全家人都喊来，炕沿上板凳上都坐满了人。

老薛拿过酒碟，满斟了六杯，在炕上单腿跪起，开始正式敬酒。我看气氛如此庄重，料定他家必有难言事，就把酒碟接过来放到炕桌上说："酒先不喝，老薛你有啥事只管说，行这么大的规程做啥哩？"老薛不听，"王队长你先饮了我再说。"

"说了再饮！"

"饮了再说。"

拉扯之间，感到他那双经常给牲口接骨正位的手力逾千钧，就要把人的骨头捏碎了，只好妥协。

三巡过后，他清了清嗓子，就要开言了，忽发现我的屁股已挪了位置，"噢哟，炕太烫了！不过王队长你还得升端！"说着顺手取过摆在被子上的毛毯，叠成正方形，要给我垫上。我正色道："老薛你不要胡来！都是青海人，哪有把被子上的东西拿来垫屁股的道理？"

老薛哪里肯听？到底还是让我坐了。

这才言归正传，却原来是一桩与书法有关的恩怨。

老薛不识字。家中但有红白事，或是逢年过节，书写之事照例都是请他的堂叔提笔。他堂叔只比他大十来岁，虽也是农民，但读过私塾，毛笔字写得见功见力，是这个村庄里首屈一指的书法家。无论远亲近邻，有求必应。

尊崇与被尊崇，形成自然的默契，稳稳地平衡着乡村人感情上的某种供求关系。

一年又一年，日子就这么水波不兴地过来了。事情坏就坏在有一回老薛进城办事时喝了点酒。他喝得并不醉，但酒的质量太糟，属于"挖心大曲"那一类。所以，他骑着他的总是打扮得威风凛凛的大青骡子回家的路上被冷风一吹，酒涌上来，头就大了。进村后看见了堂叔，堂叔正在自家的门口用榔头砸粪土。老薛本该"滚鞍下马"的，但此时身子发软，力不从心，于是便省去了这道礼节，双手扳定鞍桥，高声向堂叔问候。记得堂叔当时淡淡应了一句，也没说什么。但从此以后再也不给他写春联了。

老薛隐忍着。春联虽属细事，但当他一次次挟着一卷红纸去求本村二流三流的书法家时，却越来越深刻地体会到他在精神上已被堂叔打入了另册。

过了几年，老薛的大儿子结婚，多年不登门的堂叔忽然拿着一幅写好的中堂前来祝贺。老薛大喜过望，以为堂叔捐弃前嫌，要重修叔侄之谊了。孰料喜事过后，一位有文化的亲戚来家中闲坐，看了壁上新挂的中堂后，掩口胡卢而笑。老薛大疑，追问之下，才知这幅中堂的内容全是嘲笑老薛和他的家人的。老薛当时就把中堂扯下来撕了。从此两家又进入冷战状态。

……"因此上，这么多年，我一直思谋着，得寻一个有名望的文化人，给我好好写一幅中堂，配一副对联，我拿到县城花点钱装裱上，挂在家里争一口气！"老薛结束了他的诉说。那双骨节突出的大手在诉说过程中一直下意识地紧攥着，现在松开了。

原来如此。事属可笑而情实可悯。我赶忙推辞说，一不会书法，二不是什么"有名望"的人，这个忙帮不上。

"不信！"老薛牢牢盯住我，老谋深算地摇头微笑，"不信！报社的同志不会写，谁信哩？"

小张在一旁证实说，跟王老师共事多年，确实没见过他濡墨弄毫。

老薛略有些失望地叹了口气，又恳求道："关键是词儿。你把词儿好好作上就成哩——就写我这个家庭——字儿到时候再托人。还有一件，你千万甭写成白话文，白话文挂到墙上味道寡淡。你费点心了拿文言写，我给你作揖了！"

这事对我来说颇有些难度。于是就说："你听我说，老薛，甭赌那个气。好好买几张画儿贴上就成哩，现在装裱费那么贵，你家里又不宽裕，花那个钱做啥哩？"

"好我的王队长，这个你甭管。"老薛斩钉截铁地说，"这个钱我情愿花，砸锅卖铁也情愿！就看你肯不肯帮忙哩。"

我还在踟蹰，却发现满屋子鸦雀无声，那一双双眼睛里都盛满了期待，于是只好答应了。

"这就对了！快，敬酒！"老薛立刻精神大振，"我的天，一件心愿总算了了。"

回到乡政府后，冗务缠身，这件事一直拖延着。撤队的日子渐渐迫近，我知道这件事再拖不得了。好不容易等到工作队放了一天假，又赶上微雪天气，乡政府院子里很安静。我把自己关到宿舍里，生好火炉，开始抓耳挠腮，搜索枯肠。废弃的稿纸扔了一团又一团，临近中午，总算有了一联一赋。辞曰：

青山列屏，门映瞿昙紫气；绿水环乡，户临一川流韵。载苦载甘，攻桑麻如攻经典；亦悟亦迷，参人生如参大道。长者仁厚，同堂有三代之乐；幼者慧秀，一门有九丁之盛。身非圣贤而气自坦荡，居非洞天而人自逍遥者，何也？盖境由心造，情随缘生。福田一说，原无绳墨，行不负于人，心无愧于己，已矣。

对联是：

崖畔黄花带露采，畦头新韭趁雨锄

重新抄清了，读一遍，自感中堂平平，对联尚可。再读一遍，忽发现"趁雨锄"的"雨"字却是仄声，于整体的音韵上略有挂碍。如挂在墙上，日后遇到行家，必会看出毛病，须得换一字才好。然面壁移时，颠倒苦思，更无一字可以代替"雨"字，乃罢。

午饭后，带上手稿，踩着一层薄雪，去乡政府附近的瞿昙古刹，敲开寺管所的大门，向所长讨要了几张宣纸，又去本乡一位擅长书法的老者家中，求他用心写了。晚饭后，约上小张，带上手电筒，直奔古龙湾。

老薛全家好一阵忙乱。一切礼仪如前番。还是三杯酒打冷，还是滚烫的石板炕，还是叠成正方形的毛毯，还是大头菜、洋芋丝各两盘。但老薛显得比上一次高兴多了。他用洪亮的权威的声音把全家人召集起来，让我把中堂和对联的大意给他们讲了，老薛大喜："我虽然没文化，意思我全懂着哩。从今往后，家里来客，他有看头我有说头！"说着，腾地跳下炕来——他要立在地上给我敬酒。

我忽然意识到，我于不经意间介入了另一个人郑重的生活。而今天这个日子，对老薛一家来说是一个严肃的历史性日子，是被侮辱与被损害的人格扬眉吐气的日子。我责怪自己处事不周，没带上一条"红"给他庆贺庆贺。

于是传杯换盏，海阔天空。北斗西斜时我们告辞。老薛再三问我工作队啥时候撤，我知道他的用意，就说还没定，等候上级通知哩。老薛打着手电筒，一直把我送到大路边，握着我的手，极为恳切地说："我这里离乡政府远，消息不灵，走的时候你一定言传我一声，千万甭悄悄走掉！"我答应了。

残腊将尽，我们结束了下乡任务，开始打点行装，跟乡上的干部话别。报社接我们的车辆也到了。小张提醒我："要不要去古龙湾跟老薛告别一声？"我想了想，决定不去了。我知道老薛的心意，可他家太困难了。于是便悄悄离开了这片山乡。

去年，忽有一位在省上工作的朋友来我家做客，说他为完成与地方史有关的一个课题，去了一趟瞿昙乡，在一户薛姓农民家里见到了我的"大作"。老薛十分自豪地给他介绍了这幅中堂和对联的来历，非常遗憾地说，他当时拿不出啥好的，给王队长准备了一点新磨的豌豆面和胡麻油，指望他走时带上，答应得好好的，结果竟悄悄地走了。

朋友还转述了老薛的另一句话："城里人再啥都好，就是太假！"

风雪瞿昙夜

葛建中

　　很早以前就有这样一个想法，到寺院的僧舍或旁边的什么地方住上几夜。看看平日见不到的冷清，听听很早和很晚时才会响起的晨钟暮鼓。尤其希望是在一个落雪的冬日里，这样的探访才会寻找到不同凡响的意境。在冬天飘扬雪花的夜晚，住在某个寺院的旁边，这落雪也会让梦做得干净。

　　对每个有这种想法的人，这想法本身就是一个奇妙的梦境。

　　高原的夏日，还有半个月就要步入初秋了，在这个季节的过渡阶段，精彩的风景总在不断涌现：河水边已经结了薄冰、树叶涂上半绿半黄的颜色、从天而降的总是雨夹雪。这是个晦明相交、混沌而透明的季节。

　　我就是在这样一个季节，来到了这个尘佛共在的地方。周围起伏的大山里，居住着长年在土地上劳作的农民，寺院里的僧人在日日修行祷祝。

　　远方的城市里，树叶还没有像这里已经开始泛黄，就像天上的飞鸟没有这里的多一样。麦子刚刚收割，立在光秃了的地里。风也大一些，似秋未冬季的那种。

这里就是瞿昙寺。是我所到达的夏秋相交中的一座寺院。

夜晚果真住在了寺院旁边，也果真下起了雪。这是我多年的愿望，竟在无意中实现了，为此我激动不已。虽然外表平静。

我住在了离瞿昙寺近在咫尺的地方，而且这个夜晚飘落着雪花。而且，瞿昙就是释迦牟尼的尊称。我可能只能以这样的方式与神圣接近了。

怎样的接近才会是更好的？或更如愿？

晚上的炉火很旺，似乎在跟外面的雪色世界做抗争。

邻近的风铃在"叮当……叮当……"地响着，孤寂但又耐心，安详却很悠远。似那飘扬的雪，静静地飘落大地，又如永远的祷祝声。

外面苍茫的世界都是宁静的白色。我奇怪这落雪中的月夜竟会让我在透明中感受晦暗风雪中的寺院风铃。

圆月虽圆，但十分朦胧。周围似被风雪包裹着，显得遥远、空阔，孤寂、冷清，如同我远处异乡时的心情。但山色却惊人地明朗，以至我能清楚地看到远处天空下雪山的顶端。

通往瞿昙寺不长的路上，雪花飘满了我的衣领、帽檐。泥泞的路上，雪已化成了水。从小街两边不多的人家里，传来电视机里的声音。迎面刚建的戏台更显冷清。

瞿昙寺背靠雪雾中的罗汉山，月光下长杆上的经幡历历可见。此时，风铃声已经消隐，只有远处淙淙的河水声，这让我有点遗憾。因为，我毕竟很难在风雪的夜中听到悠然的风铃声的，也很难在接近寺院的地方，感受别一种心情。

雪夜下，周围的大山在沉睡，白天里喧闹的山路也都消隐在白雪的苍茫之中。但走在这渺无人烟的小街上，却能感到众多勤劳的人类生命发自内心的祝福，在苍莽世界间回响，在人心所在的地方传播。

当初，释迦牟尼在旃檀树下的内心祝祷，不也是对人类恒久长远的祝福吗？

　　雪色夜光下的瞿昙寺，使人觉得了修行中的境界，感到了超越尘世但又为普度众生而苦行的善心。这如同我相信大树绿荫中的鸟儿，在透过树叶的阳光照临时，会向着纯净而光明的地方飞去；相信在任何贫瘠的地方，都会有为劳动着的人们祈祷、祝福的声音。

　　在远离城市的那个风雪之夜，我的梦粲然而干净。当阳光从每个树叶的空隙洒落下来时，驮粮的驴队从山路上走了下来。从四周鸟儿的合唱中，从黎明时为众生祷祝的风铃声与钟声里，我真实地听到了这个世界上和谐而永恒的声响。

彩陶：江河的灵魂

唐　涓

　　江河奔流，伟大的江河在孕育一个民族文明的同时，也不断创造着人类史上的奇迹。黄河重要的支脉湟水河，流经青海省的大片土地。在湟水河的两岸，是芬芳的草原、如歌的田野，还有热情的村庄。1974 年一个阳光明亮的春日，地处湟水河中游的柳湾村，农民们在平整土地时，无意间用铁锨叩开了一个令整个考古界为之震惊的神秘世界。一批涂有各种纹饰的陶器浮出大地，在陪伴了墓地主人近 5000 年的漫长岁月后，重新见到了明灿灿的太阳。

　　经过专家考证，柳湾墓群是迄今我国发现和发掘规模最大的一处氏族公共墓地。在此后的岁月里，考古人员对其中 1700 余座墓葬进行了发掘，出土了各类生产工具、生活用具、装饰品等 3 万余件，仅彩陶就达到了 1500 余件。依偎着奔流不息的湟水河，5000 多年前，河湟谷地的先祖在此春种秋收，安居乐业。湟水岸边纯净的细泥为制作陶器提供了优质的材料。一个个凝聚了丰富生活经验的器皿在他们灵巧的手指间渐渐成型，然后，再把氏族共同崇尚的图案纹样描画和烧制在器皿上，就变成了千姿百态的彩陶。彩陶出世的时代被称为新石器时代，而新石器时代文化最精彩的一笔当属马家窑文化。

马家窑类型彩陶底色多为橙黄，陶体在彩绘前经过精心打磨，喜用浓亮如漆的黑彩。纹饰或繁缛细腻、富丽堂皇，或柔美流畅、单纯明快。结构严谨均衡，动感强烈。在中国传统艺术中，彩陶是最早将图案与器物造型完美结合的原始艺术品。

由马家窑类型衍生出的半山类型拥有独立风格。彩陶造型饱满凝重，壶、瓮腹部近似球形，无论俯视或平视彩陶，完整和美丽的花纹都能尽收眼中。彩绘大多将红色线纹与黑色锯齿纹间隔并用，呈现出绚烂华丽的色调。

马厂类型也以更多的变化和创新自成一体。尽管留有半山彩陶花纹精致、色彩富丽的余韵，却逐渐摆脱繁缛柔和，走向疏朗简约的方向，用笔开始刚健洒脱，表现方法更加多样，充满想象力。

青海彩陶将彩陶艺术推向了巅峰，不但显示了远古的陶工们在长期的艺术实践中久经锤炼的高超技艺和卓越的才能，几件稀世珍宝的相继面世，更使青海彩陶名扬天下。1973年大通县上孙家寨出土的舞蹈纹彩陶盆，让我们第一次欣赏到了五千年前远古先民踏歌而舞的欢快场景。

这件收藏在国家博物馆的泥质红陶，做工精美。内壁绘有三组集体舞蹈图，每组有舞蹈者五人，手拉着手，踏歌而舞，面向一致。他们头上发辫状的饰物与身下飘动的饰物，分别向左右两边飘起，给舞蹈增添了强烈的动感。舞蹈者的形象以单色平涂的手法绘成，造型简练明快，三组舞者绕盆沿形成圆圈，下有四道平行带纹，代表地面。盆中盛水时，舞者身姿映于水上，恍若在湖边牵手舞蹈，气韵飘逸，令人心旷神怡。

无独有偶，1995年青海同德县黄河北岸的宗日遗址，也出土了一件类似的舞蹈人物纹彩陶盆，盆内壁上部绘有两组手拉手的舞蹈人物纹，每组13人，舞蹈阵容更加庞大。宗日遗址出土的劳动纹彩陶盘，绘有 4 组双人抬物场面，人物弯腰弓背，将抬重物的情景表现得淋漓尽致。宗日遗址的发掘，丰富了青海史前文化的内容。此外，青海彩陶中的裸体人像壶、人头像彩陶壶、"万"字纹长颈壶等，也都是彩陶艺术中的珍品。

不计其数的彩陶像河流一样汇集在了湟水两岸，带着远古阳光的味道和泥土的芳香，带着远古先民的智慧和神秘的符号，在穿越了 5000 年的时空之后，向我们逶迤走来。在柳湾彩陶博物馆，近 2 万件彩陶倍受呵护，它们以其多样的造型、精美的工艺、众多的数量而使这个我国最大的专题性彩陶博物馆成为了"彩陶的王国"。青海彩陶以其健康纯朴的风格、浓郁深厚的生活气息、精湛洗练的手法，真实地反映了新石器时代和青铜时代彩陶艺术的鼎盛辉煌，折射出了河湟谷地的先祖生活的愿望和审美情趣。正像一位热爱中国彩陶的诗人所讴歌的：“五千年后、有舞者端坐于你身边、静默而无声。”

乐土与古都

刘大伟

一

青海的很多县城都有一个寓意美好的名字，如乐都、民和、平安、互助、贵德……这样的地名称谓内涵古朴，富有诗意。行走在这些吉祥温暖的词语里，一种厚重的历史感和浓郁的人文性时时涤荡着人们的心灵，并沉淀为稳定的集体无意识。

在这些区县中，乐都保留了相对独立的"古风"遗韵。无论是"沙果味儿"十足的方言土语，抑或"彩陶王国"的考古美誉，还是良好的文化教育传统，它总是以独有的气质走在青海"文化之县"前列。

毫无疑问，乐都——这块富庶的"安乐之土"，有着久远而深厚的历史文化底蕴。大量考古文化遗存证明，早在4000多年前，古代先民们就繁衍生息在这里，特别是发现于20世纪70年代的柳湾墓地，让人们看到了黄河流域规模最大且保存完好的原始墓葬群落，有37900多件不同类型的文物埋藏其间，仅彩陶就有17000余件。

翻阅《通典》，我们看到乐都地区最早为"古西羌所居，谓之湟中地"。由此可知，古羌人是这里最早的主人。从汉武帝元鼎六年（公元前111年）开始，汉军进驻湟水流域，乐都被正式纳入汉朝版图。汉宣帝神爵元年（公元前61年），后将军赵充国在湟水流域驻兵屯田，大兴水利，修筑道路，促进了乐都地区的经济开发。东汉末年，在今西宁地设西平郡，乐都属西平。

东晋隆安二年（398年），鲜卑族建立南凉国，定都乐都；北魏时期，西平郡为鄯善镇，孝明帝孝昌二年（526年），鄯善镇改立为鄯州；隋大业三年（607年），又把鄯州恢复为西平郡。两年后，隋炀帝帅军征伐吐谷浑，在乐都南部的巴燕山阅兵围猎。唐武德二年（619年），再次改置鄯州。

在整个隋唐时期，乐都地区就是中央王朝在西部地区的政治和经济中心之一。特别在唐王朝空前统一和强盛的历史时期，"鄯州作为唐朝的西北边防重地，起到了抵御高原游牧民族军事进攻、保障内地安定生产和生活的重要作用"；同时，历任鄯州军政长官皆以此为中心进行的大规模军事屯田，不仅解决了当地驻军的物资需求，省却了内地长途运输之劳顿，而且在客观上促进了该地区经济的繁荣发展，沟通了青藏高原与中原内地的文化交流。

宋代时，乐都地区为吐蕃唃厮啰地方政权的活动中心，北宋占领湟水流域后，在乐都地区设置湟州，后改为乐州。元时，乐都属西宁州。明代先后在乐都设碾伯卫、西宁卫碾伯右千户所。清雍正三年（1725年），改右千户所为代碾伯县。民国十八年（1929年）青海建省，改碾伯县为乐都县。

1979年海东行署成立，乐都为海东地区下辖的县镇。2013年国务院批准青海省撤地建市，乐都成为隶属于海东市的一个区，海东的行政中心就设在这里，乐都依然是青海东部农业区连通周边牧区和内地的重要交通枢纽。

二

"祸衅萌宫掖，胡马动北垌。三方风尘起，獯犹窃上京。义士扼素腕，感慨怀愤盈。"这是前凉文王张骏《薤露行》中的乐府诗句，描述了魏晋以来，特别是东晋十六国时期，中国北方日渐陷入割据混战，黄河流域沦为匈奴、羯、鲜卑、氐、羌等争杀的战场，各族首领纷纷建立政权，和东晋汉族政权形成长期对峙的局面。

乐都作为一座军事重镇，很快成为南凉国的都城。作为扼守西北交通要道的南凉国究竟是怎么兴起的呢——这还得从河西鲜卑的发展壮大说起。

历史上，自从北魏先祖拓跋诘汾确定小儿子拓跋力微为继承人后，其长子拓跋匹孤率领自己的部落从塞北迁至河西一带，他们被称为河西鲜卑，其地界跨越今宁夏、甘肃、青海三地，其最南端为浇河（今青海贵德）。

拓跋匹孤死后，其子秃发寿阗继位。"秃发"与"拓跋"本是同姓，但从秃发寿阗开始，他们的姓氏发生了微妙的变化。《晋书》记载："寿阗之在孕，母胡掖氏因寝而产于被中，鲜卑谓被为'秃发'，因而氏焉。"意思是说，寿阗的母亲胡掖氏怀孕在身，某天睡觉时在被子里生下了寿阗，鲜卑称被子为"秃发"，因此便开始以"秃发"为姓。

后来几经兴衰，秃发乌孤于东晋太元十九年（394年）嗣位，勃兴于广武（今甘肃永登）一带。三年后，即隆安元年（397年），秃发乌孤正式反叛后凉，自称大都督、大将军、大单于、西平王……几乎所有能叫的高级称谓都被他使用了一遍，并在所辖境内赦免罪犯，改年号为太初，以廉川堡（今青海民和）为都城，建立南凉。又三年，迁都至乐都。

秃发乌孤是一位胸怀大志且能征善战的头领，他在建立政权后一举攻下了后凉的金城和乐都、湟河、浇河三郡，甚至引来岭南羌胡数万部落前来归附，最后连南凉的大将杨轨、王乞基都率领数千人马前来投奔。公元 398 年，后凉建武将军李鸾献出兴城，向秃发乌孤投降，秃发乌孤遂改称武威王，国力达到鼎盛。《晋书》中记载，秃发乌孤的这个武威王还没当满一年，却因"醉驾"——酒后骑马驰骋，不小心摔落马下伤了肋骨。受伤严重的他顾不上疼痛，急忙从地上爬起来说"几使吕光父子大喜"，担心的是差点让北凉王吕光爷俩看了笑话。尽管秃发乌孤性格倔强，然而这次摔得不轻，一段时候后不治而亡，谥号武王。之后，其弟秃发利鹿孤继位。

继位不久的秃发利鹿孤于隆安五年(401 年)迁都西平(今西宁市)，称河西王。期间，他兴教惜才，发展生产，国事平稳发展，翌年寝疾而卒，谥号康王。

康王之后，其弟秃发傉檀承袭王位，称凉王，再次迁都到乐都。秃发傉檀年轻之时就表现出了过人的机敏与胆略，早在秃发乌孤在位时，他就是车骑大将军、广武公，镇守西平；秃发利鹿孤继位后，更是将军国大事委任于这位了不起的弟弟。等到自己成为南凉王后，秃发傉檀很快表现出了杰出的军事才能，不久便据有凉州之地，一度迁都姑臧(今甘肃武威)，国势臻于极盛，但最终却因穷兵黩武而渐趋衰落。

长年的征战，致使南凉国逐渐荒废了农业生产。义熙十年(414 年)，南凉遭遇饥荒，秃发傉檀领轻骑七千，西征乙弗欲夺取钱粮以应对当时的困境，征战后虽然获取马、牛羊四十余万，然而其都城乐都却为西秦乘虚攻破。太子虎台及留守百官皆尽被俘，几经挣扎的秃发傉檀最终投降西秦乞伏炽磐，南凉遂亡。

亡国后的秃发傉檀做了乞伏炽磐的骠骑大将军，并被封为左南公。一年以后，秃发傉檀被乞伏炽磐赐予毒酒，门人劝他吃药解毒，然而绝望至极的秃发傉檀说："我的病难道还应该医治吗？"于是他很快死去，时年五十一岁，谥号景王。太子秃发虎台后来也被乞伏炽磐所杀。

相传，今西宁南凉遗址公园内所见高大的夯土建筑就是秃发傉檀在位时取太子之名"虎台"修造的，当时用以阅兵演武。建筑呈正方体覆斗状，上窄底宽，底边各长 138 米，顶部边长 40 米，台高 32 米。《西宁府新志》亦有记载："虎台西去县五里，台有九层，高九丈八尺。相传南凉王秃发偄檀子名虎台，或是其所筑也。"虎台遗址自修建以来，迄今已有 1600 多年的历史了，虽历经风雨沧桑却也是一些历史片段的忠实记录，正如清代诗人张思宪诗作《虎台雄踞》所云：

南凉乱晋立虎台，昆仲割据青海疆。
都城碾伯今已朽？唯有河湟流水长。

诚然，南凉从立国到亡国只有十八个年头，中间经历了三代国君，时间非常短促。然而，在这短短的时间内，游牧与稼穑并重，庠序与教化共举，客观上促进了民族融合与文化交流，因而为后世所称颂。

乐都作为南凉古都，见证了历史风云变幻，也记录了河西鲜卑发展历程的起起伏伏。它是一座不大的城市，却是一座重要的古都。

三

乐都这座古老的小镇，其独特魅力除了体现在历史传统的纵深感之外，还体现在寺庙文化的民间性。

行走在青海东部农业区，人们自然会想起一个清幽之地——瞿昙寺。与声名远播的塔尔寺相比，它没有熠熠生辉的金瓦琉璃，也无比肩接踵的香客信众。它只是静静站立在乐都县城南部的马圈沟口上，依山傍水，任由云卷云舒，大河东流。

瞿昙寺始建于明洪武二十五年（1392 年），由噶举派祖师玛尔巴大师的后裔桑吉扎西所创建。瞿昙寺藏语称之"卓仓多杰羌"，意为"卓仓持金刚佛寺"，是一座藏传佛教格鲁派寺院，因其保存的非常完整的明代建筑群而被誉为"西北小故宫"。

关于瞿昙寺的来历，民间有个传说。

元代末期，佛教噶举派著名高僧三罗喇嘛（名为桑吉扎西）曾在青海湖海心山修行，后云游到乐都罗汉山古龙洞修炼。他看到罗汉山松柏参天，瞿昙河畔杨柳荫浓，觉得这里应该是理想的修行之地。再从风水学上来看，这里前有照山，似凤展单翅；后有罗汉山，如屏风挡雨；左侧山形如索，似"青龙蜿蜒"；右侧巴燕低矮，如"白虎驯服"；中间有溪流穿过，如"金带环抱"……如果选择此地修行和弘扬佛法，恰似"将军坐账"无比吉祥。于是，三罗喇嘛就在这里搭起了一座小佛堂，取名"色哲佛堂"，此佛堂就是瞿昙寺的前身。三罗喇嘛也就成了瞿昙寺的奠基人，后来被尊为瞿昙寺的第一代活佛。

就在当时，朱元璋派兵到青海北部一带追剿元兵残部，然而当地藏族民众不明情况也跟着乱跑，一时造成边疆形式的混乱局面。朱元璋听说过三罗喇嘛的大名，于是礼聘其出山以助一臂之力。三罗喇嘛凭借自己的声望和宗教地位，率领梅氏家族及环青海湖的藏族部落归顺了明王朝，并写信招抚宗教和部落有影响的头人，最终使罕东诸部归顺明王朝。这件事不仅让青海地区结束了混乱局面，也让朱元璋认识到了以三罗喇嘛为代表的宗教势力在青海地区的作用和地位。

明洪武二十六年（1393 年），三罗喇嘛因诏书罕东诸部有功，到南京受封"西宁僧纲司都纲"，成为西宁卫的宗教首领，并提出给予其寺院护持和赐名的要求。实际上，在当时来说那就是一座小小的佛堂而已，可是朱元璋却欣然答应，便询问佛堂供奉的是谁，三罗喇嘛回答是释迦牟尼佛。释迦牟尼原名乔答摩·悉达多，梵语就是"瞿昙"，"瞿昙"即为"佛祖"。于是，朱元璋取释迦牟尼的姓氏"乔达摩"这个词的佛学意义，敕赐"瞿昙寺"金书横匾一方，并下令拨款建寺。这就是瞿昙寺的由来。

民间又传，有位高僧来到瞿昙寺隆国殿的现址处，见有一眼清泉，遂高兴而饮，喝完水后忘了拿走拐杖，当他返回来寻拐杖时，发现拐杖已经长在了泉边，成为一棵树。于是，他便认定这是一块好地方，决定安居此处，修造佛堂。据说拐杖长成的那棵树就是现在隆国殿内的"珍珠树"，那眼清泉就是隆国殿内的"瞿昙池"。

《西宁府续志》中也有类似记载："瞿昙池——在瞿昙寺永乐殿内，相传西域喇嘛由海心山率徒至斯池，饮马遗其鞭。番僧三刺建刹焉。"传说也罢，史实也好，不可否认的是——自从寺院建成以后，历代皇帝多次赐匾额，修佛堂，立碑记，封国师，赐印诰，故而影响极大。

后来，经过明清两朝的发展保护和改扩建，瞿昙寺逐渐形成了以瞿昙寺殿、宝光殿、隆国殿为中轴线，以左右钟鼓楼、回廊、前山门、碑亭组成的宏伟的藏汉结合的古代建筑群。

瞿昙寺殿是最早的建筑，建于明洪武二十五年（1392 年），位于中院正中，四面修有佛塔，左右两旁为护法神殿，佛殿在中间，主供佛为金刚持，当地藏族称瞿昙寺为"卓仓多杰羌"即源于此。举目仰视，明太祖朱元璋于 1393 年御赐的"瞿昙寺"三颗金色大字的匾额迄今依然高高悬挂在瞿昙寺殿的前檐，发着金色的亮光，下款有"大明洪武二十六年立"字样，这是瞿昙寺现存最为珍贵的镇寺之宝。

宝光殿修建于明永乐十六年（1418 年），由明成祖赐名。永乐皇帝御书的宝光殿牌匾现已不知去向。但院中所立"永乐十六年敕谕碑"仍记载："兹者灌顶净觉弘济大国师班丹藏卜于西宁迦伴虎篮满都儿都地面起盖佛寺特赐名曰'宝光'。"颇有意味的是，宝光殿每扇殿门的正中都绘有五指龙爪——中国历史上民间建筑上的所绘的龙爪一般只有四指，而宝光殿的"五抹隔扇""五指龙爪"说明它们是得到了宫廷赐封的建筑。殿檐和额枋上还保留着一些建筑彩画，虽历经数百年之久仍然色泽鲜艳，可见当时所用矿物颜料的独特和画师画技的高超。

隆国殿建成于宣德二年（1427 年），与瞿昙寺殿、宝国殿在同一中轴线上，其制式完全以北京故宫为蓝本，总体上为宫廷式的建筑群落。殿前伸出月台一方，月台左右各设踏跺九级，四面绕以红沙石栏杆。这九级踏跺刚好体现了我国古代"以九为尊"的传统观念。殿内设大小两座莲花瓣须弥座式佛座，供大持金刚鎏金铜佛像，两边供有泥塑十八罗汉，殿内塑像的都是汉式特色。

隆国殿是寺内最大的一个殿，是永乐皇帝从北京委派孟继等四位太监为监工，专人带着图纸、工匠、资金来修的，所以它完全是北京故宫在青海的翻版和缩影。檐前正中悬挂的"隆国殿"匾额是宣德皇帝的御笔，其中"隆"字稍向右偏，似乎在讲——在故宫，奉天殿（今太和殿）是皇帝的正殿，而偏处青海的隆国殿只能是皇帝的偏殿了。

不难发现，在建筑风格上，瞿昙寺是一座极具包容性的藏传佛教寺院。它所讲究的中轴线、四合院、左钟右鼓、琉璃砖瓦房顶、飞檐吻兽等充满了汉式特点。而正门和屋脊当中的祥麟法轮、宝顶，以及建筑的网式结构、佛教人物故事为主题的壁画，显然具有藏传佛教寺院的风格。

毫无疑问，瞿昙寺不仅为当地僧众提供了宗教活动场所，也为维护卓仓地区经济增长、文化发展和社会稳定起到了举足轻重的作用。其保存完整、规模宏阔的建筑艺术、雕塑艺术、绘画艺术，以及碑刻、匾额、文物都具有深厚的历史研究价值和不可忽视的艺术价值。

这座寺庙与中央政府和周边多民族群众的关联，更多体现为社会环境的稳固与多元文化的互动交流。尤其在彩绘方面，多种文化碰撞融合的情形俯拾即是，在神圣庄严的文化语境中表达着轻盈灵动的生活画面，在传递人文历史讯息的同时，给人以心灵的抚慰与洗涤。

有人说，走遍了大江南北，唯有瞿昙寺是最具历史感的一座庙宇——看那被风雨剥蚀了的瓦楞屋檐，看那若隐若现的碑文字迹和各类壁画；也有人说，也只有在瞿昙寺，才能感受到真正的寺庙之言——诗，它让人安静，徜徉在古旧的建筑空间，就会感到世界很大，阳光很暖。

四

作为寺庙之言的诗歌无疑是神圣的，而作为生活之言的诗歌就具有了人间烟火气息——尽管内容涉及世俗，然而无比真诚。

对于老百姓而言，花儿就是他们的诗歌。

瞿昙寺为当地花儿的生根发芽提供了一个神圣的空间。每年农历六月十五，这里就会举办以汉藏群众为主体的花儿会。研究者认为，瞿昙寺花儿会是从清道光年间的瞿昙寺庙会兴起的，清末民初时初具规模。关于其来历，还是当地老百姓讲得清楚：

据说，清朝初年的瞿昙寺香火非常旺盛，寺院依据格鲁派教法进行严格禁欲，由于民间花儿的内容以情歌为主，所以当时的瞿昙寺明令禁止演唱花儿。有一年，一伙土匪包围了瞿昙寺，连续围困数天，意欲让寺院水断粮绝、不攻自破，情况十分危急。这时，有一位老汉率领大家唱起了花儿，歌唱之声像风一样传向四面八方，在黑夜里越传越远。方圆几十里的人都被惊动了，大家马上用花儿做出应和，纷纷奔向瞿昙寺。一时间，歌声从四方涌来，响成一片，土匪贼兵越听越慌张，最后在漫山遍野的花儿声中飞快逃离。第二天是农历六月十五的庙会，寺院住持说："没想到这花儿退了贼兵，以后就唱吧！"从此以后，就有了闻名遐迩的瞿昙寺花儿会。

毫无疑问，这样的花儿会是与汉藏合璧式的佛教信仰共存的一种百姓生活文化，它使得这一场域空间具有了神圣性与世俗性水乳交融的文化意味，这也是瞿昙寺花儿会有别于河湟地区其他花儿会的最大特点。瞿昙镇因此被文化部命名为"中国民间艺术（花儿）之乡"，人们徜徉在花儿的海洋里，歌唱着希望的田野、生活的理想。这就是历史的乐都，文化的乐都和生活的乐都。

据说"乐都"这一叫法最初是由"洛都""落都"等名称改译而来，属古羌语，意思是"沟口"。文献资料上虽无确凿依据，但若实地观察，的确如此。

乐都地处湟水下游地带，位于兰州、西宁两大省会城市之间，县城所在地碾伯镇更是处在两条山沟的出口。"丝绸南路"从这里穿过，"茶马互市"曾在这里进行，历史上属于军事要冲，地理位置显赫，被称为"海藏通衢，国之咽喉"。几度春秋，南来北往的客商脚户、行伍墨客曾在这里留下过许多人文印痕。

2012 年夏日，笔者曾行走在乐都的一处山沟口，写下拙诗一首，题为《乐都的一条沟》：

磨尔沟，柳树沟，或者老虎沟
青海的许多沟，是父老乡亲的血脉
总是从大山里出发，然后
将一世清澈，留给大片大片的庄稼

几经沧桑，乐都的这条沟并没有瘦下去
她簇拥着七月的流水和闪亮的石英
将清脆的鸟叫声一路推向树林
我们在林中休憩，看蒲公英飞舞
杨柳儿依依

也看她曲折的足迹，是怎样绕过历史的塄坎
把走下去的艰难，分割成
一绺一绺的晶莹和一湾一湾的璀璨

这些山沟一头连着遥远的古都，一头连着现实的乐土。行走其间，恍然遇见有骨笛之声自湟水河畔传来，更有倾倒于田边的陶罐，它们头尾相连，不断溢出青海妖娆的夏天。

寂寞碑林

王海燕

湟水，湮过彩陶的双耳
隐约漂来，五千年前的蛙鸣
深秋，一个人的碑林，
在河岸静静地
守望春暖花开……

——题记

一

像一位虔诚的圣徒，走过坎坷山路，历经风雨沧桑，十数年间，
一位老者守望着一片自己亲手栽植并惨淡经营的文化"净土"——河
湟碑林，忠实地实践着一位河湟赤子的文化追求，静静地独享一份冬
去春来的寂寞。

毛文斌先生微笑着迎接我们一行到来。他身着深蓝色夹克衫，个
头不高，平稳沉着，目光深邃，尤其是略微下抿的嘴角里，透露着不

服输的倔强和追求梦想的执着。

伴随老先生的是另一位同样热心于当地文化事业的退休干部朗天祥先生，他用熟悉的乐都乡音介绍道："毛文斌，青海河湟碑林主人，先后主持编撰出版过《河湟民族文化丛书》《乐都历史文化丛书》等多种文丛，恢复重建青海三大书院之一的凤山书院，创建乐都首家老年福利服务活动中心，曾获得青海省优秀共产党员和最美老干部等荣誉称号，被人们誉为'河湟文化的守护者'。"

二

2015 年深秋的一天，阳光和煦，微风阵阵。湟水穿过峭壁对峙的大峡，缓缓流经乐都市区，过柳湾，过鲁班亭，然后依依不舍地流出老鸦峡。

行走在这片厚实的土地上，总能感受到一丝丝特殊的气息在缭绕和晕染，就是这样的"文化底蕴"，使人很容易联想到王文泸先生在其散文中所描绘的情景：

早年，在乐都偏僻山村，那些祖辈在土里刨食、日子过得十分逼仄的淳朴乡民对文化的顶礼膜拜，耕读传家的遗风氤氲在土墙木屋和山野草莽之间。每逢节庆，都要请乡里有名望的先生拟几副对联或题一副中堂，对文化的崇敬之情溢于言表。

从 109 国道隔河北望，凤凰山麓，高楼比肩，路桥纵横，一座洋溢着时代气息的崭新城市正待"临盆"。在逐渐长高的城市中间，一座略显清静的园林面河而立，在喧闹嘈杂的市声中顽强地显示着一份隔世的矜持和平静。在一处古色古香的明清式建筑门楼上，题写着"青海河湟碑林"的鎏金匾额，显得古朴而典雅。

初见这位老者时，我们的心头立刻升腾起一种难以名状的情感。像暗夜里的一团篝火，一些熟悉的事物在火光里朦胧闪现，犹如弥漫在时光里的炊烟，萦绕着遥远过去的温馨记忆……我们想，这就是所谓的乡愁，是对已逝岁月和文化血脉难以割舍的情结，是一种渗透在骨血的基因，甚至是一种美丽的忧伤和寂寞。

跟着毛文斌先生进入碑林大门，迎面是一座照壁，上刻毛泽东词《沁园春·雪》。这首词气势磅礴、一泻千里，诗人以博大的胸怀写景、论史，抒情，抒发了对祖国壮丽山河的无限热爱，体现了一代革命家的伟大抱负，使得这首咏雪词成为中华词史上的经典之作。照壁上的雕刻龙蛇飞舞、雄健遒劲，十分引人注目。高山仰止，景行行止，一种敬仰之情油然而生。

树木葳蕤，碑廊迂回。行走在幽静的小径上，阵阵秋风不时吹拂着片片落叶，使人仿佛穿行于时光隧道，在历史深处，文明的星辰闪闪烁烁，文化的脉搏隐隐可现，使为尘世所累、烦躁不安的灵魂，顷刻间沐浴在秦时明月、唐风汉韵以及河湟今昔之中。一块块静默的石碑，负载着深沉悠远的岁月，一位位青衫长髯的寂寞圣哲和浪迹天涯的游子歌者纷纷登场，挥斥天地之文章，歌吟日月之辉煌。

踏着一地落叶，怀揣几缕清风。毛文斌先生每走到一尊重要碑刻前，就会停住脚步，向我们详细讲述其背景渊源和人文价值。整个碑林，他全装在了胸中，讲起来如数家珍。尤其来到河湟诗人和先贤的碑廊，毛文斌先生愈显激动。他说，河湟地区历史悠久、文化丰厚，是中华文明发祥地之一。这里自古就是中原文明和草原文明、西域文明交融的重要走廊，古丝绸南路就经过这里。历史上，不少先贤诗人在河湟留下了许多文化瑰宝，光耀后世。我们有义务挖掘、传承和发扬这些精神宝藏，教育后人，开启未来……

廊柱上悬着一副楹联，上书：

湟水河清堪洗笔砚，

南山云白可画春秋。

这副楹联意境悠远，书法入木三分，洋溢着河湟文化的强劲脉象和深厚底蕴。

用了足足两个钟头参观完碑林，我们聚集在碑林文化大厅，又开始和一些游客相互交流感受。恰逢岭南青年才俊、书法家张况来青海游历，感慨之余，挥毫为碑林题写了一副条幅：

南凉古国千载事

人间乐都万年春

三

望着这位老人单薄却倔强的背影，人们禁不住会问，为什么就在这湟水之滨、这片叫乐都的土地上"长"出了这样一片氤氲着浓重文化氛围、耐人寻味的碑林？这其中有什么缘由吗？

如果把视角放得更宽泛一些，在中原大地，我们会看到一些蕴藏着历史气韵和中华文脉的著名碑林，如西安碑林、孔庙碑林、龙门石窟碑林等。而其中西安碑林首屈一指。据史料记载，该碑林始建于北宋元佑五年（1090 年），是为保存唐开成年间镌刻的经石而建立的碑石集中地。随着历代增添，自汉迄清，名家翰墨荟萃，成为我国一座灿烂辉煌的书法艺术宝库。

在曾是大唐王朝帝都的地方诞生这样一座碑林，不会出乎人们的意料，是自然之事。而时隔近千年之后，在长安以西千里之外的河湟谷地，一片碑林栉风沐雨，破土而出，这却引起了人们的广泛关注。

创建这碑林并非毛文斌先生一时心血来潮。如果回溯时光，把目光投向历史深处，你就会感到这一片碑林的诞生与一条河流有关，与这条河流孕育的悠久灿烂的文化有关。可以说，河湟碑林，是历史文明的种子在今天开放的一朵寂寞之花

湟水犹如一条彩线，数千年来，在这条彩线上串起了一颗又一颗珍珠，在尘封的历史隧道里熠熠生辉，偶尔穿越时空，在人们的心灵上碰撞出深沉的回响。

欲追溯碑林的血缘和基因，就有必要对这片土地的历史文化脉络做一粗略的梳理。一说起这里的文明，也许，人们脑海里即刻会闪现出一个个身裹彩纹的陶制器皿——柳湾彩陶。惊现于 20 世纪 70 年代的柳湾彩陶，带着史前文明的煌煌窑火，又一次照亮了湟水北岸的台地，照亮了世人的双眸。据专家研究推测，刻在陶罐上的 39 多种符号，可能是中国最早的象形文字的肇始。可以说，早在 5000 多年前，第一缕文明的燧火就被生活在柳湾的先民们点燃了。

羌笛声声，马蹄哒哒，湟水流过了几千年。西汉时期，赵充国将军屯田河湟之后，其后裔赵宽在河湟留下了长长的背影。在乐都发现的汉代三老赵掾碑上，岁月剥蚀的字迹和残缺的碑文中模糊透露出他婉拒朝廷高官厚禄、致力于河湟地区文化教育启蒙和发展的历史印记。值得一提的是，该碑镌刻流畅，字体端厚雄浑，出土后，曾引起文史界和书法界的关注。

使这一方水土更具历史厚重感和文化底蕴的，还有一座曾经显赫的历史古都和皇家敕封的辉煌寺院。据史载，东晋时期，河西鲜卑秃发部在河湟崛起，建都乐都，史称南凉。在今乐都城西北不远处，一个叫大古城的地方，据说就是南凉古都遗址。

明洪武年间，在湟水南岸，一座颇具皇家气派的寺院在拉脊山下巍峨而立，明太祖朱元璋书匾赐名为"瞿昙寺"。瞿昙寺已历经 600多个春秋。其雄浑古朴的明式建筑、珍贵的文物和具有极高艺术价值的彩色壁画驰名西北，人称"小故宫"。

一湾彩陶，一方断碣，一座古都，一处寺院，还有历朝过境名流大家高适、来维礼、于右任以及明清以来涌现出的乐都本土诗人学士吴栻、谢善述、赵廷选、谢铭等，在这里留下了众多的诗文及书法真迹。这些珍贵的遗产，一起构筑起这片地域之上灿烂独特的历史文化风景。

河湟碑林就是传承了这样的历史血脉和文化基因，在商品经济浪潮汹涌和现代文明所向披靡的今天，在高楼紧逼、市声喧嚣的一隅，倔强地亮起了弘扬中华历史文明、传承河湟传统文化的一面旗帜。

它在静静等待着春暖花开，等待着风雨的洗礼和岁月的检阅。

四

走过了风风雨雨的一段岁月，而今，河湟碑林也满 10 周岁了。毛文斌先生也步入了古稀之年。老骥伏枥，壮心不已。老人四处奔波是为了碑林，梦牵魂绕的还是碑林。碑林，是他生命中的一座里程碑，他守望着、呵护着，虽然有时难免彷徨、难免神伤。但是，当这项荣耀却又沉甸甸的文化使命落在他肩上的时候，他想到的只有责任和担当。

毛文斌先生清楚地记得，十几年前，当建一座河湟碑林这个念头在他心中萌生的时刻，他寝食不安，四处奔走相告。起初有人认为他有些"狂热"，异想天开。但酷爱书法的他坚持着自己的梦想，不舍不弃。

真有点像孟子所言："故天将降大任于斯人也，必先苦其心志，劳其筋骨……"毛文斌先生殚精竭虑，苦心谋划，四处筹措资金。2005 年，坐落在乐都老年福利服务中心的青海河湟碑林正式奠基。在随后的时间里，他自掏腰包，先后到北京、南京、杭州、广州、西安、兰州、西宁等地征集碑刻书法作品……一条条碑廊，一面面碑墙、一尊尊碑石相继建成和刻就。到 2010 年底，占地 70 亩、耗资数百万元、历时 6 年的碑林宣告竣工。碑林共分为历代书法家碑刻、现代书法家碑刻、名人诗词碑刻、青海风光诗词碑刻、乐都历史文化名人碑刻、科学家名言碑刻、共和国将军书法碑刻及巾帼书法家碑刻等8个碑廊，碑刻500余块。

在整个碑林中，诗词、书法、雕刻艺术有机组合，不同风格流派异彩纷呈，把河湟历史文化的精华部分展示得淋漓尽致。走进碑林，如同徜徉在河湟历史文化长廊之中；置身碑林，如置身于幽静旷远的艺术园林。

直到走出碑林时，我们的耳边仿佛还萦绕着毛文斌先生不厌其烦的讲述。在一块碑石前，他说，这是仿刻高庙镇白崖子出土的汉代《三老赵掾之碑》，这一道裂痕是当年雇牛车从老鸦城运往县城途中，在蚂蚱墩突遭车轴断裂碑石跌落而摔断的，幸亏没摔碎呀。赵掾就是赵充国将军的后裔赵宽，历史上，他对河湟文化教育功不可没，惠及后世。

在南凉亭，毛文斌先生指着一幅石刻地图说，这就是当年南凉的疆域图。南凉国在十六国时期处于吐蕃和中原之间，所以它在战略上，把吐蕃地区和中原地区连接在了一起。

说起吴栻诗词代表作《青海骏马行》的碑刻时，毛文斌先生更是深有感触。他还动情地朗诵道：

"极目西平大海东，传来冀北马群空。当年隋炀求龙种，果能逐电又追风……"

吴栻，字敬亭，碾伯东关人，生于乾隆五年，卒于嘉庆八年，诗冠河湟。清诗全集中曾收录他的四首诗，尤其是他的古风《青海骏马行》备受后人推崇。

五

时近黄昏，站在河湟碑林旁眺望，湟水泛金，荻花摇曳。母亲河像一位智者，见证着时光流转，见证着世事变迁、风物更替……

而回望身后高大的碑林门楼，我们知道，这位执着的老人，还将会继续守望着这条河流，独守对河湟文化痴情不变的寂寞……

告别碑林，总难以忘记毛文斌先生坚毅的、紧抿的嘴角和略显单薄的背影。百年以后或更远的将来，当城市越摊越大，楼厦越建越高之时，这座碑林是否还安然存在？她的最终命运又将会是什么呢？

一想到这些，我们的心中难免会浮起一缕惶惑和忧思，但转而又生出一丝喜悦。当下，青海已步入旅游黄金时代，文化与旅游的深度融合以及西部大旅游圈的形成，促使河湟谷地的旅游业正在转型升级，特别是乐都的柳湾彩陶博物馆和北武当山、瞿昙寺等旅游景区的打造，使这片曾经辉煌过、也沉寂过的文化沃土重现生机。

而静卧于街市楼厦间的河湟碑林，它当然不可能成为游人如织的风景名胜，也不可能成为信徒云集的宗教场所，它只能是默默地传承古老文明和河湟文化的一方净土；它容不得喧嚣浮躁的走马观花，也经受不起大拆大建式的盲目折腾，它能留给后人的，仅仅是一方文化最后的栖息地，一个让现代人的心灵得到慰藉的宁静之地。

我们也希望，每逢节假日路过这里时，会经常看见灿如花朵的中小学生们在开展丰富的文体活动之余，不时地对偌大的碑林园区来上一次精心的保洁；我们更希望，行走河湟的文友、驴友们路过乐都之时，顺便到碑林里小憩。安顿好纷繁的心绪之后，你就会发现，因为寂寞，湟水岸边，就会时常飘荡起散发着淡淡墨香的吟唱……

拜谒柳湾

茹孝宏

从《诗经·采薇》"昔我往矣，杨柳依依"，到唐代白居易《杨柳枝词》"一树春风千万枝，嫩于金色软于丝。永丰西角荒园里，尽日无人属阿谁？"、李商隐《赠柳》"章台从掩映，郢路更参差……忍放花如雪，青楼扑酒旗"，再到宋代周邦彦《兰陵王·柳》"柳阴直，烟里丝丝弄碧……应折柔枝过千尺……沉思前事，似梦里，泪暗滴"，再到现代毛泽东《送瘟神（其二）》"春风杨柳万千条，六亿神州尽舜尧"，诗人们或因柳抒情，或托柳言志，或咏柳喻人，或以柳送别，或借柳喻事，"柳"与中国诗歌结下了不解之缘，并成为中国诗歌中一道亮丽的风景。

柳湾，与"柳"有关，因而她的名字也充满诗意也富有温情。更重要的是，柳湾孕育了中华远古文明的种子，柳湾先民创造了绚丽多姿的远古文化，柳湾是享誉四方、闻名遐迩的一方宝地。

柳湾是湟水谷地东部与我的故乡高庙镇"鸡犬之声相闻"的一个村庄。或许是我和许多人一样，常常心仪着远处的名胜，而忽略了近处的风景；或许是心存这样的念头：反正柳湾很近，啥时候不能去呀？

因而多年来一直未曾造访过柳湾，甚至 2004 年新建成的青海柳湾彩陶博物馆正式对外开放以来也一直未去造访，说起来真有些惭愧。直到近年暑假的一天，乐都的作协举办一次文学笔会活动时，才和文友们从县城驱车东行，拜谒了柳湾。

柳湾南临湟水，北依祁连山余脉，杨柳成荫，阡陌纵横，桑麻翳野，溶溶湟水千百年的冲蚀，使此处形成了大臂弯式的地貌。多柳，有弯，又有溶溶湟水的滋养润泽，或许这就是被冠名"柳湾"的缘由吧。

车子驶进通向柳湾的一段宽宽的水泥路面，从车窗中伸出头颅朝北眺望，即可看见史前文化艺术圣殿——柳湾彩陶博物馆，其背靠的柳湾坪和特有的大臂弯台阶式地貌使彩陶博物馆得到了天然的护佑，使之静卧于一方风水宝地上。难怪柳湾先民端端选准了这块地方，长期在这里繁衍生息，并视之为一方乐土。

走近彩陶博物馆，当绘在博物馆院门上方的 5 个连手跳舞的原始人映入我的眼帘时，我的心神已经被带到了某种情调和氛围中……彩陶馆的整体造型酷似柳湾出土的一个硕大陶罐，古朴庄重，创意别致，不落窠臼。这个创意彰显了浓浓的彩陶文化氛围和独具魅力的艺术个性。两侧配以扇形裙楼，是史前艺术和现代艺术的完美结合。这是我国第一个以展示彩陶系列文物为主的专题性博物馆，也是西北地区最重要的一处史前文明宝库。馆区总占地面积 5830 平方米，可供展览的面积 1500 平方米。彩陶馆上下三层，其布局合理而精巧，展线流畅而清晰，模型形象而逼真，图文丰富而翔实，向世人展示了从马家窑文化半山类型、马厂类型，齐家文化，辛店文化等新石器时代至青铜时代，距今约 4600—3600 年的历史长河里柳湾先民种植的文明果实，揭开了我国西北地区一处最大的氏族社会公共墓地的神秘面纱。馆内储藏有从柳湾氏族社会公共墓地 1730 座墓葬中发掘出的珍贵文物 4 万余件，其中彩陶就占一半之多，馆藏的彩陶文物数量在全国首屈一指，因此柳湾被誉为"彩陶的王国"。这些彩陶纹饰繁复，构图美妙，风格独特，讲求对称协调，反映出柳湾先民的审美水平已达到一定的高度。同一种纹样不断演变的过程则是柳湾先民思维与认知日臻成熟的表征，其中变形蛙纹曾一度成为马厂彩陶的主题纹样，这或许与某种原始图腾崇拜有一定的关系吧。

参观时，我们在马厂类型的陶壶上看到了300多种样式迥异的彩绘符号，这些符号呈现出雅而不俗、朴而不拙的古朴美和原始美，看似简单、浅显，其实注满神秘意蕴，至今令世界专家学者绞尽脑汁、费尽心机还难以破译。难道是制陶工匠和画师们的签名或一种记数？抑或是工匠们应一些氏族要求所做的标志，是代表这个氏族的徽号？抑或是甲骨文等早期文字的源头？

在数以万计的柳湾彩陶中，裸体人像彩陶壶可谓青海柳湾彩陶博物馆镇馆之宝。它是一件马家窑文化马厂类型的彩陶器，这件人像彩陶壶可能是先捏出人体后再用黑彩勾勒描绘烧制而成的。该人像硕耳高耸，口方鼻隆，面若银盆，整体表情威严庄重，一副凶悍男子面目，加之马厂时期人类氏族社会已由母系社会过渡到父系社会，男子主宰氏族社会，男、女社会地位变移，致使部落族人对男性部落首领产生了敬畏和膜拜，据此，有人判定该裸体人像为男性。根据裸体人像的乳房和生殖器官的凸显、夸张特征，尤其是两手捧着怀胎十月的大腹所彰显的即将分娩的女性体态，有人推测人像为女性。根据中国和其他国家关于人类始祖都是雌雄同体、两性合一的传说，有人认为人像为雌雄一体即阴阳人。这个人像的性别和寓意只能让考古专家们进一步去研究和明辨。然而这个被誉为国宝的裸体人像彩陶壶是人类艺术史上一件至早至真、至精至美的浮雕艺术作品，已成为中国艺术史上具有划时代意义的里程碑。除这件裸体人像彩陶壶外，在柳湾彩陶中，还有许多精品都堪称为国之瑰宝，其艺术价值令人惊叹。彩陶馆的捐资者、国际友人小岛镣次郎先生在初访柳湾时极其激动地说："我到过世界各地，柳湾彩陶是世界一流的，它是几千年文化的积淀，可以与埃及的金字塔相媲美，是世界的绝版。"这是一位文化史专家对柳湾彩陶艺术价值的推重和啧叹。著名作家张承志在中篇小说《北方的河》中写湟水时有这样一句话："这是一条彩陶流成的河。"这既是对孕育了辉煌灿烂柳湾彩陶文化的"北方的河"（即湟水河）的尽情赞美，也是对柳湾出土彩陶数量之多的形象化描述。

在彩陶馆里，我观瞻着一件件美妙绝伦的彩陶时，我想，这些彩陶肯定是那些热爱生活、痴迷艺术的人们的作品，而且是他们心情愉快，甚至是生命处于激昂亢奋状态时的作品。人只有热爱甚至痴迷他所从事的事业，并且有良好的使之心情愉快、生命处于激昂亢奋状态的外部条件，才能将自己的聪明才智发挥到极致，才能使其思想闪现出灵感的火花，想象展开飞翔的翅膀，双手创造人间的奇迹。"热爱"和"外部条件"是缺一不可的。倘或在一群有心人的制陶工地上，有几个权势人物手持皮鞭，耀武扬威，吆吆喝喝，冷不防还要在某个制陶人的脊背上抽打两下，那么制陶人手中的活儿充其量是机械、简单地重复而已，绝不可能制作出一件件令今人叹为观止的艺术精品。

观瞻了美轮美奂、精妙绝伦的彩陶，我们又随着导游的脚步"走进"了史前先民的生活场景。看着石刀、石斧、石锛、骨梗刀等实用工具，细视着先民之手握持它们留下的印痕，眼前恍若出现了在荆棘遍野的洪荒恶劣环境里先民们群体出动，冒着严寒开荒造田，顶着骄阳稼穑的劳动场景，也恍若听到了他们劳累时发出的粗重喘息，看到了他们丰收时的笑脸。柳湾出土的石矛、铜镞、骨镞等用具表明，狩猎经济已成为当时的主要经济成分。看着柳湾出土的纺轮、骨锥、骨针等遗物，我们不难想象当时的手工业已有了初步的发展，先民们已懂得以植物纤维和兽类皮毛保暖御寒了。看着那些骨饰、蚌饰等装饰品，可以想到先民们不仅善于装饰器物，也善于装饰自身，从中体现出先民们对美好生活的向往和追求。观赏着石磬、陶埙等古老乐器，我的思绪不知不觉被拉到了柳湾先民们娱乐活动的场景。我想到了他们在一个大大的类似于旱场的空地上，众人环绕的一个圆圈内，就像彩陶博物馆院门上方绘着的那些原始人一样，连臂拉手，载歌载舞，另有几个人在旁边敲击着石磬，吹奏着陶埙，可能还有一两个女子弹奏着箜篌为之伴奏。我还想到了观众乐不可支的样子，老人们肯定高兴得眼睛眯成了一条缝，年轻的女人们脸上肯定乐开了花，孩子们则肯定是一副悠然自得的神态。表演者的舞蹈动作也不难想象，肯定有欢快激昂的，也有轻盈柔曼的。那么他们唱什么呢？他们唱的或许是青海最古老的民谣，或许是河湟最原始的小调……我敢肯定，创造了辉煌彩陶艺术的柳湾先民，也自然会创造出优秀的歌舞艺术……

下午，我怀着依依之心恋恋之情告别了这座史前文化艺术圣殿。我们的车子已经缓缓驶出那段水泥路面，在通往城区的公路上飞驰起来，但我一直从车窗中回望着柳湾，回望着占尽风水灵气的彩陶博物馆，那一个个像来自远古的精灵，蕴藏着丰富、神秘文化信息的彩陶一直跳动在我的眼前……我除了对柳湾先民钦敬、仰慕、膜拜之外，更多了一种荣耀和自豪。因为我、我们都是柳湾先民的后裔。

也许有人会说，柳湾先民的活动踪迹早在公元前 2000 年戛然而止，柳湾的文明进程也早在公元前 2000 年被切断，现今的柳湾人并非柳湾先民的后裔，其祖先都是迁徙而来的，从拓荒开始建立家园、繁衍生息至今的，能说现今的柳湾人和我们都是柳湾先民的后裔吗？

是的，我们不能简单地说现今的柳湾人和我们就是柳湾先民的后裔，那么公元前 2000 年柳湾到底发生了什么？是什么力量突然切断了柳湾的文明进程呢？柳湾先民和现今的我们到底有无血脉传承关系呢？这可以从青海民和县喇家村曾经的遭遇中找到答案。

喇家村位于青海省和甘肃省交界处，考古工作者在喇家村展开挖掘时看到了如是之景象：这儿蜷缩着紧紧相拥在一起的 5 个人，其脸部都恐惧地面朝墙壁。塌方之西北角又出土了 5 具尸骸，且状态惊人的相似，在即将死亡的一刻，其他们那的身体仿佛要被某种力量分离，但手脚仍旧紧紧地勾连着。继而在塌方的正东面，又挖出一堆人骨，成人用手臂极力护佑着孩子，孩子蜷缩在其怀里，惊恐的眼神在向外窥望。出土如是之多的人骨，当时的考古工作者们十分震惊，而且这些人骨都呈现出一种非正常死亡之特征。当考古工作者们完全进入时，被一幕悲惨的景象震撼了，在如是小小的塌方中共出土了 14 具尸骸！他们为何聚集到一起死去，他们又是死在怎样的环境中呢？

专家们经过广泛论证后认为，这是一场由强烈地震及巨大山洪与黄河洪水并发所致的史前大灾难。专家们经过大量考证和研究后还认为，公元前 2000 年左右，柳湾遭遇过和喇家村一样的一场毁灭性的史前大灾难，在这场大灾难中，纵使有幸存者，也只能背井离乡。然而专家们还认为，在更加开阔的视野中，华夏先民的最初家园之一便是青海，青海古羌人的文化要比柳湾先民早得多、先进得多。由此可知华夏先民曾以青藏高原为家园之地，然后自西而东顺江河而下，其间经历了数不清的战乱、灾荒、生死轮回，可谓筚路蓝缕。那些制作彩陶的柳湾先民来自何方，去向哪里，也就不言而喻了。也就是说，三江源大地、三江源之水滋养了大大小小的各民族，并提供了各民族间沟通交流的道路与舞台，其中包括刀兵四起，战乱频仍，就是在这样的过程中，才有了今天中华民族的大格局。如是说来，现今的柳湾人和我们的身上都流着古羌人的血、柳湾先民的血，也可以说，我们都是柳湾先民的后裔。

作为柳湾先民的后裔，除了荣耀和自豪，我也在想，再造的柳湾文化之辉煌该由谁来传承延续呢？

拜谒柳湾，一种责任感油然而生……

我家的家风与家训

郭守先

女儿大学毕业，虽然戴着工学学士的帽子回来了，但是我仍然忧心忡忡，因为她的精神状态一直不佳，直到今天她仍然是一位歌星的铁杆粉丝，很多时间都被他"挟持"，没有长远的人生规划，缺少吃苦耐劳的精神，所以即使单位不组织专题征文，我也很想给她谈一谈我家的家风与家训。

一

据郭氏宗谱记载，我们青海乐都阿兰堡郭家，系唐朝中兴护国将、凤阳王郭子仪之后，宗谱所列家风家训与儒家纶理纲常所差无几，不外乎是耕读齐传、贤淑爱国之类，但从近三代的情况考察，将我家的家风提炼为"勤俭"我觉得还是比较中肯切实，因为祖父母与父母亲均为忠厚朴实的农民，他们挂在嘴边的话是"四体不勤，五谷不分""会吃的吃千顿，不会吃的吃一顿"等朴素的农谚俗语。小时候教育我时就说"十岁的男娃不吃闲饭""少不清苦，老必艰辛""勤能补拙，俭能补贫"。写春联时，大门上的对联横批常常是"人勤春早"，厨房斗方一般都是"勤俭持家"。祖父母那一代外有大水田地，家有对耳木悬嵌的堂屋，所以新中国成立后被划分为"中农"，不像桑梓的一些贫雇农吃了上顿没下顿，连一条像样的毛毡都没有；父母亲这一代精耕细作、不误农事，深信"二月里人哄地，八月里地哄人"，不管是生产队挣工分打粮食，还是包产到户后耕田种树，在阿兰堡都以"苦性好"著称，从来没有接受过"扶贫"，也没有吃过"低保"；到了我这一代刚好赶上高考制度恢复，尽管我早在二十世纪九十年代初就通过勤学捧上了税务局的"铁饭碗"，但我依然传承了"勤俭"家风，当很多同学满足于单位衣食无忧的生活时，我却笔耕不辍，为了能写出一本"死了能当枕头的书"而孜孜不倦。我在一篇文章中很自信地写道：我质疑过许多耳熟能详的"真理"，但我从来没有否认过"天道酬勤"。当一些同仁因为自己不是"有车族"或因为自己的车档次不高而汗颜时，我却能彻底简化人生，坚持过"低碳生活"，所以"勤俭"应该是我们家名副其实的家风。但是到了女儿这一代，一切都变了，她出门不管远近都想"打的"，凡那位歌星出品和代言的"产品"，不管有用没用都要买，真可谓"视金钱如粪土"，不知"勤俭"为何物。撰写此文时，我把她送到了离省城不远的一家单位去打工，并决定断了"月供"，衷心期望走上社会的她，能在历练中成熟，能早日走出偶像的阴影，能捡回"勤俭"这一家风。

二

上文说了祖父母与父母亲均为忠厚朴实的农民，他们由于历史的原因都识字不多，要说家训，他们不可能像诸葛亮那样写下一封流传千古的《诫子书》，也不可能像朱熹那样写下一篇《朱子家训》，让我们请书法家书写成横幅，挂在墙上当座右铭。宗谱中"忠厚传家久，诗书继世长"的所谓家训也不值得在这里大书特书，因为那多半是乡下秀才给村民修宗谱时都必写的一句套话。但祖父母在世时经常说的另一句话，我觉得可以称为我家的家训，即"上粮纳草不怕官，孝顺父母不怕天"。祖父母之所以小时候经常给我强调这句话，我想主要有两个原因：一个是，那时候改革开放刚开始，一年一度九月、十月的上粮，缴纳农业税，依然是农村社会的大事，这也是安分守己的中国农民与"官"发生的唯一的不可避免的关系；另一个原因是，我是大爷过继给祖父（四爷）做孙子的，正因为与养父母是"过继"关系，所以他们比有亲生孙子孙女的祖父母更强调"孝顺"，小时候跟着祖父放羊，祖父无数次给我讲过"丁郎刻母"和"王祥卧冰救母亲"的故事，尤其值得一提的是祖父离世前还抓着我的小手，语重心长地交代说："你长大了一定要对你阿大阿妈好一些。"我知道祖父所说的"好一些"就是孝顺一些的意思。这两句家训的关键词换成今天的话说就是"依法纳税"和"孝敬父母"，如果家风"勤俭"属于修身，那么"依法纳税"和"孝敬父母"则应该属于"齐家"的范畴。"上粮纳草不怕官"这句话我觉得与富兰克林"世上只有死亡和纳税不可避免"一样深刻，且表述具有异曲同工之妙。

值得一提的是，1990 年 7 月，我在省财校税务专业毕业后成了一名管"上粮纳草"的"税官"。尽管 2005 年农业税取消了，但当代中国，越来越多的人成了纳税人，就是我这个当了 26 年税官的人也不例外，每年除了按规定通过财务扣缴工资薪金个人所得税外，还偶尔要自觉缴纳图书销售环节的增值税和征文获奖环节的偶然所得个人所得税，因此"上粮纳草不怕官"这句家训在新的时代依然没有过时，对我们家依然具有训诫意义。"孝顺父母不怕天"这句家训，有些因果报应的佛教色彩，我是一个唯物主义者，不大相信"天谴"之说，但我觉得孝敬父母属于基本人伦，一个人如果连自己的父母都不孝敬，谁还敢与他共事？所以虽然"孝顺父母"谈不上，但在"孝敬父母"

方面我觉得至今尚无可挑剔。由于我工作前三年的大部分收入都用于父亲疾病的诊治,父亲病逝后,我又将母亲接到身边享清福17年了,所以桑梓的老婆婆们一遇到儿媳不孝顺,就羡慕我母亲说:"人家王进业(母亲大名)肚子没疼,但儿子比疼了肚子的儿子还孝顺。"有此口碑,我也算是没有辱没家训。

女儿刚刚走上社会,将来能否持守这一家训,尚未可知。但可以告诉看官的是,我屁股上装的这个钱夹,是她去年"父亲节"时送给我的礼物,但愿这是她践行家训的表现,而不是鼓励老爸继续多挣钱、好作她"摇钱树"的象征。五年前,乐都督学侯守孝先生给宗族修谱,委托学生撰写几句以训族人。我结合自己的人生理念,勉为其难地凑成了几句,今录于此,与女儿及列位看官共勉:

长于一艺,进以报国,退以养家;博汲智慧,上遵天道,下守人伦;率真做人,民主处事,仁恕行世;见先思齐,勤韧敬业,锦绣门庭。

家中无字画愧作乐都人

——探访中国书法之乡乐都

王十梅

青海省海东市乐都区历史悠久，诸多考古遗迹的发现证明，至少在四千多年前，就有远古先民在这里繁衍生息并创造了灿烂的文化。

书法是中华民族的文化瑰宝，是人类文明的宝贵财富。在乐都流传着这样一句俗语："家中无字画，愧作乐都人。"乐都人对书法的喜爱仿佛早已浸入骨髓，融于血液。如今，乐都区 28 万多人中，会创作书法作品的人就有约 1 万。2013 年乐都被中国书法家协会评选命名为"中国书法之乡"，是青海省唯一获此殊荣的地区。

从柳湾彩陶符号到朱元璋敕赐瞿昙寺匾额

乐都的文化缘起何时，很难有定论。从目前乐都发现的遗址以及出土的粟、黍等农作物可以看出，至少在四千多年前，乐都地区就已进入了农耕文明。

当生活安定富庶后，人们开始了对美的追求。在乐都，"这里的彩陶流成了河"，在这些彩陶上，原始先民绘上了许多复杂的纹饰。

在柳湾墓地，出土了一些颜料的加工工具和绘彩工具，再加上柳湾彩陶上笔法流畅的纹饰，考古人员推断，当时的人可能已经开始使用毛笔，他们或以毛为笔，或束草为笔，或折枝为笔，蘸着颜料，在彩陶上绘制各种纹饰。

远古先民绘制的各种彩绘符号，仿佛留给后人的一道道谜题，令人遐思。学术界认为，这些彩陶纹饰已"具有较为稳定的文字特点"。

纳西族是生活在我国西南地区的少数民族，他们使用的文字被称为纳西族东巴文字。有专家考证，纳西族源于中国古代氐羌族，秦汉时期他们从青海出发，沿着雅砻江和金沙江南迁，最终抵达云南。将柳湾彩陶符号与纳西族文字进行对照就不难看出，有许多纳西族东巴文字与柳湾彩陶符号非常相似。

在青海发现的年代最早且具有书法艺术价值的作品是三老赵掾碑。它被称为青海第一碑，是黄河上游地区发现的为数不多的汉碑之一。这通碑出土时，引起了全国考古界和书法界的关注。

20世纪40年代，三老赵掾碑出土于乐都。完整的三老赵掾碑碑额刻有大篆书"三老赵掾之碑"6个大字，全文有汉代正隶694字，落款为"光和三年十一月丁未造"。可惜因为火灾，三老赵掾碑被毁，如今碑身仅存碗口大一块，馆藏于青海省博物馆。

三老赵掾碑是汉隶中的佳品，书法界评价此碑书体精美，兼有张迁、华山、校官诸碑之长，介乎曹全和孔庙之间。

多年来，三老赵掾碑成了乐都人发展书法艺术的底气。三老赵掾碑记载了汉朝时期的河湟往事，其中就有赵宽"教诲后生，百有余人，皆出俊艾，仕入州府"的记载。赵掾名赵宽，掾是古代官职名。赵宽作为当时的书法大家，将书法这门艺术广为传播。也许就是从那时起，乐都就有了西北颇有影响的书法教育和书法传承。

老鸦峡自古以来就是连接甘、青的交通要道，峡谷两侧壁立千仞，谷内湟水激湍，奔流不息。《碾伯县志》记载，老鸦峡内曾有唐朝开元年间凿刻的摩崖石刻，是河湟地区唐代摩崖石刻的代表作之一。按照书中记载，乾隆年间任西宁府佥事的杨应琚曾亲自前往查看老鸦峡唐代石刻，在其编著的《西宁府新志》中写道："余曾亲至其地，抚摩久之，因字小年远，风雨侵蚀，已模糊不能辨矣。惜哉！"

在乐都瞿昙寺有一块明朝皇帝朱元璋敕赐"瞿昙寺"匾额，"瞿昙寺"三个大字雄浑厚重、庄严肃穆、法度森严。除此之外，瞿昙寺中还有许多牌匾碑刻及楹联，无一不是难得的书法精品，极具史料价值和书法鉴赏价值。这些牌匾楹联、金石碑刻最终成为乐都地区书法发展的重要基础。

从先秦时期的古羌地，到汉时中原王朝经略河湟，再到历朝历代统治青海，乐都一直是河湟农耕文化的中心地带。随着历代中原王朝移民戍边政策的实施，来自中原地区的汉人陆续进入乐都，乐都文化也随之越来越繁荣，书法这门艺术也越来越普及，最终融入了老百姓的日常生活中。

留书乐都的左宗棠、于右任、赵廷选、吴栻……

文人墨客是书画艺术的主要创作者和传播者，他们的墨宝无一不是乐都人民眼中的珍宝。

在我国古代相当长一段时间里，书法是读书人必须研习的实用技能，同时也是读书人入仕的"敲门砖"，许多古代任职乐都的官员，或多或少对乐都书坛产生了影响。

唐朝时，乐都是陇右节度使府所在地，历任陇右节度使无一不是名将能臣，这十几位陇右节度使中，颇有书法造诣的不乏其人。唐朝著名边塞诗人高适在名将哥舒翰任陇右节度使期间，曾任左骁卫兵曹参军、哥舒翰幕府掌书记，在河湟生活一年多时间，留下了许多与青海山川风物和重大历史事件有关的诗篇。《敦煌唐人诗集残卷》记载，高适之后，当时还有吕温以及佚名诗人等数位文化造诣很高的文人途经青海。

乐都是丝绸之路青海道和唐蕃古道的必经之地，历朝历代官员、使臣、商旅、文人往来不绝，唐以后的历朝历代，越来越多的书作留在了乐都。

在乐都，还有许多官员、文人留下的碑记匾额。《乐都县志》记载，乐都现保存有"三碑一匾"。青海师范大学历史系原教授张得祖介绍，三通碑记中，一通是会景楼、凤山书院合璧碑，正面是进士陈仲录撰写的《碾伯会景楼记》，背面是道光时期碾伯知县冯曦撰写的《创建碾伯凤山书院碑记》。第二通是西宁道按察使司杨应琚撰写的《重建碾伯县文庙碑记》，三是民国时期代理县长火灿刻立的《冯玉祥语录碑》。一匾是清朝陕甘总督左宗棠为碾伯县宏济寺题写的"五蕴皆空"匾额。"这些碑匾不仅是珍贵的历史文物，更是学习和研究书法艺术的重要范本。"张得祖说。

在众多过境乐都的文人中，还有一位对乐都书法艺术的发展影响深远的书法大师，那就是于右任。作为一代宗师的于右任先生，1943年冬结束在新疆的视察工作来到青海，逗留乐都期间，他下榻于当时同乐公园会景楼。于右任先生在乐都期间，品尝乐都软儿梨并赋诗"休道葡萄味甘美，冰天雪地软儿香"。当他看到乐都文人李兰谷撰、林育德书写的一副"放眼界以游观楼台会景，振精神而抗战花木皆兵"的对联后，于右任赞叹道："此对联题意豪放深刻，书法高而工整，充分表达了青海山河的壮丽和民族抗战的决心。"这不仅是对这副对联的肯定，也是对乐都这个书法之乡的肯定和褒扬。于右任先生又为乐都同乐公园题写匾额"还我河山"，他还应请求为乐都学人和人民群众留下了几十件珍贵的墨宝。这笔丰厚的精神财富一直是乐都人的文化瑰宝。这些作品在乐都这块重视传统、尊重文化、敬仰圣贤的土地上产生了巨大的艺术影响。

彼时，青海其他地区的文人也在乐都留下了不少作品，如清朝西宁书法家张思宪撰书的"义表春秋"匾额，西宁文化名家来维礼留下的诗歌佳作，书法家李德渊留下的墨宝，等等。

乐都的文化发展，除了有过境官员、文人等的滋养，本地文人更是功不可没。明清时期是青海，特别是河湟地区教育文化发展的重要时期。随着儒学的兴起，特别是乐都凤山书院的举办，参加科举考试的生员学子越来越多。《西宁府新志》《西宁府续志》以及《碾伯县志》中记载，明清以来，碾伯县考取进士的有 3 人，考取举人的有 17 人，考取贡生的有 40 人。"这些人在书法上都有相当的造诣，其中不乏书法大家，他们对乐都乃至河湟地区的书法艺术发展发挥了积极的推动作用。"张得祖说。

在乐都流传着这样一句话："谢善述的文章，赵廷选的字，李兰谷的楹联，王长生的戏。"谢善述、赵廷选、李兰谷都是乐都籍文化名流，他们在书法上的成就非常高。"谢善述的文字娟秀，在乐都南山不少人家中至今还挂着他写的中堂、条幅。李兰谷的文字笔力深厚，曾被甘肃名儒刘晓岚评价为'才华出众，文字并茂'。"张得祖说。

在乐都，还有诗名远播，被称为青海文人之冠的吴栻，其书法也堪称绝佳。青海省图书馆馆藏有一册吴栻手书诗文集《赘言存稿》，书签上"赘言存稿"四个楷体字遒媚劲健，诗文集中的字自然雄媚，笔法娴熟，足见其书法功力之深厚。

今天，在乐都南山和化隆一代，还有人在传唱乐都人唐世懋编写的《十字鉴略》。唐世懋学识渊博，才兼文史，被誉为"大雅文章白雪高"。还有著名画家郭世清，他与方之南、张之纲和周宜遵并称民国青海四大画家，他的画既有古法、又出新意，运笔潇洒俊逸，不仅有着浓厚的地域特点和民族特色，还散发着浓郁的乡土生活气息，乃画界珍品。唐世懋、郭世清的书法在当地也备受推崇。

这些只是众多乐都籍书法文化名人中的一部分，还有许多不为外界所熟知的乐都文人，他们隐身于乐都乡野，却默默地为文化的传播和书法艺术的普及贡献着力量。

乐都人的生活习惯和乡风民俗中都蕴藏着对文化的尊重和喜爱

乐都人对书法的喜爱，还体现在了他们的一言一行中。

我省著名作家王文泸多年前曾到乐都瞿昙镇下乡，后来他根据在当地的所见所闻写了《文明的边缘地带》一文。他在文中写道："这里的人好谈历史，热爱书法，崇仰文化名人，并且以对这方面的知识的十分有限的占有为自豪。即使是没有文化的人，也不缺乏对文化的敏感，不缺乏对那些远远高出于他们的水准的传统文化的欣赏态度。"

孔子曾曰："礼失而求诸野"，意思是指古礼不传，可访民间。乐都仿佛是一方求礼之"野"。乐都人说话很文雅，语言干净，待人接物非常有讲究。在乐都农村，人们习惯称文化人为"先生"，这是一种尊称，他们一般都是村里品德高尚、能书会画、学识渊博的人，很受村民的尊重。

乐都人非常尊崇文化，尊重书画家。很多当地人在盖好新房后，第一件事不是买家具，而是求一幅字画挂在墙上。走进很多乐都老乡家中，正房中堂都会悬挂书画作品。作品不一定都是名家所写，但都极具书香气息。

"如果有人到家中串门，主人必定会让客人评判一下家中字画的好坏。如果这幅字画多少有些名头，主人说起来更是神采飞扬，尽管他们自己很可能认不全那一幅字。"（摘自王文泸《文明的边缘地带》）

欣赏书画是乐都潜在的一种风气，很多人都喜欢鉴赏字画，虽然他们的水平可能很一般。"有欣赏的人，艺术的存在才会有价值。正因为乐都百姓喜爱书画，乐都的书画才能得到持续发展。"海东市乐都区文联主席李积霖说。

在乐都，如果有人能写一手好字，会很受人敬重。村民家中有红白事，会拿着"礼行"恭敬地请人写庆联、寿联或挽联。"求字已然成为乐都的一种风尚，即便是条件比较艰苦的地方，也是如此。出于对文人和书画的尊重，他们从不空手来，或是提一桶清油，或是拎一只大公鸡，这样的举动让很多书法家感动。"李积霖说。

乐都区蒲台乡78岁的赵元瑛是当地有名的书法家，每年春节前夕，乡亲们都会早早地到他家排队，拿着裁好的红纸，等待赵元瑛笔走龙蛇写一副春联。有些人家的春联会使用传统春联，也有人会根据自家的情况自己创作或请人创作寓意吉祥的春联。品鉴各家春联，也是乐都人春节期间的一件乐事。

李积霖介绍，乐都人普遍喜欢手写体的春联。谁家要贴了印刷体的春联，往往是要被笑话的。乐都的书法家也从不摆架子，只要有人求春联，都会欣然提笔，书写赠予。

敬惜字纸也是乐都人的传统美德，家中有字的纸张是不能随便丢弃的，看到地上的字纸也会恭敬地捡起来。以前很多地方还会设置专门的惜字炉，焚烧字纸。

乐都人的生活习惯和乡风民俗中无不蕴藏着对文化的尊重和喜爱。"家中无字画，愧作乐都人"，这句俗语言简意赅地诠释了乐都人对书画艺术的喜爱。这是乐都书画艺术之所以发展迅速的基础，也是乐都能被评为"中国书法之乡"的重要原因之一。

"耕读传家"的传统，为乐都书画艺术的发展提供了一方沃土

书画艺术在乐都有着非常坚实的群众基础。乐都区书法家协会主席徐文衍介绍，乐都区共有人口约28万，能书会画的人将近1万人，这还不包括在读的学生。其中，有很多人为乐都甚至河湟书画艺术的发展，贡献了自己的力量。

在乐都，有一个人的名字不得不提，那就是毛文斌。毛文斌老人自2003年退休后，放弃了安逸的退休生活，于2004年着手恢复建于

清代的河湟四大书院之一的乐都凤山书院，接着又组织了一个浩大的文化工程——打造青海河湟碑林。他呕心沥血，耗时6年，终于将其打造成了"青海书坛之大观，河湟地区之胜景"。

漫步青海河湟碑林，满目皆是翰墨飞扬。一通通不同款式、不同内容、不同书家、不同书体的碑刻，或镶于墙体，或置于亭廊，置身其间仿佛能与历代书法大家同行共谈……

乐都书法家余承乾介绍，青海河湟碑林就其规模而言，仅次于西安碑林、开封翰园碑林和兰州白塔山碑林。它的建成填补了整个青藏高原没有书法碑林的历史空白。河湟碑林建成后，常有文人墨客前来拜读和学习这些书法碑刻，也有很多学校组织学生来此参观。

乐都不仅有供人拜读和学习的河湟碑林，还有许多规模不一的书画组织，甚至有些村庄都有自己的书画院或书画班。

走进乐都区雨润镇汉庄村巨家文化大院，一股文化气息扑面而来。大院大厅里，挂满了各种书体的书法作品，不少书画家正在挥毫泼墨。当时，巨家文化大院内正在举办"池墨落纸书乾坤，薪火永继有传人"海东市书法爱好者研讨会。

巨克林是巨家文化大院的主人，他对中国传统文化有着无限的热爱。2005年，他依托祖宅建设了文化大院，旨在组织汉庄村和周边群众开展文化活动，并无偿为他们提供活动场所。

巨家文化大院俨然就是一个小型的文化馆，里面有书画、皮影、剪纸和刺绣的展陈室，还有阅览室、书画培训厅、音乐厅等。这里还会定期组织当地群众学习书法、刺绣等传统艺术，组织当地中小学生来大院参观学习……

巨克林至今还保存着一块从祖宅上取下来的，写着馆阁体"耕读传家"四个字的匾额。耕读传家是中国农耕社会传承下来的一种特有的家风，告诫后人要勤劳动、爱学习、善读书，这也是巨家的祖训。多年来，巨克林一直秉承祖训，并将之发扬。"我希望巨家大院以传承优秀传统文化为主要目标，丰富群众的文化生活，让传统文化深入人心、接力传承。"巨克林说。耕读传家的文化传承，为书画艺术在乐都的开花结果提供了良好的土壤。

巨家文化大院一直是当地书画家的一个"家"，他们经常在一起研习书法。今年 46 岁的张永录就是其中之一。

张永录是碾伯镇七里店村人，是一位地地道道的农民。受爱好书法的舅舅影响，他从小就对书法有浓厚的兴趣，20 岁时他开始自学书法，如今已学有所成。"我们村有许多书法爱好者，学有所成的书法家就有二十多位。"张永录说。在张永录的影响下，他的两个孩子也都非常喜欢书法，读大二的女儿研习颜楷，读八年级的儿子学习隶书。

郭世清是乐都的书画名家，以他名字命名的海东市郭世清书画院内汇集着乐都许多优秀的书画家，大家经常在一起切磋技艺，共话翰墨丹青。

笔者一行走进郭世清书画院的时候，一位耄耋老人正在画梅花，在他的笔下一幅红梅图即将完成。画中梅花的枝干遒劲，朵朵梅花傲雪初绽，梅花的风骨尽显。他就是被乐都人尊称为"周梅花"的周世英老人，他专画梅花，作品很受大家喜爱。

书法家陈芝茂是郭世清书画院的院长，他擅长行书，书体清雅俊秀、不激不厉、潇洒出尘，作品广受赞誉。他说，乐都人对书画有着特殊的情结，他曾到瞿昙镇一户农民家中参观，看见那户人家的几间大房都不住人，专门用来陈列书画作品，这体现了他们对书画的尊重和珍视。

郭世清书画院的场地由瞿昙国际滑雪（草）场的曹进彦董事长免费提供，书画院的场地如果对外出租，曹进彦每年可以收取十余万元的租金。"传承和发扬乐都深厚的文脉，是每一位乐都人的责任。"曹进彦说。在乐都，像曹进彦这样为书画事业出力的企业家还有很多。

今年 68 岁的书法家余大珍是郭世清书画院的副院长，他的左手书法造诣极高。他从八岁开始学习书法，写右手书法 32 年，成就不俗。可是 18 年前，因疾病他的右手几乎再难握笔，这对一个书法家来说简直是致命一击，可是他难以割舍对书法的热爱，于是开始修习左手书法，如今他的左手字毫不逊色于右手字。

郭世清书画院还经常承担两项重要的工作，一是组织乐都区的书法家们走出去学习，或者邀请全国知名的书画家到乐都来授课。二是培训下一代学习书画。"现在很多家长越来越重视孩子在书画艺术方面的发展，我们的学生有不少是学习书画的好苗子。"陈芝茂说。

因为乐都人崇尚书画，创作数量巨大，使得乐都区文房四宝的销售量巨大，书画装裱市场也越来越繁荣。李积霖介绍，乐都区有位从甘肃来青从事书画装裱工作的小伙子，他在乐都经营多年，不仅书法水平不断提升，也挣到了不少钱，在乐都买了房、买了商铺。

许多人将乐都人喜爱书画、尊重书画的现象称之为"乐都现象"。正是因为拥有广泛的群众基础、健全的书法组织和稳定的书法队伍，2013 年，乐都区被中国书法家协会授予了"中国书法之乡"的称号。

不写毛笔字，愧作乐都人

如今，乐都区又流传着一句新的俗语："不写毛笔字，愧作乐都人。"这句俗语主要针对的是青少年。

乐都人热爱文化，崇尚书画，潜移默化之下，乐都的青少年也非常喜欢书画。特别是乐都被评为"中国书法之乡"后，青少年学习书法在乐都已蔚然成风。

在乐都街头，校外书法学习班比比皆是，还有不少书画家义务给孩子们教授书法，书法家徐文衍和辛元杰就是如此。

徐文衍说，家庭健全、条件良好的人家，让孩子学习一门艺术并不难。可是有些单亲家庭或贫困家庭的孩子却难以受到专门的书画培训，我们创办的博达书画社，专门为这些孩子提供书法公益培训。

在徐文衍和辛元杰的学生中，最令他俩印象深刻的是三姐弟。每次上课，姐姐都会牵着弟弟和妹妹来学习，从不间断。如今，博达书画社招收了四十多个孩子，没有学习场地，笔墨纸砚的成本也不菲，是岗沟学校的侯文成校长给予了很大的支持。"这是乐都文化人对传承乐都文化的坚守和奉献。"徐文衍说。

书画伴随着中国数千年的历史，培养孩子学习书画不仅是一种美的教育，还具有育德、启智的综合效应。学习书法就是在直接与中国文化对话。在乐都，几乎每所学校都有书画社团，乡村少年宫更是孩子们学习书画艺术的好地方。

9月23日下午，秋日高悬。一阵悦耳的铃声后，乐都区七里店中学的学生纷纷跑进了自己喜爱的社团教室。在书法社团，四十几名学生整齐有序地坐在课桌前，左手按纸，右手执笔，力达笔端，一笔一画地写着毛笔字。授课老师穿行其间，不时纠正着学生的坐姿和运笔方法。

教室的黑板上，贴着一幅作品，她的作者是今年13岁的赵梦雪。"千里莺啼绿映红，水村山郭酒旗风。"赵梦雪书的字虽然笔法稚嫩，字体结构略有瑕疵，但笔画分明，纵横有象，已见功力，得到了老师的好评。

赵梦雪说，她的爷爷是一位书法爱好者，她从小看爷爷写大字，觉得很有趣。受爷爷的影响，她在很小时的时候便喜欢上了书法。知道学校有各种各样的社团，她毫不迟疑地报名参加了书法社团。

在乐都，像赵梦雪这样受家人影响而喜欢书画的孩子还有很多，其中不乏天赋极好的学生，他们都是乐都书画艺术发展的未来和希望。正因如此，在乐都青少年中间形成了新的俗语，那就是"不写毛笔字，愧作乐都人"。

李积霖介绍，通过学习书画，不少乐都孩子走上了艺术的道路，他们参加全国艺考，被各大艺术类院校录取的不胜枚举。

从"家中无字画，愧作乐都人"到"不写毛笔字，愧作乐都人"的变化，是乐都人对文化的传承，也是乐都人不断充实"中国书法之乡"内涵的底气。

书法之乡的发展之路

2013年，乐都被评选为"中国书法之乡"后，乐都群众对书画艺术的热爱之情空前高涨。在政府和书画家的努力下，乐都书画艺术的发展步入了快车道。

在发展面前，乐都人没有沾沾自喜，反而看到了许多不足，有了新的思考，他们深切认识到，文化要发展，就不能满足于自娱自乐、自我陶醉，而是应该以此为契机推动整个区域的发展，引领河湟文化走向全国。

9月27日，"书说乐都——中国书法之乡论坛"在乐都区举行。我省多位专家、学者及书画家齐聚一堂，探讨乐都书法之乡未来的发展之路。

有专家主张，乐都应该依托自身文化、历史禀赋打造一座集创作、装裱、展览、鉴赏、销售为一体的书法特色小镇和书画产业基地。也有人认为，乐都应该大力挖掘历史上的书法大家，以他们为依托，宣传乐都文化和艺术。在乐都城市建设和乡村振兴中，要尽量融入书法文化元素，营造浓厚的艺术氛围……

漫步乐都街头，一家家别具特色的书画装裱行、文房四宝店随处可见，这里出售的书画大多出自当地书画艺人（其中不少是土生土长的农民）之手。乐都区从县城到各乡（镇）、各村，形成了一支具有相当规模的老、中、青梯度发展的书画队伍。他们中有农民、教师、干部，还有手工业者、学生……在乐都，上至耄耋老人，下至总角垂髫都在学书法、写书法。

木欣欣以向荣，泉涓涓而始流。李积霖说，相比于其他"中国书法之乡"的发展，乐都可能落后不少。但近年来，更多的乐都人在书法的道路行走探索。只要乐都人对书法的热爱和尊重之心不变，不断学习和进步的热情不息，乐都书法之乡的发展必然会更上一层楼。

约会犁铧顶

张　扬

如果我有一个约会，那一定是犁铧顶。

努木支沟千年不变，悄无声息地记录下了无数岁月，过沿沟、过藏沟的石头也最终幻化成了瀑布。还有那个人，他从远古而来，但他不是一个过客，而是和犁铧顶众多桦树一同，构成一个传统村落的最美风景线。

被马兰花包围的村落

还未进入努木支沟，便闻到花的芬芳，布谷鸟躲在山林里，就像一个上紧了发条的闹钟，有节奏地叫着。

此刻是阳历五月，马兰花开始包围桦林村，盛开的花朵引来成群的蜜蜂，偶尔有几只蝴蝶飞过。

通往海东市乐都区共和乡桦林村的道路一直沿着努木支沟蜿蜒前进，两侧的大山怪石嶙峋，山顶有浓密的树林，再往上，是湛蓝的天空，还有朵朵白云。南有赶草坡，北临犁铧顶，东靠鹰高嘴，西连岗手岭，桦林村似乎被大山紧紧包裹。其实，这些大山仅仅是祁连山脉的一小部分，登上岗手岭，即使晴空万里，也会突发七级大风。在山顶极目远眺，你很难能看到平坦的土地，目光所及全部是山梁和沟壑，而桦林村，就被努木支沟、过沿沟、过藏沟三条大的沟壑所切割。

桦林村是一个神奇所在，三个社呈三角状分布，一社位于上窑洞，在岗手岭脚下。这是一个似乎与世隔绝的世外桃源，进出村社需翻越海拔 2900 米的岗手岭，十八弯的山路惊险得令人惊心动魄，有些路段修建在山脊上，两侧是绿油油的梯田，大风也是在这里发威，让你根本无法立足。让人意想不到的是，进入村社却感受不到一丝风吹来，是四周的大山给了桦林村一社一个避风港湾。一社是桦林村最早的形成地，先民们选择这里，肯定是看中了这里的安详。

坐落于努木支沟沟口的二社，则是桦林村先民们走出大山的第一站。二社的地势相对平坦，静卧于河滩地带。努木支沟的河水清澈而甘甜，并且终年水流不断，水流量也不大。离开一社的山窝，在二社可以尽享生活的便利。但不得不承认的是，二社所在地有一个致命的"软肋"——它是努木支沟洞开的一个门户，这在战乱年代是一个兵家必争之地。也许正因如此，才有了桦林村三社的出现。

桦林村三社在努木支沟上游位置，以前是牧民的草山和原始森林。当然，在这里建设村落也是有风险的，除了温顺的努木支沟，切割村落的过沿沟和过藏沟都是典型的洪沟，常常裹挟山洪和石块俯冲而下。不过，桦林村的先民们也是绝顶聪明，他们把房舍都建在了犁铧顶山坡的台地上，两座 140 余年历史的木楼至今还完好无损，沐浴着阳光。

暗藏石瀑景观的山沟

从桦林村西去二十余公里，就是乐都北山最高峰松花顶，这也就注定了桦林村不是一个寻常的村落。

在布谷鸟的鸣叫声中，我们前往过沿沟，对于我们这些不速之客，这里的主人之一——山鸡置若罔闻，它们"咕咕"地低鸣着，信步在山崖树丛中。山沟里的主人显然异常包容，也许是对于外来的闯入者没有丝毫的办法，只能任由我们走进了深沟。

眼前的一切忽然让人心跳加速，开始踩在脚下的零星的石头，突然间在山沟里排列成了巨大的石阵，不仅仅在沟底，两侧的山坡上也是密密麻麻。这些石头以花岗岩为主，大小不一，大的有数十吨，小的如指甲一般。刚进入沟口时，我们一直认为这些石头是山洪搬运而来，现在看来我们的猜测是错误的。山洪没有这么大的力量撕裂这么多的大山的岩石，并把它们抛下山顶，让这里形成一道令人震撼的石瀑布。

也就是在山坡上的大小石块中间，蕨菜茂盛地生长着，村委会主任祁万财告诉我们，更好的蕨菜藏在过藏沟里。于是，我们决定移师过藏沟。

山村的早晨有些寒冷，攀爬山沟却还是让我们热感十足。和过沿沟相比，过藏沟显得更加陡峭。这里显然是蕨菜的领地，它们像一个个精灵，又像守护山沟的卫士。

蕨菜是大自然的赐予，村民们采摘蕨菜有着严格的流程。之前采摘蕨菜曾是村民们的一项不错的收入，但随着蕨菜致癌传闻的流出，如今蕨菜不再是市场上的宠儿，村民们也很少有人专门上山采摘蕨菜。

在过藏沟，石瀑景观则更加明显，被大自然割裂的花岗岩块头更大一些，有些石头上还被刻画出岩画。由此可见，在桦林村，历史上曾经有过大的地质运动。地质运动让大山为之震颤，抖落了身上的石头，让它们如瀑布般倾泻而下，最终占领了这两个山沟。

犁铧顶来了一位不速之客

秦汉以前，桦林村所在地属羌戎地，汉武帝元鼎六年（公元前

111 年），汉军进入湟水流域，桦林村所在地归入汉朝版图。汉宣帝神爵二年（公元前 60 年）桦林村隶属金城郡破羌县。南北朝时桦林村所在地为南凉国管辖。北魏孝昌二年（526 年），改属鄯州。隋文帝开皇十八年（598 年），又属于湟水县管辖。唐高宗仪凤二年（677 年），乐都设置鄯州都督府，桦林村所在地再次改属鄯州。宋时，桦林村所在地先后归属邈川、湟州、乐州。元时，属西宁州。明代先后属碾北卫、西宁卫碾伯右千户所。

自古以来，作为祁连山余脉的犁铧顶一直是一片生机勃勃的景象，这里鸟兽成群结队，森林间溪水潺潺，大片的桦树枝繁叶茂，这些山头的实际占领者是森林之王老虎，还有阴险狠毒的狼群，至今桦林村附近还有一个叫虎林的地方，之前被称为虎狼沟，附近的山沟则被称为骷髅沟。

在桦林村村民张志新的记忆中，桦林村最后一匹狼出现在 20 世纪 90 年代，很多村民都看见它在村庄周围逗留，此后便消失得无影无踪。

140 年前的大清帝国风雨飘摇，犁铧顶茂密的森林里却迎来了一位"不速之客"。他们是从互助的松多滩风尘仆仆赶来，经过了花园沟、竹路沟、上什达口、主里，这群不速之客的头领名叫阿万，与其说阿万是头领，还不如说他是一群羊的主人。这群羊并不多，大概不到十只的样子。艰苦跋涉来到犁铧顶，20 多岁的阿万感慨万分，回想起在松多的童年生活，以及几天前三兄弟各奔东西，不禁眼圈发红。但阿万没有落泪，他来不及伤心，他要赶在冬天来临之前找到藏身之所。

远看犁铧顶，就像一个巨大的铁犁深深地插在大地上，这对在大山跋涉的人来说，确实是个好兆头。走下犁铧顶，攀上岗手岭，周围的一切突然豁然开朗，千山万水尽收眼底，而山下的窑洞，则成了远来客人最佳的落脚地……

走进桦林村如同翻开一部大书

阿万的故事在桦林村时而模糊、时而清晰。阿万家族缔造了桦林村，这在村里早已达成了共识，村落里仅有的三座百年建筑，也都是阿万家族的资产。早于阿万家族来到桦林村的，则是同为藏族的哇伊家族，不过哇伊家族最早的落脚点在桦林村二社，而不是翻过岗手岭的下窑洞。

阿万的后人阿更治说他们的先人就是来自互助松多，当年三个兄弟一个去了互助北山、一个去了乐都南山，一个则扎根在了桦林村。但可以肯定的是，阿万家族在桦林村最终成为一个人丁旺盛的大家族。在这一点上，无论村里的藏族群众，还是汉族群众，都给予了认可。

走进桦林村如同翻开一部大书。随着对桦林村的深入了解，更多的谜团浮现。首先是桦林村的多姓，汉族有祁姓、张姓、王姓等，藏族有阿万、哇伊等，加起来有十余个之多。尤其是村里的汉族，他们都不是村里的世居者，多数来自乐都引胜沟一带。一个村落为什么会出现这么多姓氏？这肯定能够证明这个村落曾经有过迁徙史，而这么多姓氏的出现，也和阿万家族的兴盛有关。

阿万来到桦林村后，在破旧的窑洞里躲过了寒冬的侵袭。春天终于来了，区指可数的母羊产下了羊羔，给阿万带来了希望，踏着春的脚步，阿万赶着羊群进了山。说是进山，实际上向东翻过岗手岭到了犁铧顶脚下。怒木支沟的河水甘甜醇烈，如老家互助的青稞酒一样令人陶醉，两岸的马兰花香气扑鼻，水草中一只只鸟儿扑腾而起，留下一曲曲婉转的乐曲在山坳里回荡。阿万禁不住唱起拉伊，那歌声嘹亮，引来桦树"哗啦啦"的掌声。

不仅羊群不断壮大，阿万还赢得了一位藏族姑娘的芳心，他们结婚生子，生活幸福美满。和众多的民间故事一样，桦林村的这个故事也是以艰辛开始，最终是一个大团圆的结局。阿万家族的牧场日渐扩大，并在犁铧顶附近开垦了耕地，昔日在犁铧顶放羊的草棚不见了，取而代之的是一栋二层木楼，这样的木楼当时在整个碾伯县也难寻几个。

后来，家大业大的阿万家族雇用了一些长工，还发展了一些佃户，这些长工和佃户都是碾伯县附近的人，他们最终也融入桦林村，成为桦林村中的一员。随着儿孙满堂，阿万家族后来又盖了两栋豪华的二层木楼。

在桦林村，村民们把阿万家族的人都亲切地称为"阿万家"。"文革"期间，阿万家的三栋木楼被收为国有，用于生产队仓储，改革开放后，这些木楼再次物归原主。时代的变迁富有戏剧色彩，但不变的是，阿万家至今仍受到村民们的尊敬。

豪华木楼守望140年沧桑

说起阿万家的木楼，每个村民都会眉飞色舞，都会因它们的存在而自豪。

因地处大山深处，桦林村传统建筑较为集中，现代建筑微乎其微，多数建筑历史都在30年以上，超过140年的就是阿万家的木楼，分别为阿更治木楼、阿力治木楼、阿显彪木楼。桦林村传统建筑多为土坯房，建筑结构为土木结构，先打好地基，然后用圆木架构外形，随后用土砖垒砌墙体。有些墙体如配房、棚圈等，则用柠条编制后糊上泥巴制成。房顶多为平顶，先用柠条盖顶，然后覆土，土就是典型的黄土，里面掺了一些麦草（以此增加泥土的黏合性和防水性），然后用碾子碾实，村民每年春夏季都要对房顶进行除草、碾压，保障房顶安全可靠不漏雨。

三处木楼则是传统村落的杰作，木楼上下两层，几乎全部为木结构。门头雕花或精细或简约，在符合河湟传统庄廓院制式的基础上，木雕等还充分体现了民族特色，彰显海东多民族融合的特点。

虽然历经 140 余年的沧桑，阿家木楼至今仍保存完好，向我们诉说着曾经的历史岁月。阿更治院落大门为青海河湟地区典型的庄廓院大门，大门朝西，虽然经过翻新，但基本保持了原貌，即院门较小，这在民间的说法是聚福聚财。整个院落为方形，中间为天井，天井内建有花园和煨桑台，垒砌天井边缘的部分石条还保存完好。

进门左侧为新建三间瓦房，现为主人的起居室和会客厅。右侧为三间土坯房，为土木结构，主要是羊圈、马厩以及柴房。正对大门是二层木楼，上下共 7 间，一楼北侧厢房为厨房和杂物间，南侧厢房如今被改为羊圈。中间三间为卧室和起居间。一楼南侧有一个木制楼梯，楼梯二楼出口有活动盖板。二楼北侧厢房为粮仓，南侧厢房为工具杂物间，中间三间是佛堂，供奉有佛像。

木楼建筑结构为拱檩悬前格局。整个宅院木雕精致，既有透雕，也有浮雕，图案以八仙手持法器为主，具有民族及宗教特色。阁楼前檐柱硕大，直径约 0.33 米，高约 6.4 米，楼梯在阁楼南侧。南、北厢房主体仍保持原貌，为平方塔前格局。整个木楼使用了 24 根立柱，每个房梁几乎都使用了三根圆木，显示了北方民居的深沉厚重。和很多建筑不同的是，木楼四面都有挑檐，极具宫殿气息。

有一个藏族部落叫华锐

桦林村的藏族同胞究竟来自哪里？他们为什么选择了桦林村？村民们口耳相传的资料极其有限。

在阿更治家，女主人向我们展示了她美丽的服饰。这种服饰和玉树、果洛地区的藏族服饰有所不同，但又有似曾相识的感觉。我终于想了起来，是在门源的仙米见过，那里的藏族有一个特别的名称——华锐。他们会跳一种叫"华热"的歌舞。难道桦林村的藏族就是华锐藏族？而查阅相关史料，这个猜想得到了印证。如今海东市乐都北山、互助等地的藏族，多数都是华锐藏族。

相关资料显示，除了传统的三大区外，还有几个比较特殊的藏族群体，他们共同组成了藏族大家庭，分别是嘉绒藏族、工布藏族、白马藏族、华锐藏族、卓仓藏族、夏尔巴人。嘉绒是藏语对四川大小金川及黑水藏族聚居区的地名称呼，区域包括今天阿坝州和甘孜州境内岷江中上游，大渡河上游的大、小金川地区。唐代吐蕃东进，驻军于大渡河、岷江一带，据险而守，军队与当地嘉良、东女、附国等各土著部落相互融合，形成了今天独特的嘉绒藏族。工布藏族主要在今天西藏的林芝地区，以工布江达、林芝为中心分布。白马藏族主要生活在甘肃省陇南市文县铁楼乡白马河流域和四川省平武县、九寨沟县一带，众多民族学和史学家认为，白马藏族是古代氐族的后裔。卓仓藏族主要生活在青海省乐都、平安、湟中等地一百公里范围内，自称"卓仓哇"，据说卓仓藏族最早也是来自西藏。夏尔巴人，藏语意为"来自东方的人"，主要散居在中国、尼泊尔、印度和不丹等国边境处的喜马拉雅山脉两侧，语言为夏尔巴语。

"华锐"，意为英雄的地区或部落，是白牦牛的故乡。历史上华锐是指青海省湟水以北的乐都北山、互助、门源、大通东部和甘肃的天祝、肃南皇城等藏族聚集区。形成华锐藏族的主体是吐蕃人。吐蕃王朝时期，吐蕃的一支军队进驻定居后逐渐形成了该地区藏族的主体。清代华锐著名学者松巴·益西班觉在其著作《青海史》中认为，吐蕃进入青海最早的是华锐，正是由于吐蕃后裔的背景和对传统文化的较好保存，所以形成了独特的华锐方言，与安多等其他地区的方言有着较大的差异。虽然华锐方言还是属于安多方言，但华锐方言保存了大量古藏语词汇，有些用词发音也不同于其他地区的安多藏语发音。华锐藏族自称"博"或"华锐嘎布"，男子多穿白色毡袍，反映了华锐藏族特别崇尚白色，并认同与其他地区藏族同出一源的深刻民族观念。从古至今，华锐地区人杰地灵、学者辈出，为藏族文化的发展做出了重大贡献。

祁连山遗留的文化基因

祁连山脉给桦林村留下险峻的同时，也留下了丰富的生活所需，富足的生活又充实了人们的精神世界。无疑，祁连山在这里遗留下顽强的文化基因，多个非物质文化遗产都在桦林村交集。

每年农历六月中旬，乐都北山有跑马风俗的地区人山人海，热闹非凡，从附近乡镇赶来的群众云集山顶开阔处，争睹一年一度的北山跑马会盛况。桦林村是北山跑马的主要赛区之一，2015 年乐都区赛马会就在这里举办。

相传，唐朝文成公主进藏路过乐都境内，受到当地群众的热烈欢迎。为答谢当地群众，在她的倡导下，举办了跑马大赛，后该习俗一直沿传至今，到清朝达到鼎盛。每逢农历六月中旬，当地群众汇聚于平坦的山顶，各族群众穿起节日的盛装，妇女们打扮得漂亮，小伙们精神抖擞。赛马活动开始，当地德高望重的老人祭山神，祈求风调雨顺、五谷丰登。祭山神活动结束，开始进行赛马活动，骑手们骑着各自的高头大马，神气活现地站在起跑线上，随着发令员的一声令下，骑手们吹着哨子，旋风般地向终点冲刺，获胜的头马披红挂彩，骑手们被大伙儿众星捧月般簇拥到主席台上领奖。赛马结束后，从各地云集而来的商贩开始了物资交流，忙碌了大半年的群众放开了他们优美的歌喉，唱起了开心的花儿、拉伊，尽情歌颂幸福的生活。

拉伊脱胎于藏族山歌（牧歌），属于藏族传统音乐。藏族传统音乐特色鲜明，品种多样，包括民间音乐、宗教音乐、宫廷音乐 3 大类。民间音乐可分为民歌、歌舞音乐、说唱音乐、戏曲音乐、器乐等 5 类。卫藏、康、安多 3 大方言区的民间音乐在风格上有明显的差别，乐种亦不相同。宗教音乐包括诵经音乐、宗教仪式乐舞羌姆、寺院器乐；宫廷乐舞嘎尔只传于拉萨布达拉宫及日喀则扎什仑布寺。民间音乐在传统音乐中居主要地位。央移谱民歌包括山歌（牧歌）、劳动歌、爱情歌、风俗歌、诵经调等。山歌音域宽广，节拍、节奏自由，旋律起伏较大，悠长高亢，极富高原特色。安多地区的山歌当地亦称为酒曲。牧歌流行于牧区，与山歌音乐特点相近。山歌、牧歌有多种曲调，结构多为上下句体，常用羽、徵、商、宫五声（或六声）调式。甘孜山歌《阿中》是具有代表性的一首。劳动歌藏语称"勒谐"，种类甚多，在各种劳动中都有特定的歌曲。有的节奏鲜明，与劳动动作紧密配合，如打青稞、挖土、打墙等；有的节奏较为自由，如放牧、犁地、挤奶等。劳动歌有独唱、齐唱及一领众和等形式。拉伊主要指爱情歌，一般限于在野外歌唱，这种情歌在安多地区称"拉伊"，卫藏地区称"嘎噜"。情歌音乐有的深情，有的开阔自由，接近山歌风格。

而花儿、拉伊早就列入国家级非遗名录，北山跑马也已列入省级非遗名录。

耕读传家久，诗书继世长

李积霖

　　"耕读传家"的寓意就是以勤劳耕种土地和勤奋读书为传家之本。过去农村过年，"耕读传家"是很多家庭的春联横批。在乐都的农村里面诸如此类的门匾也有很多，门匾是乡村有文化人家的符号，大家有没有注意到，其中"耕读传家"和"耕读第"是最多的，也是最适合农民生产生活的愿望达成标准的。除此之外还有像"惠风和畅""诗礼传家""贵在自立""勤和家兴"等等，不过"耕读传家"是最切合实际的，适应广大农民的，其他的是因人而异，因家不同。尤其最让人印象深刻的便是"耕读第"，耕：种地种田的意思，读：读书；第：中第，考取秀才与中状元。在古代参加科举考试是农家子弟平步青云的最好途径，也可以说是唯一途径。耕读传家，曾是中国人理想的家庭生活方式，也是我们优秀传统文化的精髓之一。

　　早年，我并不明白这四个字的意义，但是现在，自己也工作了二十多年以后，对"耕读传家"有了不一样的认识和感情。书本里讲："事稼穑，丰五谷，养家口，立性命，乃以为'耕'；知诗书，达礼义，立高德，养身性，乃以为'读'。'耕读传家'既学做人，又学谋生。"

我个人理解，对于现代社会不从事农耕的人们来说，这个"耕"字还可以解释为"勤于钻研业务，勤奋敬业，踏实工作，养家糊口，立性命"。过去的人为了科举拼命读书，有的人从一披乌丝读到满头白发，仍孜孜不倦。"耕读传家"的核心理念就是一个人"苦其心志，劳其筋骨，饿其体肤，空乏其身，行拂乱其所为，所以动心忍性，曾益其所不能。""耕"的作用就是能够让人沉下心来，对自然和社会有所敬畏，能够"穷则独善其身，达则兼济天下"，守得住清贫，耐得住寂寞！反观当今社会中人与人之间的关系日渐疏离，变得淡薄、冷漠，这些建立在利益之上的人际关系，缺乏彼此的互谅关怀，完全没有温情可言；而家庭不和、子女忤逆引发的伦常悲剧，差不多每天都可在网络、报纸上看到，在新闻报道中儿女一朝飞黄腾达后，便对父母置之不理，任由父母风餐露宿的事已屡见不鲜。人们的浮夸作风，自以为是、吊儿郎当的处世态度随处可见。常不可一世地自我吹嘘，对他人的才华不屑一顾，甚至冷嘲热讽，完全不明白"取人之长，补己之短"的道理，这的确是当今社会的悲哀。这难道不是"耕读传家"家风的缺失吗？

我小时候记得父母亲常告诫我们的就是"只有读书才有出路！"为人父母者，都望子成龙，望女成凤。好的家庭氛围，好的家风，自然是一种无形的力量。二十多年前我们父辈们依旧奉行"耕读传家""耕读第"的家风标准，一边辛勤劳动种地，一边培育子女好好读书，这样他们的辛苦既有了收成的回报，又有了子女中第考取大学的回报，这也是耕读传家最直接的展现方式。可现在的"耕读传家"是越来越不被人看好了。"耕工之家"倒是在农村越来越兴盛起来：他们一边用"耕"维持着家里的温饱，一边在外面打工，来购置城里的楼房，供子女上大学，为子女结婚娶妻攒钱。表面上看识文断字的人越来越多了，大学生到处都是，读书的人自然应该是更多了，然而真正读书人的数量却并不容乐观。如今大学生已经不包分配了，毕业后要考公务员或事业单位，很多人认为大学读的书基本没用了，"读"也就被

乐土与古都
LE TU YU GU DU

069

抛到九霄云外。人们常讲"书籍是人类进步的阶梯"，可又有几人肯在书籍的阶梯上攀登呢？如今"读书无用论"大行其道，有相当一部分人上学读书的目的纯粹是为了一张文凭，这就很自然的有了一群急功近利者。如果脱离了功利目的，还有几个人愿意读书。背着这么一个沉重的功利包袱去读书，又能进步到哪里去呢？

我最近读了《曾国藩家书》，找到了答案："耕读传家久，诗书继世长。"曾国藩在对后代的教育中，把读书当成最重要的事。他曾在家书中写道："吾不望代代得富贵，但愿代代有秀才。秀才者，读书之种子也。"哲学大儒冯友兰先生曾回忆道：（父亲）不希望子孙代代出翰林，只希望子孙代代有一个秀才。因为代代出翰林，这是不可能的事。至于子孙中代代有个秀才，则不但可能，而且必要。这表示你这一家的书香门第接下去了，可以称为"耕读传家"了。（冯友兰《三松堂自述》）。

我们读书，一定要读圣贤书，从中学习"礼义廉耻"的做人道理才是本意。故此，读圣贤书，能够教化人伦，恩泽后世，促进家庭成员间的理解、包容，保持人与社会间的和谐、共赢。通过社会教化，引导人们自发读书学习。自古以来"耕读传家"就很受农民的推崇，字里行间渗透着中华民族农耕社会的特色和儒家文化的身影，也是农民家风的最基本标准。它凝结了我国古老的农业耕种文化和中国传统文化思想的精华，蕴含着人们日常生活中的哲理，反映出唯物主义的一种很朴素务实的观点。再从另外角度讲，中国古代到现在依旧是一个农业大国，是靠着农业来发家致富的，我们要不断提升农民生活水平，增加农民幸福感，才能做到民族团结、社会安定繁荣。从这个意义上讲，"耕读传家"，也是当今社会中小康农家所努力追求的一种理想生活图景。所以曾国藩"耕读传家久，诗书继世长"的说法是非常有道理的，是值得传承的价值观念。

所以说当今社会我们更应该提倡"耕读传家久，诗书继世长"，不管是做平民还是做官，如果只读书，不了解农业，不参加农业劳动，那么这样的人是当不了家，做不好官的。习近平总书记讲："文化是一个国家、一个民族的灵魂。文化兴国运兴，文化强民族强。没有高度的文化自信，没有文化的繁荣兴盛，就没有中华民族伟大复兴。"与此同理，文化也是一座城市的根和魂，一座城市会因为文化而添魅力，一座城市会因为文化而有气质。我们生活的环境虽然变了，不管是住在城里，还是农村，都要做个有文化的人，都要提倡"耕读传家久，诗书继世长"的家风。习总书记讲建设美丽乡村是建设社会主义精神文明、提高农民群众幸福指数的一项民心工程。我们发展新农村要全民参与，齐心协力，要打造宜居宜业城市，建设和谐、文明、美丽乡村！从这个角度讲，"耕"字的厚重感也就不言而喻。

新的时代又给了我们更好的条件去传承"耕读传家"这个家风。并让"耕读传家久，诗书继世长"得以绵延相传，生生不息。让我们的父母在怡享天伦之乐时，和我们一起维护我们生活的美好家园，让我们的儿女在想读书、愿读书时就有书读，这难道不是一种幸福吗？

"耕读传家久，诗书济世长"，愿良好的家风不断传承，愿生活更加美好，愿生命的底蕴在我们的辛勤耕耘下，展现愈来愈丰厚隽永的内涵，绽放出虽不华美但也动人的光芒。

乐都：
孕育了河湟文化的一口陶瓮

祁万强

地处青海省东北部湟水中游的海东市乐都区，马场山、松花顶、桌子山孕育的水系，从胜番沟、双塔营沟、孥目赤沟源源不断地注入湟水河。湟水河自西向东流经地形狭长、气候较为温湿的谷地，造就了高原先民早期生活的绝佳场所，河湟文化在这里散发着耀眼的光芒。

一

在一片辽阔的地域上，由于地理环境、社会历史发展进程等元素的不同，文化、经济、人文等诸多方面存在着明显的历史差异，也孕育了不同的地区特质、各具特色的文化内涵。

最能体现河湟谷地远古文明的柳湾墓地，出土了目前世界上最多的彩陶。这一震惊世人的发现，让众多学者不得不重新审视这片贫瘠的土地。早在几千年前这里就有了古人类活动的足迹。他们凭借湟水河充沛的水资源优势，过着依山傍水的生活，创造了灿烂而又辉煌的高原文明，成为中华民族伟大文明的发祥地之一。

与柳湾墓地隔湟水河相望的洪水镇双二村，曾出土青海省目前最大的彩陶——被称为"彩陶王"的鹿纹彩陶瓮。近半人高的鹿纹彩陶瓮上绘有各式图案，那只长着犄角的鹿显得神采奕奕。让考古学者为之惊讶的是，曾以为仅仅用来盛放生活物品的彩陶，不料陶瓮内却遗存着一具婴儿的尸骨。可以推断，现代人认为蛮荒的原始社会，墓葬这种人类亲情最早的表现方式已经开始出现。

二

　　从乐都区的这些考古发掘成果来看，千万年来流淌的湟水河是成就河湟文化的重要地域元素之一。形态各异、符号纷杂、种类繁多、色彩艳丽的彩陶，组成了一条缓缓流淌的文化之河。

　　当你化身成一只展翅飞翔的雄鹰，翱翔在湟水河谷时，你就会发现，彩陶仅仅是河湟文化的遗留之一。其实，马家营火龙节、高庙社火高台、九曲黄河阵灯会等地方传统民俗文化的遗存，以及青海唯一的明代牌坊——关帝牌坊、深山皇家古刹——瞿昙寺等古代文化建筑遗迹，这些点组合形成了一条绵长的文化带。它是一首流动的"史诗"，凸显了高原先民文化的自信。

　　可以说，乐都区域具备了民间文化的多元性。这里儒道文化、藏传佛教文化等汇集交流，互相影响，交融并存。生态文化的立体性，使得这里成为河湟文化的发祥地、核心区和承载区。

三

　　优秀的传统文化是一个民族的文化软实力。乐都区正是基于这样丰厚的文化积淀，从而大力培植传承优秀文化基因，不断增强优秀传统文化的生命力和影响力。

瞿昙文化艺术研究会的成立，专家学者对瞿昙文化以后的发展提出了建设性的意见建议。研究会把握时代脉搏，聆听时代声音，在对外展示瞿昙文化的过程中再度认识瞿昙文化。

这是一个信息，更是乐都文化自信的一大体现。作为青海的"文化大县""中国书法之乡"，多年来，乐都区一直加强文化遗产保护，挖掘柳湾彩陶、南凉遗址、瞿昙寺等古建筑及壁画的价值和文化内涵，以文化保护促进经济发展。

与此同时，当地每年都会举办不同类型的群众文化体育活动，南山射箭、北山赛马已成为文化品牌。这一点充分说明乐都区坚持文化传承与产业提升并重、创新发展与跨界融合并举，给河湟文化有效发挥自身所蕴含的产业价值，文化要素在三次产业提升中增加了新动能。推进文化与旅游高度融合，实施文化进景区工程，不断提升瞿昙寺、卯寨等景区的旅游文化内涵。同时，以河湟刺绣、传统弓箭、泥塑等传统文化产业为重点，推动传统文化产业转型升级、创新发展。

四

多年来，乐都区一直以"文化三下乡"活动为载体，以"眉户""花儿"等群众喜闻乐见的形式，为基层群众输送精神食粮，将宣传时代新风贯穿活动始终。同时，大力宣传"全国文明家庭""最美奋斗者""全国道德模范"等先进典型，树立道德模范榜样，形成榜样标杆效应，用身边人、身边事教育广大群众，激发广大群众破除旧俗、以崭新的精神风貌走进新时代的动力。

从远古时期高原先民制造的一件件精美彩陶，到今天精神文明之花竞相开放，文化传承与社会主义精神文明建设无疑是一脉相承的。在各类文化文艺作品成风化人过程中，社会主义核心价值观宣传教育在基层蓬勃展开。如今的乐都区，群众性精神文明活动深入开展，凡人善举层出不穷，志愿服务随处可见，文明新风扑面而来。

　　精神文明建设是社会文明进步的重要标志，也是满足人民群众对美好精神文化和时代文明需要的必然使命。乐都区根植于深厚的河湟文化资源，开展一系列接地气、树新风、惠民生的精神文明实践活动，增强了人民群众在物质与精神上的获得感，让文明之风劲吹乡村大地，推动形成了乡风文明、民风淳朴、家风良好的新风尚。

河湟灯影里的九曲黄河阵

祁春鹏

时间已经过去了 400 余年，古老的九曲黄河灯阵依旧在河湟谷地的小城里明亮着。在岁月的长河里，它或许还将流淌千年。

被时间浸泡过的民俗活动，在当今地域民俗文化范畴中显得格外引人注目。九曲黄河灯阵也不例外，尽管古老的阵法演变成了黄河流域各地申遗的"宠儿"，其散落在民间那些求子求官、求婚求财的信客们心尖的种子还在持续发芽。这些芽儿，一年一度地长啊，永不停歇地求啊，心中坚守的那份信仰，也早已深深地埋进了这片土地。

为什么九曲黄河灯阵能在河湟谷地的乐都小城会如此经久不息、世代相传？我们得要从《封神演义》中的一段神话传说说起。

据传，武王伐纣时，财神爷赵公明被陆压道人用钉头七箭书射死。赵公明的三个同门师妹云霄、碧霄、琼霄（民间信奉的三宵娘娘）为报杀兄之仇，用闻仲太师的六百大汉怒摆九曲黄河阵，力破姜子牙西岐大军。

传言，此阵内有惑仙丹、闭仙诀，阵排天地，势摆黄河，装尽乾坤，环抱九州，九九曲中藏造化，三三湾内隐风雷，神仙入此而成凡，凡人入此而即绝，人虽不过六百，却胜百万雄师。

在青海乐都城区西南角，有一处始建于明朝万历年间的赐福道观。道观距城5余里，地处七里店村，该地原系明代嘉靖年间所筑的防御性屯堡。道观内供奉天官、地官、水官，俗称"三官庙"，庙里建有古佛、三霄、关帝等殿，各殿气势颇为壮观。当地民众为纪念三霄娘娘，祈求天官赐福、娘娘送子，遂在每年正月十四至正月十六摆九曲黄河灯阵，世代沿袭、千古不绝。

九曲黄河灯阵，弥漫着一种庄严、古朴的节日气息，包含着古代阵法、地理环境、生殖崇拜等多元的文化遗存，不仅是人与社会的共同坚守，更是河湟地区民众智慧、思想、艺术与历史的重要载体。

它不仅在青海乐都传承不息，更在甘肃、内蒙古、陕西、山西等地广为盛行。其各地灯阵制作因地制宜，就地取材。就拿阵中的灯碗来说，陕西米脂用豆面作灯碗，绥德用洋芋，延长用白萝卜。北京延庆、怀柔用荞面作灯碗。青海乐都以蜡代灯。现在，有些地区已经采用各式霓虹彩灯装点灯阵。

随着社会的发展，灯阵选材因时而变，但不变的是对千年文化的坚守。各地灯阵布局大体相似，容天地乾坤，纳两仪四象。布局以九宫八卦图演化而来，按太极生两仪、两仪生四象、四象生八卦、八卦成九宫的阵法来布局。中央为太极；面向北开的东西两门，象征两仪；四方四正的四处城壕，象征四仪；阵内有中央紫禁城（戊巳土）、东北城（艮方）、东中城（震方）、东南城（巽方）、中南城（离方）、西南城（坤方）、西中城（兑方）、西北城（乾方）、中北城（坎方），共九座城，象征华夏九州；阵内设365盏明灯，代表365尊神灵，更代表一年365天。

九曲黄河灯阵在黄河流域流传至今，在民间具有很大的影响力。据传，民间有一说法，每逢元宵逛逛灯阵，可"官位荣耀，不求自至""寿命福贵，不祈自增""怨家盗贼，不伐自败""瘟病邪气，不拔自取""善夫良妻，不求自得""贤男孝女，不盼自生"。或许，这是九曲黄河灯阵内在传统意义上的归属，也是其千古不息的艺术背影。

九曲黄河灯阵，将古老的"阵法"与民间民俗活动有机融合，取黄河九曲十八弯之意，以灯代兵，布阵祈福。何为"九曲黄河"？黄河发源于青海省中南部的巴颜喀拉山脉，绵延5464公里，自西向东分别流经青海、四川、甘肃、宁夏、内蒙古、陕西、山西、河南及山东9个省区，最后汇入渤海。黄河自西向东蜿蜒流经在地域上具有标志性的九个地方，称之为"九曲黄河"。

很多河流都死了，黄河还活着。她从海拔5000多米的巴颜喀拉山北麓出发，经星宿海、扎陵湖、鄂陵湖，行经中国大半疆域，用博大的胸怀滋养和孕育了九曲黄河灯阵，用传统的方式在现代生活中解读生命的意义。

"九曲黄河万里沙，浪淘风簸自天涯。"九曲成就了黄河灯阵的风雨浩荡，也成就了黄河途径的每一方土地。就拿黄河源头第一个古渡口——扎陵湖渡口来说，千百年来对青藏高原与中原的交通起到了至关重要的作用，也铭刻了文成公主与藏王松赞干布和亲的千古美誉。

中国是一个古老的农业国，自古以来人们依土地而生，以土地为根本。根植于土地的九曲黄河灯阵，摆的不仅仅是一方灯阵，更是深埋在土地里的千年传承。而今，九曲黄河灯阵用古老遗存的仪式活动，一边记载着人们精神领域中纳福求吉的美好追求，一边呈现着黄河流域繁衍生息的生命符号。

红色之旅思愫

铁 缨

轻轻的，轻轻的花篮

花篮，并不大，约一米多高，然而，是那么鲜艳，那么尊贵，全是由红黄蓝白等新鲜的花朵编制而成。我们郑重地买了一个，是中号的。花篮虽不大，却深浓地代表大家的真挚心意，要敬献给这位中华民族的英雄、中国各族人民的伟大领袖、世界伟人毛泽东。

我们这支小小的旅行队，人不多，连同司机在内十一人，从祖国西部的河湟谷地，自驾中巴车，行程二千多公里，来到了这里。

韶山，多么响亮的名字；韶山，伟人出生的地方；韶山，山清水秀，林木葱茏，那高耸入云的韶峰，曾是4000多年前舜帝演奏过韶乐的地方。也许是这一切，构成了她的奇特、她的美妙、她的秀丽，成为这样一处人杰地灵的圣地。

我们仰望着，仰望着青铜铸成的伟人的塑像。毛主席的形象是那样高大，那样尊贵，那样栩栩如生、仪容非凡。那青铜虽无光泽，却在人们的心中熠熠闪光，铜像基座为4.1米，铜像高6米，合计通高为 10.1 米．象征中华人民共和国开国的日期，蕴含着他一生的艰辛和功勋。

我们排列为两行，在铜像之前的广场站定，整好衣帽，由一名同志摄像，记录下大家敬献花篮的情景。我和另一名同志举起了花篮，同事们跟在后面，缓缓地、款款地前行，登上了铜像前面的台阶，然后向铜像走去。

我们默默地挪动着步履。花篮虽是那样轻，而我们缅怀伟人的心情却是那么沉重，虽然我们的后面有一队解放军的军官和其他许多游人同样准备在敬献花篮，但我们仍旧不愿加大步履，仍旧从容不迫地让花篮盛载我们的情意，让伟人能够在冥冥九泉之下，领略到从遥远的祖国西部河湟大地来拜谒的十一位普通人的缅怀盛情。

走近了，终于走近了，到伟人的塑像前，我们将花篮郑重地、轻轻地放在了塑像前，加入了许多已敬献的花篮之中。我们默默地站立片刻，然后向后退行几步，站成一排，由我代表大家表白道："敬爱的毛主席，我们一行十一人，代表青海河湟文学学会，代表我们的乡亲父老，代表我们的儿孙后代，向您老人家敬献花篮，缅怀您的丰功伟绩，请您在九泉之下能够收纳我们的心意。"

祷告完毕，在我的念诵下，大家恭恭敬敬地三鞠躬，结束了花篮敬献仪式。

从举着花篮前行，至敬献仪式完毕，也不过十分钟左右的时间，就在这短暂的时间之内，我的心情总是不能平静，思绪万千；总是以一种崇敬的、缅怀一位伟人的丰功伟绩的心情度过这重要的时刻，然后和大家一起前后左右仰望毛主席高大铜像，伟人的一生、伟人的形象不断地闪现在自己的眼前。

我想起了毛主席在少年时代，双亲亡故后，带领毛泽民、毛泽覃两个弟弟等家人舍弃故居，走出难以维持生计的韶山，去长沙求学，寻求革命真理的凄楚情景；想起了他的六位亲人为中国革命相继牺牲的情景；想起了他告诉弟弟们的誓言："面对灾难深重的祖国，面对千百万难以度日的父老乡亲，我们舍一人，为众人；舍一家，为国家。"想起了他在1921年南湖船上参加成立中国共产党的情景；想起了他在1931年瑞金中央苏区反"围剿"的情景；想起了1935年1月遵义会议后他带领中国工农红军第一方面军爬雪山、过草地的情景；想起了我曾去过延安看到他在凤凰山、杨家岭、枣园住在窑洞内领导抗日战争的历史情景；想起了他在西柏坡运筹帷幄，指挥千军万马，打败蒋家王朝的情景；想起了1949年10月1日下午3时，他与他的战友，站在天安门城楼，宣布中华人民共和国的成立，宣布中国人民从此站起来了的情景。同时，我想起了在我的童年时代，也就是1949年9月，人民解放军解放青海，推翻马步芳地方军阀反动势力，河湟谷地的父老乡亲得到解放翻了身，过上了不受反动势力压迫、剥削的好日子的情景。没有毛主席就没有新中国，就没有祖国的统一、强大，没有今天的繁荣景象，即使是在三年困难时期，我们的生活受到了困苦，工作中有过失误，但瑕不掩瑜，毛泽东的功劳，如高山一般，巍峨耸立，是人们心中的一座丰碑、一盏明灯，鼓励、指引着中国人民不断前进，步入世界民族强林。我又想起了我年逾九旬的母亲，她对毛主席的恩情永世难忘，她已步入耄耋之年，但心明眼亮，每逢农历每月初一、十五日，总要点燃三炷香，敬献在家中毛主席像前的桌子上，表达对他的敬仰、缅怀之情。她常告诉我们："共产党、毛主席的恩情什么时候也不要忘，没有他老人家，我们能过上这么好的日子吗？儿女们千万记住啊！"说句心里话，来到韶山，参观毛主席故居，给毛主席敬献花篮，也是带着我在家中颐养天年的母亲的一片真诚心意啊！

离开了毛主席铜像广场，离开了久仰的韶山，我回望着这块神奇的地方。此时是中午，湟水谷地已是深秋时节，寒意料峭，而在这南国，在这韶峰之下，却是艳阳高照，温暖如春。

我，牢牢地记下了这一天的日期：2010年11月8日。

韶山，那栋屋，那条板凳

艳阳高照，林木葱茏，那郁郁葱葱的竹林，漫山遍野苍翠的古松，茂密而挺拔；深秋时节的池塘，飘浮着凋谢的莲叶，告诉人们她辉煌的轮回启迄。我们站在池塘的北岸，将那栋极普通极普通的农村屋舍摄入镜头，也将自己摄入镜头，作为永久的纪念。来到韶山，参观的中心点便是这栋屋舍——毛主席诞生的地方，这座名扬四海的故居。

我想起了1998年的6月，我只身一人，来拜谒这座故居。这是我平生向往的地方。我的兴致极高，我从湟水河畔乘坐硬座火车，次日夜12时许到达郑州，未出车站，等了十分钟，便径直上了京广线上的一列特快列车。天亮到达长沙，匆匆吃过一碗饭，便一路问询至汽车南站，乘长途公交车行两小时，到达韶山冲，首先观瞻的就是这座故居。当时正是莲花初开之机，硕大翠绿的莲叶，簇拥着鲜红的莲花，好看极了。就是在这莲花初开的池塘边，我拍下了自己的身影，让这座故居叠影在我的照片中；然后进入故居参观，又赴毛主席广场铜像前瞻仰、拍照。这一夜，我住在一家小饭馆，与主人拉家常，听毛主席在这儿闹革命的故事，以及毛氏家族的族史。次日又参观了滴水洞、虎歇坪、毛主席纪念馆、毛主席父母的墓地，临近黄昏，回到长沙，即刻写下了《韶山情思》那篇文章。

而今日，十二年后的2010年11月8日，我又来到这儿，和同事们再次观瞻毛主席的故居，此时此刻的心境情怀，感悟更加深了一层。啊！韶山变了，韶山人也变了！十二年前，这里显现出一种开放旅游的初始景象，毛主席纪念园、毛泽东图书馆正在建设，韶山冲的农民屋舍，砖混结构的平房与二层小楼还不多，道路并不宽敞，是沙石路面，路两旁也无什么装饰。偶尔有小班车、摩的来往于上屋场与滴水洞之间的路面上，接送游览者。而今，楼舍鳞次栉比，柏油道路宽敞，各种参观景点装饰一新，当年住过的小饭馆也变成了餐厅楼，上屋场毛主席故居东面，辟为一条红红火火的纪念品零售小街，还修开一条小隧道，游客可直接穿过到达一处停车场，再到铜像广场处。整个韶山，还有好多处停车场、餐饮街、商品零售街，给参观者提供着多方位多层次的服务。如今的参观者更比当年不知增加了多少倍。韶山冲更美了，韶山人更富了。游人络绎不绝，人民群众对伟人的缅怀之情更深了。

　　韶山，历史悠久，自然风貌独特，为游人提供受革命教育的景点太多了，内容太丰富了。而在这儿，最使人留连忘返、也最给人非同一般感受的，便是这一处人杰地灵之地，是毛主席诞生的地方，是人们表达对自己的领袖的怀念之情的地方。我们团队中有人来过三次。有的来过两次，如今仍旧深情满怀；有的人是首次参观，欣喜与缅怀之情交织在一起，静静听讲解，悉心观瞻，激动之情难以言表。可惜，今日是星期一，有的景点未开放，也因为只安排半天参观时间，难以尽兴，总有点未能如愿之憾。我是第二次来韶山参观的，着重参观毛主席故居、滴水洞等处。

　　在池塘边拍了照片，进入毛主席的故居，让屋内的陈设再一次留在脑海中。毛主席故居处于上屋场茂密的竹林山坡下，坐南朝北，呈凹形。进入屋内，首先看到的是堂屋正中墙上的神龛，堂屋后面是半间猪饲料室，当年我看到有一口非常大的大锅，可以蒸煮 200 斤左右的饲料。这种锅，我在 1958—1960 年公社化时公共食堂中见过，以后再未曾见过。这半间屋宇今天未曾开放，也是见不到那口锅的。从堂屋向左进去，首先是灶房，之后是毛主席父母亲的卧室，卧室上墙挂有二位老人的相片。最后是毛主席卧室，这些卧室中的蚊帐是粗布制的，床上是粗布蓝印花的被子，是极简陋、极普通的农家所有的那种。从这屋中向左的侧门进去，是一个有天井的小院落，北边是敞开的农具房，置放着犁铧、铁耙、舂米器等农具；东边一排是人力风车房，有一架手摇木风车（是筛稻谷的），一间是谷仓，一间是牛棚，一间毛泽覃的卧室；南面一间是猪舍，一间是毛泽民夫妇的卧室。这是一栋多么普通的农舍啊！尤其它处于毛竹茂密的山根下，屋内阴湿，光线并不充足，十二年前我第一次来参观时，屋后竹林内的流水滴在屋墙边的小沟内，顺着墙根向屋前的池塘流去。南房屋内显得潮湿，尤其是毛泽民夫妇、毛泽覃的卧室，更是阴暗潮湿。如今天旱，那种滴水流溪没有，较为适宜人们参观。参观者从正门进入堂屋，一一参观完毕，从侧门出屋，便是故居东边的打谷场，再前行，便是一条购物小街，约有 500 米长。打谷场是一面圆形稻谷场，约有一亩左右。少年时代的毛泽东，他不仅进小学读书，还要帮助父母亲种稻田、喂猪、春米，在稻场上晒米，干一些家务活，是父母亲的小帮手。就是这种普通农家的艰苦生活和劳动生产，养成了他坚韧不拔的精神，锻炼了他倔强的性格，培养了他与劳苦农民心心相印的关系，炼就了他同情农民、热爱劳动人民的感情。

今日参观，我又一次细看屋舍内的佛龛、灶房锅台，毛主席父母毛顺生夫妇的床铺，毛主席、毛泽民夫妇及毛泽覃各人的居室，牛棚、猪棚。这一切仍旧是原来的样子，我又一次感受着户主毛顺生夫妇带领毛泽东弟兄们苦苦劳作的生活情景。我感悟着这样一户艰辛的农民之家的不同，因为在这儿出生了中国历史上这位伟大的革命家、全国人民的领袖。

当年我第一次参观这座屋室，曾细致地参观了各种摆设和器具。其中有一样东西，给我的印象很深，我总是有再次参观的打算，这就是灶房中的那条板凳。我曾久久地悉心地观览过屋中的灶房及那条长板凳。可惜那条板凳今日未能看到，不知搬到哪儿去了，我的参观像是缺了什么似的。这个灶房有简陋的灶具柜，灶台是半圆形的，是泥锅台，餐具很简单，灶房正中有一个一尺见方的火塘，上面用铁链吊着一个茶壶，旁边是一张粗糙的木板凳，五尺长，可坐三个人。可想到毛家一家人在冬天就在这灶头门前一面取暖，一面熬茶水喝，生活是多么贫淡清苦。根据相关资料介绍：1925 年 6 月，毛泽东与夫人杨开慧就是在这间灶房内，请来韶山六位贫苦农民，有的坐板凳，有的坐地上，向他们宣传革命道理。在毛主席的领导下，他们组建了中国农村第一个党支部——中共韶山党支部。这六位支部成员，在第一次国内革命战争与后来的革命斗争中全部牺牲了。可见当年韶山地区革命的艰辛。这座故居，这间灶房，这条板凳，就是革命历史的见证。知道了这段历史，对人的教育启发作用就更大了，因而这条板凳的印象长久停留在我的脑海里。

　　一个伟人的成长是艰辛的。而伴随着艰辛人生的文物则是永恒的，意义非凡的。睹物生情，希望我们永远保持奋争的激情。

多彩腾冲

巨月秀

2016 年 7 月 18 日 9 时，我们从大理出发前往云南腾冲。途经连绵不断的横断山支脉，穿过芭蕉、蝴蝶兰等多个隧道，翻过了云雾缭绕的高黎贡山，越过怒江、龙江，经亚洲第一大桥——龙江大桥（长2471 米，高 400 余米），下午 2 点到达腾冲。

腾冲地处祖国西南边陲，面积 5845 平方米，国境线 148.075 公里，是古代"西南丝绸之路"的要冲，也是云南通往东南亚、南亚的重要门户。这里山川秀美、气候宜人，物产丰富、民族众多，是享誉国内外的旅游大县。这里的人文景观、古道边关、翡翠商城、民族风情、火山热海，吸引着无数的游客。腾冲历史悠久，早在新石器时代就有人类居住。西汉时称滇越，属益郡。东汉时称越賧，属永昌郡。唐宋时为蒙（南诏）段（大理）所据，置腾冲府。明初为守御千户所，旋升为腾冲军民指挥使司，后又改置腾越州，清代升为厅。民国元年（1912 年）改腾冲府，次年统一地方制度，正式改名腾冲县，2016 年3 月改为腾冲市。

腾冲因属边陲重镇，与国家安全与领土完整密不可分，在历代保家卫国，特别是近代反帝反封建的斗争中，产生了无数英雄豪杰。明代兵部尚书王骥三征麓州，影响深远；游击将军刘永昌、参将邓子龙平定叛乱，稳定了边陲；清代傅恒征缅，誓师于腾越；李珍国、左孝臣抗英，名垂青史；1911 年，张文光、刘辅国发动腾越起义，是云南响应辛亥起义的首义者。抗日战争中，寸性奇、王万龄血战中原，表现了腾冲人的大仁大义；李根源、张问德誓死抗战，为收复滇西失地，动员民众修筑滇缅公路，支援远征军抗日建立了不朽的功勋，勇于奉献的牺牲精神感召了无数国人。从腾冲到滇西，再到云南全境，从一个侧面反映了抗日战争中我国军民前赴后继、不屈不挠、气壮山河的爱国精神。建筑在这块英雄土地上的国殇墓园生动地展示了抗战这段光辉的历史。

我们怀着这样的心情，首先参观了滇西抗战纪念馆和烈士墓园。纪念馆内展厅分为《抗战后方》《御敌前线》《怒江对峙》《绝地反攻》《逐寇出境》《老兵不死》《祈愿和平》七个部分，从众多的文物中选择了有代表性的 1200 件文物、1000 多张图片展出，反映了腾冲军民和远征军惊天地泣鬼神的悲壮事迹。《抗战后方》，反映云南动员 20 多万民夫修筑滇缅公路的事迹。1938 年，修筑昆明至瑞丽、缅甸的公路，动员劳工 20 多万，由于大多青壮年参军上了前线，被动员的劳工多为老人、妇女和儿童。滇缅公路 80% 线路经崇山峻岭，其中最险峻的是松山，还有怒江、澜沧江等江河。筑路没有先进的工具，他们利用钢钎、铁锤、石碾，手拉肩扛，修筑世界上地质最复杂、最危险的公路。瘴气、滚石，日本鬼子的飞机炸弹，时时威胁着他们的生命，但他们顽强地战斗。经 8 个月的奋斗，1938 年 8 月，大功告竣，但劳工、技术人员死伤 3000 多人。这条用血肉筑成的道路成了我国抗战强有力的输血管，大批援华物资从此道源源运进。展馆的一幅幅照片、雕像，使人感愤不已。须发皆白的老人，背负幼子的妇女，满脸稚气、十一二岁的小孩，他们高举铁锤、锤砸石块为筑路服劳役，抗战的胜利他们功不可没。

走出展馆，我们望着望着高悬于纪念碑上"警钟长鸣、勿忘国耻"的大字，心潮难平。我们应牢记我们的民族用鲜血写成的这段历史，懂得落后就要挨打的道理，奋发努力，为中华民族伟大复兴而奋斗，并祈愿和平永驻人间。

腾冲不仅有爱国主义教育基地，还有弘扬我国传统文化的著名古镇村落。位于腾冲东南3公里多的和顺古镇是有名的文化侨乡。

和顺古镇坐落在几座大山间的平地上，依山傍水，镇子前面是大片碧绿的荷塘和泛着天光的稻田，路边随处可见几人合抱的大树。房舍建筑多为二三层的重檐穿楼，雕梁画栋，坚固华丽。每座建筑群间，形成若干街道小巷，地面、墙壁均用火山石砌成。街道两边栉比鳞次，到处是大小商铺，陈设各种翡翠制品，琳琅满目。还有多处祠堂、庙宇、牌坊，吸引着游人前往参观。在和顺，我们先后参观了著名翡翠大王寸开泰的故居和家族祠堂，李根源（原陕西省省长、全国政协常委）的故居和铺面，艾思奇故居纪念馆，以及和顺图书馆、乡公所、文昌宫等。因为是侨乡，这里的古民居保存得非常完好，随便推开哪家厚重的大门，都是满院芬芳。庭堂芳草围新绿，几株藤花落古香，修剪整齐的黄香木绿意盎然，两侧的丛竹青翠欲滴，大的盆栽一般都有二三十年的历史，宛如家庭成员。房柱、门侧普遍以楹联为饰，内容充满哲理，字体遒劲、颇具功底。主房正堂，供有天地君师和祖宗牌位，墙壁上挂着本家族第一代创业者或掌门人的照片，气宇不凡。富裕人家多设书房，内置巨型书桌，上铺写字用的毛毡，文房四宝齐全，墙上有主人创作的字画，显示出高雅的情趣。在和顺，处处彰显着浓郁的传统儒家文化氛围，如在旧时的和顺乡公所大门，写着这样的门联：

做善事，谋公益，秉公心，不吞公钱；
存天良，去私欲，慎私处，勿寻私仇。

楹联体现了孔子"为政以德"、孟子"保民而王"的思想。再如著名士绅董友薰家的中堂联：

难安享者田园，莫因饱食暖衣遂生骄惰；
为富贵家弟子，能学吃亏忍气即是聪明。

类似楹联言简意赅，教育家人如何诚信谦虚做人、勤俭持家奋斗的道理，令人深思，受到传统道德伦理的教育。

和顺古镇是有名的翡翠之乡。这里素有"亦商、亦侨、亦农、亦儒"的传统。街面上商铺相连，即使是家宅大院，楼房一层都设有玉石翡翠专柜。著名的翡翠大王寸开泰的故居，三层楼房，现在层层是翡翠销售厅，从低档到高档，各种不同品质的翡翠制品应有尽有，售货员热情讲解有关辨别翡翠质地的知识，使人增长不少知识。和顺从古到今，也是毛石集散地。在村公所我们有幸参观到当年马帮跑夷方时用过的马鞍、锅、刀等器具，地上展示有许多毛石，参观者可随意抚摸，掂掂重量，看看色泽，从而追想体验马帮文化。和顺华侨有着悠久传奇的马帮历史，以"马背上驮出腾冲"闻名于世。这里当年不少人走夷方，有的客死异国他乡，有的发财而归。他们把高黎贡山的药材、茶叶等物资运到缅甸等地，把那里的翡翠毛石驮回来加工销售，远销到南亚、东南亚等地。因此，腾冲成了国内外的商埠，也给这里带来了财富。这里的华侨酷爱玉文化，尤其崇尚玉的品质，许多人不畏艰险，开山求宝，巧手加工，使不起眼的毛石成为无价宝，体现出文化内涵。当地白玉祖师殿有联云："不惮梯山求异宝，遍从航海获奇珍"，生动地勾勒出了玉文化的灵魂。当年，很多和顺人作珠宝、棉花、煤油等生意，率先开工厂、兴实业、开商号，与世界30多个国家有生意往来，这里的"三成号"就是云南最早的跨国商号。和顺商人向来以诚信享誉商界,正如才家商号的一副楹联:"爱我姓爱我行更爱我诚,爱我货爱我和更爱我信。"这就是他们的经商信条。同时,他们教育后代不忘祖辈创业的艰难,作为晚辈应该有所作为。清末举人王开国曾为实业家张南溟写有这样的堂联:"求食维艰,求衣维艰,业守祖宗,既要勤又要俭;老农不学,老圃不学,家居城市,非为士即为商。"此联巧用典故,教育子弟,做人要勤俭奋斗,体现了和顺人亦儒亦商的特点。

和顺更是一个文化古堡。这里的人十分重视教育和文化,他们办起了国内最早最大的乡村图书馆和女子学堂。1924年由当地华侨集资兴办的和顺图书馆,现在被评为全国人文社会科普基地。其牌楼式大门建于清光绪年间,门额上悬挂着和顺清代举人张砺题写的"和顺图书馆"匾额。进入大门后,中门是西式造型的平顶拱门,门额上悬挂着胡适先生题写的馆名。馆中藏书八万余册,分藏于古籍、民国、现代三个书库,其中以许多古籍非常珍贵。该图书馆对外开放,村民可以借书带回家慢慢阅读。

当年,和顺人办女学,提倡妇女受教育,学文化,不论贵贱贫富,都应进学堂。寸开泰先生为当地来凤书院题写的门联即体现了这一办学宗旨:"来不拒,往不追,苟以是心斯乐受;凤所栖,鸾所止,养成尔羽自高飞。"楹联嵌藏书院之名,引用典故,指出办学要一视同仁,教师身体力行,学人乐于受业,这种办学理念和学风,极大地促进了和顺文化的发展。和顺不少人家将子女送出国门,留学深造,带回海外的先进文化、观念和技术,为我所用。由于重视教育,和顺人思想开放,明大义,重气节,爱国爱乡,热心公益。他们中的许多人支持孙中山,加入同盟会,慷慨地为革命党人筹集经费;在抗日战争中捐钱修路,支持中国远征军和其他抗日队伍,有过重要贡献。

和顺的不少家族宗祠是值得一看的老宅,遗留有浓郁的传统儒家文化的印迹。这些老宅,一般中堂供着天地君师和祖宗的牌位,墙壁上写有忠、孝、节、义、礼、仪、廉、耻的大字，大门、正堂写着有关人伦纲常内容的楹联，整个建筑古朴素雅，虽历经沧桑，却保存完好。我们参观之际，往往被那些韵味无穷的祠联所吸引。如董氏宗祠联："念朝夕惟衣食两难，莫以游以嬉，忘却耕田糊口计；教子孙有祖宗一语，倘不孝不友，勿须入庙磕头来。"教育晚辈不忘祖宗的耕读创业史，须忠孝立身、勤俭持家。再如有位刘氏宗祠的始祖刘继宗，为汉高祖刘邦后裔，从内地来腾冲戍边，在和顺渐成望族，其宗祠内写有汉光武帝遗训："舍近谋远者无功，舍远谋近者逸而有终。"教育后代做事切忌好骛远、大而无当，眼高手低、脱离实际，且不可舍近求远，否则劳而无功。

　　和顺也是我国现代著名哲学家艾思奇的故乡。艾思奇纪念馆就设在他的故居。走近纪念馆大门，毛泽东高度评价艾思奇"学者，战士，老实人"的大字评语即映入眼帘。院内建筑串楼通栏，点缀以西式阳台，小院花圃，环境清幽典雅，具有中西合璧的建筑风格。馆内介绍艾思奇及其家人的事迹，读后令人感佩不已。艾思奇，原名李生萱，他青年时代所写《大众哲学》和《哲学与生活》两部著作，曾引导无数青年走上革命道路。他后任毛泽东主席的秘书，1966 年 3 月 22 日英年早逝，仅享寿 56 岁，毛主席在悼词中评价他是"党在理论战线上的忠诚战士"。早在延安时期，毛主席称赞《大众哲学》是一本"通俗而又有价值的著作"，"艾思奇是好哲学家"。在蒋家王朝溃败之际的 1949 年秋，蒋介石无可奈何地哀叹："一本《大众哲学》冲垮了三民主义的政治防线！"承认其失败是人心丧失，"乃败于艾思奇先生之《大众哲学》"。当然，蒋所说的"三民主义"并非真正的三民主义。由此，艾思奇也被人们称赞为"大众哲人"。艾思奇的家庭是一个不凡的家庭，家人多有建树。

　　和顺宗教信仰多元，各种信仰互相渗透包容。这里的元龙阁建于明代崇祯年间，清乾隆二十七年（1762 年）重建，是一座儒释道三教合一的道观。前面为水波荡漾、清澈见底的龙潭，背后是名木古树参天的黑龙山，背靠青山，面临绿水，宛如人间仙境。整个建筑群由山门、龙王殿、三官殿、魁星阁、观音殿组成，构思奇巧，结构紧凑。阁内颇多名家名联，为元龙阁增添了浓郁的文化气息。

离开和顺，我们一直在深思，这深厚的文化底蕴和知书达理的优良传统究竟来自何处？这里居民的祖先多来自祖国内地，他们来到这里戍边屯田、铲草立寨。尤其是明朝以来，大量汉族迁入，将先进的文化和生产技术带到这里。同时，在官府的支持下，他们修孔庙，办官学，一时书院、义学相继建立，文化设施遍及城乡，使腾冲的风气为之大变，形成开明开放的腾越文化，使这极边之地有了"腾学冠天下、历代多俊彦"的局面。

腾冲的人文环境令人向往，这里的自然景观也十分独特。腾冲的火山地质公园位于市区北20公里处。7月20日，我们冒雨登上无数个台阶看到了火山爆发留下的遗迹——火山口。火山，腾冲人叫它空山，空山口是一个巨大的锥体形深坑，里面长满了青草，看似平静却蕴藏着大自然的无穷奥秘。当年火山爆发，岩浆凝固，冷却后回落下陷，形成锥体锅状的山口。腾冲有句民谣："好个腾越州（今腾冲），十山九无头"，这"无头"指的就是火山口。腾冲最近一次的火山喷发是在380年前，据说目前火山处于休眠状态。我们顺着火山口外沿的栈道环绕一周，不时大声长啸，远处发出回声，穿越茂密的林木，一直传到我们耳中。

我们沿着一条石阶路下行到一条溪水边，那里有柱状节理的火山爆发遗迹，在一大片山崖上，呈现出不同色彩的四棱柱、五棱柱、六棱柱。据介绍，火山爆发时，岩浆温度高达1200多度，冷却到800至900多度时岩浆形成结晶。由于岩浆含有不同的矿物质，冷却后依不同矿物质类型形成不同的柱状。腾冲的柱状节理形成于四万年前，总面积达2平方公里，是迄今为止我国发现的规模最大、保存最完整的节理群。

参观完柱状节理，我们沿着黑鱼河畔前往热海。黑鱼河原本是一条地下暗河，它是岩浆堵塞地下水脉后，水流溢出地表的一种地质现象。每逢夏秋季节，泉水出口处流出黑色小鱼，可跳跃至树上，由此得名黑鱼河。此河属龙江支流，龙江流入瑞丽江，再流入缅甸，称为伊洛瓦底江，系缅甸的母亲河。从县城向北12公里处，沿人造台阶登山，便是云南境内最大的热气田。这里具有高度集中的高温高压喷泉、气泉、沸泉，称之为"热海"。在这里，我们参观了大滚锅、怀胎井、鼓鸣泉、眼睛泉、珍珠泉等。其中，热海大滚锅，是王牌旅游景点、热海的心脏，地处海拔1520米的山顶，形似一口大锅，直径62米，水深1.5米，锅中沸水翻滚，热气腾腾，响声震耳，气势恢宏，水温高达摄氏96.6度，站在泉边，一股带有硫黄味的热气扑面而来。有人拿着鸡蛋，用漏勺放到泉中，七分钟后即煮熟。如果将两头整牛放进大滚锅，煮熟不会有一点问题。这是典型的地热温泉，据检测，泉中释放出的是氢和甲烷气体，说明地下岩浆一直活动不停，成为温泉热量源源不断的供给源。大滚锅西面，沿阶而下，到怀胎井。此泉含有丰富的微量元素，有促进人体新陈代谢及调解微量元素的作用，据介绍，饮用此水，妇人易怀胎，因此它被称为大自然造就的"送子观音"。

过了怀胎井，即到鼓鸣泉，地下裂隙中的高温气体和水混杂在一起，在高压之下急于寻找出口，而出口又被巨石堵住，水和气体竭力从长约0.2米、宽约0.5米的缝隙中喷涌而出，发出"咚咚"的声音，好似鼓声，故而得名。

次往姐妹泉，也叫眼睛泉，实为两泉，并在一起，像一对姐妹，又像一双眼睛，因而得名。过了姐妹泉，便到珍珠泉，水中冒出的气泡犹如无数晶莹剔透的珍珠，昔人有"千古沸腾百孔气，一池灵泉万斛珠"之咏，故名珍珠泉。再往下，是蛤蟆嘴，此泉泉眼常年喷出地下热水，周围矿物质沉淀，形似蛤蟆吐水，是全国唯一的脉冲式喷泉。

据介绍，用热海的地热温泉水洗浴，有益健康，尤其对风湿、类风湿、皮肤病有很好的疗效。这里流传着这样的俗语："来时人背轿抬拐杖带，走时昂首挺胸脚步迈。"由此可见温泉之理疗效果。

山水乐都

迭尔沟的阳光及其他

李万华

花　园

这个夏季的天空储备了足够多的雨水，仿佛一座七进的院落在每个门口陈列了装满白银的大缸，出入者可以信手胡来，随意挥霍。有时，雨将晨昏颠倒之际，也会恍惚是深秋早已降临，因为在以往的高原，夏季如果落雨，总有雷声相助，偶尔还有虹霓伴随。没有惊雷作为前缀，没有虹霓殿后的雨，是没有仪式的雨，是不守规则的雨，这样的雨，散兵游骑般，容易滋生事端。然而植物们对此没有异议，如果它们会说话，这个夏季的高原植物，早已兴奋得大叫大嚷，喝醉了酒一般，即便彼此帮扶，也找不到回家的路。

迭尔沟的一座花园里，植物们就是这样东倒西歪，陷入沉醉。金丝莲原本便是匍匐植物，蔓延而生，腾挪向前，它们直接卧到小径上来，开出火焰似的花，无可厚非。它们的叶子像极了小一号的荷，田田凝碧，如果有蚯蚓或蜗牛来爬，也有鱼戏莲叶间的江南味道。只是此刻蚯蚓和蜗牛影子都不肯露出，高出碧波的，是凤仙花的植株。凤仙花还是当年颜色，玫红中糅点粉白，但是植株健壮，叶子如箭镞。凤仙花当然是容易引起回忆的花，应该柔弱一些才好，像书生应该瘦一点那样。翠菊覆盖着这个花园的另一条小径。有人说，菊花成墙最好，紫艳半开篱菊静，但翠菊如果成墙，想必也只是厚实宽大的墙基，它们的植株那样矮小，又喜欢分岔。花园中最高大的花，大丽菊表示着这座花园的维度，北方。大丽菊花朵壮硕，花期长，如果积水，容易折断，南方不适宜它。北方的大丽花，是菊科中的牡丹，仙冠重叠剪红云，不仅仅是红云，还有白和黄。"黄华自与西风约，白发先从远客生"，似乎并不如此。

多年前的春天，我们吃野菜，车前草、防风、灰灰条、蒲公英……从原野采来，洗净，焯水，或者直接入锅，有些野菜含有草药芬芳，有些野菜，稍不留神，茎叶折断处流出白色汁液。多年后，突然知道灰灰条原来就是灰藜，一种微毒植物，据说有人食后会中毒，出现头痛、胸闷或出血等症状。不知者无畏，想起来后怕，但以前食用后怎么会毫无症状，是量小的原因还是侥幸？藜麦是近年攻势猛烈的全营养食品，到处买，包装精美。有一年，我在离家乡不远的地方见到种植的藜麦，感觉熟悉，全是久别重逢的意味，只是叫不出名字，去问，原来和小时候吃过的灰灰条是同一科同一属。

花园一角长有几株藜麦，茎秆健壮，种子已经结出，只是被玫红和浅黄的果皮包裹，看上去，是密集的穗状花序正在绽放。藜麦的灰色叶子被小虫们咬出破烂孔洞，一些枯黄斑点分布于孔洞边缘，仿佛时光已经久远。其实在花园里，新的时光正在滋生，白云出岫般，只是看不见。能看见的，是花园里长出藜麦，这不是一件严肃的事。

仿佛在寂静的人群中爆发出大笑，在温婉的丝竹中撞响黄钟。

然而这样的事继续在花园里发生。尚未全开的晚饭花旁边，茄子挂出紫色黄蕊的花。茄子的花总归与晚饭花有些相似，只是茄子以结实为主，不好意思将花开出一地。西红柿挂在低矮藤架上，是老旧品种，挂在更高木架上的，是南瓜。南瓜已经老了，沧桑面容全部呈现在叶子上。趴着南瓜的高墙根，是新长出的茼蒿和芹菜，再远一点，包了头的甘蓝和菜花沉默相对。

依旧是多年前，当春天的野菜渐渐变老，我们会将目光转向菜园。菜园里通常长出些开花植物，三月有荷包牡丹，四月有金莲花，五月是萱草和虞美人，七月开始，蜀葵与波斯菊长时间绽放，八月之后，各种菊花陆续登场。当然，我们也有花园，花园里长一些规模不大的蔬菜，胡萝卜、芫荽、芹菜、蔓菁、青蒜。尽管那些花卉和蔬菜们互相串门，有时花卉掩了蔬菜，有时蔬菜挤掉花卉，但我们将其提起时依旧各呼其名，花园是花园，菜园是菜园，听上去有严格意义的界定，却没有绝对性质的区分。

原来时间过去，一些事情仍旧在延续。

花 檎

再没有将花檎系在衣服纽扣上穿村而过的机会了，哪怕中秋节年复一年，哪怕红色果子小山一般堆在村庄。事情如果记得真切，回望时，比身在其中还要完美，因为再真切的事情一旦回望，早已按自己的喜好加了滤镜。我喜欢给壮阔的地老天荒驱除雾气，这样处理后的天地更加分明，也喜欢将一朵花处理成蓝调或者个性，这样的照片光芒内敛，主体浮雕一般突起。过去的事情，因为原谅和时时回味，多一层油脂般的温情。我们将花檎系在胸前，除去炫耀，还有一点是舍不得吃掉。于是那些阳光明净，青稞成熟的中秋节，我们就那样系着花檎，走出有着裂纹的木门，走过翠菊绽放的园子，走过弥漫节日气氛却又廖寂的村庄，像走在老旧的电影和属于终结的镜头里，值得一再提起。

这种苹果属的被我们称为花檎的果子，不知学名为何。有段时间，我认为就是沙果，沙果在知识词条中容易找寻，说是花红，即林檎。

花红和林檎我都不认识，感觉陌生，并且文质彬彬，不易接近。《本草纲目》说："林檎，在处有之，树似奈，皆二月开粉红花。"奈，我自然知道，以前曾背诵过咒语一般的"果珍李奈，菜重芥姜"。《本草纲目》又说"此果味甘，能来众禽于林，故有林禽之名"，众禽来林，当是盛况，真想亲眼目睹，奈何始终无缘。有一年，朋友自乐都寄来一箱沙果，说沙果树现在越来越少，集市上不容易见到，需要找寻有树的人家去买。沙果吃起来有天然清香，让人喜悦，但不宜保存，几天之内，果肉沙软，所以吃沙果也就那么一段时日。

有几天，忽然怀疑小时候系在胸前纽扣上的花檎是不是沙果。几番寻思，似乎不是。小时候的花檎经中秋节游街后，没被吃掉的，会偷偷藏起。所谓藏，不过掩耳盗铃，花檎不论藏在什么地方，芬芳总是四逸，大人们假装不知罢了。藏几天，再拿出来，还是当初的花檎，果皮薄而透亮，果肉爽脆，酸大于甜。后来请教一位精通植物学的朋友，解答说，沙果和花檎尚未在专业书籍中记载，可能是民间叫法，也可能是培育的新品种，沙果可能是花红，因为植物志中只有花红与沙果靠近。朋友还说，沙果椭圆，味甜，质绵，不易保存；花檎圆形，味酸，质硬脆，易保存。

想来想去，我已经很多年不曾见到花檎，现在即便知道它到底是什么果子，似乎也不太重要。不过太重要的事情，又找不出多少，譬如此刻，我坐在午后的书桌前，九月的阳光在地板上，阳台上的蝈蝈拼命振动翅膀发出声音，我敲几个字，吃一粒葡萄，起身喝点水，回复一条微信消息，打开手边的书，读几行，之后到来的时间内，我做饭，刷碗，吃每天需要吃的药，如果夜晚到来的不是太快，还可以到院中看看花草……翻检这所有，如此散漫，没有哪一件事情真正重要到需时时提起，今天没有，明天没有，明天之后，同样不会有。

那一天，在乐都一个名叫迭尔沟的村庄里，我们坐在一棵不知是沙果还是花檎的树下喝茶。阳光不是很好，大约是云朵飞来飞去太快，风依然是穿透千年村庄的风，青山在院墙上隐现，半开的门扉外，是另一些屋檐和院墙，它们因为年代久远，疏于修葺，墙体长满苔藓，檐顶蒿草与翠菊同样旺盛。院中央的果树不大，但是枝子繁茂，一些下垂的，快要抵到土壤，花自然已经不再，缀满树枝的，是累累红果：乒乓球大小，果皮光洁，色泽红艳，并且这种红晕染均匀，不存在厚此薄彼，尽管阳光分配不均。

那一时忘记问主人它们到底是沙果还是花檎。那一时居然忘记这个问题，说明问题并不迫切，不需要得到及时解答——即便之后没有答案，也无关紧要。那一刻我关注的，似乎只是在树下的时光，喝一杯茶，看看长在地面的南瓜，飞过花枝的蝴蝶，起身，摸一摸那些挨挨挤挤的小红果：它们没有过往，未来也不存在——起码在我眼里，它们只是此刻的娇红妖娆。

其实奢侈也是这样一回事情。

世界外的植物

老人带我们去看一棵树。老人说，树生长在迭尔沟的大山深处，已经很多年，它在春季开白花，在秋季，则开出淡蓝色的花，一直不知道它的名字，村里人只是随口叫它菩提树，请林业局的同志来看，给不出确切答案，猜测是丁香的一种。我听老人说，第一反应觉得有可能是暴马丁香。在高原，暴马丁香被称为旃檀树，也就是西海菩提树，多栽植于寺院，信众去寺院，会将羊毛哈达风马旗系在树身上，现在它也成为一种景观树。不过暴马丁香开花要到夏初，因为是乔木，树身高大，开花时远观，如云似雾，缥缈空蒙，秋季，也会见到一些枝子开出花来。我以为暴马丁香一年开两季花，查资料，不是，它在秋季开一些花，不过因为花期长，仿佛一个人熟睡，前半夜做梦，中间醒来，看看表，起身去趟洗手间，喝点水，接着睡，下半夜恰好做同一内容的梦。

山路不好走。这个夏天充沛的雨水使植物欢欣，青葱茂盛，但山体滑坡、路基冲毁等灾害事件频频发生。小路蜿蜒，一时淤泥，一时积水，一时碎石横亘。山谷开阔，不见树，各色杂草拥塞。我熟悉的草木不多：骆驼蓬正开出黄白色稀疏小花，甘青铁线莲和小叶铁线莲同时缠绕某种灌木，青甘韭花朵上的紫红色异常跳脱，狗尾巴草稀稀拉拉，大丛大丛自陡坡垂下的，是红花岩黄芪，那些花朵如同低飞的红衣仙子，轻盈而自由，爬在地面的银莲花花朵奇小，覆盖沙尘，几乎不像银莲花……更多植物不认识。不认识，意味着不知它的名姓，不知它的归属，不知它对人类医药的贡献，不知它可否食用。

如果植物有意识，能言语，它是否愿意被人类认识，被纳入纲目科属种的条条框框，它是否愿意被称为写作者的人千万次地书写，被画家不厌其烦地描摹。如果不愿意，植物们反抗，拳打脚踢，密谋，聚众起义，不知人类会怎样。

那株被老人称为菩提树的植物，原来只是一丛灌木。因为生长时间久，一些枝子老去，枯萎、朽烂，新的枝子又从原来位置生出，散乱一团，枝条披离。一些枝子虽然沧桑，却依旧柔韧，稀疏的披针形叶子，灰绿色，仿佛水分不足，叶面带些斑点。旧年开过的花，未及掉落的，干枯纠结，仍留在枝上，这使原本灰蒙蒙一团的灌丛，显得愈加陈旧。感觉熟悉，似乎在童年曾经见过，围着它走一圈，想记起点什么，譬如开出怎样的花，芬芳如何，努力一番，却只是徒然：或有一面之缘，却是来去擦肩。

这是一面稍稍倾斜的山坡，灌丛后面，几座坟茔，上坟的人自然将这株灌木视为吉祥树，给树系上红布。确也神奇，环顾，方圆几里，再不见任何树木。不知这丛灌木如何来到这里，是早先便已存在，还是后来移栽。如果早先就有，说明这座山谷曾经树木森森，后来皆被伐去，如果后来移栽，倒也合情合理，只是这坟茔的后人，何不移栽些松柏，要知道，白杨何萧萧，松柏夹广路，那样更能烘托出阴阳两邈邈。

坐在它身旁，脚下是一些唐古韭和野葱。它们开出相似的花，只是颜色有别，唐古韭的花为浅紫色，这是今年服饰界的流行色，野葱的花初看为白色，细瞧，则是更为浅淡的紫。有人将它们叫石蒜，我知道，真正叫石蒜的，是那曼珠沙华，经常出现在佛经中，"是时乱坠天花，有四花，分别为：天雨曼陀罗华、摩诃曼陀罗华、曼珠沙华、摩诃曼珠沙华。"人们又叫它彼岸花，说它"开一千年，落一千年，花叶永不相见，情不为因果，缘注定生死。"

风过空谷，寂然无声，那株灌木，因为叫不出名字，不知过去，因为不知其亲朋眷属，仿佛是一株流浪的植物，然而连流浪都算不上。它明明在眼前，却仿佛在世界之外：它在时间之外，方位之外，概念之外。它除了是它自己，与一切意义不关联。

盛家峡轶闻

谢　佐

　　二十世纪六十年代初我在西宁读大学，有一天上街上看见书摊上的一本书，是黄炎培写的。黄先生开宗明义写道："古人曰：'蜀道难，难于上青天；我从蜀道来，谈蜀道……'"当时身无分文，买不起书，黄先生的几句话吸引了我，就在书摊旁读起书来。家乡乐都碾伯镇湟水南岸（俗称碾伯大河）有一条到南山瞿昙寺的道路，直通盛家峡。我从少年时代从今天的曲坛镇新联村走出盛家峡，那是回家必经的峡谷，我也说，我从盛家峡来，谈盛家峡。

　　那是一条9公里长的石峡，峡谷底碾伯古八景之一的"药台流泉"形成的一条河流，唱着古老的山歌急忙忙自南向北融入碾伯大河，碾伯大河自西向东在甘肃河口融入黄河，黄河有容乃大，唱着中华民族母亲之歌，奔向渤海。

　　盛家峡是我难以忘却的记忆：从上峡口盛家庄进入峡谷间，老人们说是鲁班爷一印版子打开了盛家峡，至今在东山悬崖上还留着印版子的痕迹呢！进入上峡口不久便看是一峰恰似卧驼的山岭似乎在饮着药台流泉的清水。山岭北侧则是"鲁班爷的锅底子"，大概鲁班在那里曾经生火做过饭食。面对着盛家崖的一座土山包，人称"周官坟"。人们说干沟山的一位姓周的当官者，看见那里背山面水，临终嘱家人将他埋葬于那里。

盛家峡最难行的道路莫过于石叽叽，西面的峡谷是悬崖峭壁，狭路栈道，传闻行人赶着驴驮子走到石叽叽，要喊一声"迎面而来的行人先等上一等，让过驴驮子再走哩！"1958年用火药炸开一条路，才使行人畅通无阻了。尽管狭路难行，古人为了生计，在石峡的西边山崖间，开挖了一座又一座的"金窑洞洞"，可怜的淘金者"沙娃"们，在狭小的"金窑洞洞"中钻进爬出，拉着皮袋沙子，为金老板寻砂金。盛家峡下峡口处，有一条通向乐都峰堆的山沟，人称"老戴沟"。据说旧时代有一位姓戴的金老板，拿上沙娃们辛苦了一年寻得的砂金到西宁城换成银元，给沙娃们发点银饷，以便寒冬腊月回家过年。戴老板在西宁换银元时，不料有两个强人暗随着他，并尾随着戴老板一路到达乐都县城碾伯镇。戴老板钻进烟馆过足了烟瘾，于黄昏时节大大咧咧骑马驮银进入盛家峡。那两个强盗早已在下峡口的山沟旁等待着戴老板的到来。戴老板刚到山沟口，路旁跳出两个彪形大汉，二话不说将戴老板拉下马，压在石头上"大宰下了"！两强盗拉马逃向峰堆，不知去向，可怜乐都南山当年的沙娃们，等来等去，等来了一场空，不知道他们过了怎样的一个辛酸年！旧时代的穷人们说："年年盼得年年富，年年穿着个没裆裤！"那也是实情。

岁月如梭，我在盛家峡进进出出，从少年时代走到两鬓落霜。如今我看到一条高速公路的高架桥正在通向瞿昙寺。六百多年前逃国的建文帝，留下的古刹之谜，就让今人去揭开谜底吧！

登嵩花顶

李永新

这是 35 年前的一段记忆，刻骨铭心。

那个时候，我还在读初中。岁月艰难，我们白草台村的六个学生在一个叫崖洼的脑山自然村的达拉一校就读。

小村临北的山崖半山腰有一块平整的空地，我们的学校就坐落在这里。学校门前是一片茂盛的白杨林，不远处的迭尔沟河潺潺作响，这条河可称作达拉土族乡的母亲河。

我们六个学生共同挤在一间不到 10 平方米的平房里。学校里有 12 位年轻的老师，其中男老师有 10 人。

我至今清楚地记得，那是 1977 年农历六月十四日。那日放学后，一位教数学的老师通知我们："晚上早点睡觉，凌晨我来叫你们，我们一起登嵩花顶。"

听到这个消息，我们几个人高兴得欢呼雀跃。平日艰辛而单调的求学生活枯燥而冗长，我们盼望着有一项活动可以调剂令人身心疲惫的学习生活。老师的话让我们激动得几乎无法入睡。

那个时候我们都没有钟表，夜里不知道是几点钟。只听一阵脚步声传到寝室门前，紧接着就响起了敲门声。我们不约而同地一骨碌爬起来，整理了早已穿好的衣服，走出宿舍，跟在几位年轻老师高大的身影后面，在一片朦朦胧胧的月光下前行。

嵩花顶，是乐都海拔最高的一座山。峰巅海拔为 4059 米，被我们白草台祖祖辈辈的人奉为神山。平日里敬畏之心占了上风，我没有机会到达峰顶。

我们借着月光，沿着王家滩、李家昂的道路一直向西走。不知不觉间，我们已经到了一处山脚下的人家，我们上前询问上嵩花顶的路线。在一位老人的热心指点下，我们右转弯走向东山方向蜿蜒曲折的羊肠小道。那里山形虽不大，但一山连着一山，我们无数次越过山沟又翻过小山，谁也没记下到底穿越了几条沟壑、登上过几座山峰。印象中那里的草山植被极好，踩在脚底下的路如毛毯一般松软。月光下，山势随时在变换姿态，或蹲或卧，又或高耸入天。我们时而能看到一群牛羊在安静中脉动，时而又能看到远处闪着一点点微弱的光亮，那是放牧人"坐圈"的地方。

我们紧跟着几位年轻老师，迈着小跑步，一路气喘吁吁的，几乎上气接不了下气。在一个万籁寂静的夜晚或凌晨，我们终于到达了从前只能远眺而从未真正走近过的嵩花顶脚下。

此时，黎明前的黑暗远去，月光渐渐褪去了原有的亮度。我们的眼前变得一片漆黑，脚下时高时低，失去了行走的平衡。驻足仰视，只见嵩花顶雄伟壮观，给人一种高不可攀的威严感。

在几位年轻老师的引导下，我们鼓足勇气，从西面方向开始登峰。山坡很陡，几乎没有路，我们只能迈着蹒跚的步履一点一点摸索着前进。抬头仰视，只见山坡上到处是几米到几十米立方的大石块，如同人工铺就，整齐地从山脚一直"铺"到山顶。我们走三步退一步，走过一块又一块巨石，走了许久，才到半山腰。

这时，我们明显感到体力不支，脚下无力，整个身体不听使唤，有的同学就懒洋洋地躺在平如镜面的石块中央。一位年轻老师说：这里海拔高，空气稀少，你们遭到了"烟障"。我那时不太明白这一词的含义，现在想来，应该是高原反应的一种。尽管如此，我们几个人登临山顶的决心和信心依旧不减。

稍事休息后，我们便手拉起手一起前行。小手拉大手，大手拉小手，我们互相打气，缓缓地向峰顶挺进。时值六月，但寒气袭人，我们冻得全身发冷不说，到后来一个个头晕目眩、耳鸣耳胀，每一步都如同在腿上绑了沙袋一般吃力。这个时候，我们如果不是手挽着手，很有可能会来个一脚朝天。这嵩花顶，给我的第一个启示是"团结就是力量"，想来，这也是眼前这嵩花顶的另一个绝妙所在。

在东方露出鱼肚白的浅光时，我们一行终于登上了峰顶。峰顶宛如一块农家的打碾场，平整而开阔，直径在五十米开外。正中间有一个用许多小石块层层叠叠垒成的煨桑台，上面栽置有一根根经幡，直插天空。

这里是附近群众祈祥纳福和慰藉心灵的圣地。在这极富民族气息的原生态文化氛围内，虔敬之心油然而生。

祭山的群众渐次从各处向峰顶涌来。徐徐的晨风带着浓浓的柏香味扑鼻而来，冷风中我们打着寒颤簇拥在煨桑台旁，伸出早已冻木的小手和大手，借香火微弱的火苗取暖。不一会儿，东方第一道霞光冲破黑暗，吸引着我们的视线。一点儿又一点儿，一个偌大的火球从遥远的东方地平线冉冉升起，我们渐渐感觉到了来自太阳的温度。在阳光、火光和急急升腾的香烟中，我们沉醉在登临嵩花顶看日出的喜悦中。环顾四周，北边在晨光的映照下，一山连一山的树木层峦叠嶂；东边从峰顶涌流出一股清澈的泉水，淙淙流向山脚；西边就是我们在夜间穿越的山峦，满目苍翠；南边偌大的群山如同西部的壮汉，相伴携行，又如同男人宽广的胸怀。远处有一块空旷的草甸平地，那是北山赛马的极佳去处，马夫们早已布好了赛马前的阵势。这种祭山和赛马活动一直在当地流传，在丰富群众文化生活和促进民族团结方面发挥了积极作用，也在当地群众中形成了一种和谐共生、共守生态家园的精神境界和民族情怀。

往事如烟。自那次登过嵩花顶后，整整 35 年的时间我再没有时间和机会真正走向嵩花顶。每每想起这段经历，年少时成功登攀的骄傲和自豪犹存：向着希望的顶峰行进，哪怕再难，只要坚持下来挺过去，不轻易放弃，最终的胜利都是自己的。

永不言弃，击败挫折。这段登峰记忆带给我的启示，伴我走过了人生的风风雨雨，成为恒久的人生信条。

北国有芦苇

蓟荣孝

蒹葭者，芦苇也，飘零之物，随风而荡，却止于其根，若飘若止，若有若无。

——题记

一

《国风·秦风》有诗云："蒹葭苍苍，白露为霜。"

从诗经篇章里出走的植物颇多，植物界"千媚百红"者甚众，却不知为什么，予独爱蒹葭。

查阅《现代汉语词典》，方知"蒹"指没有长穗的芦苇，"葭"指初生的芦苇。大约前者是半大小子，后者则是刚出襁褓的婴孩，诗词中似乎透出些许婉约的味道，生长之形、茂盛之态和年轻人的跃跃欲试相得益彰，情投意合。

时序的长轴，长满季节的羽毛。白露为霜时节，大地和植物集体完成了每年一次的换羽。从历史的罅隙中出走的每一个漂泊的灵魂、每一滴暗自垂落的泪珠，似乎不经意间长成了这长轴之上的一个个标记。生命里的蓬松和紧凑，如沙地鼠的大尾巴，是一次生命节律的煌煌展示，更是蓬勃生命力量的挥舞，既有出没于尘世间的动荡不安，也充满和敬清寂。霜花吉羽，一如植物根系在大地深处的摸索和蔓延，将一切过往悉心收藏在怀抱里，仿若正在还原琥珀逐渐凝结为化石的记忆。

历史沉默不言，过往不善言辞，记忆一如堆积的冰川悄悄消融，点点滴滴，尽情叙说。

二

植物是大地上的隐语者。阳光解读藏匿于其肢体暗格里的生命密码：芦苇新芽初放，出淤泥渐由葭而蒹，继而穗生花放，其间"方苞方体，维叶泥泥"之状之貌诗意浓郁，生机勃勃。不由得想起瑞安飞云江畔的一洼芦苇荡，不由得忆起南朝谢朓"汀葭稍霏霏，江菼复依依"之语。一些日子里，每当夜晚从容而至，微风徐徐吹来，苇丛之中便开始星星点点地闪烁起萤火，这些夜之精灵用灯语欢快地舞蹈，一闪一闪亮晶晶，一词一语谁最懂？伴随兼葭生长的日子，萤火虫也是陆续建构起生命的明言暗语体系，督造自然世界别样的烟火气息。人类从中发掘自然密码的物候和节气的表达方式，与自然万物神奇感知的方式大相径庭，觉知了通性通法之道，便抵达同一片宿地。

江渚之间，芦苇弥望。望一眼天地清明，水泊风生水起，余波荡漾，飞鸟此起彼伏。芦苇清雅如竹，款款摇曳，让人不禁心襟飘摇，起起落落。北国风物，与南地迥异。西北望，崇山峻岭之间，傍水而居的人家，时有芦苇摇曳其间。北风吹来，满眼芦花如雪，北国器物洗尽苍阔与辽远。自古风华绝代，南地以翠竹为盛，揆情芦苇在北国的历史地位，应无出其右者，此一竹一苇潜藏着人们数不清的寄托和希冀。

羁旅之人，一株芦花便是一封可抵万金的家书，在旅者的足旁徘徊，在怀乡的梦境里出没。

芦苇，这一草本植物之所以被文人墨客推赏尊崇，源于其清贫自守的品格和潜藏其里的文化情结。河开雁来，春江水暖"芽"先知，滨水而居的芦苇由葭而蒹，出淤泥而不染，娉婷袅娜。想得见，白露横江之时，蒹葭之灵气异动，光影迁变，清雅自芬。

三

时光飞逝，霜花被雪花取而代之，深冬来临。

数九寒天，远山披雪，径流从容。一条黄河清水东逝，丹赭色的积石山小心地呵护在两旁，"月落沙平流水慢，惊见芦花来雁"的一幅画卷徐徐展开在眼前。

夕阳铺水，倒影清亮，看山是山，看水是水。寒冬腊月，近树萧瑟，望眼欲穿。此刻，踯躅于青海江南，肃立河边，听"逝者如斯夫"之千古一叹，从历史洞开的一扇窗中看叹者衣袂飘飘、华发苍颜，不由得怜惜起"布被秋宵梦觉"的辛稼轩。他是历史长河里挺立的一株芦苇，是"眼前万里江山"依稀犹在梦中的辛稼轩。那夜，他独宿博山王氏庵而作小令"清平乐"，他的一字一文尽显对祖国大好河山的热恋，置自身凄凉晚景于不顾，仍不失慨当以歌的豪迈，着实让人感佩五内。

夜晚，总在一次次尝试中慢慢地来临。一颗太阳在西边寻寻觅觅，寻得刚好盛下自己头颅的山坳处优雅地落下。几朵白云尝试描绘自己的晚妆，她总能赶得上如期而至的夜宴。一群野鸭也是拿捏得十分准确，当天空褪尽最后一缕光线之时，躲进了芦苇荡，而此刻我的思绪匆忙地奔向未知。生活原本就是在不断地尝试中让未知变作已知，又倒腾出新的未知。夜幕款款地走向纵深之时，这种循环便像一首长短适宜的回文诗，更像脚下的水波簇拥着向前，回旋着退回，反反复复，不舍昼夜。

我总觉得，有些夜晚恰若一段历史，总喜欢在某些地方闪烁其词，恍如河道易辙，踪迹漫漶，或者被芳草侵占，或者被砾石掩盖。这是每一条河所习得的基本经验，河流之上的夜晚虽浸泡在水中，但对此更能了然于胸。

四

夜晚像桨声穿过河心，沿着峭壁攀爬上山崖，头顶漫天繁星熠熠。河流漫过河滩，野草布满芳泽，一湾星河，两岸灯火。就这样，白昼的光亮被时间的擦板一点点地清除，河谷自西而东陷进黔黑而不慌乱的夜色之中，奔行至此的水，笑逐颜开，化作眼前前呼后拥的一排排波浪。

在碧波荡漾的夜晚，独享轻柔而空灵的水波，渴望一点一滴的涓涓细流扑入怀中，微风习习，心湖却无一丝一毫涟漪。此刻，真的恍若如村上春树所说的"每一个人都有属于自己的一片森林，也许我们从来不曾去过，但它一直在那里，总会在那里，迷失的人迷失了，相逢的人会再相逢。"我和拥有一大片芦苇的波浪滩相逢在一起了。

此刻，此景只与我有关，内心澄澈，双瞳剪水，蜷缩在一个人的世界里，自心关照，无关风与月。此刻，水声恍若理查德·克莱德曼起伏指尖的一曲《水边的阿狄丽娜》，水声圆转而柔和，气象清幽而雅静。

此刻，帕斯卡尔说"人是一根会思考的芦苇"，深以为然。

湟水河野鸭的幸福生活

李天华

流经乐都城区的湟水河虽然浑浊，却是野鸭生活的幸福乐园。以水为家，逐水而生，掠水而飞，野鸭在湟水河享受着繁衍生息的幸福生活。不论春夏秋冬，不论清浊缓急，野鸭都能在湟水河上休憩飞翔，嬉戏游乐，俨然把湟水河当作温暖的家园，自由自在地生活，安心舒适地繁衍。浩荡的湟水河是一卷长长的流动画布，四季的风描画着湟水河的美丽图景，而野鸭的栖息和飞翔则勾勒着湟水河的灵动线条。湟水河因有了野鸭自在生活，多了一抹诗意的美丽和灵动。

冬天过去，春天在不知不觉中来临。河边的柳树还没有发芽，但柳树边的野鸭却倏忽间多了起来。猛然想起苏轼在《惠崇春江晚景》中的诗句："竹外桃花三两枝，春江水暖鸭先知。"我也以此推理，感觉到春天悄然降临湟水河，是最早感知春天温暖的野鸭告诉人们春天来了。野鸭是湟水河的春天使者，湟水河的春天早早地就被野鸭唤醒了。这也许是飞动的动物总比静立的植物有更敏感的嗅觉和肌肤，野鸭比柳树对春天的感知也就更领先了。放眼望去，湟水河中稀稀落落的冰块开始消融，河水也慢慢变浑浊了，也变汹涌。随着野鸭逐渐多起来，柳树的叶子也慢慢变绿了。河水变暖，野鸭生活得更加自在了。野鸭们飞翔在柳树间，栖息在沙滩上，嬉戏在河水中，在春暖花开中享受着自由幸福的生活。春天的湟水河是野鸭迎接幸福生活的温床，野鸭在春风中开始孕育新的生命了。

当河水暴涨，芦苇变绿，柳枝摇曳，气温升高，雨珠淅沥，夏天的脚步走进湟水河时，野鸭更是迎来了最为幸福的时光。一群群小鸭子跟在鸭妈妈后边快乐地游荡，许多新的野鸭家庭也在湟水河岸边落户了。只有拳头大小的小鸭子，披着短小的褐色羽毛，叽叽哇哇地紧跟在鸭妈妈后面，左冲右突，嬉戏水潭，找寻食物。那种形影不离的依恋场景，流淌着野鸭家庭最温暖的亲情。幼小时，在浅滩上练习生存的本领；稍大后，又在湍急的河流中惊恐地飘荡；长大后，自由地在长满芦苇的河面上飞翔，野鸭有序地完成着生命的轮回和幸福的成长。野鸭一家的幸福生活常常吸引岸边行人的目光，人们驻足在野鸭成群的河岸，高兴地观看着野鸭生活的温馨场景，不时抛洒一些零食，喂养正在河中觅食的野鸭。人鸟和谐共处，心中不时泛起许多温软的情愫。夏天的湟水河是野鸭快乐生长的天堂，处处洋溢着野鸭群居生活的欢快叫声。

秋天来临，湟水河汹涌澎湃，河水淹没了河中的沙洲、岸边的芦苇。很多时候，看不到野鸭戏水的快乐场景，但是宽阔爽朗的河面上却不时掠过野鸭飞翔的身影。它们用飞旋徘徊的仪式感恩着湟水河。长大了的野鸭仍然依恋着湟水河，依恋着曾经嬉戏的沙洲，依恋着温暖的芦苇丛，依恋着行人抛撒的美食。虽然很少看到野鸭憩息的地方，但是它们不时地迎着朝阳和晚霞，舞动着"落霞与孤鹜齐飞"的秋日剪影。此时，是湟水河最浪漫最诗意的时光。当然，飞掠湟水河的也不仅仅是孤单的野鸭，成双成对的野鸭也与朝阳或晚霞一起飞舞在浩荡的湟水河上。秋天的湟水河是野鸭抒写诗意的开阔舞台，野鸭在秋风中演绎着绚烂的生命舞蹈。

　　冬天到了，湟水河变清澈了，也变小了，河水自然也变寒冷了。芦苇枯黄，沙洲裸露，冰床莹白，一片萧条冷落的景象。但是就在这份荒凉中，静卧在河中沙洲上的野鸭，却给行人意外地带来一份活力与温暖。人们穿着羽绒服抵挡着刺骨的寒风，而野鸭却用天生的羽毛和本能的生存技能，自由自在地生活在冰冷的湟水河上。一会儿扎下头去啄食水中的食物，一会儿静卧在沙滩上晾晒厚实的羽毛，一会儿又飞翔在幽静的河面上。不惧寒冷，不嫌荒凉，野鸭们静享着沙滩晒冬阳的幸福时光。冬天的湟水河成了野鸭熬过寒冬的温暖家园，飞翔的野鸭展示着坚强的生命姿态。

　　四季的湟水河变换着不同的容颜，而野鸭也享受着湟水河多样的生存条件。湟水河中的野鸭有顽强的生命力，超强的适应力，能经受寒冷与炎热的考验，经受浊浪与清波的击打。虽然沙燕在河面上列队俯冲，但也只是急急地掠过河面，未能潜入湟水河自由戏游；虽然麻雀也不时飞越河面，但也只是快速地飞过河面，不敢靠近湟水河激荡的水流。只有勇敢的野鸭，向上可以竞飞湟水河的宽阔天空，向下可以沉入湟水河湍急的河流，在河中可以独步湟水河绿色的沙洲。白天在河水中自由生活，夜晚在苇草丛中安然入眠。湟水河的野鸭用不同的生命姿态激活着湟水河的春夏秋冬。

　　其实，对野鸭的生存来说，湟水河的浑浊并不可怕，可怕的是恶臭的污水流入河水；湟水河的寒冷也不可怕，可怕的是恶意的魔爪伸向孤鸭；湟水河的清澈同样不可怕，可怕的是失去存身的沙洲和苇丛。只要人们不破坏野鸭生活的环境，留一片安宁的河床，留一份文明的相守，与野鸭和谐相处，野鸭就能给湟水河带来灵动，给人们带来诗意。

　　周而复始，时序更迭。在湟水河自由自在生活的野鸭，不断地变换着新面孔。虽然每年的四季都会看到很多野鸭在湟水河翔集，但很少知道它们的归宿。它们不像人们饲养的家鸭，肥肥壮壮地生活在池塘或小河湾，最后，肥壮的身子成为美味的烤鸭，柔软的羽毛成为温暖的鸭绒，滋润着人们的舌尖，温暖着人们的身体。而野鸭却用瘦小矫健的身影舞动着水鸟飞翔的快乐，成为湟水河自由的精灵，美丽着人们的眼眸，诗意着人们的心灵。野鸭和家鸭虽属同类，但却有着不同的宿命，各自演绎着生命的传奇。也许家养的鸭子是人们生活的必须和无奈，而野生的鸭子则是人们生活的一点灵动和诗意。正如有人说："生活不仅是眼前的苟且，还有诗和远方。"野鸭就是湟水河给予河湟故里乐都的一份浪漫诗意。

现在，湟水河两岸的环境治理越来越好了。处理了废水，清理了河道，铺设了木栈道，栽种了树木，城区的湟水河逐渐改变着模样，乐都人与湟水河更加亲近了，湟水河带给乐都人的美好也更多了。听湟水涛声，看湟水急流，赏岸边垂柳，谈湟水今昔，尤其是驻足河岸观看河中野鸭们的快乐生活，更是漫步行人最惬意的情趣。

野鸭翔集添灵动，垂柳摇曳染画图。湟水浩荡绕城郭，千般妖娆醉乐都。自由生活的野鸭是母亲河——湟水河留给乐都人最温情的一份诗意和美好。保护好这一方野鸭生活的美好图景，也就守护住了文化大县的一方生态文明，一份文化诗意。

九架山上飞机过

朵辉云

　　九架山，顾名思义，山多山高，在大多数意义上来说，显然不是实指。而我要说的这个九架山，不但有山多山高之意，而且又是一个实名，确切地说，是我老家的村名。

　　老家何时叫九架山的，我无从知晓。但我知道，坐落在大山上，眼宽无比，能见四面八方百里外的远景。正南几十里走下去是湟水河大川，正东几十里走下去是大通河大川，正北是与村庄田地混为一体，生长着白桦、紫桦、红柳和黑刺、黄刺、刺梅等名目繁多的乔灌林木大森林，正西则是与九架山一样连绵起伏的山峦沟壑和与山山洼洼、沟沟岔岔相连的邻乡村庄、田地田野。再确切地说，九架山是坐落在海东市乐都区下北山林场林区边缘的一个高山村庄。

　　九架山既是一个自然村名，又是一个行政村名。全村有六个社，依次是垭豁后、扎楔湾、上湾、下湾、九架山、李家沟。每个社还有一两个或两三个不等的自然村。比如物多、歇马店、上庄子、里湾、沟沟、刘家门、寺湾子。除此之外，还有卡子岭、大岭头、三岔沟、结龙沟、刘家湾沟等难以说清的其他地名。全村方圆几公里，户数最多时将近二百，人口上千。在全乡来说，还是个数一数二的大村。

　　记得小时候，九架山的孩子，从有记忆开始到青少年时期，除了大一点的翻山越岭，走进村北面的大山林里驮驮柴、放放牧、采挖些中药材、采摘些美味野菜，或跟着大人们走下大山，去村南三四十里外的老鸦粮站上上公粮、驮回些返销粮，极个别的再同样到地处川水地区的高庙上个初中外，大多则是在村里度过的，很少有人走出过九架山，不要说去过什么更好更远的地方。因而，九架山虽然是山大山多、山高山陡，沟深沟多、沟窄沟长——当然，地理位置也是显而易见的偏僻偏远，可在我们青少年们心目中她还是那么的美。因为，九架山不光有山有沟，大多山沟里都有水，草场面积也很大很多。比如：刘家湾沟、晁家沟、李家沟、扎棵湾沟……尤其是结龙沟的水成为大通河的一支大支流，能转动立轮水磨。二十世纪七八十年代前，九架山村的水磨和油坊连同四邻八乡的几十盘水磨、油坊一同坐落在这条沟里。

　　说起九架山，有一首青海花儿是这样唱的："大鹰飞过了九架山，小鹰儿没飞过半山；我心里想你多半年，你从来没想我半天。"当我第一次听到这首花儿时，不由一阵兴奋。心想：这个编花儿的人真厉害，他不光知道我们九架山，还可能来过。不然怎么在花儿里唱出了"九架山"？后来又想，不对。虽然九架山在我们当时的青少年心目中是那么的大而美，而在全乡来说，还是一个小地方，毕竟是一个行政村。除了村里人在外乡村有亲戚朋友的一些人和部分乡里人知道九架山外，再知道的恐怕就很少了。于是我又肯定：花儿里唱的九架山一定是一个没有具体实名和方位的地方。因为那年上高小时，在地理课上，老师拿来地球仪讲课，同学们都感到好奇和神秘，一下课，扑唰唰围到讲桌前看稀奇，看究竟，寻找自己的家乡。老师笑了。他说："不要说你们一个村，就是我们县也没有标记呀！"噢，家乡实话太小了……

乐土与古都 LE TU YU GU DU

　　然而，地处山区的九架山虽然山多山高，地理位置遥远偏僻，但人居环境格外寂静优雅。那树梢上、墙头上落座鸣叫的喜鹊、麻雀，田地、山坡里飞腾叫唤的野鸡、山雀等鸟类们，给寂静安然的九架山天天带来和谐、优美、动听的音符。更让人难以忘记的是那一架架飞过九架山的飞机，"轰隆隆"老远就能听到看到。不管它南来北往，东进西行，每每飞过九架山上空，人们不由总要翘首一望。虽然人们不知道它从何处来，又到何处去，但一架架飞机或像雄鹰或像银鸽一样飞在九架山上空时，尤其是我们青少年，总有一种不可名状的好奇和渴盼，老是看个不够。只看得飞机听不见声音了，还不愿移开视线。甚至小伙伴们还指着飞机前行的方向，定睛比赛观看，直到声音早已听不见了，那个天空中的银色小点在视线中完全消失。更让人看得入迷的是那后面喷出长长一股既像白云又像青烟的喷气式飞机，一会儿平行，一会儿上行……因为，在九架山，我们还听到过不少有关飞机的故事。最早听说的是飞机上真的掉下来过一疙瘩（一捆）钱，有人拾到了。后来又听说一架飞机坠落于离九架山之北几十里外的桌子山。也许这是真的，人们争相前往观看。有的说看见了，有的说没看见。还有的说是飞机出故障后想在面积平展而宽阔的桌子山上降落，结果落在了桌子山下的群山密林中。听到这个消息，小我一岁的长寿也跟着大人们去看，结果路途遥远，又是崇山峻岭，没能到达。二十世纪六七十年代，听说我们乡里（当时叫公社）有一个人坐了飞机。说飞机飞过他家上空时，看到他母亲拿着木锨在自家大门口晒粪、搅粪……一时间，消息传遍全乡。对否错否，说法不一。但有一点是可以肯定的：坐上飞机能看清自家村庄、自家房屋、自家大门，还能认识自家母亲，真是稀奇至极，羡慕莫提。说实话，在当时条件下，能坐上飞机的人可不是一般人。村里有一个人的堂兄弟在甘肃酒泉当兵，逢人就炫耀说他的堂弟坐飞机到西宁来了……还有细心者做过统计，昨天飞过多少架，今天飞过多少架，一一向人们述说。孩童们更不知道它从哪里来，要到哪里去。不管南来北往，西去东来，"轰隆隆""轰隆隆"，一架架飞过时，总想知道飞机跟前是什么样？肚子里又是什么样？坐上飞机又是什么样？这一连串的问题，好多时候，都成为谈论、争论的话题。甚至还都下定决心，无论咋样，长大了一定要到跟前好好看个够，有机会还要坐一回飞机，也看看九架山，看看自家房屋……

离九架山不远的黑峨博和邻村唐家岭的山顶上各有一座木塔，很像庄稼人背草用的大花篮倒扣着，每天一出门，站在九架山上抬头一望，就能看到这两处"塔"。我们不知道这是什么。后来听大人们说，那是飞机的航标。我们也不知道航标是做什么用的。飞机在天上，航标在地下，能起到什么作用。大人们说，飞机飞过来，就能看见这个航标。它是给飞机指方向的。于是，我们一群孩童就跑到唐家岭的山顶上去看"航标"，等待飞机过来看航标时能看见航标跟前的我们，也知道我们在看航标、看飞机……

在我们小时候，不要说能近距离看到飞机，就是近距离看到汽车也是很少的。那年秋后，有一辆汽车来村里拉公粮，孩童们围着汽车看不够，还小心翼翼爬上汽车观看、玩耍。当汽车装满高高一车厢青稞和豌豆的公粮开走时，突然一场过雨，道路变得泥泞，车轱辘打滑，难以行走，人们就用铁锹在路边挖上干土垫在车轱辘下。等汽车上了庙岭头、再走过大岭头，道路稍微平缓下来时停住。这时，前去上公粮的几个大人们爬上汽车，坐在粮食口袋上。于是，我们三四个孩童也一起往上爬。大人们不让，我们也不让，还叫唤着让大人们拉。无奈，站在旁边的司机对大人们说，这一段路平，你们看好，让他们坐一会儿。就这样，走过唐家岭的那段平路，汽车才停下来让我们下车。而后我们目送汽车远去，高兴地说笑着走回家。看到没有坐上汽车的小伙伴，还给他们炫耀坐汽车的感觉——左右摇摆，就像飘起来一样……这是我们第一次近距离看到的汽车，也是第一次坐汽车。

而我第一次近距离看到飞机，也是我十二三岁的时候。

那年，我跟着四五个大人赶着八九头"半大拉"猪去西宁出售。当时可能西宁猪价好，村里人接二连三去西宁卖猪。一大早，我跟着大人们赶着猪下山。经过六七个小时的徒步行走，才来到地处川水的老鸦城火车站。前去联系火车上装猪事宜的大人们回来说，在火车上运猪，要装在能透气的固定箱子或什么东西里，否则，没法运走。于是大人们到老鸦城供销社生产门市部购买上花篮（庄稼人用小灌木条网状样编织出来背草用的工具）装猪。但装猪的货车上只允许一人跟猪随车而行，其他人不让上。于是，我们等来坐上专门拉人的火车，到西宁站下车后，又步行向东，走到东货站接上猪，一路赶着、吆喝着、叫喊着在西宁城区里找买主。也就是在东货站回来的路上，我看到一架飞机从东面飞过来，飞过一座山头，开始向下降落。当时我还不知道这座山头就是小峡口山头，它的西面就是乐家湾飞机场，飞机就是在这里降落的。这是我第一次近距离看到的飞机。真像一条跃龙门的巨大鱼儿，圆碌碌、光溜溜的，闪着银光，徐徐降落。当时，我又想，那飞机场又是什么样？是不是和我们家里的打麦场一样呢？我问大人们是不是去过飞机场，他们说都没去过。我问他们卖了猪后是不是到飞机场去看看，他们答应了。可是，我们在大街上不到天黑就把猪全卖了出去。我也不知道价格卖得好不好。当时，我只记得我家的那头卖了 12 元。我家的猪钱由一位表叔拿着。虽然我要了几次他都不给，但我还是高兴的。因为大人们已经答应我要到乐家湾飞机场去看飞机。于是，我们在西宁城里待了两三天，不知啥原因，大人们老答应，直到回家时也没去。现在想来，当时大人们嘴上答应着，实际上根本就没有想过要去什么飞机场。对我的承诺只不过是哄哄小孩而已。不过，走进大十字百货商店，表叔为安慰我给我买了一顶我喜欢的帽檐两边扎有两个黄色五角星、压着一条黑布带的青灰色帽子，才花了几毛钱。这次到西宁卖猪，是我第一次到很远的省城，也坐了火车，还近距离看到了飞机。回到家里，我成了当时庄子上青少年们中第一个出过远门、到过省城的尕娃。同伴们跟前跟后看我的帽子，问这问那，我别提有多高兴。

后来，随着年龄的增长，我上了家乡初中，特别是每天早晨五六点钟，准时有一架飞机飞过九架山时，就像闹钟一样，轰隆隆"闹"醒人们按时起来，和我一样上学的孩童们或背上一阵书，或做上些家务活，吃过早饭去上学。不上学的或驮水、拾粪，或放羊、放牲口，开始一天新的活计。大人们则或出早工，或做早饭，或做家务，也开始一天新的劳作……

后来长大成人，我参加工作，或学习、或旅游，有机会多次坐飞机去过北京、昆明、武汉、哈尔滨，飞机上能看清自家村庄和母亲之说不光我否定了，村上好多人也否定了。因为，如今的九架山黑色公路已穿越全村，大小汽车来往穿梭，班车一天好多趟，九架山人出门步行者几乎为零。说实话，现在的九架山几乎一半的人家都拥有了自己的小汽车，几乎一半的人家都买上楼房住进了城里，坐飞机当然也不再是稀罕事了。比如，谁家的孩子大学考到外地了，有条件的人家就坐飞机去相送。谁家有孩子在北京、上海、广州等大城市工作的，家人又坐飞机去看望。出远门打工的年轻人们趁打工之际，也要坐一回飞机。还有有条件的人家坐飞机去旅游，当然首选的地方大多是北京……谁还不说？九架山人出远门也有了坐飞机的福分。

彩霞在傍晚飘落

巨克一

夏天的傍晚，我总喜欢到外面去溜达一圈。因为县城没有什么僻静幽雅的去处，只好到小镇的南大门湟水桥边来随心所欲地走一走。这儿没有幽静宜人的林荫，也没有让人赏心悦目的风景。可是，站在横贯南北的桥面上，在习习轻风的吹拂下，凭栏领略西边天空变幻莫测的晚霞，感悟生活的真谛，倒也是一件有趣儿的事。

大自然是神秘的，充满叫人难以捉摸的造化；傍晚西天飘动的晚霞，以她瑰丽多彩的容颜和千变万化的身姿，给人们勾画出一幅幅神秘而绝妙的画面。她不仅会使人浮想联翩，还令人产生无限的遐想。

西斜的太阳一边回头留恋着五光十色的大地，一边用她那深情的彩笔开始给西天的云朵描绘起金色。渐渐地，一团红云开始涌动了，火焰在轻轻地流动、扩散、蔓延……有时一直蔓延到天的尽头，使半个西天都变得通红。这时候，大地也抹上了一层浓浓的橘红色，显得辉煌而神秘；有时这些燃烧的云团在流动中尽情地变幻成一幅幅精美的图案，有金碧辉煌的楼阁，有茂密的枫叶，有群峦河流，也有布满沼泽的金色草原，还有的变成了汽车、拖拉机和一个个千姿百态、惟妙惟肖的人物。如果目光横贯整个长空，你就会惊奇地发现，这些五彩缤纷的零碎画面恰如其分地组合构成了一幅壮观美丽的图画。欣赏之余，你就会情不自禁地勾起不尽的留恋和神往。

不知是傍晚神奇的彩霞感染了我，还是现实生活触动了我的思绪，我的视线从天空移到了眼前。湟水静静地流淌着，河面上跳跃着无数色彩斑斓的涟漪；岸边的楼群、树木、河滩、大桥和我一同融化在橘红色的光晕之中，桥上的汽车、拖拉机来来往往，行人也渐渐地多了起来，有悠闲自在散步的，有挑着纱罩去捉鱼虫的，还有几个老头儿提着各自的鸟笼去对岸的一片小林里遛鸟。不过，你稍一留神就会发现，在来往的行人中，最多的还是那些在熙攘喧闹的集市上忙碌了一天，此刻就要回家去的庄稼人们。早晨，他们在彩霞的陪伴下，踩着湿漉漉的雾气，带着田野淡淡的馨香，把一车车一筐筐丰硕的收获送进拥挤的市场，把人们的菜篮子装点得五颜六色；傍晚，他们又身披着金色的晚霞，带着沉甸甸的收获愉悦地跨过桥面，摸一下口袋里鼓囊囊的票子，心里踏实得就像他们走过的路一样。

大桥下面的河滩上，是生活的另一个侧面。三三两两的中学生聚集在那儿，像一个个棋子，他们在夕阳的余晖中，伴着燃烧的晚霞，尽情地畅游在知识的海洋中，三人一群，五人一帮，或高声朗诵，或默默阅读，把本来就有浓烈的文化氛围的古镇渲染得更加厚重。有几个坐在石块上的中学生挽起裤角，把白嫩的脚丫子伸进湍急的河水中，自在地撩拨着夏日的凉快；有的却在松散酥软的沙滩上，一边来回踱步，一边默默地背诵着英语单词；还有几个聚集在一起，好像是正在讨论着什么。

不知不觉中，西边天际的彩霞慢慢变成了铅灰色，紧接着又变成了黛色，先前那幅美丽的神奇的图画，这会儿不知飘落到那儿去了，我心里不免有了些许的惆怅。蓦地，我似乎又觉得它就在眼前，像一种神秘的天光，又似一种美妙的声音，在湟水下游水一样地响。细细品味，晚霞并没有被灰色的夜幕吞噬，也没有如此不够朋友地消逝在遥远的天际；她分明是落在了人间，飘到了人们的心田，化成了万物之精气。

雪

蒲生奎

刚一入冬，老天接连两场大雪，这已是多年未曾有过的天象。原本不稀罕的东西，却给我平添了一份惊喜，终于看到了高原冬天的本来面目。

惊喜不是没有来由的。依稀记得孩提时代，那时的冬天，我们山区简直就是一个雪的世界。山里人的捆子刚一搭垛，正当打碾，雪已是捷足先登了，隔三差五地下。雪不仅带来了寒冷，还给人们带来了麻烦。可不是吗，场上的雪要扫，房上的雪、院里的雪、大门外的雪统统都得扫，饱受稼穑之苦的人们，又多了一份除雪的差事，怎不令人生厌呢？然而，雪和其他好多的事物一样，平日嫌弃它，一旦失去了才知道它的珍贵和可爱。二十世纪八十年代以来，雪越来越少，人们由讨厌变成了向往与企盼。怎不企盼呢？冬天无雪，夏天少雨，泉眼枯竭，沟岔断流，人畜饮水都成了很大的问题，由过去靠天种地变成了靠天吃水。盼来盼去，每况愈下。到了二十世纪九十年代，可恨老天更是无情，憋了一个冬天也几乎见不到雪花。再也看不到"千里冰封，万里雪飘"的北国特有风光；山区再也显露不出像元曲中写的"雨里孤村雪里山，看时容易画时难"的那种梦幻般的境界；再也享受不到像《西游记》中所描绘的"瑞雪初晴气味寒，奇峰巧石玉团山，炉烧兽炭煨酥酪，袖手高歌倚翠栏"那种雪后初晴的景象和惬意。

　　一年四季物候各不同。青藏高原四季特征应该是：春天的风，夏天的雷，秋天的雨，冬天的雪。大自然安排孕育了高原的生机，把一个高原精心塑造成了"三江之源"。夏天的闷热，秋天的少雨，冬天的无雪。春夏秋还可以凑合，无雪的冬天使人焦躁，令人心烦。你瞧，天老是灰蒙蒙的，半晌午了太阳还是白光光的，失去了往日的光芒与暖意；地老是雾沉沉的，后晌朔风呼啸，尘土飞扬，月亮常带一个偌大的光环，失去了往日的娇态与明媚。再看大道小径，经过车碾人踩，尘土足足有半尺来厚，行人趟土而行，车轮轧过尘土像水一样流淌。原本荒凉寂寥的山区冬天，越发显得没有一丝生机。记得前年冬天的一个傍晚，收音机里忽然飘出"我爱你塞北的雪，飘飘洒洒……"的歌声，那优美的旋律，那充满诗情的歌词，让人听了揪心，又让人听了感到尴尬。尴尬我由过去的身临其境变成了身临其音，无雪的冬天，面目可憎的阴影笼罩着莽莽山原，也成了人们挥之不去的心头之患。它使瘟疫蔓延，随意折磨着扁毛畜牲和善良的芸芸众生。这还不算，直接导致翌年春旱，让山民们无法播种，面对如此严酷的现实，有的人背井离乡，另寻乐土；剩下的人则感到无奈，守望贫穷。"一冬无雪天藏玉，三春有雨地生金。"老天啊！难道你真个把晶莹的雪花藏匿到了你那漫无边际的胸怀？抑或是由于你的偏心，将我们头顶的雪花飘洒到了异国他乡？就是这样的冬天，真令人感到疑惑不解。漫长难熬。人们盼望春天，你将脚步放快些，驱散冬天的晦气，带来希望的气息。

　　天旱望云霓，落雨看檐滴。这是庄稼人特有的一种心态，这心态似乎本能。经历了无雪冬天的折磨与难堪，两场大雪时，正好我回到大山的老家。看着飘飘洒洒的雪花，我如同听雨一般感受下雪。站在大门外空旷的地方，任纷纷扬扬的鹅毛雪片洒落在身上，不但不觉寒，反倒使人产生一种难以言表的愉悦。不时跑进门向坐在堂屋的老母亲报告："雪越下越大了，四周很寂静，连白杨树稍稍儿也不摆了，看来要下一场厚雪。"意思是想让足不出户的老人也分享一下下雪的快乐，增加一点炕头叙谈的话题。裸露的黄土渐渐变白了，门前的杨树也成了玉树银枝，山坡的骡子也回来了，到门前一抖身躯，才露出了黑黝黝的鬃毛。远山近峦，不，整个原野变成了白茫茫的一片，被雪苫得严严实实，回头再看看大门旁的哈巴狗儿也好像肥了许多……。

冬天，从多雪到少雪无雪，再从无雪的冬天，变成眼前下雪的冬天，这是一番曲折的复原。掐指一算大约经过了三十年的时间，这周期未免太长了一些，但总算见到了回头的迹象。过去我们诅咒，责怪老天，问雪去了何处。今天雪又重新光顾，给我们赏脸。应该感谢上苍，感谢他的怜悯与恩赐，望着越来越厚的积雪，望着夜空，我的思绪时起时伏，感激之余更多的是感慨和希望。

是谁搅乱了四季的物候？是谁惹恼了温顺的老天？我们再也不能躲躲闪闪、犹抱琵琶半遮面了，该拿出足够的勇气承认自己的失误和过错。其实雪的变迁就是生态的变迁，从中理应汲取沉痛的教训才是。父辈们的愚昧蛮干，所走的弯路，我们应该反思，应该醒悟。保护生态，呵护环境，是人类文明火传薪续的必然选择，属于万物之灵的人们应该明白这浅显的道理。再也不要干那种自讨苦果、甚至是自掘坟墓的傻事和蠢事。

雪还在不停地下，老天，祈求你重现儿时的光景。沉思中，我仿佛听到了春天的脚步声，看见了"五风十雨皆为瑞，万紫千红总是春"的美丽画卷。

幽情，在药草台放飞

徐文衍

在青海海东的大地上，分布着肥沃的草原。草原的胸肌上缀满了多彩的画面。飞驰的骏马，如同一道道红色、黑色、白色的闪电；安详的牛群，静静地聆听蜜蜂的歌儿；雪白的羊儿，在草丛中缓缓移动，恰似片片嫣然盛开的白色牡丹。

从乐都区碾伯镇直达瞿昙镇地域内的药草台自然风景区的柏油路，像铺展在乐都南山草地上的一条银灰色的飘带，起伏萦回，明澄如练。我忘情地从车窗向外瞭望，追寻着大自然流溢的醇香。

"看！前面就是药草台东沟了！"随着喊声，汽车从柏油路左拐过桥进入"乐（都）化（隆）"公路的沙石路面了，沿着草浪、麦田、油菜花、灌木丛急驰南进。突然，眼前出现一道偌大的山口，两山中间劈开一条深邃的山涧，由南向北，蜿蜒伸展，九曲回肠，如同一条伏在峡谷中的绿色巨龙。其宽几米至几十米不等，长约六七公里，因这里（还包括西沟）盛产名目繁多的中草药，故得名药草台（沟）。

我们下了汽车，从北端山口进入了这条朦胧神秘的世界，山涧沟壑浓荫蔽日，绿波涟涟，野山楂、山丁香、野山桃、杏树和叫不上名来的杂树，层层叠叠，悠然摇动，兴奋地向人们诉说着它们的心声。被阳光遗弃的林间小草，胆怯地探头张望。乳白色的蘑菇在树下悄然撑开白色的伞。红蓝紫黄各色小花，在林荫和草丛中尽情地展示着娇艳，不时地传来浓郁的花香。黄羊、狍子、山兔、小松鼠警惕地窜来窜去。山鹰、山鸡、喜鹊、百灵不堪寂寞，在碧空中嬉戏穿行。小鸟在枝头上啁啾，彩蝶在花蕊上采撷。

铺展在沟壑中间的小溪在轻吟低唱，欢乐喧闹着顺势而下，像一条珍珠项链闪烁着串串银光。数不清的泉眼不时地泛起簇簇浪花，像散珠碎玉般跳跃闪烁。水石相击倾泻而下，迅疾向下直落，编织出许多微型瀑布，潺潺急流，似情人倾心的碎语，传送着美妙的情话。至此，顿觉心胸旷达博远，人世间的一切忧虑和烦恼都烟消云散了。难怪昔人将这里美名曰："药草流泉"。并将其定位为乐都十二景之一。

高峡、深壑、奇石、灵岩、嘉树芳草、争喧的群鸟与碧澈清幽的流水、绚丽多姿的山花，构成一幅天然的写意画面，弥漫成一派静谧与喧闹、粗犷与细腻、阳刚与阴柔和谐的气息。这里没有名园或名胜中的亭、阁、桥、台，没有人工雕琢修饰，这里是自然法则主宰的世界。它美得自然，美得真切。

我生于瞿昙，长于瞿昙。自小吮吸药草流泉清冽甘甜的乳汁长大成人，生生数十年，游览药草台的东沟（也有西沟）已记不清多少次了。而眼下，深感与往常迥然不同：满目清新，美不胜收。鬼斧神工劈山的气魄，神来之笔彩绘的精湛，石隙间树荫婆娑的意志，高峡处险峻悬崖的刚毅，茸茸青苔的无声无息和涓涓细流的柔顺……这些人生第一次都刻印在我深层的记忆中了。特别是它那完全保持着的大自然的野韵，更令人涤心荡肺。从一滴清露到一峰山峦，从茸茸嫩草到绵绵翠林，都完整地保留着宇宙的元素。这里，雄峰巍峨峥嵘，沟壑隐谧迷离，溪水碧透清醇，层林粗放傲然，处处溢出强悍的野韵、迸发生命的力度。

药草台沟迷人的野韵，既来自大自然的造化，也来自省、市、县（区）领导和林业主管部门对"绿水青山就是金山银山"生态理念的认识和践行，也来自当地汉藏民族善良人们的文明。药草台人、瞿昙人、乐都人相信自然界生存法则胜过任何技艺高超的园丁。尽管沟壑里良莠混杂，有艳美的鲜花，也有刺人的荆棘，有酸甜的野草莓，也有苦涩并带有毒素的红山果。

人有人的天性：博爱和善；大自然有大自然的灵性：偎依、契和。人和大自然是同根相连的生命整体，作为大自然之子的人类，爱大自然就是爱人类自身，就是人类的自我完善。你、我、他，都是宇宙的一个元素，都是大自然的一粒石子、一棵草木……造物主就是这样安排的。

大自然啊，人类的母体！

大自然啊，人类的归宿！

药草台沟顺着山势一直延伸到云雾弥漫的远方，我顺着被野花熏香的蜿蜒小路，顺势而下，像是在长长的绿色画廊中穿行，尽情地收纳着药草台沟的旖旎景色。

陪我们前来参观的区文化旅游部门的一位同志，见我们一行情思飞扬，兴致盎然，不以为然地微笑着说："这金秋之美虽很迷人，但还不是药草台沟的美中之最。"其实药草台沟一年四季，季季有景，景景迷人。春天，轻柔粉白的野刺玫花，纷纷扬扬，任你目光所及，满世界是花海；到了夏日佳期，绿荫浓密，山花艳丽，游人如织，魂牵梦绕，呈现一派浓重、丰满的光彩；晚秋到来，各种树叶竞相争辉，红黄紫绿蓝，五彩缤纷，山果满枝，香气袭人，展现了丰硕的成熟之美；当冬天来临的时候，严寒虽然面目狰狞、侵吞着绿色，把沟壑袭掠得一片赤裸，但是，当飞雪轻轻飘来的时候，它们以冰清玉洁的纯情把乔灌木的千枝万竿装点得晶莹、剔透、多彩、绚丽多姿，展示出一幅萧疏淡远的画面。

　　我领略着药草台沟的妙境，生发着思古幽情。我对同游的朋友们说："我们的祖国真是地大物博的文明古国，不知还有多少风景胜地还没有被敲开原始的大门，像这里的风光胜地，为什么一直沉睡在千年沉寂无名之中呢？"（至少迄今尚无被列为省市自然景观旅游观光之名录。）我的感慨拨动了身旁一位以史学见长的友人的思绪，他言道："其实，药草台的东西沟的地域属拔延山即今化隆回族自治县北部与乐都区交界之拉脊山，乐都人所说的马阴山以北区域。这块风水宝地早已被我们祖先看中并涉足过。隋朝是一个中国历史上大一统的王朝，打通丝绸之路，直接与西亚诸国从事经贸活动，是隋王朝统治者最大的梦想。当时，经略于我国西部的最大少数民族政权是吐谷浑，隋朝建立时，吐谷浑在今天的青海境内已存两百余年。隋文帝时，隋朝曾以光化公主和亲吐谷浑，换取了吐谷浑与隋王朝之间短暂的和平。隋炀帝时，隋王朝迎来了国力的鼎盛时期，加之隋炀帝好大喜功，隋王朝与吐谷浑之间表面的和平出现了裂缝。

　　"任何一个帝国的繁荣，需要与外界有更多的接触。隋炀帝时期也不例外，他曾派心腹裴矩经营河西走廊，并在张掖开市，与西域通商。为了保障隋王朝与西亚诸国的通商，裴矩与吐谷浑有了多次正面的军事接触，这样的军事摩擦使得隋炀帝意识到，想要保证河西走廊的长久治安，必须消灭吐谷浑的势力。

　　"对于一个强盛的国家来说，西域是一个拒绝不了的巨大诱惑：丰饶的物产，曼妙的歌舞，广袤的土地以及沟通东西的战略地位，都让隋炀帝心动。

　　"机会就这样来了。心腹裴矩在一封奏章中写道：'胡中多珠宝物，吐谷浑易可并吞。'君床之侧岂容虎卧？这便给隋炀帝西巡的借口。

　　"公元609年，隋炀帝率领士兵、宫娥、大臣等十余万人，由临津渡（今甘肃积石山县大河家）渡过黄河，直逼吐谷浑统治的核心区域——河湟谷地及环青海湖一带。隋炀帝是唯一进入过河湟地区的封建帝王。

"大军过处，所向披靡。隋炀帝西征的大军行至拔延山，也就是今天的马阴山一带时曾行'冬狩之礼'。

"冬狩也就是冬季狩猎，对于隋炀帝来说，这次冬狩绝不仅仅只是狩猎游玩那么简单，它还有一层政治上的用意，那就是炫耀武力，彰显一代帝王的威严，其中也不乏要给吐谷浑一个下马威的意图。

"时令已是四月，马阴山上草木初发，鼓角震天。这是一场规模巨大、礼仪烦琐的"冬狩"，隋炀帝冬狩拔延山的盛况，被载入了《隋书·礼仪志》中，书中记载，隋炀帝狩猎时，除了他所带领的将帅、宫娥外，还有前来朝贡的突厥、东胡、吐谷浑等少数民族政权的使者，以及周边的百姓等近四十万人。所以，隋炀帝的这次狩猎就有了'欲夸以甲兵之盛'的意思。

"君王狩猎都有一定的规格和礼仪。隋炀帝狩猎拔延山的前两日就有士兵前往作准备。据说，当时仅圈起来的狩猎场地就有方圆两百里，在这方圆两百里的区域内，兵部每五里就建一旗，分为四十军，有士兵数万人负责安全防护。

"狩猎前一日，各个将帅和所带领的士兵都早早集合在旗下鸣鼓，迟到的人被斩首。负责此次狩猎的将帅重申了规矩，并详细安排了各个岗位上的职责。

"史书记载，狩猎当日，隋炀帝穿着紫色的衣服，乘着装饰着虬龙的车辆来到了狩猎场，他的身后跟随着数百位王公大臣，他们都身着戎服。狩猎开始的时候，有士兵会去驱赶狩猎场地内的动物，首先由隋炀帝和王公大臣们狩猎，之后士兵和百姓们再围猎。

"狩猎时还规定，对一种动物不能全部杀尽。已经受伤的动物，不能再射杀。面向狩猎之人而来的动物，不能射动物的面部。跑出狩猎范围的动物，不能再追逐射杀。最后射杀的大型动物要供奉宗庙，小型动物可以自己处理。

"隋炀帝的这次拔延山围猎，起到了震慑突厥、吐谷浑等国的目的。

"公元609年5月底，隋炀帝一行在大猎拔延山后，在覆袁川（今门源西永安滩一带）大败了吐谷浑，吐谷浑可汗伏允率200骑向南部党项逃遁。至此，吐谷浑的大部分领土都成了隋朝的领土，自此，隋炀帝将青海纳入中原王朝的版图。

"隋炀帝西巡不仅击败了吐谷浑，宣扬了国威，也把很多美丽的传说留在了青海高原。传说，隋炀帝亲征吐谷浑时，有位随行的妃子病逝，被埋葬在了大通回族土族自治县金娥山，因此金娥山又叫'娘娘山'。

"征战吐谷浑取得胜利后，隋炀帝一行沿着西平张掖道，过大斗拔谷抵达张掖。在张掖，隋炀帝为效仿周穆王、秦始皇、汉武帝参禅各山，在焉支山顶参天禅地，以示他征伐吐谷浑有功。之后，他还会见了西域二十七国使臣，举行'万国博览会'，以显示自己中原大国的国威。"

听J友人对历史的讲解，观眼前的蓝天白云、草木山川，我不禁又生发感慨："兴亡多少事，回首一长吁。昔人已逝，物是人非……"

药草台沟的西面，是一处偌大的塬，这里是药草台寺的所在地，寺院因依山临水、风景秀丽、多产药草而得名。该寺在明代万历年间经30多年的筹建，于万历四十七年（1619年）修成，并在此成立了讲经学院，成为明清时期瞿昙寺僧人学经的主要地方，也成为瞿昙寺的下院。药草台寺在明代万历年间常住僧侣达400余人，清代以后逐渐减少，到20世纪30年代减至300余人。1958年前只有94人。1962年、1958年，寺院两度重新开放。1987年以后省政府两次拨款和民众筹资62万元，重修寺院大经堂和弥勒殿等，此后的近30年，政府划拨和民众筹资，先后扩建了三世殿塔、印经院、五座佛塔、活佛囊谦府三院。据说寺院背靠大象山，面朝八宝山，放眼望去，寺院周边峰峦叠嶂，苍松翠柏，鹰翔蓝天，山谷百鸟飞旋，山涧清泉流淌，形成了情景相融的奇观。1998年12月，寺院被列为省级重点文物保护单位。

听了他们的介绍，我感到开阔，也深感惘然。一代代历史的变迁，一次次人间的劫难，使多少古老文化已属于遥远的过去。眼前药草台的寺院，和周围还残留的瓦砾碎片，以及昔日拔延山下隋炀帝布阵的古战场上宫妃们撕心裂肺的哭喊、将士们武战而不慎身陷万丈空谷的悲壮、万马泣血的嘶叫……这一切的一切，像来自外星球上袒露的望而生畏的寒骨藻，在回顾着过去，在期待着未来，是一篇无声的历史性陈述，也是一片无泪的悲哀！

我思索在历史与现实之间，我终于把思绪从遥远的时空隧道牵回到现实中来。沉默多年的寺院啊，你不必留恋于过去的旺盛香火；巍巍拔延山啊，你也不必思恋昔日的旌旗猎猎、万千将士出征的威武场面。你们更不必郁悒于现今的孤寂，因为你们已用命运的兴衰填满了历史，填满了时间、空间。你们顺应潮流把自身还原为本质，交还于大自然，这正是你们对历史的极度虔诚。历经千百载，在你们的躯体上又聚积了厚厚的尘泥，衍生了葱茏、苔藓……你们原来的面貌虽然已经去了，但是你们却获得了永恒的富足，回复了永恒的生命。

我们已经踏入了药草台沟的腹地，茫茫葱茏把所有的游人都拥抱在怀里。山峦上几朵祥云缓缓地归去了，晚霞为树梢涂抹上一层火红色的轻纱，夕阳渐渐地藏入了绿海的尽头，药草台沟笼罩在一片暗红色的雾霭里，更显得朦胧幽深了。

难忘引胜沟

赵建设

引胜沟是从海东市乐都区向北延伸出二十公里长的一条山沟。二十世纪六七十年代，根据"三线建设"部署，在乐都的这条山沟里，靠山分散隐藏建设了青海柴油机厂、铸造厂、锻造厂三个"三线建设"工厂。

在那个难忘的年代，我的父亲和他的同事们同甘共苦，在荒凉的引胜河东岸建成了青海铸造厂（又称青海农机铸造厂）。1970 年 2 月浇铸出了第一个"青海湖"牌汽车缸体毛坯，从此，开创了青海工人在青藏高原上生产汽车的新纪元。

山上不长草，房上长满草，风吹石头跑，大姑娘一辈子不洗澡。当我没来青海之前心想，这个顺口溜可能是夸张吧！

1969 年冬天的一个夜晚，从洛阳开往西宁的火车到达乐都站已经晚点三个小时。我乘坐工厂的接站汽车到工厂家属生活区时就更晚了。当我走进引胜沟的房子时，还没有通电，只有支烛光在闪耀。我问父亲："这就是'干打垒'吗？"父亲说："工厂的职工家属都这么说，不过真正当地的'干打垒'在村子里，而咱们现在住的房子虽没有厨房，也没有卫生间，吃水也要到外面去挑，但这是用砖头、钢筋、水泥建成的房子。不过我们刚来到引胜沟时，就住在老乡的'干打垒'中，吃水也要到三里外的河里去挑，晚上只能用蜡烛和手电筒开会办公，现在盖了这简易的房子比前两年要好多了。"父亲很平静、很满意地讲述着。

从此，我在铸造厂开始了十三年的车工生涯。一九七六年三月我加入中国共产党。

"危楼高百尺，手可摘星辰。不敢高声语，恐惊天上人。"如今乐都已盖成很多高楼，高楼间行走着这么一个群体。他们是二十世纪六七十年代"三线建设"的职工和家属。他们衣服式样陈旧，使人觉得他们还停留在那段"奋战备荒为人民"的岁月。他们的皮肤大多黝黑粗糙，额角皱纹密布。他们常常会回忆起荒凉的山沟、高大的厂房和"轰隆隆"的机器运转声。

他们是一首老歌，一串过去的音符。

父亲说："从1965年开始，第八机械工业部决定在西宁、乐都新建大型拖拉机制造基地。第一拖拉机厂部分内迁，包建青海工具厂、青海农机铸造厂、青海锻造厂；由洛阳、天津内迁一批工人，共同充实建成青海农牧机械厂。"

1969年12月，青海省决定组织一批机械企业试制汽车，各协作单位科技人员和职工经过一百天连续奋战，第一批25辆"青海湖"牌载重汽车于1970年4月28日试制成功，整车的主要零部件自给率达84%，向"五一"国际劳动节献了大礼，开创了青藏高原汽车工业的辉煌篇章。当时青海铸造厂承担了部分铸件任务，全厂职工发扬"石油工人一声吼，地球也要抖三抖。石油工人干劲大，天大困难也不怕"的铁人精神，热情高涨、夜以继日，如期完成了任务。当时物质条件很差，每月每人只供应两斤大米，而对于广大职工来说，吃一顿大米饭就是改善生活的大喜事，为此厂里专门从洛阳采购一万斤大米改善职工生活。

在那个火红的年代里，全厂职工特别能吃苦、特别能战斗，涌现出了一大批优秀共产党员和先进典型。

五十五年过去了，我始终想念引胜沟的"干打垒"，想念引胜沟那山、那水、那特别能吃苦的职工和家属。是他们的心血和汗水，甚至生命，为青海的机械工业打下了坚实的基础。

他们的喜怒哀乐，青春年华已汇入滚滚的湟水河东去，涛声不息。

后来，我考上电大，经过三年半脱产的学习，毕业后当了老师。虽然退休多年，但引胜沟的岁月始终难忘。在庆祝建党百周年之际，特赋诗一首，献给同甘共苦、为"三线建设"艰苦奋斗的父辈和同辈们。

昆仑起舞，江河奔流，五十五年。奋斗百年路，启航新征程。

故乡的那片树林

熊国学

　　站在门前的高台上，放眼望过去，偌大的树林依山势形成一个巨大的"S"弯，中间是河水，清澈透亮，老远就能听到"哗啦哗啦"的流水声。"S"形的臂弯里是茂密高大的树林，看上去葱葱郁郁，树林的边缘，高大的树木，为争夺阳光，身体努力地向外倾斜着，像随时要倒下去的样子，但这种担心是多余的。河两边的树木彼此向中间延伸，巨大的树冠盖在河的上空，中间只留一点缝儿。太阳当空照，当你汗流浃背的当儿，看到这样一大片树林和浓荫遮盖着的河水的通道，一股清凉的感觉立时涌遍全身。

　　我们的家处在这条 S 弯的最顶端。走出大门沿着一条小道下到河滩里，就进到树林里了。

　　正午的太阳像一个硕大炽热的火球，悬挂在空中。从家里出来，紧赶慢赶已是满身大汗，逃也似的走进树林里，一股清凉上下前后左右包抄过来。树木很密，很少有阳光从缝隙里漏下来，野草长得很高，但纤细瘦弱，微风吹来，前仰后合，立不稳身体。蒲公英很多，大多显得面黄肌瘦，朵儿很小，但颜色显得非常耀眼。还有许多叫上不上名字的小花小草，从经年很厚的树叶中钻出来。它们有很好的肥料。但是缺少阳光，享受不到树林外边的碧绿和烂漫。

踩在海绵般的树叶上，眼前不由得闪现出小时候秋天扫树叶的情景。那时候燃料奇缺，尤其是冬天烧火炕的草极为有限，大多数人家用树叶来代替。每天天不亮，人们就涌入树林争相划分自己的地盘，稍微来迟，就没有树叶可扫了。那时的树林里没有现在这么多的树叶、鲜花和野草，它们禁不住每天这么多人扫帚的扫刷，刚一萌发，就走向死亡。

越往里走，地面上的枯枝败叶越发多起来，有的矮一点的树木由于常年得不到阳光的抚慰，枯死了，倒了也没人收拾，任其腐烂。而活着得更加努力向上，这就是大自然适者生存的残酷生存法则。我们有幸在枯朽的枯树上或在树根上捡到了鲜嫩的蘑菇，清炒或者炖汤，那味道就有说不出的鲜美。

树林里的树普遍都小，最大的也就十几年树龄。很显然，这些树都是后来栽种的。那时村民盖房的木料都是自己栽种的杨树。栽下的树苗就是后来的房木，那种管护的精心不亚于照料自己的孩子。尤其是打枝更不敢马虎，一年一次，树干滑溜溜的一直向上。十年树木，百年树人，就是说的这种精心和辛勤。那时家家户户人口多，弟兄们分家后都要盖房子，栽种往往赶不上需要。大树做了房木，及时在原址上补种树苗，以备后用。但是速生的杨木在八九十年代或者更后一些的时间里，病虫害十分猖獗，一面新盖的房子，用不了几年时间就会吃空倒塌。那时人们的生活不怎么好过，一面房子耗尽十余年的心血和汗水，大家的居住条件十分有限。家庭联产承包责任制后，劳动积极性高涨，人们的生活条件极大地改善，人们的居住条件也得到了很大的改变，杨木逐渐走出了农村建房的历史舞台。松木以其优越的抗虫性和结实耐用走进了寻常百姓家。一时间漂亮的松木大房成为农村里一道靓丽的风景线。再后来，更多的人住上了砖混房，有的住进了城市的商品房，成为引领农村住房建设的风向标。农村住房建设这种突飞猛进的发展，给每过几年就要遭到砍伐灭顶之灾的树林带来了福音。它们无忧无虑地和着自己的兄弟姐妹展现向往天空的天性，就如眼前的这些树木，它们的树身上没有刀砍斧削的痕迹，长得枝繁枝叶茂，显现出最原始的生活状态和自然生长的朴素。

　　前面是一处天洞，明晃晃的阳光投到地面上。我们席地而坐，静静欣赏着这美丽的风景。这样静谧的天地里，活跃的是鸟儿们。高大白杨树上的喜鹊窝像空中楼阁，喜鹊们星星点点，带着自己的孩子们飞来飞去，叽叽喳喳；麻雀最是聒燥和活跃，审来审去，毫不安分；布谷鸟，不慌不忙，慢条斯理，"长高、长高"地一声声叫着；有一种叫"火火焰"的，翅膀和背部呈黑色，腹部呈暗红色，飞行时，张开翅膀露出火焰般的身子，给幽暗、清凉的树林一丝暖色；还有叫"铃铛雀儿"的，小如拇指，小巧玲珑，树枝上异常活跃，也很机敏，稍有响动，立即飞向他处。还有许多叫不上名字的鸟儿，它们或婉转，或激昂，或悲伤的叫声无法准确地描写出来。至于林子里的野鸡、野兔们更是司空见惯，时不时"扑棱棱"的惊飞声和野兔的狂野奔跑，让你刚刚平静的心陡然惊跳起来。令人欣喜的是，近年来还有许多新的鸟类加入其中，增加了这片树林的丰富性。尤其让我惊喜的是，我在树林边缘的沼泽地里，见到了两只大雁。它们的个头硕大，脖颈细长而前伸，背部羽毛麻灰色，腹部红褐色。我试图靠近它们详细观察，结果惊动了它们，飞走了，发出"嘎！嘎！"的叫声，生发出天地旷远、背井离乡的愁绪和乡愁来。同样的情景出现在附近另一个河谷的天空里，它们成双成对的身影，不离不弃的坚贞，在缥缈的天空里上演爱情的伟大和天地之大的壮美。

　　写到这里，我不由得感叹道："这些天上飞的，地上跑的，还有不远万里来此地的贵客们，由于一个时期过度地砍伐，扰乱了它们的生存环境，以至于在很长一段时间里，喜鹊、麻雀、野鸡等远走高飞，在外谋生。野兔，尕拉鸡被人们辘辘的饥肠追赶得东奔西跑，数量急剧减少，怨声载道。幸好，随着三江源生态保护力度逐渐加大，这些昔日的朋友们返回原籍，丰富着这片树林、这个地区的生物多样性，相信，以后还会有更多的新成员加入其中。

我们来到 S 弯的一处边缘。那块巨大的青石还在，只是没有了先前的光洁和鲜亮，被成堆的鸟粪和树叶所覆盖。站在这块大青石前，仿佛听到了小时候无拘无束的欢笑声。星期天、节假日，放羊牲口的时候，我们一帮孩子们拿着作业本在上面"笔走龙蛇"。作业做完了，开始玩泥巴，捏泥人、小动物和各种车辆。玩腻了，蜗牛又搬了上来。"尕牛儿，尕牛儿，犁地来，别人犁下了三升半，你还炕角头不动弹。"蜗牛在我们的千呼万唤中慢慢吞吞地背着它沉重的壳，挪动起来。那是我们渴望的，也是最愿意看到的。盛夏的天气里，最热闹的还是在河湾里耍水，学狗刨。十几个光屁股的小孩，光溜溜像鱼儿一样，无遮无拦，不知羞丑，我行我素。小溪里终究练不出水手，甚至连狗刨都没学会，但那快乐的记忆却永远留存在了记忆里，至今历历在目。有一年，我在工地上扭伤了腰，除了每天母亲的精心照料和按时打针吃药外，最喜欢去的地方就是这片树林，最喜欢回味的就是这块大青石上发生的一切，最喜欢听的就是婉转悠扬的鸟鸣和树叶在风中"哗啦啦"的欢笑声。有了这样美丽的童稚、天真和快乐，我的伤痛就好了一大半。

这片 S 形树林的长度大概有一公里左右，走了不到一半，就觉得阵阵寒意袭来。于是踱到林子的外面。阳光从树枝的缝隙里漏下来，照在身上暖洋洋的，很舒服。林子的边缘就是河水的边缘。近年来，随着退耕还林还草政策的实施，羊牲口圈饲舍养模式的推行，河滩淤积的沙梁上、沼泽地里，天然的榆树、柳树、沙柳、杨树、杏树、芦苇、水草等得以良好地生长，个别地方已形成成片的林地。河滩的空闲地方都种上了树，这是最近几年的事。树的品种又增加了不少，除了本地的杨树、柳树、榆树外，还增加了新疆杨、河北杨、落叶松、油松、圆柏、侧柏等。河滩清亮亮的河水，和两边的树林连在一起，整个都变成绿色的了。

这几年林子的规模不断扩大和优化。河滩是有限的，就把它延伸到山上。东西两山是大片的退耕地。山坡上、退耕地里的柠条、沙枣、榆树、松树、桦树等担当起了绿化的骨干。远远望上去，蓊蓊郁郁，一片生机。不见昔日裸露的地表尘土飞扬和山洪暴发时的泥石流。夏日的山坡上，野花点点，灿若星辰。柠条的黄花灿烂热烈，沙枣花的清香弥漫了整个山谷。山上山下，交相辉映，连成一片，呈现出野草茂盛，灌木丛丛，乔木参天的景象。

山外有山，天外有天。终将有一天大山又连接起临近的乡村和同样茂密的树林，共同营造出更大的绿色海洋。这样宽大广阔的绿色不能以树林来命名了，冠之以森林才能涵盖它的内涵和外延。随着引黄济宁工程的实施，清水满山绕，绿树满山坡的人工森林近在眼前了。

当然了，我最不能忘怀的是故乡这片小树林。虽然小，却是星星之火，有其燎原之势；虽然小，但有其丰富的内涵，盛装着过去现在和将来；虽然小，却担负着三江源生态保护的重任；虽然小，却珍藏着剪不断、理还乱的浓浓乡愁。

文武融汇，看水峡石佛

赵显清

　　水峡，亦称"石佛大峡谷"，位于青藏高原东北边缘，地处人文开化、崇德尊教的海东市乐都区李家乡、马营乡、高庙镇三乡镇交界处，属脑山森林地带。

　　据《西宁府续志》记载："在县东北六十五里解脱寺后，以形似名。相传石佛甚灵，仓加各族熟番及黄河以南生番，拜祷者络绎不绝。"从石佛大峡谷西行就是有名的章嘉寺，也叫解脱寺，东行则是名震甘青两省的昆仑道观，还有马营寺。章嘉寺和马营寺曾经居住过六世班禅，据说这里还是古丝绸之路。

　　我的故乡位于与马营乡毗邻的芦花乡。孩童时起，我就闻其名，因为那会儿每逢农历六月初六，祖母和村里的一些老人就去那里"喝药水"。此外，还依稀记得自己儿时患了一种病，当地医生建议到大医院做手术，可家人决定先去水峡朝拜石佛，喝喝药水再说。于是在那个盛夏季节，父亲带我去了水峡。那时，沿路两旁的油菜花、养蜂人扎起的帐篷、一溜摆开的蜂箱及沟两边的鲜花、嫩草及茂盛碧翠的树木等，给我留下模糊的记忆。不过，那次自水峡归来后不久，我的病倒是慢慢好了。

上初中、大学时，我均去过水峡，那优美的景色，旖旎的风光总令人心迷神醉。今年夏季，归故游玩的我再次去水峡游玩了一番。

乘坐村里至县城的长途客车，直向西北方向的大路依山势缓缓而上，路两边依旧是青青的麦田和金黄的油菜花，时不时会遇见养蜂人扎起的帐篷和周围排列着的蜂箱。从马营乡一处名为"站马墩"的地方向西北方步入一条小路，两旁是连绵起伏的宽阔草甸区，还分布着几片旺盛稠密的黑刺林。这儿的草滩上无牲畜光顾，青草格外丰茂，有些穗头沉甸甸的，能越过人的膝盖。行走约 1.5 公里，就到了绿茵茵的"大鄂博"。每逢农历六月初六、六月十七，这里均举办赛马会及大型物资交流会，节会期间，此地帐篷林立，商贩云集，一派红火热烈景象。

伫立"大鄂博"顶上环顾四周，西面山坡处的水峡石佛（当地俗称"石头佛爷"）虽能望见，但因距离太远而有点渺小。所谓的水峡石佛是一座拔地而起的雄伟石峰，高达十余丈，峰顶处立有一鄂博，呈现一片红色，若有人在那里搭松蓬煨桑，就会青烟袅袅，直上云霄……通往水峡的这条路北面是阳面草坡，无乔灌木，而路南是森林地带，生长着桦树、苍松、翠柏、山白杨等大乔木，亦不乏黄刺、黑刺等灌木丛。

这条路未经多少人工修整，长将近 2 公里，弯弯曲曲直抵沟底，沟底峡谷便是水峡。来到沟底平坦处，路又曲折伸向西北，转过山崖，是一座气宇轩昂的殿宇，殿宇前的沟滩里是一座用石块堆垒城的小型人工石山，石山上又见一鄂博，插立着经幡、红绸及哈达。沟间一条溪，水势不算太大，"淙淙""哗哗"作响，流向峡外。

那座大殿呈硬山顶式古建筑结构，上黛青色筒状瓦覆盖，飞檐斗拱，雕梁画栋，气势雄伟，中门悬挂一书"石佛寺"隶书大字的匾额，共三开间，面阔近 7 丈，顶脊至地面高约 5 丈，进深三间，近 4 丈，里面供奉着北山总神的神轿、神剑，两侧配有大法鼓、铜锣等法器，显得庄严肃穆，神圣异常。

沟溪对面，高达十余丈的悬崖绝壁上石佛崖石壁有滴水悬泉，滴水似颗颗珍珠簌簌下落，滴滴答答日夜不息，如玉帘垂挂。这就是远近闻名的水峡"药水"，这悬泉是石佛神泉，泉水则是石佛神水。据民间传说，每年农历六月初六，这些下滴的水中有药王爷撒进的神药，那水就成了"药水"。届时，四面八方的善男信女就前来朝拜石佛，并带上水瓶、水壶之类的器皿，至悬崖下接上药水饮用、洗漱甚至舀灌上部分后带回家享用，认为可除百病。

据科学考证，那悬崖顶的山上百草丰茂，有许多名贵的中草药，悬崖上下滴的水中含有多种有益于人体的微量元素、矿物质及中草药成分，是名副其实的"药水"，长期饮用可养肝明目，祛病强身，舒筋活血。故此，那水并非只在农历六月初六有"药"，应该是啥时候都算是药水了，可只喝一两回，恐怕难有奇效。

无限风光在险峰。远近闻名的水峡石佛就矗立于该悬崖顶上的山坡中。周围坡陡林深，乔灌木遍地，只一条羊肠小道通往石佛足下，并不好走。

我们稍作休息后开始步入那条羊肠小道，缓慢而上。爬山是对体力及耐力的考验，不过林间空气清新，鸟语花香，几人说说笑笑，倒也不怎么感到劳累。扒开茂草，穿越灌木，向上行不足 1 公里，就来到了水峡石佛前。

石佛通体为青粗石，似横空出世，高达十几丈，地基部较大，向上逐渐变小，呈人形。从右侧看，俨然是一位披甲戴盔全副武装的大将军，仪表堂堂，威风凛凛，五官齐全，清晰可辨，精神抖擞地雄视着前方；从左侧看，又是一位身着束腰长袍弯腰伸手指在谆谆教育孩子的老者，形态逼真，惟妙惟肖……武打天下，武能安邦，武能上马定乾坤；文坐天下，文能治国，文能提笔安天下。文武融汇的赫赫真谛与精魂，穿越了亘古至今的无垠时空，于峥嵘岁月中见证了历史的兴衰沧桑……真乃大自然鬼斧神工的造化杰作！

石佛基底部，有一条盘绕其腰身逐渐向上的弯曲小径。沿小径蜿蜒而上，顶端较为平坦处立有一鄂博，戳杆立木，披红挂彩，这便是北山总神之位。"不登高山，不知天之高也；不临深溪，不知地之厚也"，置身峰顶，极目远眺，那种"远近高低各不同"的态势和绮丽美景简直难以用语言来形容。

饱览美景后，我们下石佛原路返回，又来到沟底。据看护庙宇的人介绍，石佛不远处有一天然的大型岩洞，能容纳百余人，可供游人简易露宿，但因时间仓促，我们未再去寻觅。

整个水峡峡谷长约 500 多米，呈南北走向，峡北口是石崖林区，峡南口矗立一座高大巍峨的木结构仿古牌坊，顶部覆盖土黄色阴阳瓦，飞檐翘角，雕梁画栋，正中间额枋上悬挂一黑底匾额，上有我省著名书法家保国安题写的"石佛寺"三个遒劲有力的金色大字。自此向外有村庄，是属李家乡的陈家磨村。

水峡是故乡的旅游胜地，亦为圣地，因自古以来以每年农历六月初六喝药水而远近闻名。彼时，四面八方的男女老少欢聚峡谷，焚香燃表，煨桑诵经，虔诚朝拜石佛后至悬崖下求讨药水，祈祷着诸多美好的希望和心愿……那梦魂牵绕、神圣壮美的水峡啊！承载着故乡人世世代代淳朴、凝重而真挚的情感，留下了诸多永不褪色的温馨记忆，尤其是在漂泊游子们的心灵深处，水峡永远是难以割舍和万般留恋的故乡热土……

家乡的老水磨

刘善玺

　　村上有座老水磨，建于何时，无从考证。问起村里阿叔大爷们，都说有上百年历史了。村里本有四座水磨，每隔五六十米一座，以一样的造型和一样的姿势横跨在河道上。一九九二年农历八月十四夜，一场无情的大暴雨，使温顺的小河彻底翻了脸。河面陡然增宽了，河水陡然增高了，水急浪高，声响如雷，浑浊的河水带着上游牦牛似的大石和枯枝断木放荡不羁地冲向下游，将另外三座水磨连根带把地请走了，现在只剩这座孤零零的老水磨了。水磨房顶杂草丛生，风吹雨蚀，颓垣断壁，磨体歪斜。她既像一位精神颓唐的老人，又像一位恹恹欲睡的小孩，更像一位斜卧炕头的醉汉，无精打采地俯视着干涸的河道。似乎老筋老骨的她再也强打不起精神了。每当我见到这座饱经沧桑、跨越世纪的老水磨时，几分伤感中便想起那些天真烂漫的生活。

　　七十年代初，我在村小学上学。下午放学抑或星期天，水磨周围是孩童们重要的活动场所。水磨旁是一片硕大的人工林，栽着整齐的白杨树。夏天林子里芳草萋萋，鲜花姹紫嫣红。马莲花、馒头花、铁蛋花、野菊花……俯仰生姿、异彩纷呈。鸟儿在林里鸣啾，彩蝶在花丛中翩舞，尤其是那些不安稳的野雀们，一阵儿扑愣愣地飞向这里，一阵儿又扑愣愣地飞向那里。我们这些顽皮的孩子走进林里，翻跟头，追雀鸟，采野花，捉迷藏，林子便成了我们的快活林。

水磨后面有个出水的大漩涡，村里人称其为磨后塘，塘里有鱼。夏天的星期天，约好几位伙伴，早上做点大人们吩咐的活儿，中午时分我们带上脸盆向磨塘出发了。到那儿，上衣裤子一脱，赤身露体活脱脱地钻进水里，这里摸摸，哪里揣揣，弯腰俯背，小心翼翼地像寻找宝物似的四处寻找。一下午功夫，就能抓获半盆子鱼。鱼虽然不大，但也够我们美餐一顿。大家七手八脚去掉鱼的五脏六腑，洗净后端着鱼盆像运动员端着得奖杯那样端回家。那时候，家里缺油少盐，父辈们粗茶淡饭日子过惯了，自家有鱼，但不知道鱼是个啥吃法，烧开半锅水，将鱼囫囵放进锅里，撒把盐，熟了拿出来胡乱地吃一气，鱼刺扎在嗓门上真叫人啼笑皆非。鱼虽然没吃到真味，但也改善了一次生活，饱尝了劳动成果，现在想起来其乐无穷。

水磨是那个时代农村生活富足的象征。磨门前经常骡马成群，门庭若市。磨房里人来人往，不时传来男女逗笑取乐的爽朗笑声，再加上水磨"吱吱扭扭""吱吱扭扭"的转动声和水槽里急速流下的水发出的宏大声音一同奏响了山村生活的交响曲。那时父亲经常出门在外，我常常帮母亲去磨面，说是帮，实际上是给母亲做伴。每到晚上，风大水急，在昏暗的油灯下整个磨房好像旋转了起来，我开始有些怕，慢慢地什么也不怕了，因为有母亲。母亲是我的精神支柱。

时过境迁。现在，水磨旁的林子早已开垦为梯田，梯田的一半变成了石滩。水磨在不久的将来可能突然坍塌，到那时，童年五彩斑斓的生活又从哪里复原？我真想，水磨常在，童年乐趣常在。

石沟寺泉水

姜登伟

乐都洪水镇姜湾村村南有大山，当地人称之为"南山"，实乃青沙山东部一段。南山有一深沟，名"石沟"，南北走向，尽为悬崖绝壁，紫气飘荡，空无一物，仅见头顶一大片狭长蓝天。

石沟东面绝壁之上建有道观，道观因地名而称之为"石沟寺"。建于清朝末年，供奉有慈航道人、药王爷、百子娘娘等上仙。其来历是，清末该村姜氏门下出一武举人，至壮年而无子，去兰州一道教寺院敬香求子，兰州道人将一黑碗抛向天空，飞入云端，曰："此碗落地对面山坡修建道观，必有后裔！"武举人返回家乡，果然在石沟阳坡找到黑碗！——兰州、石沟两地相距近一百五十公里，真是奇异。武举人出白银三千两，根据兰州道人的要求，在石沟阳坡对面——阴坡悬崖绝壁上修建道观一座。此后武举人果得二子，至今人丁兴旺。

常有道人或早起农人称晨曦中亲见红衣女子从石沟寺所在深谷中袅袅升起，飘入云端。此传说，既有古人，也有今人，详不可考。村人认为是石沟寺神仙来往于天上人间。

石沟全部是岩石构造，谷底全是坚硬岩石，亘古干旱，居观道人饮水，全部从山外人力扛来。奇者，公元 1999 年 8 月，谷底紧挨绝壁下一凹处居然有清水渗出，清澈无比，无一丝尘埃，总是多半池水，不外溢、也不干涸，取之不减少，不取不增多。水面总体呈椭圆形，长径约 2 米，短径约 1 米，深约 1 米。为防止刮风尘埃飘入，道人筑起一弯拱形石室。留一洞口，仅容一人进出取水。取水时，揭去盖子，探身而下，一片漆黑；少顷，洞口飘进弱光线，借助此光线，见水中阴森，似无底洞，远山倒影若有似无，恐有神秘物暗藏其中！——道观主持曰："这个水是中坝乡下李家泉水，下李家泉水来到了石沟——石沟出了这个泉，下李家泉水就干涸了。我去提水，几次看见一对童男童女在水中玩耍，看见人，就不见了。"中坝乡下李家村距此处直线距离二十余公里，其间皆有高山阻隔。依常识，主持之言不可信；依天地万物包含无穷尽神秘之论，又不可不信。主持有些来历，非因世俗生活不顺心而出家，完全是因为内心信仰而出家。由于无婚史，又上香、念经、磕拜等甚为勤快，凭借数十年化缘积累和信士赞助，新建庙堂一座，称玉皇大帝殿，另修缮数座，村人和信徒们评价是"根子深，有来历"。

此泉水清纯甘洌，煮茶饮之，夏则清凉，冬则煦暖；腹内舒适，足下生力。游方道人，往来香客，必饮此水。道观主持等人，都以此泉水为荣。

仰望昆仑

董英武

昆仑山是世界名山，是昆仑神话的摇篮，也是昆仑文化的发祥地。它高大雄伟，莽莽苍苍，横贯亚洲中部、中国西部、青海中南部。它是万山之祖、冰山之父、江河之源、道学之根，是欧亚大陆的脊柱。因此，昆仑山一直是我心中向往的圣地。亲临昆仑山，仰望它的雄姿，是我心中埋藏已久的心愿。今年五一假期，我终于有幸一睹昆仑山的风采。

一

从西宁乘火车西行 800 多公里，便到达有聚宝盆之称的柴达木盆地中心地带的格尔木，再从格尔木乘汽车沿一条峡谷向南，便进入昆仑山腹地。

在格尔木市的南山口，路边树立着两块巨大的石碑，分别镌刻着"巍巍昆仑"和"万山之祖"。这说明，我们已经来到了昆仑山脚下。从此继续向南，便进入一条深长的峡谷。峡谷两侧山峦起伏，绵延无穷，褐黄色的山体如人裸露的肌肤，呈现出千万年来被风吹雨蚀的古朴沧桑。一条时断时续的小河在谷底静静流淌，水色澄碧如洗，与周围的荒山形成鲜明的对比。峡谷中，青藏公路和青藏铁路像两条黑色飘带，时而交叉，时而并行。

向南约行60公里，便到达昆仑神泉不冻泉。在海拔3500多米的昆仑山峡谷内，一泓清泉汩汩涌出，涓涓流淌，这令跋涉在唐蕃古道上的人产生怎样的惊喜啊！不冻泉泉上有亭，亭边有石，上书毛主席"横空出世莽昆仑，阅尽人间春色"的词句，令人产生无尽的遐想。

据说，解放初，慕生忠将军率部来到格尔木，将一把铁锹插在戈壁滩上。从此，在一代又一代格尔木人的努力下，一座新城平地而起，格尔木逐步发展成为一座新型的现代化工业城市。格尔木人也创造出了"艰苦创业，团结奉献，自立自强，开放包容，敢为人先"的格尔木精神。慕将军又带领19名干部、1200多名民工，仅用7个月零4天，就将青藏公路延伸到拉萨，创造了人间奇迹。慕将军一边修路，一边为一个个无名之地命名。据说，不冻泉就是他起的名字之一。如今，沿着慕将军前行的足迹，人间天路——青藏铁路早已修到了拉萨，天堑变成了通途。铁路建设者也创造了"挑战极限，勇闯一流"的青藏铁路精神。

昆仑山中有一处道教圣地。这里四面环山，东北两侧是两条沙沟，可谓山环水绕，是难得的风水宝地。正南是大门，四根方形石柱用石梁相连，形成三个门洞，中间门洞的横梁上写着"无极龙凤宫"几个金色隶书。门内正北方有一座两层建筑，有人说是封神演义中姜子牙做道场的地方。建筑两侧有许多立柱，上面镌刻着道德经全文："道可道，非常道，名可名，非常名……"向北望去，主建筑北侧远处的山峦上，有开挖的痕迹。同游者说，这是北京奥运会举办前后开采昆仑玉的痕迹。现在已经被禁止开采，以保护生态环境，这真是昆仑山的幸事！

再前行不久，便到了昆仑山玉珠峰脚下。这里建有观景台，从2012 年开始，每年 8 月，由中国民俗学会、青海省文联、格尔木市等单位，在此联合举办昆仑山祭拜大典。站在观景台向南仰望，巍巍耸立的玉珠峰白雪皑皑，云雾缭绕，在湛蓝天空的映衬下，格外壮观美丽。

玉珠峰顶，一个个白色的小山峰连绵不断，自西向东依次排列，如一道银色屏障，与峡谷北侧的山峦相对而出。雪山以下紫褐色的山体，与戈壁滩融为一体。横穿戈壁滩的铁路上，一列火车像一条巨龙，向拉萨方向疾驰而去。

有资料表明，玉珠峰海拔 6178 米，山顶是终年不化的积雪，山脚下是万年未融的冰川。融化的滴滴雪水涓涓汇集，汩汩东流，注入黄河长江。玉珠峰距格尔木 140 公里，距 109 国道 40 公里，是世界登山爱好者向往的胜地。

汽车继续前行，坐在车中，偶尔看见路边觅食、憩息的一群黄羊和几只野驴。一位同行者说，现在天气较冷，动物稀少，每到夏秋，这里野生动物随处可见。如今，随着格尔木保护生态环境力度的加大，昆仑山中野生动物的种群越来越多，昆仑山已经成为野生动物的天堂。

汽车行驶 160 公里后，到达昆仑山口。一下车，只觉得一阵冷风吹来，直往肌肤里钻。一眼看见路边悬挂着一块蓝底白字的牌子，上面写着："昆仑山，海拔 4768 米"。道路右侧，从南到北，依次是可可西里自然保护区标志、昆仑山世界地质公园雕塑、可可西里自然保护区保护站。

可可西里自然保护区标志处，中间竖立着英雄杰桑索南达杰纪念碑，碑左侧是他的雕像，右侧是藏羚羊塑像。

索南达杰头戴棉绒帽，身穿羊皮袄，右手抱一只藏羚羊幼崽，左手握一支猎枪，傲然屹立在昆仑山口。虽然他的生命早已逝去，但他依然用不朽的精神，守护着可可西里野生动物的安宁。纪念碑右侧的藏羚羊雕像上，一只雄性藏羚羊昂首挺立，两只锋利的犄角直刺蓝天，仿佛向世人发出生命的呐喊。旁边两只小羚羊一副温顺乖巧的模样。雕像底座上写着"可可西里国家级自然保护区"两行字。

紫褐色的昆仑山世界地质公园雕塑高约 10 米，上面竖写着这个名字的红字。据资料显示，该公园以地震遗迹、冰川地貌为主，辅以神秘的昆仑文化、道教文化，集科学研究、登山探险、观光旅游为一体，是一个地方特色浓厚、文化气息浓郁、内涵丰富的综合性世界级地质公园。

再往北，建有一片绿色的平房和一排蓝白相间的活动板房。与高大的昆仑山相比，它们非常低矮，但它们存在的意义却非常重大。

昆仑山口 109 国道北侧，是这里的最高峰，因为朝阳，山上积雪稀少。我似乎觉得，从我驻足的地方向上，只要二三百米就可以登上山顶，我不禁产生了想登上山顶的冲动。半山腰有一座象征乾坤的石雕：蓝色底座上竖起两根方形石柱，两根石柱托起一枚比喻天圆地方的古钱币，象征着昆仑山是天地间一座伟大的圣山。

二

站在昆仑山口，耳畔是呼呼的大风，眼前是高大雄伟、无边无际的昆仑山。而有关昆仑山全貌、昆仑神话以及昆仑文化的思绪，在我的脑海里萦绕。

王文泸在《青海的山》中说：昆仑山发端于帕米尔高原，横贯青海全境，直抵四川北部，绵延 2500 公里，宽 130 至 200 公里，总面积 50 多万平方公里。自西向东依次有布尔汉布达山、鄂拉山、阿尼玛卿雪山、西倾山等。遥望莽莽苍苍、连绵不绝的昆仑山，叫人情不自禁产生"天地何其大，人类何其小"之感叹。

玉珠峰有座姊妹峰叫玉虚峰，我们没有看到。玉虚峰位于昆仑山中段、昆仑山口西侧，海拔 5980 米。相传是玉皇大帝的妹妹玉虚公主的住处，也是道教朝觐的中心之一，道教昆仑派的主道场，神山之最。玉虚峰也是昆仑玉的主产地，2008 年北京奥运会奖牌上的昆仑玉，即出产于此。

关于昆仑山有许多神话传说，称为昆仑神话。昆仑神话中对昆仑山有多种描述。有一种说法是：昆仑山是一座圆形大山，东南是积石圃，西北是北户之室，东北有大火之井，西南有承渊之谷。它们与昆仑山共同构成雄浑博大的神境世界。还有一种说法是：昆仑山分为三层，上面一层是昆仑宫，又叫天庭，在山之东。天庭中有倾宫、旋室、醴、瑶池、蟠桃园等，极尽奢华，是玉皇大帝居住之所。中间一层有悬圃堂（在西北）、阆风颠（在西北）、天墉城（在西南）。这里琼花玉树，竞相开放，亭台楼阁，鳞次栉比，是西王母居住之所。下面一层是樊桐，即大森林，这里环境优美，风景宜人。

昆仑神话中还说，昆仑山上有高大的铜柱和建木，是众神上天落地的天梯。昆仑山周围有弱水和炎火山。弱水宽 700 里，扔进一根毫毛，能沉到水底。炎火山每年 4 月生火，12 月方熄，火起时不能接近，火灭时异常寒冷。

神话是人类对自己童年的模糊记忆。那么现实的昆仑山和神话中的昆仑山之间，到底有什么联系呢？

与昆仑山密切相关的另一个命题是昆仑文化。顾名思义，昆仑文化是以昆仑山为主脉的青海地域文化，是对青海人民几千年独具特色的卓越创造的肯定，是对神秘的青海高原自然、人文、审美经验的总结和概括，是人类以昆仑山为依托的繁衍生息和推动社会进步的物质和精神财富的总和。昆仑文化的基本特征就是大美青海的神圣、神奇、神秘。总之，昆仑山是青海乃至中国的标志性形象，以昆仑神话为核心的昆仑文化，是对青海古今各民族文化的高度概括。昆仑文化是青海的，更是中国的，也是世界的，值得我们每一个人仰望、探寻、挖掘和弘扬。

情系乐都

仓家峡村的一日与五年

邢永贵

一

早晨 6 时，两绺山岭框定的天空明亮。这明亮并非来自熹微的晨光，而是源于驻守西边天宇的那轮月亮。刚过去的一晚，由农历九月十七日的圆月值守。一轮白玉盘从东山顶上移至西山之尖，清辉落满静谧村庄的山崖、密林、河流、道路、庄廓和农田。新的一天已经来到，月光渐弱，寄托着人们太多想象和情感的星球，正向东升的太阳移交这鸡飞狗跳羊咩牛哞、蒸腾着烟火气的村庄，这山重水复中的小小世界。

巍巍祁连山在青海北部从西向东绵亘，仓家峡村就在祁连山系南麓的山环水抱中酣眠。2018 年 12 月 14 日，我以青海省文联第三任驻村第一书记的身份，住进这一方天赐之地——海东市乐都区寿乐镇仓家峡村。这是个纯藏族村，以人口规模只能算是中型村，164 户 521 人，2019 年初建档立卡贫困户 47 户 149 人。"喝一口村里的水，一个异乡人，在理论和事实上被双重接纳，化身为村里众生之一。""他自此有了 149 个陌生名字组成的庞大亲友团。"适应工作期间，带着美好的遐想，我写出过这样的诗句。实际的情形是，我经历繁忙而琐屑的一年时间的磨合，才渐渐抵达"化身为村里众生之一"的状态。

我能猜得出，此时，每一个粉白墙壁上涂刷着深红色吉祥连环图样的小院里，一双双生茧子的大手，已往炉膛里添上了第一块燃煤。离家 5 公里之外，留守在海拔 3000 米以上高山上的牧民，走出小屋走向草场去照看牛羊，俨然骄傲的将军去巡营。高山如大海，波动着牛羊，这是须严控收支确保平衡的实体经济——每年有多少只犊羔出生，就会有数量相当的成年牛羊在此时集中出栏。朴素的生态哲学经一代代牧民的言传身教已植入群体记忆，烙印为自觉遵守的天然规则。2020 年是养殖业丰收之年，牛羊无病无灾，牧场风调雨顺，种植的青草也已收割运送储藏，而鲜肉的行情是如此之好：草膘白牦牛肉每公斤价格最高达到 70 元，一头牛比往年要增收一两千元，而十七八公斤的草膘尕尾巴羊在 8 月每只价格已达到 1600 元。

仓家峡村民的心里，秋冬之交是最美好的时光，出栏时的劳累是最幸福的。

草场有多宽广，幸福的疆界就有多辽阔。一万多头牛羊是游走在草场上的财富，冬虫夏草则是潜藏于大山地表下的希冀。幸福都是奋斗出来的，操劳的强度和获得的额度不断刷新着村民的幸福指数。

二

7 时起床，生好火炉，旺火上的水壶很快传出沸水喷到炉盘上的"哧溜"声。我和工作队员、省文联同事秦鹏匆匆吃过简易早餐，8 时左右开始接续头一晚的工作——测算脱贫户第三季度收入。

脱贫攻坚的进度表上，仓家峡村"村退出、户脱贫"的目标于一年前实现。从 2015 年 10 月实施的精准扶贫，汇聚起政策、措施、资金、项目、组织、人心的万钧力量，熔融累年沉积的穷困坚冰，以"力拔山兮"之势拔除"穷根"，危旧房改造、安全饮用水、教育、医疗、低保兜底、产业扶贫、生态扶贫、定点帮扶……每一缕春风，每一滴甘霖，抚慰被命运和生活伤害过的人们的隐痛，在发展的前路上播撒了小康的种子，也在人心深处培植梦想和希冀。驻村第一天迄今的689 天里，我时时都在见证着这种变化，感触着新时代强劲的脉动。

一条开建于精准扶贫之始的柏油路，洞穿横亘在村庄北部的山岭，在脱贫攻坚之年通车。这条将海东市互助土族自治县加定镇扎隆沟和乐都区寿乐镇、碾伯镇共3镇14个村串珠链一样连缀起来的公路，打通了乐都的上北山省级森林公园和互助北山国家森林公园，在高原森林深处新增了2条弧线优美的隧道、3座造型独特的大桥，自然美景与人造景观的完美结合，造就了新的景致。这条年轻的跨县公路迅速以"最美公路"的盛名跻身网红行列，手机导航地图迅速更新，醒目地注明了它的官方名称——扎碾公路。今年10月1日，仓家峡村历史性地迎来了公交车通车，虽然对农民而言，去30公里之外的乐都城区的费用偏高——每人10元，但定时发车穿行在峡谷里的公交车，带给他们的便捷以及因此产生的惊喜已然超出10元钱的价值。仓家峡村的白牦牛肉和尕尾巴羊肉、上李家村的樱桃、新堡子村的大蒜、李家台村的辣椒、上衙门村的土鸡、对巴子村的长毛兔……多少农产品被慕名而来的游客沿着扎碾公路带向远方的城市。在县城读书的学生周五下午回家、周日下午返校的旅途由辗转的熬煎变为直达的欢欣。从我居住的小楼天天可以看到这样有趣的一幕：晨昏之际，在柏油路上漫步的牛羊会时不时逼停往来的车辆，一副"我的地盘我做主"的霸道总裁做派。一条大道能改变什么？昔日天堑，今朝通途，世代饱受"道阻且长"之苦的农民，永久告别了行路难的历史，"我要走出大山，去看外面的世界"，曾经歌声里的梦想，在今天已然实现，而更广更深的改变正在或即将发生……

危旧房屋改造完全可用成绩斐然来形容。持续 10 年的改造，土坯房、土木结构的房屋已成留在图片中的暗淡记忆，砖混结构的房屋竖起为村庄端庄大气的崭新封面。我特别留意到，袁多杰才让、仓当拉两位长期在高山牧场居住的单身贫困户，2018 年秋天在村庄中心地带有了属于自己的 20 平方米的住房。这是驻村工作队和村"两委"用危旧房改造补助款帮助他们修建起来的。2020 年夏，随着 93 岁的仓美英老人等 3 户脱贫户、袁东主才让等 3 户一般户的新房竣工，全村每一户都有了符合标准的安全住房。接下来实施的居住条件改善项目，更是让村庄面貌为之一新：铺装保温层的墙壁雪白到顶，墙顶覆盖青灰色树脂瓦，墙壁四周和砖柱涂出一条深红色带状长条，最上面的深红色长条上等距排列一行金黄色圆月，墙壁腰部涂着的深红色吉祥连环图案与之呼应。这是按统一规划和要求，为突出这个百年藏族村庄民族特色，以实现共性和个性相统一的一种努力。我走进过许多家庭的屋子，他们几乎都选择了相同的装修风格和摆设，客厅正面墙壁的高处都悬挂着伟人像，铺设木地板的地面上，相对着摆放两列长条几和沙发，沙发是木质的，铺着栽绒毯子，靠背上点缀着五彩的藏式装饰。坐在敞亮的新房，抚摸着崭新的家具，四世同堂之家的曾祖母、全村岁数最大的老人仓美英换上了新衣服，在竖起大拇指的同时，对扶贫成效用一连串的"好"做出了评价；年过六旬的巴措毛面对着驻村工作队和镇村干部连声感谢的同时流下了眼泪；许多名字叫多杰、才让的村民用不很流畅的汉语表达了最真诚的感激。每每看到这样的房屋布置，我都不由陷入遐想：逢年过节，主客分两列面对面落座，享用奶茶和牦牛肉，酒酣之际离座载歌载舞，一定会让人产生穿越到草原帐篷议事大厅的感觉吧。一个小小的客厅，实际也是一种多元文化的聚集，既有对党发自肺腑的感恩，对家园的精心设计，也流露出对历史文化的传承。

变化不止于此。我多次在饮水管道抢修现场驻足察看，曾与更换电网线路的工人交谈，也曾和村干部、村医结伴入户，察看过牛棚里的牛、草房里的饲草，用手捋平一张张医疗保险交费收据和报销单据，仔细浏览过贴在墙上的"三好学生"奖状……时光流逝中，不易察觉的变化逐渐聚集，最终量变引起质变，时代的篇章翻到了崭新一页。

三

10时，天气晴朗，我带着两位不到30岁的年轻人开始入户核实收入。他们是秦鹏和村文书仓应确扎喜——穿上普查员红马甲的他要入户开展人口普查，同时身兼司机、摄影师之职。我入户也承担着扶贫之外的一项工作——采访。中国作协组织2020"中国一日·美好小康——中国作家在行动"全国作家联动大型文学主题实践活动，有50多位作家从11月1日已经进驻要采访的脱贫村，今天要在全国各地同时开展采访，我作为青海省作家将采访这个青海东部藏族村庄的人们，记录脱贫攻坚带给它的沧桑巨变。

三社社长仓仁乾俄日的家建在东山坡，一片青杨林居高临下俯看着这个称为"柳坡"的20户人家的村庄。一大早，他就请人宰杀了一只尕尾巴羊，这是乐都区客户的订单。我们上门时，仁乾俄日正准备把分解好装在袋子里的羊肉送往20公里外的县城。这种电话订单，这位养羊大户几天中总会接上一单。2015年被识别为贫困户时，他的家庭被疾病的阴影笼罩：他的母亲和妻子长年患病，他还要面对缺劳力、资金等一个接一个的困境。受益于大病报销、产业扶贫、互助资金、公益性岗位等扶贫措施，他走出了贫困的阴霾。喜事接连而至，家庭曾被评为"最美整洁家庭"，他被评为"脱贫攻坚先进个人"，受到帮扶单位省文联的表彰，他儿子仓才旦加措在拉萨一家饭店做厨师，收入稳定而可观。2018年，仓才旦加措娶了来自拉萨的藏族姑娘。幸福的阳光照亮了柳坡上的牧羊人家庭。2020年，脱贫后的他迈出了产业发展中最大的一次跨步：开办农家乐，让自家牧场的羊一出牧圈就增加一份旅游业的附加值。

在家门口的草坡上搭好五顶帐篷，摆上沙发和桌椅，支起煮羊肉的锅灶，仁乾农家乐——仓家峡村第一家由脱贫户开办的农家乐，在草地上开门迎客。产销一体的农家乐也是吸纳劳动力的实体，脱贫户沈明元夫妇以合伙人的身份加入进来。那段时间我每天都能收到好消息：脱贫户袁铁头才郎与人合伙的农家乐在占台子附近的森林边上起灶，脱贫户仓冷支的农家乐对外承包……盛夏时节，全村农家乐开了9家，其中7家是2020年当年新增的，旅游扶贫企业华锐风情园和多家农家乐的开办，使传统畜牧业曾经一家独大的村庄悄然兴起了乡村旅游餐饮业。慕名前来的游客不再匆匆闪过，而是走进农家乐，或盘坐在树荫下，或漫步于草地，品尝美食，观赏美景，充分享受假日的惬意时光。

在启动汽车往县城送货，完成订单交易之前，仓仁乾俄日谦虚地交出了经营农家乐3个月的成绩单：销售羊50多只，这里面有自家的22只。

"那么收入呢？"

"收入可以着呢，再，账我没有细算唄。"他搔着后脑勺，陷入窘迫之中。我知道，村民恪守着传统理念，对自己的收入一向都是不愿向外人说的。

"那我测算后的收入你认可不认可呢？"

"你算的对着呢，认可认可。"

四

13时，华锐风情园的停车场里，有几位客人下车进去吃饭。这家村旅游扶贫企业，每年为村集体经济增加5万元以上收入，安置脱贫户不定期在此务工。这个建于森林与河流之间的扶贫点，曾经是村里的跑马滩，依靠国家投资300万元资金建成，之后吸纳140多万元社会资金完善配套设施，2019年营业后，一直是绿荫深处最醒目的所在。而属于它的高光时刻，则是营业一年之后的盛夏时节。省文联依靠行业优势，汇集各方之力主办的首届仓家峡乡村文化旅游节，按村赛马会传统，在农历六月十二日开幕，这一天，正好是阳历8月1日。作为主会场的华锐风情园迎送游客高达10多万。大通河北岸甘肃省的藏族同胞带着祝福来了，山那边互助土族自治县的藏族歌舞队带着友谊来了，本镇土官沟村的歌舞队带着乡情来了，本村以在校生为主的歌舞队，抱着学习的态度和成长的梦想来了！省文联音乐舞蹈家们的歌舞来了，书法家、画家、摄影家们的作品来了，影视艺术家们扛着设备来了，十里八乡的乡亲们拉着农产品来了，百里之外的游客，怀着美好的心愿来了！

搭建舞台的停车场内，摩肩接踵的人群中，身着节日盛装的藏族村民成为会场明星，游客纷纷拥上前，争相与他们拍照合影。舞台上，华锐服饰和歌舞，是当之无愧的重量级节目。色彩的河流，旋律的河流，文化的河流，欢乐的河流，在夏日的仓家峡竞相奔流。古老的村庄在欢呼声中向封闭告别，与开放携手，与沉寂作别，与文化结缘。

看着堵在路上蠕动的车流，谁能想到，两年前，这里还是一个不为外界所知的"世外桃源"。

脱贫攻坚的合力推动了大山深处村庄的巨变。其中有一支美丽的力量，可称之为"青海省文联定点帮扶"。

从2015年青海省文联依"藏族村庄、牧区、山区、林区、贫困地区"的村情定位制定帮扶规划之始，到2020年"全国扶贫日"这天，这中间已跨过五年时光。这是厚重的五年，省文联与仓家峡村"亲戚"关系越来越亲，从省城到山村的路走成了"热线"，在高楼上班的干部和黑红脸庞的村民成了随时联系的亲人。

这里无法细述一个个真诚帮扶的故事，有村民记着，有岁月为证。只能引用一段资料，为这不凡的五年留下一个注脚：

省文联在定点帮扶五年间，依照"发展产业、文艺扶贫"的思路，发展农家乐、种植养殖业，推动形成以藏族民俗文化和自然生态相结合的文旅格局，拓展传统赛马会文化内涵，成功主办首届仓家峡乡村文化旅游节。确定80多名干部与贫困户结对，开展"多对一"帮扶，将"三八""七一""全国扶贫日"确定为固定帮扶日，每年帮扶均在4次以上。先后派遣3批工作队驻村开展工作。机关党委、各支部与村党支部、村妇联、村小学开展党建和文化共建活动。捐赠乐器、演出服装、音响设备等价值100多万元。派出舞蹈、音乐、曲艺、文学、摄影、美术、书法、电影电视等门类文艺工作者500多人（次），组织大型文艺演出8次，创作作品500余部（篇、幅），表彰村优秀党员、脱贫光荣户、脱贫攻坚先进个人、"好婆婆好媳妇"等100多人（次）。全村形成尊师重教、热爱文化的良好氛围，升入大专及以上院校学生逐年增多，民间文化活动蓬勃开展。

五

下午，主题实践活动还在继续。我走进了仓拉藏的养殖场，仓拉藏是个一年前刚脱贫的村民。与传统方式在牧场养殖牦牛不同的是，他购入30多头西门塔牛，集中繁育养殖，已经售出了4头牛犊，也就是说已经有4万元养殖业收入纳入他的总收入中。

当阿拉毛措召拿着孩子从河南工业大学寄来的快递来到驻村工作队办公室时，讲解大学生"雨露计划"帮扶政策知识成为我下午的工作内容。村里脱贫户家庭享受"雨露计划"的在校大中专生在2020年达到新的峰值——6人，在这项教育扶贫措施实施之初的2016年，这一数字是"1"。实际上2020年还可增加1人，那就是李尔真的孩子，可惜的是她报的志愿滑档，与本科院校擦肩而过，不过，孩子已选择了在全区最好的一所高中复读，但愿明年夏天她梦想成真。

属于我的"中国一日·美好小康——中国作家在行动"主题实践结束，两个月之后，我的驻村岁月也即将结束，在即将告别宽容待我、被我视为"第二老家"的仓家峡时，我是怎样的心境呢？应该是这样：

那一天从镜中看到双鬓忽生白发 / 有过那么一瞬的感慨，却已不再伤怀 / 透视过生活之苦，目光才会看得更远 / 日与夜、城与乡、得与失 / 对位与错位、奔波与驻留 / 他平静接受每一种反差 / 当他回到身份证上的家 / 才知道远方的乡村 / 已是他不能轻易割舍的故乡。

老 屋

许常绿

　　老屋，是两个极普通的汉字，但内涵颇深，凝固着一个农舍顽强的文化记忆，既温馨，又沉重。写老屋，令我一直萦怀却又不敢动笔，生怕心中绷得太紧的那根弦丝轻轻一抚就寨然断裂。

　　我是个被乡土濡养长大后进入城市的人。步入"白发无情侵老境"的暮年，围居市廛楼舍，身接不上地气，眼望不见绿野，过着红尘遮眼、欲望乱神、世道浇漓的现代城市生活。兴许是缘于土生土长血脉里带有草根的"贫贱"基因吧，我老觉得憋屈，心中常有一种难以填饱的饥渴，那就是我思念的跃动着光彩、翔舞着音乐、蕴藉着熨帖的佛性的故土；更让我牵情的是那几间守素抱朴，曾留下我脐血、胎毛和温暖人生记忆的柴舍老屋，犹如飞鸟渴念旧巢，白云眷恋山岫。老屋，是我心智、情感、人性和伦理观念形成的起点，是我立人的基础。那人生之初的文化启蒙和乡土塑造，虽经后来城市文化和现代文明的淘洗、覆盖，却一直未曾动摇和改变我内心的价值取向和做人的底线。

　　在我记忆的库藏里，老屋依然寂寂地遥远在那苍老的浮云下守望着岁月，安详地栖居于时光的长河中。它仿若一座披满历史风尘的苔藓斑驳的古碑老碣；更像是一位风烛残年的老妈妈，望穿云水长天，孤零零地站在昏黄的暮色里，翘企远去的儿女们回归……

早年间，我离家远行时，祖辈留给我的那几间老屋已被风雨剥蚀得残破衰颓，但我不忍心拆除，也舍不得卖掉。因为它是滋养和繁衍了我这个姓氏的"摇篮"，深植着我生命的根，是我生长的喜乐福地，这里饱蕴着酽酽的永远也割舍不了的我的骨肉亲情啊！也许，老屋并没有多少物质价值，但却给了我更为宝贵的精神财富，那就是生命的精髓和情感养分，这是我生命的底色和绿荫，让我受益终生。

老屋一直荒废着，再无人至。但它总是一个醒目的标识，证明我的祖根就在这里，我是响当当的在这片多情的乡土上落生的娃。当人们路过看到它时，就会以我的父母先辈为坐标确认我，念叨我，不然乡亲们就有可能把我淡忘了，村里的小辈们还以为我是漂泊来的异乡客呢。

每每忆及老屋，我的心海里就会涌起阵阵归属感、肃穆感、幸福感和失重感，既撩起了春晖般的亲情惠照我茁壮成长的温暖记忆，也唤醒了蛰伏在我心中的诸多疼痛，还有那些不忍惊醒的旧梦。那些让我在梦里醒来时追念和退思的并不奇崛的寻常往事，引导我进入历史的隧道，浮现了文化的记忆。

我是一株在乡土里长出的苗，一片在祖脉的参天大树上长出的叶子，一颗在老屋的那面土炕上降生并煨熟了的果实。当母亲在痛苦的呻吟与喜悦中将我分娩在暖暖的土炕上时，我睁开第一眼看到的是老屋，我宣告来世的第一声啼哭是老屋先听到的，也就在这老屋里，我看到了从窗棂射进这个世界的第一缕阳光……在那呼贫号寒的岁月里，绵绵细土也就成了我婴幼期的"爽身粉"，搓搽遍了我的全身，肉蛋蛋变成了土蛋蛋。黄土浸染了我的肌肤，土香渗透了我的骨血。寒冬里，尿湿的一块块毡片是在烫乎乎的土炕上炕干的。每次拉完屎后，是母亲用堆放在炕旮旯里的绵绵的土坷垃替我揩拭干净的。待我会爬着挪动时，母亲索性揭去毡片，整个炕面都摊铺上了一层厚厚的绵绵土，任我恣意翻滚爬行。当我能站、能走、会跑、会跳时，老屋便扮演了儿童乐园的角色，捉迷藏啊、玩打仗啊、过家家啊、跳方方啊，真是乐得屁颠屁颠的。在老屋里，我曾度过了一段人生最初的无垢时光和童年风景里最绚烂的日子，是老屋暖绿了我少年的梦。老屋的记忆深深地楔入我生命的肌理与血脉，点点滴滴注入我鼓满人生风帆的心力，成了我永远思亲念祖的符号。

离家多年，常听到亲情的呼唤。每逢清明回乡祭祖或办事，我就像被绳子牵着一样，定然要去探望那关联着我血脉和情感流向的老屋。跨入家院，那隔世的生活场景在此重叠交替着，祖辈们的身影也在这里隐约漂移，一切都若幻又实。凝眸亲亲的、暖暖的老屋，仿佛一缕阳光穿透时空的隧道照彻了我的心扉，使我触摸到了我童年的生活，看到了湿润的亲情和粗朴的饭食喂养下的我青春的生命。院里很静，草深虫鸣。偶尔好像能听到有人在离离的蒿草间走动的窸窸窣窣声音，我揣想，该不会是母亲时常回来吧，毕竟，她仍眷恋着盛放着她时光册页的老屋啊！从院门到屋门前的那条碎卵石铺就的小径，还是那么齐整、亮洁，这是我的双脚无数次丈量过、无数次亲吻过的，这段距离是我一直不愿走完，在心目中也一直没让它走完的一段路程。

整整七十多个寒来暑往，院墙已成了半人多高的颓圮。人类大约都已备尝世事变更、人情淡漠的况味，但眼前在院里飞的跑的叫的麻雀、鸽子、蝴蝶、蚂蚁、昆虫等小生命，却一代代痴心不改地依恋着我家的这几间老屋。翻飞的堂前燕，展翅迎我归，屋檐墙角仍布满着蜘蛛编织的八卦大网；廊顶上依旧可见一个个精巧含蜜的蜂巢……看来这里仍然是它们的乐土与家园，它们真成了我们这个家中的成员或朋友。看着忙碌疲惫的麻雀衔食回来喂着檐下乳雀的动人情景，让我深感生命的永不止息与亲情的圣洁伟大。转念又觉得，人比之于这些看似卑微的小生命来并不高贵多少，或者优越丝毫。

老屋旁的那棵老榆树，依然忠诚地在这儿守望着。躯干虽已出现空洞，但枝叶仍颇茂绿，气象森然。树冠庇荫着老屋的大半部分，树梢摆动着向白云致意，招呼鸟儿们前来筑巢。面对老榆树，我深情地仰望，虔虔地抚摩，它与老屋比肩撑天，相伴镇地，风风雨雨多少载，见证了我们家一代又一代人的命运走向与苦乐悲欢，也曾给我们的童年以无限乐趣。记得孩提时，我和玩伴们攀爬到老榆树顶端的柯杈上，嬉笑着采食一串串鲜嫩的榆钱，感到倍儿香甜。过大年时，爷爷还把两根麻绳拴在榆树粗大的横枝上，让我们荡"秋千"呢！

当我怀着一种五味杂陈的心情，放轻脚步款款靠近屋门，忐忑地打开带锈的门锁的刹那，也打开了我情感的闸门，心头禁不住一阵酸楚，一阵温热。恍惚中似听见"雪娃……雪娃……雪娃"呼唤我乳名的声音从老屋的四处响起。霎时直觉得老屋里有一种生命的秘密信息，有一种精神的脉动，有一蓬荧荧的灯光还在亮着，我远逝的亲人们即呼之欲出。剧烈的心灵撞击和情志的交感令我不堪自持，想到祖辈们丈量着涂炭辛楚的光阴，走尽苦难腌渍的人生，而今已离我远去，远得隔着厚厚的棺板、深深的土层和无尽的岁月，忍不住泪盈双眼。扑通！我下意识地趴跪在土炕的炕沿上，透过泪幕，仿佛看见了母亲的笑脸，听到了母亲的呼吸，闻到了母亲的奶香。转身站起，似乎还看见奶奶颠着"三寸金莲"在方寸之域跳着时光的舞蹈，爷爷开心地朝我笑着，那神情和人生的起点一样美丽……

老屋的里里外外，每一眼看到的都是原始的、草莽的、粗砺的、沾满历史风尘和古旧东西，也存留着先辈们生活与生命进程的诸多符号。

——檐下梁上雕镂着一些简易的花鸟鱼虫及其他含义的细节，虽涂上了一层烟火熏煨的黑痕，但毫不掩其蕴涵着的传统文化的美学价值，也隐透着先辈们不甘贫苦，秉持着自己的信念，向往与追求福禄并臻的美好光景的梦想。

——在门扇和窗户的装板上，当年用大红漆喷印的大幅"忠"字还隐约可见，只是那骇世的"斗"的色彩，在岁月的帏幔后已经消退。

——那个曾敬神拜佛的陶制香炉还是那么完整如新，使时光的刀斧手无从留痕。只是香火断了多年，不知神灵会介意不？

——陪伴了父辈们大半生的一张尖端已磨秃了的老犁铧，被泥土磨擦得锃亮如镜，端庄地供放在墙根，诠释着躬耕者的勤劳和农人对农具的敬重与感恩之心。

——挨着炕头的那个小土炉像是还冒着柴草的浓烟，让人勾想起在那饥饿的岁月里，全家老小眼巴巴地围着它，煮糠菜、喝清汤艰难度日的凄苦情景。

——那个用铁丝和水泥凝制的搁煤油灯的灯柱还在，那是父亲的杰作，显现着小农的生存智慧。

……

这一切都印证着贫困对先辈们的荼毒，同时也诉说着他们在穿行命运迷宫设置的种种艰难与痛苦中，从未放弃希望和对生命的热爱。

我在屋里院里来回踱步，我无力跳出这血脉的情沼，实不忍离去。我像个没吃足母乳的孩子在四处寻找营养，又像是一个丢失了说不清楚的珍贵东西的人，在明知毫无希望的地方反复搜寻……

抬眼又见大雀衔喂乳雀。我愧恨自己既没有承载先辈们的梦想，也没能放飞他们的希望，在父母垂暮之年未能尽到冬温夏清、昏定晨省的人子之孝。更让我抱憾的是先辈们走得太早，没能享受到改革开放带来的大福大惠。

时而听见从不远处传来的推土机的轰鸣和贺新居落成的鞭炮声，这是社会进步的足音，值得庆幸。与此同时，我意识到老屋是该寿终正寝了，说不定何时它或许就将变成一片废墟，心中不免涌起一层淡淡的惆怅与忧伤。不过老屋渗透在我心灵世界中的精神血脉却会依然流淌。

老屋，是祖辈留给我的一份遗产，也是镌刻在我心碑上的民族文化的烙印。我很荣幸，拥有老屋就拥有了一份念想、一份精神寄托，能够让我在外面的世界里找不到自己灵魂的归宿时回首眺望。

　　我对老屋的思念将随着岁月的日久和生命的日衰更加强烈。

　　我奢望老屋的精魂齐天壤而长存，共三光而永恒。

每一朵雪都记得回家的路

马国福

雪后田野，清冷寂寥，那块犁平整的地如同一部打开后合上的厚书。所有的面孔、情节、喜怒、幸福、秘密都藏在土地里。这个时候的旷野就有了父亲的品性，少言寡语，隐忍，吞下生活中所有的苦和疼。

冬天的旷野是一个村庄的百年孤独。

天空湛蓝如洗，蓝得透明而又忧郁，纯粹的如同假的，有一些虚幻缥缈，就这样真实而又仁慈地在我们头顶护佑每一个春秋。这个时候成群的喜鹊从湟水河畔的白杨树林里盘旋飞来，"喳喳！""喳喳！""喳喳！"粗砺的嗓门暴露了它腹内的学问、口音和秉性。它们的声部有点摇滚的色彩，也有点民谣的成分，这些高处的民间歌手是最有初心的，一年到头都舍不得离开，就在一个村庄的版图上繁衍生息。它们也是技艺高超的建筑师，乡村里动物界的木匠，球形的鸟巢高高耸立在白杨树、榆树的最高处，让人远远地就能看到故乡，心理上多了一层皈依感。

身着锦衣华服的野鸡善于伪装，简直就是谍战片里华丽丽的特工，隐没于灌木丛、河岸边、田埂的草丛中。一看它的穿着打扮就知道，它们养尊处优的生活不可能有为五斗米折腰的忧愁，胸部闪烁幽蓝幽绿的羽毛如同清代官员衣服上的补子。每年春节回到老家，清晨或者傍晚在旷野散步时总会遇见成群的野鸡，突然从不远处的草丛里轰炸机一样猛地飞出来，吓你一跳。你只好心扑通扑通地望着它们拖着华贵炫目、令人惊羡的羽毛飞到河对岸的树林里。它们熟悉村子里的每一处地形，高山、河谷、水湾、树林、灌木丛、河畔边的深坑，它们也懂得如何灵巧迅速地在田野藏身。看到它们在不远处隐匿，不由得想起谍战剧里的特工在紧急情况下一次次随机应变化险为夷，不得不佩服这种天生高超沉着的秉性。

因为有了野鸡，一个村庄就有了些许高贵的资本。这种高贵不是世俗意义上的偏见，而是一种乡野生态上的优势。

我的脑海里一直定格着少年时期的画面。月夜，雪后，被大雪轻轻覆盖的村庄。冬天农闲后，孝顺的父亲几乎每个夜晚都要去陪伴他的老父母。我去找他，风吹起树上的雪，簌簌落下，月光投在下落的雪花上，闪着银光，那些针尖般的雪，轻如身手不凡会轻功的武侠高手。寂静是最大的背景，雪落无声，唯一的旋律是脚踩上积雪后发出的"咯吱咯吱"的声音，打破寂静。雪在书写村庄的童话，静穆如教堂，静穆如修行者迈进他的道场。屋顶上的雪身居高位，一副见过大市面的样子；爬在墙头的雪谨小慎微，胆小地抱作一团；挂在树上的雪如蓄势待发的跳高运动员，积攒着力气和爆发力，等着一飞冲天的刺激和气势；铺在路上的雪赴汤蹈火等着天明后在行人牲畜的脚下从容就义。

冬天的白杨树一律萧索、简洁，不是草书，有点隶书和楷书兼而有之的况味。这些风雪中的寂寞无言的卫士，一生都不曾远行。那时候我不知道有个诗人叫里尔克，如果现在回去，面对同样的场景，我真有给它们读里尔克诗歌《秋日》的冲动："主啊，是时候了。夏天盛极一时。把你的阴影置于日晷上，让风吹过牧场。让枝头最后的果实饱满。再给两天南方的好天气，催它们成熟，把最后的甘甜压进浓酒。谁此时没有房子，就不必建造，谁此时孤独，就永远孤独，就醒来，读书，写长长的信，在林荫路上不停地，徘徊，落叶纷飞。"

落叶在秋天写信，雪在冬天写信。大雪是天地间最浩荡的一封信。雪是平面几何，雪是魔术大师，雪让世界简洁孤独，雪又平等而又宽容地覆盖并原谅了人间的黑、脏、乱。如果让我用一首诗定格少年时期铭刻在我脑海里的那个雪夜，我想用昌耀的《斯人》来形容当时的场景一点也不为过："静极——谁的叹嘘？密西西比河此刻风雨，在那边攀缘而走。地球这壁，一人无语独坐。"现在回想起来，人的一生能有几个那样明月朗照、雪落无声、金辉闪耀、令人铭心刻骨场景呢？这些生命里过往的带有神性色彩的场景是自然的恩赐，是故乡的加持，是生命里修来的机缘。

雪先具体后虚无，是孔子的入世，也是庄子的出世。大象无形，大雪无痕。它落在我的梦里，落在生命的历程里，如一个界碑，这纷纷扬扬的情欲，炼狱后的投胎，浪子回头，乾坤虚静，每一朵雪都记得回家的路。

山菊飘香

辛存文

我喜欢元塑山区的春花。

地皮刚化冻，晶晶花就撒满在山坡上。它几乎是与绿草芽儿同时从地缝里钻出来的，加上那纤巧的花瓣，鹅黄的嫩色，格外逗人喜爱。天气转暖，山杏花也开放了。这里的山杏多得叫人吃惊——一坡坡，一洼洼，从山这边蔓延到山那边，一连数十里，粉扑扑，红艳艳，简直可以称得上杏花仙境。到了暮春，牡丹、芍药、丁香、玫瑰……竞相盛开。山里人为了将它们与家花分开，都在前边加了个"野"字。也许正由于其"野"，它们比起家花来，别有风韵，另具丽质，招引得蜂蝶团团飞舞，过路的年轻媳妇和姑娘们都要摘上几朵，插在头上。这次我到元朔山区，可惜错过了节令：不仅春天过去了，夏天流逝了，连秋季也快到尾巴梢上了。看不到烂漫的春花，总感到非常遗憾。我在山路上蹒跚地走着，无限流连的心情在坡里寻觅着。突然，我看到了一簇又一簇山菊，路两旁的坡上到处都是。深秋季节，周围的花儿草儿经霜一杀，大都没精打采，悄悄地低下了头，无力地在秋风中摇晃。唯有山菊在傲霜盛开。那叶子黑中带绿，厚实肥硬，嫩闪闪，水灵灵,看不出一点衰老的样子。那花儿尽是蓝色,有普蓝的、湖蓝的……深浅搭配,荟萃在一起,显得庄重素雅,好看极了！记得小时候听老人们说：“羊吃了山菊,肯上膘,肉香味美！”等到初冬,山菊枯干了,那些贫寒人家又把它连根拔来当柴烧,火力还是挺旺的。所以,我一直把山菊当成一种普普通通、平平常常的柴草,从未把她列入花卉之中。今日不知什么原因,突然感到过去未免有点儿太偏心了！

中午时分,我到了元朔庄,照例住在杨大娘家。县上和省上的干部,不管地方上的,还是部队上的,到元朔庄下乡都要住在她家。这规矩是从何时兴起的,我未考察清楚,只是听到了一件有趣的事,可能与此有点儿关系。

那是 1949 年,青海省刚刚解放,一股残匪窜进了元朔山区。追击残匪的李营长就住在杨大娘家。残匪知道后趁黑夜派人摸下山,悄悄翻墙入院,溜进北房,抡起长把子斧头,朝着熟睡的李营长头部猛砍下去,只听“咔嚓——”一声,李营长未来得及呻唤就没命了。匪徒仓惶拖起大斧,爬上了墙头,准备归山请功。正在这时,只听“砰——”地一声枪响,匪徒中弹,从墙头滚了下来。

第二天,杨大娘保护李营长的事一下像长上翅膀似的飞开了。原来,李营长住在她家后,她成天为亲人的安全操心。随着全面征剿的日子越来越迫近,她想得更多了——狼逼到墙角里比平时更凶残；匪徒们到了绝境,也会疯狂反扑的。这样想着,杨大娘便让李营长从北房搬出,到西厢房去睡。她自己将北房坑上的被子每天晚上摊开,里面塞了半截子木头,还将枕头置好,像是有人在被子里熟睡的样子。这天夜里,匪首果然派人下山,想暗杀李营长。没想到被早有提防的李营长击中。枪声划破夜幕,军民赶来,缚住受伤的匪徒,掌灯到北房里一看,只见被子被砍破,木头上留下道深深的斧痕。年轻的李营长被感动了,抱着杨大娘像个孩子似的留下了眼泪……

这天,杨大娘给白婶的大儿媳去接生,我便和大娘的儿子守山攀谈起来。从他那里知道：大娘除继续担任接生员外，还兼管计划生育工作。听说已经配备了"第二榜队"，但她还是闲不下来。特别是计划生育工作一开展，就更忙了。她不仅抓宣传，采取了该采取的措施，还帮助育龄夫妇制定了优生优育计划，按时将避孕药送到每个有生育能力的妇女家里。村里有那么几个记性不好的妇女，总忘记服避孕药，她索性把药包拴在开关电灯的绳绳上，让她们晚上关灯睡觉时就想起吃药。守山在介绍完他妈的情况后埋怨道："我妈的脾气真怪，现在家境这样好，她不坐享清福，还自讨苦吃，成天东跑西颠，闲不下来。"守山的话出自对母亲的疼爱，可是，它使我想起了杨大娘在解放初期入党时所表的决心："我是个粗人，一不能断字，二不能识文，活着只能为党做些菜籽儿大的小事。这样的小事只要能做好，我就算为党尽到心意了。"看着墙上"优秀接生员""计划生育工作模范"和"全国'三八'红旗手"等奖状，我明白她在矢志不渝地实践着自己的誓言。

日头儿进窝了，杨大娘还不回家。我急于见到她老人家，就向白婶家走去。一打听，原来是遇到了难产，杨大娘亲自将产妇送往县医院。我三步并作两步走，飞快地赶到村口。只见一辆手扶拖拉机行驶在通往县城的路上，杨大娘用手抚摩着产妇的头，五彩缤纷的晚霞抹在天际，霞光映照着元朔山，也披在杨大娘身上。山区的盘盘路越远越细，"手扶"载着杨大娘一行，钻进了坡上的山菊丛中。

这时，我的思绪飞腾了——我蓦然将这位两鬓银发的山村女党员同山菊联系了起来，不仅想到了它平凡、纯贞、高雅的品格，还仿佛闻到了它默默飘出的香气……

沿着春天的方向

周存云

在青藏高原，春天总是来得很晚，来得很慢，尤其是四月的天气，总是反反复复，令人捉摸不透，一场冷空气袭来，之前积攒的春意就被一扫而空。虽然春天在日历上已早早到来了，但拂面的风仍然携带着寒冷，入眼的草色尚未变绿，空气依旧干燥。我们都知道，春天其实离我们还有一段看不清的距离。

但是，春天一直都在，它的到来也许不在我们的身边，但在这世界遥远的某处，它已经如期而至。

今年四月初去重庆出差，一出机场就看见在道路两旁五颜六色的花绽放着，高大的树木都抽出了嫩叶，两边的山坡上，甚至更远处的山岭上，各种叫不上名字的花正在盛开，它们点缀在嫩绿丛中，格外耀眼，湿润的空气，带着万物生长的味道，像一种自然的暗示和内心必然的邂逅，使我感受并拥有了一种美好。

在重庆住宿的酒店就在长江岸边，早上沿着河岸漫步可以从小径一直走到朝天门长江和嘉陵江的交汇处，在阳光的照射下，滚动的江水更像是时间的碎片，闪耀着无限春意。从小径沿台阶攀登而上，便可达到滨江路，两旁的银杏树木高大而枝叶稀疏，可能是从别处移栽过来，但银杏树细小的枝头上每一簇新叶比那盛开的花朵更能触动我沉寂的内心。

绿叶和花是一个春天的感觉，突然间，这些细微的事物唤醒了我对自然的热爱。透过它们，仿佛整个春天，辽阔的世界都在不经意间渗透蔓延到灵魂的各个角落。

漫步在江边小径，在春日温热的气息中，一切情绪都像是被发酵的旧时的记忆，那些经过的日子里只有幸福在静静地流逝，展现出一段完美的时光。正如泰戈尔所说："我那时不晓得它离我是那么近，而且是我的，这完美的温馨，还是在我自己的心灵深处开放。"

我知道，青海的四月依然寒冷，弱水河畔的杨树还不曾吐出新的枝芽，但在飘落的雨雪里早已潜藏着春天充满生机的身影。

青海的春天姗姗来迟，但它的出现又是突然而迅速，好像它潜藏已久，一直在等待着现身的机会，黄河岸边的杏花开了，紧接着桃花、梨花都争艳斗芳，一时间河湟大地花香飘荡。当你看到第一片细小的叶子在枝条上绽开时，来不及更多地观察，它绿色的大军就从东向西排成阵势一路推进，只几天工夫，你仿佛早已置身春天的深处。

多年来，我知道春天一定会来，但每次它都好像在你眼前一闪而过，待你细细端详时，它已远去，你所身处的繁花似锦已是夏季的节令。

在重庆忙完差事，又与朋友到了常州，进入市区感受到更为浓郁的春景，我们到达的午后刚好一场雨穿城而过。走在被雨水打湿的街道，空气清新，到处弥散着冉冉花香。我们入住酒店的斜对面就是常州市的红梅公园，漫游其中，沿路都是花香鸟语，不知名的花整块整块地开放着，就像小小的海，清风吹来，它们就像海浪一样，一波一波地往前推进，真是美不胜收，风吹远了，而沁人心扉的花香仍旧回旋往复，就像那些经典的老歌，当歌声已消失时，余音还在耳边盘旋，显得韵味深长。

岁月流经我们的身边时，感觉每一寸时光里都有那些曾有过、而又最终无法确定的感觉。

我想起自己过去所经历的一些往事，真切地感受到，当岁月的灯火突然照亮时，它们仿佛从梦中惊醒一样，会突然不知所措地看着你，让你在这一时刻走进一场深情的回忆，仿佛心湖被一阵轻微的风温柔地拂过，辉映着缕缕白云，有眷恋却不纠缠，有怀念却不伤感，恍然开悟，原来发现并感受美比领略深邃的思想更重要。

在远离家乡的地方，我比往年更早一些，也是更加清楚地看到了春天的面容。四月十九日回到青海，受朋友邀请去民和看争艳的桃花，接着又观赏乐都的梨花，河湟大地春意盎然，我从重庆、常州到青海民和、乐都等地一路追随着春天的脚步，感觉到日子每天都是新的，每天都会有小小的发现，小小的惊喜和感动。细细品味，就会品出一种温缓敦厚、渊深朴茂的味道来。感觉到时光是如此美好，每一刻都应更加珍惜。

有人说，繁星与旷野，包含着哲学与宗教，指向个人与时代对于某种"永不能理解"的表述。仰望布满繁星的苍穹，置身于旷野的宁静，我不再费劲地去理解时代对于一个人的安排。但我在那光明温暖的夕阳时分，能够映住心中的眷恋，铭记住心中的这点珍惜，我知道从现在开始年年都会遇见生命里最好的春天。

我愿意在细碎的时光中安心投入顺其自然的心情，不勉强自己，不为难自己，慢慢地一心一意地做好自己当下力所能及的事。

时光的列车从不停歇，谷雨是春天的最后一个节气，意味着春天就要过去，天气渐渐炎热，一年中的第一场大雨就要到来，植物们更加生机勃勃，进入到一种更饱满润泽的状态。或许世界本来就充满生机，只是我们忙于琐碎的生活，无暇去发现欣赏。

青海的春天是短暂的，人生旅途也并没有我们想象的那么漫长，短暂的一生中，幸福丰盛与否，直到有一天，站在岁月幽深处蓦然回首时才能看得清楚。只有能在时间的沉淀下载入记忆的，才是真正触动灵魂的。

我们每个人都不过是生活洪流中微不足道的沙粒，被无数个同样微小的同类拥挤着，任由浪潮牵扯，惶然地被迫向前奔涌。

在这个焦虑的年代，谁能按照内心的想法去生活，谁就是幸福的人。而我们多年来忙碌奔波，并没有把生活过成想要的样子，当身边的热闹都散去时，恍然品出了一份寂寞的味道。时间留不住，不可逆，就安静地做个小人物，关注那些微小而美好的事物，关心粮食和蔬菜，关心年迈的老母亲。正如诗人海桑所言："我们所能做的都是些小事情，诸如热爱时间，思念母亲，静悄悄地做人，像早晨一样清白。"

湟水边的中国

李明华

乡 土

千丝万缕的天籁地鸣，滋润着我的河湟大地，回响在更替的四季。

五月，婆娑的绿柳在沿河尽情吐故纳新。箭手们起了个大早，操箭的声响宛如深冬嗖嗖的西北风，只是在牵强附一般会寻找民族仅存的一点记忆。

我十分理解乡间这仅存的绝响。

收羊皮的人无孔不入，摩托车来来往往，在洞开的门户里出出进进，比走城里的马路还要自由，不知不觉把村里的旱场潜移默化成了简陋的市场。忘记了夕阳落下时的悲壮，忘记了秋风化雨和款款的春天。

四季更替的脚步总是纷乱，让上了年岁的老人恍恍惚惚。

羊肉的腥味，洋溢在村巷里。过惯了丰足和奢侈的日子，很容易让村里人在如火如荼的正月感受不到过年的滋味。

我在童年悉心放飞的那只风筝已经断线。

亲戚们已经很长时间不来走动，只能在电话里虚情假意地嘘寒问暖。时有点赞的大拇指在手机的屏幕上晃来晃去。

坐着大巴回家的亲人，是在滚滚红尘中被遗忘的人。被风吹断的枯枝，发出生命死亡的脆响。回乡的人，多半不是村里的老住户，是匆匆过往的客人。他们不是回到乡下的故乡过年，不过是来坟头上膜拜一下祖先。

他们已经好久不回家了，祖先的模样已经模糊不清。

这些年的雨水不同寻常，祖先的坟地总是被侵犯。老人们说，赶快不立一块碑，过不了几年就无法辨识。

我渴望一个旷世的盛大节日，用三百六十五个日子精心务劳二十四个节气，把我脆弱的乡土守望。能看见大片的麦子已经是一种奢望。

乐都，在我的心尖上长成了一块无法割舍的血肉。

骨头连肉，难舍难分。

如火如荼的爱情与庄稼亲密无间，占领了我厚重的领地。

那些千篇一律的海誓山盟，宛如情场老手老谋深算的甜言蜜语，一夜之间，就化成了海市蜃楼。土地上长出了陌生而虚伪的景观，我看着高科技产品日新月异生长。

许多时候我束手无策，我的叹息有些苍老。

我猎狗一样的鼻子日益麻木，无法嗅出五谷的清香，我聪灵的耳朵一天天生锈，已经无法听到忘我和豪迈的秋声。克隆的怪象蒸蒸日上，所有的人陶醉在其间，做着发财和富裕的梦想，唯独真正的圣哲们孤独如千年的惆怅。

冬天的雷声轰隆隆响过村庄的上空，天象一片怪异，也不知是下雨还是下雪。乡村的伦理仓皇逃遁，宛如美洲豹追猎的羚羊失魂落魄；约定俗成的法则和秩序七零八落，城市一样的消费和观念宛如空中楼阁，宛如阳光照耀中七彩的水泡。

编造谎言的诗人们啊，道貌岸然地坐在高雅舒适的写字楼里，一边高雅地品着名贵的咖啡，一边鹦鹉学舌般吟唱着唐宋田园诗词。

我在石头的缝隙里，呼吸泥土的芬芳。

一次又一次歪歪扭扭的萌芽，把我的春梦和秋歌沉醉。庄稼拨节的声响不同往年，慌慌张张的脚步如春节紧锣密鼓的剪刀，响得人们方寸大乱，响得人们心花怒放。颠三倒四的季节让许多人晕头转向，大地上已经没有了春天的景致，冷不防就成熟得一塌糊涂。收获五谷的人们，五月里就虎视眈眈磨好了锋利的镰刀。凭农时种植稼禾已是遥远的童话，凭农时收获五谷也同样是遥远的童话。

那些忙碌的云雀，把秋天搅得眼花缭乱，却不知道在什么地方安家落户。

孤独的圣哲，只能用沉默和堕落来传达乡村的凋零与疼痛。

季节深处，我与熟悉的风如影随形。

我在麻雀们惊慌失措的逃遁中，辨认故乡的经纬，寻觅养育我朴素的村庄，和我亲手栽下的那棵垂柳——不知现在长成了什么样子。村庄的样子和天空面目全非。我左顾右盼，寻觅昔日的芬芳和醇香。西瓜绿得不能再绿了，杏子黄得面黄肌瘦，沙果红得一片惊世骇俗，秋天的叶子红得气喘吁吁，我乡土的梦境里琳琅满目。

伤感缕缕。

我一次又一次钟情和亲昵于我的乡土，依偎着乡土的芳华和恩泽，渴望每一缕炊烟能生出云岚的样子，我甚至希望能生出水墨。今生今世，我却无法企及《边城》中那个纯情的水乡女子。

但我分明看见，乡土的中央，诗意的颂词，被更替的四季盛大地朗诵着。落日的晚霞伤情斑斑，如半老徐娘不合适的妆容。

我伤怀无度。

乡 音

太平盛世的好年景。随时光漂流的落日，在村庄高高的白杨树杈上匆匆落脚，一座喜鹊的巢穴废弃了很久。

庄稼四平八稳地生长在上营下营角营浪营马营及朵巴营，激荡成忘我的秋声。添加剂一夜之间让养人的庄稼早熟，宛如早熟的少男少女们的穿着打扮不伦不类。镰刀们架在老屋的梁缝里呆头呆脑，锈迹斑斑，早就忘记了自己伟大的职责。

在秋天快要来临的时日，我看不见田野里熠熠生辉，我看不见麦场上人们兴奋的目光，但我深知每一把镰刀存在的理由和意义。

先人们的坟地和墓碑沉默不语，并不是无话可说。

摇滚在乡间四处流窜，宛如冬天凛冽的西北风，宛如剃头磨剪刀的匠人招摇过市。挖掘机撕心裂肺的声响，淹没了"花儿"和"少年"脆弱的神经。空中的鸽哨响得忘情和孤独，却无法抵达飞落的窝巢。

许多时候，《诗经》里的国风似天外来音，谁也读不懂里面的诗情画意，没有了"比"的铺垫，立马就是"兴"的铺张。天旋地转的人们，找不着东南西北，回家的路一片迷茫。传统的民俗风情变成了遥远的民谣和故事，老生常谈的叙说，说掉了爷爷和奶奶的牙齿。

母亲的身影在村头若隐若现。在湟水巨大的转弯处，我想起一片美丽的湿地，轻风徐徐。湿地里有美丽的鸟儿，温暖的云彩。白鹭偶尔从头顶上飞过，翅膀和空气摩擦的声响那么亲切。

多少回，妖娆的乡音反反复复，无时不在折磨着我的梦境，仿佛注入血液，无法克服。一些植根于土壤深处的树木和庄稼早已壮烈倒下，没有倒下的树木挺拔在离村子很远的地方，等待着又一次倒下。

我听见喜鹊零碎而凄凉的叫声，宛如母亲的呼唤。我听见鸽哨从空中滑过，雪白的翅膀掠过风，风的方向永远是故乡的方向。

我时刻寻找着消失已久的乡音。

而此时，一缕缕温情光芒万丈，舒展生命的美丽和芬芳。

云影。霞色。高歌。流韵。

乡村肥厚的肋骨里走出的羊肠小道，来不及疼痛和悲伤，湟水带着虚名向东再向东，在一个叫河口的地方流进了黄河。

穿越繁华，穿越辉煌。蓄盈着惊世的赤诚，我等待着村庄驮着彩色的秋野，驮着麦子剥落的声响和光芒，在深远的辽阔里祈祷庄稼的成长。我等待久违的盛世回响，抵达和拥有无尽的收获。

雨露。风月。丽日。瑞雪。

在四季忙碌的脚步声里，庄稼却长得不像庄稼。我不知道是种子的原因、土壤的原因，还是务劳不周到。但我坚守着父亲笨拙的劳动工具，坚守着父亲唠唠叨叨的语言，儿孙们取笑我的愚昧和固执。

乡　情

我看见出门挣钱的人行色匆匆，男人们宛如夜色中行窃的小偷，女人们宛如东张西望的狐狸。

雪地上一片斑驳。

我看见撂荒的土地在呲齿咧嘴中拔起了虚幻的高楼，宛如海市蜃楼的盛景。

所有的人都向那个方向踊去。

"走来——"包工头一声长长的吆喝，掀起了一阵大风，把沉积的冬雪吹得无影无踪。村子里空空荡荡，四季的风吹得无奈，想烂了尕妹子的心肝，想干了尕妹子十八年的玉脂。

四季如歌。

八方来风包围了我四野流浪的身心，婉转的乡音泥土一样，让我茁壮。多少回，让我的喉咙有了歌唱的欲望。

一些熟悉的植被和气息底气十足，从故乡慢慢涌来，宛如母亲劳累不堪的喘息。多少回，我看见故乡的上空一片星光灿烂，宛如天上的街市，我却无法抵达；多少回，我梦见母亲呼唤着我的乳名——狗娃——狗娃——，我使出浑身的解数却无法亲近。

我的身心疲惫不堪。

渴望抵达的方向，就是炊烟袅袅升起的地方；渴望抵达的高度，就是父辈们率先进入泥土的地方。

回乡的路途遥远，我已经听到大地的律动，温暖像水一样潜滋暗长着故乡亘古的山水。山水之间，疯长着七七八八的欲望，天地之间一片不可理喻的苍茫和绝望。我生命中库存的一些原生态（或绿色），在秋天还没有来临之前，已变成了老气横秋的金色。人们都说我未老先衰。

我在如火如荼的杂念中分明听见一声声熟悉的叫声，呼唤着我丑陋的乳名，宛如夜莺的鸣叫。和着乡音，将我沉重的记忆唤醒，多少回，我从梦中惊醒，我生命的烈火熊熊燃烧。

故乡，我至亲的故乡，万家灯火，宛如夏天的萤火飞蹿在夜色里，在湟水一隅，像生命的花朵，隔河开放。

疼痛的"花儿"和"少年"啊！在几经变调的摇滚中面黄肌瘦，"花儿"们难舍难分，"少年"们生死疲劳，在混杂的乡愁中婆娑起舞。所有的梦游者都含辛茹苦地收藏，放歌"花儿"的人和家园的守望者，在我的目光中渐渐远逝。

记忆深处只留下父亲和母亲的背影。

没有比阳光更美好的事物，没有比乡情更动情的折磨。在阳光中我守望乡土上庄稼的命运，我的影子无限拉长，成为另一种风景，宛如乡民的影子。

忘我的秋色生死存亡。

劳作的盐分和欢笑在乡路上俯拾即是，母亲的目光啊！让我丝毫不能懒惰。我的乡情鼓鼓囊囊，一路上送我回家的的哥不停地说："真讨厌，路途太远，就给这么两个跑路钱，太不划算了。"

乡 曲

在湟水一隅，在生长花檎和沙果的地方，我的乡村一览无余。五谷的香味经常让我做一些比天堂还要富裕的梦。

梦境里一片畅亮。我触目伤怀。

一些南腔北调的语言叽里咕噜，我很想唱一支童谣，故乡的变奏让我力不从心。

我倾吐入梦的私语，宛如秋天绵延的时光。明净的秋水含情脉脉，银子般脆响的秋声，在深谷，在人们无法企及的地方，久久回荡，宛如母亲夜幕深处温馨的呼唤。纠结已久的"花儿"和"少年"，被纯正的方言润泽，宛如雨露沐浴着稼禾。

我抚摸月亮的影子，在你的梦乡，头枕着熟透的稞麦。

我听到天籁地鸣的绝世流韵，宛如命运的歌唱和来自天宇的梵音。青稞酿成的琼浆，让我醉得稀里糊涂。

幸福的笛音绵延起伏，四时声色里，庄稼拔节的声响始终比机械的轰鸣脆弱，家园的云雀惊慌失措，在远离村庄的高空喊爹哭娘。

金色的哲理，不再满至乡野。

我只能苍白无力地满怀敬意，满怀泥土的芬芳，我穿越旧日的潮声和禅音，倾听乡间四季更替的曲子。我留恋万事万物的茁壮，借助风和生命深处的力量与欲望，让我的诗意走得更远。

乡 恋

应该到了麦熟的季节，每年的这个季节，后腰里别着的镰刀，把乡间照得四面八方亮堂堂的。而此刻，锈迹斑斑的镰刀还架在屋梁的中央，孤独和惆怅，宛如一只生命殆尽的老猫卧在炕上。

透过钢筋和混凝土坚硬的质地，散发五谷气息的麦子，来自养育我的故乡。

我看到生命的光芒闪耀，在火红的正月和腊月，在远离繁华的乡村，遍地的明亮，摇曳成一缕缕炊烟，宛如母亲们风风火火地穿针引线。

我的乡恋在街市的中央，从《八大光棍》扭成了著名的《四季歌》，山谷里彻夜难眠的"火龙"，被一群渴望五谷丰登的乡民年年岁岁簇拥着生命的时光，"九曲黄河灯阵"宛如天上的街市，聚集着一场盛大的节日。

一轮明月，一杯美酒，一句嘘寒问暖的家长，故乡的款待让我容纳了千万种风情。乡下的农业已成为一种美好的回忆，在画家怀旧仿古的油画中，光影中的父老兄弟让我回首成长的艰辛。

一些熟悉的歌谣挤满乡野和幽深的村巷，把我如秋的心灵抬举。我寻找童年的纯真，寻找依恋的自然，寻找幸福的向往。

我的故乡呀，在城市疯长的楼盘中，被见缝插针，出卖得水瘦山寒。旷世的灯红酒绿一片凄迷，有一种忧伤，烧灼我悸动的心。

我拢住内心的烟火，在故乡深远的意境里，把"花儿"和"少年"唱成千年的情歌。

几个腰缠万贯的人说，用金钱立马做成的事情为什么要唱情歌。

我说，我犯了相思病。

他们说，什么相思病，简直就是精神病！

乡　愁

许多年之前，乡土还代表着一种操守和贞洁，被人们像歌颂伟大的母亲一样，在城市的广场，在庄严的讲堂，铮铮朗诵。

许多年后，乡土成了传统悲剧的一部分，裸挂在冬天的原野里，满目荒凉，宛如风干后准备批量出售的羊皮。

我乡土的记忆已经死亡。

一些贫贱和朴素的品格，只能从死亡的力量获得记忆的永恒和伟大。

乡土被强大的城市围剿得密不透风，一群不识操守的男人，疯狂的欲望已经失去人类最基本的理智，无法动摇他们的卑鄙和堕落。

报喜不报忧的喜鹊在高不可及的杨树上，发出了乌鸦的怪叫，放风嘹哨的青蛙以美洲豹的速度从农田里逃之夭夭。

我再也听不到夏夜里青蛙如火如荼的聒噪，悲剧，在乡土的中央，在光天化日之下，像新生和死亡，不停地重复。

我乡土的梦境一片空白。

我看见夜幕中的城市一丝不挂，宛如刚刚剥下的羊皮一样骇人，狐朋狗友们载歌载舞。良家女子在金钱的掩映下大大咧咧进了包房，在假惺惺的情义中侠胆义肠。

千万不要鄙视她们的不良行为，这一切跟青蛙们的逃亡如出一辙。

在秋天来临的时刻，麦子青黄不接。

我等待参差不齐的麦子成熟之后，去城里看一趟乡下的女子，却不知道带上欲熟未熟的青麦还是青海浅山坡头上的土豆。

提篮春光看妈妈

马英梅

妈妈，季节的花儿开了，美得让女儿惊心；心中的花儿开了，您却美得那么凄迷……

窗外，春光烂漫！

比桃树红成一片妖娆，艳若桃花，红珊瑚似的骨朵儿们正在树枝上聚精会神地倾听着春天的絮语。连翘儿恰似披了一身黄金甲，贵气中透着一种咄咄逼人的英气。杏花儿可算得是这一时节最纯情的天使。瞧，她们早已着上粉色的纱衣，轻灵俏皮得叫人不由想起《西游记》中在唐三藏面前轻歌曼舞，温婉柔媚的杏仙来……又想到前天午饭时，二楼窗口正对的李树也正在开花。辨不清它们的颜色到底是粉色还是白，只觉得它们闹嚷嚷地挤在一起，笑在一起，明媚在一起。

同事们半开玩笑半认真地说："你坐的位置可真好，一抬头，眼前便是那么美丽的李花。"我笑着点头。

其实，当时我真正惦记的，还是教学楼前那四株古老的沙枣树。它们树身龟裂，枝干粗大，虽枝条繁密，然而却寻不到半点春的气息。在万木吐春的季节，它们苍老、干枯、单调，甚至可怜地僵立在那儿，任你怎么着急，再难显出勃勃生机。对此，我忧心忡忡。

此时，我又一次细细打量这几棵老态龙钟的大树，依然忧心忡忡。

人们不免惊叹那些轻狂一时的美丽，但他们哪里知道古老的沙枣树开花时的芬芳！

许多年前的这一时节，当暖春四月的阳光以她特有的明媚一寸一寸爬上一个农家小院里一扇旧式的木格子窗棂时，一位母亲孕育的一个新希望——一个新生命降落尘世。尽管母女平安，但在庭院里徘徊的父亲那紧锁的眉头始终没有松开。良久之后，他长叹一声，默默地走开。饷午时分，他手拿两枝金黄的迎春和一枝粉红的杏花来到炕头，轻轻把花儿放在母女俩的枕边。

母亲欣慰地说："看，我们最小的女儿！"父亲笑了一下，不是很舒心。母亲敏感地问："你更希望她是个儿子，对不对？"父亲的大手掌在女儿嫩小的额头上轻轻抚了抚，说："我们不缺儿子。只是女娃儿比男娃子更难活人！"

四月的某一天，父母给了我生命，我混沌无知地闯进了这个鲜花正开、五彩缤纷的世界。

俗话说："穷养儿子，富养女。"但我的父母却是"富养儿子，穷养女"。在相对比较富裕又很亲和的农家小院里，我渐渐长大。在父母传统的家教家风潜移默化地影响下和姐姐们的行为模式里，我逐渐悟出：本分规矩、淡雅自然、爽利勤快就是女儿的本色。在经历了许多世事之后，我终于像姐姐们一样，真正理解了父母的良苦用心：女儿大了要嫁人的，怕女儿娇养惯了，吃不了苦，受不了穷，长大后娇横无礼，会有失体统。

父亲采来的迎春和杏花，与其说是绚烂在我身边的第一抹春色，不如说那便是父母对我一生的期望。希望我能像沐浴在春光里的花儿一样，蓬勃向上，美丽自然，幸福安康。我天性喜爱田野里那些不用人精心侍弄便开得自然坦荡的花，也从不在意移植到花简里的各种花卉，不管它们有多么名贵，这也许与我的成长有关。

闲暇时，母亲说到我很小的时候，甜甜睡去时，一双小手耷拉在两边，偶有闲工夫的父亲会禁不住地亲一下我的小手说："你看哪，这双小手像两片杏树叶儿，又圆又小，这样小的手儿以后能做什么呀？"

如今，母亲衰老又多病，需要人照顾，我却匆匆奔走在上班的路上。

草坪边，条凳上，三三两两，有一些头发花白的老大娘晒着太阳，说着话儿，脸上露着惬意和满足的笑。旁边，有一小孩儿躺在摇篮车里睡着了，正做着甜梦，小脸儿让阳光温暖得粉嘟嘟的。不远处，有几位大伯大叔围在一起聚精会神地下棋，一切在春光的雾气中显出一种懒洋洋、暖融融的和谐。

于是我想：这样和暖爽朗的春日，年迈的、腿脚不灵便的父母此时在干什么呢？可曾有福享受这温暖的阳光。

眼前的春光呀，可爱得让人心醉，也让人惆怅。

四月的天，还是那么淡雅，那么素洁。一声鸿鸣自天空划过，我急忙寻声觅去，发现一只飞鸟向更高更远的西边天空去了。

"那边可能有鸟儿的家。"我收回目光，边赶路边默默地想。

河水，哗哗哗欢快地向东奔去，在阳光照耀下波光粼粼，如无数闪亮的小精灵在灵怪地舞蹈，他们不停地奔流、奔流，向着母亲的方向。

"星期天哪儿也不去，去看妈妈。"我自言自语，像是给自己叮嘱，又像是给父母承诺。

妈妈，假日的清晨，当我帮你们漱口，给你轻轻洗脸、梳头，之后精心准备好一日三餐时，你们可曾留意，女儿的小手如今已长大；当我随时为老爸递上香烟和打火机，再帮他打开电视找出他心爱的戏剧频道，天天让他一饱戏瘾时，你们可曾留意，女儿的小手已然长成；当我为你们洗脚洗袜，脱鞋穿鞋，为你们小心地盖上被子如呵护婴儿般呵护你们时，你们可曾留意，女儿的小手已然长成……

妈妈，这双曾经让爸爸忧虑的小手，虽做不来惊天动地的大事，但在美好的季节里，这双手能采来一束春花，并把它们精心插在瓶中，特意摆放在病榻前，让你们一抬头便能看到春的美丽；这双手能掬回一缕春色，把馨香四溢的丁香，轻轻放在你们枕边，抚慰你们孤寂的心灵；这双手能满载一篮春光，让感恩的心辉映你们思儿的眼睛，让你们真正感到"儿女才是父母眼前的花"。

那些年的八月十五

李桂兰

临近中秋，连绵了几天的秋雨终于消停了。依窗远望，远山含黛，别有一番景致，几朵被雨水精心漂洗过的云彩像白色的雏菊缀在瓦蓝色的幕布上，煞是好看。清风徐徐拂面，沁人心脾，红绿相间的树叶在阳光下闪着光芒，偶有一片两片黄树叶坠落在地上，像折翅的金蝴蝶在挣扎，让人心疼。

记忆里的中秋节，老老少少都习惯性叫它八月十五。"穷端午富十五"，中秋节无论如何都要过得更丰盛一些。过完春节，人们都眼巴巴盼望着八月十五的到来。这个时节也正值丰收季，新打的麦子一袋袋进了粮仓，新挖的洋芋在大铁锅里笑开了花，院子里的紫茄子、长长的豆角，都缀在泛黄的根茎上等待入锅。翠绿的菜瓜、金黄的大南瓜躺在地上打着滚撒着娇。最让人惊喜又兴奋的莫过于母亲蒸的大月饼。

月饼有大月饼、小月饼之分，只贴满花朵的小月饼是用来拜访亲友的，和蒸笼一般大、造型又别具一格的大月饼是用来接月亮的。母亲蒸月饼一般都在八月十四，用的是当年新麦子磨的面粉，擀好的面皮里加入红曲、香豆、红花、姜黄还有红糖等食用颜料，再抹上黄灿灿的菜籽油。现在，生活富裕了，物资丰富了，月饼中添加的东西也变多了，除了加入五彩的颜料之外，母亲还将芝麻、核桃、花生炒熟碾碎后再配上玫瑰酱一层一层卷在月饼里，再团成大圆形，然后用卷了五色颜料的面捏成漂亮的小花贴在大月饼表面，中心处用彩面捏出蟾蜍和蛇，它们盛气凌人地蹲在大月饼上。年幼的我傻傻地问母亲，为啥要在月饼上盘一条让人胆战心惊的蛇。母亲便绘声绘色地给我们讲起了小故事。她说癞蛤蟆喜欢偷吃月亮，而蛇是癞蛤蟆的敌人，为了保护月亮，人们便做一条蛇吃掉癞蛤蟆，因此，蛇就成了月亮的保护神。不然，没了月亮，夜里头就会有妖怪出没……听着故事，感觉那条蛇也不怎么可怕了。我还特别喜欢吃镶嵌在大月饼上的五彩斑斓的花和那条瞪着眼睛栩栩如生的蛇，那种味道至今回荡在唇齿间，萦绕在梦里面。

此刻，行走在秋意浓烈的街头，丰盈的中秋已悄然入怀。尽管满大街琳琅满目的月饼光彩照人，却勾不起一点食欲，倒是勾起了久居在我内心深处的另一种念想，那是关于"点心"的念想。小时候，我们把这种月饼统称为"点心"。父亲将他从街上买回来的点心交给母亲，母亲便麻利地锁在柜子里，生怕被嘴馋的我们偷吃了。一同锁着的还有几个核桃、几个红苹果、几块冰糖、一把红枣和一把水果糖，还有脆脆的一小盒牛奶饼干，母亲将那些诱人的味道一并锁进了柜子，然后麻利地将那把金黄色的钥匙别在腰间，干活时、走路时，任它散发出清脆的响声。之后的日子，我们只能隔着柜子咽着口水闻着味道，等待八月十五的到来。那个靠着墙角像个卫士般伫立的中立柜，锁着八月十五的全部念想。直到我们姐弟几个长大，那把金色的锁才和金色的钥匙成天连在一起缀在柜子上。

随着时代发展，生活条件越来越好了，家里建了新房，打了新家具，那个让我眼馋了整个童年的中立柜便废弃在墙角成了杂物柜。直到后来，满大街的点心被统称为月饼时，我和弟弟们再也不馋了。再后来，母亲走了，八月十五的味道也淡了，望着月亮吃上那么一小块月饼，吃的是一种想念，恋的是一种情怀。是啊，这个时代进步得太快，人们的生活水平节节攀升，刺激味蕾的新鲜食物层出不穷，教人念念不忘的美食又有几何？

自从我住在了城里，十五的月亮便被钢筋水泥阻挡在门外，照不到供桌，也入不了盛满青稞酒的杯中。城里厨房的锅灶里听不到柴火"噼里啪啦"的声音，更看不到冒着热气盘着蛇贴满花花的大月饼，唯有那一束多情而又顽强的白月光落在窗棂，慰藉清淡的中秋。

儿时的八月十五，是掰着指头等来的，是眨巴着眼睛盼来的，是"吧唧"着嘴皮儿念来的。如今的中秋节是随着高速运转的时光"嗖"地一下飞来的，等不及细看，便跌落在眼花缭乱的餐桌上，片刻之后，又像一枚凋谢的花瓣随一阵秋风离去，整个世界又是一片寂静。留下的人写着往事，清凉的眼眸里满是哀伤，些许的期盼里尽是落寞。留下的人守着明月，却不知秋思落在谁家？任几滴清泪流淌，将层层叠叠的思念收藏，不敢声张。

如果岁月是条漫长的河，煤油灯就是我心中最美的景色，如果时间能将美好定格，我愿永远停留在煤油灯下父母不离不弃守护的那一刻。

母 亲

贾洪梅

母亲今年八十五岁了，虽然有点眼花，有点耳背，却没有耄耋老人应有的驼背身材，身体比起同龄人还算硬朗。

清晨，我被一声急促的电话铃声从梦中惊醒。电话那头传来母亲微弱的声音："丫头，你起床了吗？"母亲有气无力的一声问候，让我的心一下子提到了嗓子眼上，我心里直纳闷，母亲为何这么早就给我打电话？她老人家总是替儿女着想，没有要紧事从不打扰儿女，母亲是不是生病了？于是，我便急切地问道："妈，你咋啦？是不是身体哪儿不舒服？"电话那头的母亲强装精神地回答道："没事的，丫头，我就是突然有点想你了，你若不忙，就来看看我吧。"我心想：母亲肯定生病了，因为她知道我们最近农活忙。

挂了电话，我便急忙起床，催促爱人驱车同去看望母亲。每次回家，走进巷道口，总能看见母亲张望我们的身影。今日走进院门不见母亲的身影，连哥嫂侄儿们都不见一人，我便放声高喊："妈！"这时没有人应答。我的心便咯噔一下，是不是母亲病很重？当我走进母亲房间时，果然看到母亲两眼浮肿，面色蜡黄，很是憔悴地躺在床上，哥嫂侄儿们正准备送母亲去医院。病重的母亲，让我看了特别心疼。我带着泪，责怪母亲为何不早叫我，母亲说："你们不是忙嘛！"

我的母亲，是一位饱经世间沧桑，与寂寞孤独相伴了一生的人。她的坚强，无人能比，她吃过的苦，尝到的艰辛，是一般女人无法想象的。她善良豁达，很有教养，虽目不识丁，却是一位理家好手。

母亲十八岁就嫁给了比她大十一岁的父亲。那时是父母之命、媒妁之言的年代，虽和父亲见过一两次面，但没有爱与不爱之说，只能听从父母的安排。还好，父亲是念过书、当过兵的人，待人宽厚仁慈，对母亲疼爱有加。母亲是从大山深处嫁到我们乡下的，听母亲说，她嫁过来十天后，父亲就去工作了，丢下母亲一人独守空房。白天还好，有大伯母、二伯母相伴，到了夜晚，繁星满天时，只能默守在煤油灯下悄悄流泪，对着满天的星星和月亮诉说着对父母和对父亲的思念。

这样的日子持续了一年后，大姐便出生了。有了孩子的陪伴，对母亲来说多少有了点安慰，也少了几分对父亲的思念。而后又相继有了大哥、二哥、我和弟弟，家里的负担一下子重了许多。父亲为了照顾母亲和儿女，辞去工作，和母亲过起了日出而作、日落而息、相依相伴的日子。

在那物质匮乏、吃糠咽菜的年代里，由于爷爷奶奶去世早，家里又没有人可以帮母亲带孩子，母亲只能在家带孩子，父亲一个人挣工分养活六口人。听母亲说，有一年队上按工分分口粮，别人都用袋子装一年的口粮，而我家只能用帽子装。当时看到少得可怜的一些粮食，母亲羞得放声大哭。这时，父亲跑过来安慰母亲道："哭啥！有我在，又不会让你娘儿们饿着。"六零年遭遇荒年，这年大姐六岁，聪明可爱，特招人疼。听母亲说，她有一双会说话的大眼睛。那时家里没有吃的，大姐饿急了，偷吃了放在案板上的榆面疙瘩（用榆树皮磨的面做成）。听老人们说，榆面人吃了不易消化，吃多了人会涨死。结果，大姐就这样活活被涨死了，父母也失去了他们的第一个孩子。

父亲去世后，母亲倒下了，每天哭了睡，睡了哭。在那个年代，左邻右舍都不敢明着来劝慰和帮助母亲。只有趁着夜黑，才偷偷给母亲送点吃的喝的来看望一下母亲。这时的大哥虽然才十三岁，却用稚嫩的肩膀挑起了照顾母亲和兄妹的责任。躺在床上的母亲看到我们一个个又脏又饿，泪如泉涌，母亲自己劝自己说："不能再这样睡下去了，这样睡下去，我的儿女谁来管。"坚强的母亲硬撑着爬了起来，白天去队里挣工分，晚上回家在煤油灯下，为我们缝缝补补，洗洗涮涮。虽然我们穿的都是些旧衣服，却被母亲清洗得干干净净，缝补得光光鲜鲜。记得小时候我有一条裤子，被母亲全打上了补丁，只有裤边处留有一小块原裤子的布，因为母亲缝补的特别好看，那条裤子还被我当作新裤子穿上去县里参加考试了呢。

父亲走后的那些日子，母亲为了养育我们，没白天没黑夜地劳作，落下个毛病，每天要喝五六大碗像血一样浓的茶水，才能去干活。要是没有茶叶，那一天的母亲就像吸食大烟的人一样，抬不起头下不了炕。这时候，我们兄妹就会去左邻右舍借茶叶，回来给母亲泡上。母亲喝茯茶喝了五十多年，现在仍然离不了老茯茶，有时还要嚼上几口茶叶来提提神。

母亲养育我们虽然很累，很苦，却不舍得让那一个儿女辍学帮衬自己一把。为了能够让我们吃饱穿暖有学上，母亲白天去生产队干活，晚上在月亮地里栽烟叶，家里还养了猪和许多的羊、鸡，没日没夜地干活。

记得有一次，烟叶快成熟了，那天傍晚，母亲趁着月色在地里挖烟叶，突然，天上暴雨倾盆而下，母亲无处躲雨，索性就在地里把活干完。雨中干活的母亲被暴雨浇成了落汤鸡，此时坚强的母亲脸上流下的不仅有雨水还有无声的泪水，回家后母亲就病倒了。我们兄妹爬在炕沿上照看病中的母亲，此时，我眼里含着泪心里在想，父亲若是活着多好，大哥此时回来该有多好。

俗话说："穷人孩子早当家。"父亲去世后，大哥为了帮衬母亲，十五岁便去挣工分养家。自小懂事的我们放学后，也会常常割草喂羊，喂猪，喂鸡，帮母亲做饭。

栽烟叶也是一项烦琐且苦累的农活，但经济价值高。栽烟叶，首先要找一块肥沃的小地，育上小苗，然后一棵一棵栽下来，用筐装好，挑到地里栽上。等长到有三五个叶子时，要摘去顶芽，打掉叶子与杆子之间长出的嫩芽。那芽子打完后指甲缝会烧疼烧疼的。烟叶成熟后，要先一棵一棵连土挖下来，晒蔫后再拉回家，把叶子摘下，用绳子串起来挂梁上晒干。母亲冬天会利用农闲时间，用架子车拉着烟叶去舅舅家和大姨家，让他们找人换点口粮给我们吃。在那饥荒的年代里，母亲就是这样养猪养羊、种烟叶把我们弟妹四个拉扯大，还供我们上学念书的。

感谢伟大坚强的母亲，在失去父亲的日子里，用柔弱的肩膀为我们遮风挡雨，撑起一片蓝天，让我们拥有了美好的未来；也用水一样的胸怀让我们享受到了"有妈的孩子像块宝"的快乐。没有母亲无私的付出和坚守，就没有我们今天的美好生活。

在党的三中全会后，家里分到了几亩责任田，再加上母亲的能干，家里条件也一天比一天好了。此时，大哥已结婚，二哥考上了大学，我和弟弟也都上了高中。眼看我家苦日子快熬到头了，母亲也该歇歇脚，缓缓神，享受几天舒心的日子了。然而"天有不测之风云，人有旦夕之祸福"。命运多舛的母亲，又遭遇了人生第二大不幸，弟弟在放学回家途中遭遇了车祸，不幸身亡。母亲听到此噩耗，当场晕倒。面对又一次的晴天霹雳的打击，母亲只能无声地抽泣，眼眶里没有半点眼泪，因为，母亲的泪早已为父亲流干了。失去弟弟时，母亲已是花甲之年了，这次的打击比起父亲去世更让母亲撕心裂肺，更让她难以承受。又一次倒下的母亲，仅用输液和米汤来维持生命，蜡黄蜡黄的脸，憔悴的让人害怕，让人心疼。然而，三个月后，坚强的母亲又一次挺了过来，这一挺就挺过了三十年。

经历了中年丧夫、老年丧子人世至痛的母亲，岁月浸染了她的发丝，风雨刻画了她青春的容颜，但是她风骨尚在，精神依旧矍铄。母亲谦和宽容、豁达善良地为人处世，在村里留下了美名，受到了亲戚朋友和庄邻的尊敬。

回忆和母亲一起走过的日日夜夜，有坎坷，有风雨，有辛酸，有泪水，也有幸福和温馨。母亲历尽艰难，苦尽甘来，在平凡坎坷的人生经历中彰显了伟大慈爱的母性。所以，母亲没有理由不受我们的感恩、孙儿们的爱戴；也没有理由不拥有幸福的晚年；更没有理由得不到上苍的护佑。

如今我们是一个四世同堂、家业兴旺的家庭，母亲膝下共有五个孙子，有四个已经成家立业，孙子们也都参加了工作。而且工作都很好，并且又有七个重孙绕膝，有男有女，尽享着天伦之乐。在耄耋之年能有儿孙绕膝并颐养天年，是人生的一大幸事，也是儿女莫大的福气。所以，我们没有理由不让我们伟大的母亲健康快乐，没有理由不让母亲安度晚年，更不想此生留下"子欲养而亲不待"的终身遗憾。

有多少次想动笔写我的母亲，都没有写成，因为母亲对我们恩重如山、情深似海，我总是笔未动，泪先涌。今天我再次握笔，用心和泪写下这篇文章，来感恩我的母亲。

拔芨芨草的母亲

朱丹青

我的故乡，坐落在河湟谷地一个向阳的小山沟里。大山深处冰雪消融后汇聚成的河水，顺着山势奔流而下，滋养着山村里的人们，也给山沟里的孩子们留下了一个美好的童年。

两道贫瘠的山脉绵延十余里，像一道天然的屏障，将荒芜与凄凉阻挡在山梁之上，那些山峁或高或低，长满了一种具有顽强生命力的植物——芨芨草。

它根系强大，耐旱，耐盐碱，适应黏土以及沙壤土；一年四季默默无闻，自顾自地生长，在风雨中摇曳，阳光下开花。花开得也并不妖艳，且稀稀疏疏，像是秃发者刚刚长出的新发，虽然不甚好看，却也给人以无限的新的希望。同时，也给山村里的人们带来微薄的经济收入。

农闲时，人们将已经长足的芨芨连根拔下来，扎成一捆，卖给前来收购芨芨的人。换回的几块钱，可以买点日用品，补贴家用。

而我的母亲，就曾经健步如飞地奔走于山村两侧的山峁之上，将一根根大地的秃发一般的芨芨草连根拔起，以集腋成裘的毅力，将一捆一捆的芨芨草，晒干，卖给那些山外的买卖人，再将换回的钱凑起来供儿女上学。

记得在一个秋天的午后，一阵山雨袭来，正在割麦的人们在慌乱中各自收起散落在田地里的麦捆。

田里的母亲，一边大声呵斥着我们几个还在贪玩的孩子，一边麻利地将所有的麦捆都遮盖了起来。

雨停了，天晴了。那些弯了腰的麦穗挂着雨珠儿在风中摇摆，我们几个孩子已经在暗自窃喜：割不成麦子，就可以回家休息了。

不料母亲却说："走，全都跟我上山，拔芨芨。"

雨后的土坡上，泥土是半干的。

"首先要自己站稳，然后双手握紧每一根芨芨的根部，用力，连根拔起。"

"握不紧，手上就会被勒出水泡；握太紧，站不稳，拔下的那一刻，又极容易摔跟头。"

"夏天拔来的芨芨芯还没长实，自己家里栽扫把，还得用这秋天拔的芨芨。"

"啥都有个时节呢，在地上生长的时间越长，芨芨的杆杆越硬梆，栽下的扫把越耐用……"

母亲一边飞快地拔着，一边向我们传授着她的劳动经验。

芨芨离开泥土时会发出"嘣"的一声，当时觉得煞是好听。现在想来，这一声沉闷中有一种清脆，或许就是一根芨芨与土地临别时的话语。

每一个生命，都与土地有着深厚的感情。芨芨也不例外，也许，它对泥土的爱与依恋，比人类更甚。但是为了实现自身的价值，它又不得不选择离开。

高考发榜的那个下午，我怀揣喜悦骑着自行车回家，飞快地行走在布满石子的颠簸的砂土路上。道路两旁白杨树的大叶子，在阳光的照耀下闪动着油亮的光芒，路边的几墩泛黄的芨芨草，在午后的和风里摇曳生姿，也显得十分可爱。

远远地，我看见母亲在巷口栽扫把。

一大捆晒干的芨芨草齐刷刷地摆放在地上，母亲从其中取了一把，用打火机点燃芨芨草的根部，她要将它们根部的碎毛根全部烧掉。她拼命将其在地上摔打，然后用穿着老布鞋的脚去踩踏，准备把火苗全部踩灭。

"妈，考上了，考上了！"

我将自行车停在离母亲不到两米的地方，来不及下车，将右腿支在地上，喘着粗气欢呼着。

那一刻，我的眼里闪动着泪花。

母亲听到了，却并不像我这般喜形于色，只是低头拭了拭眼角，然后继续用脚踩踏着芨芨根部，直到火苗全部熄灭，冒起一缕烟。

顿时，空气中弥漫着枯草燃烧后甜甜的味道。

"考上了就好，就好！"母亲抬起头，淡定地说，眼里露出一丝喜悦。

有一天，村里来了个收芨芨的买卖人。母亲蹒跚着爬上梯架，从房顶上把一捆一捆晒干的芨芨，扛了下来，逐一过秤。

"五十斤二两，师傅你看，这一捆，还有二两呢！"

母亲一边牢牢地盯着买卖人的秤杆，一边用歪歪扭扭的笔迹在本子是记着每一捆的重量，那认真的样子，不像个只识几个字的普通农妇，竟像是村里有文化的女干部。

那个秋天，母亲把晒在房顶上的所有的芨芨都卖了，收入二百多块钱，但远远凑不够我上大学第一学期的学费。

临行时，母亲用一双长满老茧的手，拿出那两张浸透着她汗水的钱，与她从亲戚家借来的钱一并塞进我的书包里。

"我丫头去了好好念书啊！我还苦（劳动）得动哩！好日子在后头哩！"

已有许久不曾回到故乡。

此时，村庄两侧的山岽上、悬崖上的茇茇草长势正茂。当年拔茇茇草的母亲也已迁入城市，融入新的生活，随着岁月的更替，青丝变成了白发，步履日渐蹒跚，记忆逐渐模糊。

然而，茇茇草以及拔茇茇草的母亲，却给我们的生命留下了一笔精神财富——只有经过自然历练之后的成熟，才能显现出生命的豁达与强韧。

父亲周年祭

铁生玉

　　每天就那么忙忙碌碌地生活着，每天就那么忙忙碌碌地为这份文学事业奋斗着，您的精神依旧焕发，声音依旧洪亮，性子依旧急匆匆，走到哪里就把杂志拎到哪里，给领导、给朋友、给熟人、给喜欢文学的人。那个包依旧是那么沉重，你走路依旧是那么精神矍铄，人们开玩笑说你就像"尕小伙子"，又有谁知道您疲乏累极的心身？只有家人、和您共事的同仁、懂您的人才会明白您偶尔的那声叹气。

　　2012 年农历腊月底，我们忙着编辑《河湟》杂志 2013 年第 1 期，您的身体开始不适，夜晚肋骨疼痛难寝，但您依然风风火火地忙碌着，一直忙到杂志定稿后才去医院做检查。之前我们都以为只是胸腔岔气，直到我去西宁准备杂志印刷签字的那天早晨，省医院的专家认真看过 CT 片，告诉确诊为骨肿瘤转移时，真是一声晴天霹雳！我的心颤抖不已！我做梦也没想到父亲会得癌症，而且是晚期！在我的心目中，父亲是最坚强的，身体也会像他的意志一样刚强。可是我错了，我怎么那么傻呀，身体能像意志一样吗？

　　没有流泪，我异常坚强地走出了医院。

我必须坚强，要像父亲一样。

父亲，您一生清廉、朴实。在平安纪检委任职时，虽然家境很窘迫，但不为物欲和人情所动，秉公办事，赢得了群众的好评。您常说："看菜吃饭，量体裁衣，不讲排场，不摆阔气，绝对不能铺张浪费。"有次，杂志社开完表彰会，会后的小聚餐因多点了几个菜，造成浪费，你就发火了，嫌我们不懂生活的艰难困苦，从此大家不敢乱花钱了。还有印象很深的一件事，我拿180元工资时给您买了一件棉夹克，您当时特生气，骂我乱花钱，给我扔了过来，我难过地扭过脸去，我明白，您这是心疼我们。

父亲，您一生艰辛，高小毕业响应党的号召，做了一名回乡知识青年，十五岁就当了生产队的会计，曾在大南山开过荒，到新疆打过工，在门源仙米矿区里挖过矿，社教运动时去湟中县工作，因突发痢疾差点命丢大李家山，后又和中国社科院的研究员一起研制出灭除燕麦杂草的药剂，二十世纪七十年代开始教师生涯，八十年代初调入平安县纪检委工作，之后从事党校工作，九十年代又被调入平安县志办编纂县志到付梓出版，之后一心干起了文学事业，创办了《河湟》杂志。

无论身处何方，父亲，您都始终坚持着您的文学梦。当您把从五十年代开始创作发表的文学作品书籍和那发黄的日记本给我看时，我确实惊呆了！为了家、为了梦想您每天那么辛苦地拼搏着，没想到您如此仔细、干净地保存着您的日记本！翻开每一页，都是工整的字体、清晰的笔记，而每翻一页，都得小心，因保存时间长，线已开始脱落。凝视良久，女儿内心对您的敬爱升华至敬仰。

从少年时开始奋起写作，苦苦地追逐着您的文学梦，为了这份文学事业，您耗尽了一生的心血。这一切，从您出版的《铁缨报告文学集》《铁缨诗词集》《文学旅梦》等书籍里殷殷流出。尤其为《河湟》杂志的创办殚精竭虑，把一份民办刊物在没有财政资金支持的情况下办了15年，多艰难啊！太艰难了！其中滋味只有在《河湟》中与您同甘共苦的同仁和我，才有深深体会，您那风雨无阻、废寝忘食、呕心沥血的奋斗精神始终感召着我们向前、向前、再向前。

您高尚的品格和坚强的意志都从您严谨的工作作风里，从您风尘仆仆的身影里，从您文章的字里行间里轻轻溢出。

和您在一起共事的十多年里，不管走到哪里，您的话题总是离不了《河湟》，在饭桌上、在家里、在行车的路途中。

每当拎起您那沉重的包，我的心不由得疼痛，也不由得埋怨您拿的书太多了！甚至想不明白您为何这么累自己？那几年我身体比较差，每天晚上睡不好觉，白天干起工作来无精打采，可是我不敢告诉您，怕您担心。我多想休息一段时间啊，可是，父亲，我休息了，您就得更辛苦啊，所以我坚持着。有时候我心烦嫌您唠叨，不由得给您使小性子，和您拌嘴，但每次过后我心里都非常难过，回家后常常泪流满面。这段父女感情，岂能是一句"女儿不孝"释怀得了呢？如今想来，那都是最为珍贵的情感记忆啊！

2012 年的农历 11 月 10 日，奶奶离世了，您的伤心掩藏在疲惫的神情中，悲痛从您的祭母文中切切流出，让人深深哀思。我感觉您突然间老了，"尕小伙子"一下子成了老人！您感叹："奶奶走了，在她老人家最后的日子里，我们父女俩还在忙杂志社的事情，没好好陪着，心里特别愧疚，特别难过。"我劝慰说："您是一个大孝子，我们大家都知道，有几个老人能活到 95 岁的高龄呢？奶奶能这么高寿，是您们尽的孝心啊！您每天那么辛苦，晚上回去还得给奶奶端尿盆、换尿布，我和妹妹每个星期来只能擦擦洗洗，让她身体舒服一些，平时都是您们照顾的啊。"您轻轻地长叹一声，将头靠在座椅上，苍老的容颜透着心酸。泪水模糊了我的双眼。

您对待工作雷厉风行、踏实苦干。每天提前做好一切准备，当司机打开车门时，就迫不及待地把沉重的包放进车里，开始了一天的劳碌。为了拉到赞助，清早就赶往各县，分秒必争。您改编稿件认真细致，常常有点"睛"之笔。有好几次，我们跑了很多单位和企业，却没有一点点收获，工作毫无进展。我实在不愿意去看那些领导的脸色，尤其看到您遭遇尴尬时心里很酸："如此艰难，我们父女为了什么呀？都是给他人作嫁衣而已，我们得到了什么呢？"看我打退堂鼓，您火了，手一挥："不行，怎么遇到困难就退缩？继续跑宣传单位，我就不信办不下去！"

那一瞬间，我明白了，您这样的累着自己，只是为了让那些像您一样的文学爱好者有发表作品的地方。

在您顽强毅力的支撑下，几经艰难，《河湟》一直走到了今天。

父亲，您常常教育我们：做人品行要端正，刻苦钻研学为本，尊师爱幼人为善，勤俭持家孝为先，遇事沉着不气馁，穷且意坚克万难。我清楚地记得1979年9月，母亲病重，送至省医院不到一月就病故，全家人悲痛至极。看到嗷嗷待哺的五个子女，您忍住悲伤，每天骑自行车挎着黄背包去河滩寨学校执教。你化悲痛为力量，挑灯夜读、记笔记、写文章，后来出版的诗集大部分也都是那时候写成的。

在您最后的日子里，为了减轻病痛的折磨，全家人每天细心地照顾着您，我白天忙杂志社的事情，下班后为您洗脚成了我特殊的荣光。您说："怪不得奶奶老是让你洗脚，原来玉儿洗的脚特别舒坦。"父亲，您知道吗？当我跪在您面前用心细致地、一遍遍地洗脚的时候，心疼您、舍不得您走的泪水一直在心底里流。

您疼爱地伸出手，抚着我的头慢慢地说："玉儿，以前爹骂你了不对啊！"此时，我强忍着的心痛的泪水夺眶而出，哽咽着回答："爹，不是，是我愚钝，是我的悟性太差，不懂你的心。"父亲眼角的泪水滑落而下，我心如刀割。

父亲啊，您太累了，为家人、为事业耗尽了一生心血，您安心地、轻轻地闭上那慈祥和善的眼，好好休息吧！

当我跪在灵堂前，双手着地，掌心向上，虔诚地俯下去叩首的那一刻，我的内心如膜拜圣者一样膜拜您，是您给了我生命，给了我今天。

　　送您入土安息的第二天清晨，我拎起熟悉而沉重的包，一步步迈向了办公室的大门，默默地和同仁一道去签印 2013 年第 2 期（总 90 期）杂志。

　　今天，《河湟》2014 年第 2 期又要准备签印了，您肯定高兴。因为，您的老朋友、老同事们毅然和我一道坚守在这块阵地上，使这朵文学奇葩开得更加艳丽。

　　放心吧，父亲！

　　您的儿女也像您一样刚强！

怀念母亲

马忠麟

人们都说，母亲伟大，大爱无疆。

然而，我对母亲的理解全是在零零星星和点点滴滴的琐事中不断升华。

在母亲因喷门癌手术在不断瘦削的日子里，我的心也不断在憔悴，特别是母亲在病榻的日子里，我难以抑制住自己的感情，泪水时常夺眶而出，常常哽咽着……

我哽咽，是因为我母亲才六十四岁，离全国平均七十三的寿命，还差的很多。

我哽咽，是因为我母亲退休安度晚年才整八年，付出的多，回报的少。

我哽咽，是因为我母亲没看到孙子们完成学业，就要匆匆离开他们，这是她最大的牵挂。

我哽咽，是因为我母亲还未从坐惯的土坯房住进我们为父母准备的楼房，享受晚年。

我哽咽，是因为我母亲在如此病重的日子里还时常责备自己给丈夫儿女媳妇带来了这么多的麻烦，影响了他们正常的生活和工作。

我哽咽，是因为父亲意外股骨头骨折，手术后体力不支没有恢复造成残疾，母亲陪伴我的父亲，从未出过远门，也没有随团外出旅游。

我哽咽，是因为我母亲在病魔缠身的日子里，对同事亲朋和庄邻仍然充满着宽容理解和尊重，要求我们理性地面对爱我们和帮助过我们的人。

在霜降的时节，望着窗外纷纷扬扬飘落的树叶，我的思绪被带入过去的时光里。听爷爷讲，我母亲结婚后，面对贤惠的媳妇，家里又让她续读了一年的初中，在那年月母亲就成了村子里妇女中少有的文化人了。听奶奶说，我母亲谦和能忍让而且能吃苦，节俭持家，是个好儿媳。我爸爸回忆到，在我很小的时候，家里较为贫困，我爷爷支撑着16口人的大家庭，典型的家长式管理方法，稍不如意就会脾气大发，轻则谩骂，重则随手拿东西甩打过来。每当遇到这样的情况，母亲总叫父亲不要顶撞，公公当家里的大掌柜也不容易，要理解体谅。家里就这样年复一年，日复一日，直到我父亲的弟弟妹妹相继成家后，才分家另过。

记不清谁说过或写过这样一句话："爱是一条母亲为儿女用一条一条嵌在脸和手的皱纹刻上去的闪着金光的飘带。"在我成长的日子里，我的母亲总是用爱呵护着我们一天天长大。母亲生我们弟妹3人，在讲"以阶级斗争为纲"的年代里，家庭出身较高的人家所遇到的待遇是可想而知的，但母亲就认准一个理，不管咋样就是要让孩子们读书。风里、雨里、泥里、土里，记不清她为这个家、为儿女付出了多少艰辛和精力。在煤油灯下她把我们破旧的衣服缝缝补补；在我们酣睡声中为补贴家用裁剪做衣；在我们生病的土炕头她不知疲倦坚持守候；在鸡声长鸣中为我们早起做好一顿热乎的面条。就这样我们弟妹先后完成学业并都分配参加了工作，我想这时的母亲可能是天下最快乐、最幸福的母亲。正如杨沫说的："看着孩子一天天长大，知识一天天丰富，仿佛农民看见自己的庄稼日渐成熟，母亲的心里是充满幸福、喜悦的。"

"文革"结束后的 1977 年，村上的学校要扩大规模，那时的村大队部经过反复慎重的研究，决定挑我母亲去村办学校当民办教师。那时的母亲无论从政治地位或精神上都得到了很大满足，她暗暗下定决心要在学中干，在干中学，一定要给家庭和孩子们做出榜样。20 多年的教学生涯中，她多次被评为优秀班主任、优秀教师；曾被团县委、县妇联、县教育局评为"合格母亲"。她陪过的老师换了一茬又一茬，送走的学生一批又一批，但不变的是她那种执着向上的精神和与老师们和睦相处的品德，以及为人师表的师德。期间，有过多次转正的机会，但受年龄、教龄等条件的制约未能如愿。2000 年终于苦尽甜来，她搭上了最后一批民办教师转正的末班车，她终于能因为儿女们减轻负担而安下心了。

家庭对于孩子来说是第一所学校。在我们成长的过程中，母亲总是要求我们不要和同学打架，不要欺负小孩，不要占别人的便宜。农家长大的孩子要不怕吃苦，一定要尽职尽责工作。在所处的环境要尊重领导，与同事们要团结共事，特别是工作要干在先，不能让领导和同事"说话"。要公道正派廉洁做人。在忠孝两难中，要求我们吃皇粮的一定要尽忠大于尽孝，等等。语言虽然朴实，但充满哲理，她对我们的教诲永远激励着我们。我从事过小学老师，当过学区教研员，干过秘书岗位，任过副书记，担任过镇长和镇委书记，也任过县局的局长。我一直按母亲要求去做，我觉得受益匪浅。我的一切成绩都应当归功于母亲的教导。此外，当听到我连续 6 年考评为优秀，当听到下岗的弟弟重新找到就业的岗位，当听到从医的妹妹通过副高职称考试的喜讯时，母亲的脸上总会露出幸福和无比的自豪神色。我母亲，她没有惊天动地的伟业，但她却有蓝天一样广阔的胸怀，用母爱浇灌了儿女的成功。

2001 年退休后的母亲立即组织起村上的中老年妇女健身队，最多时达 40 多人，她们积极开展歌舞健身活动，并为村社火队参加县城春节文艺调演和村庆"三八妇女节"活动，做过好多有益的工作，得到了村"两委"和村民们的好评。

2007 年年初，我母亲身感乏力，她老唠叨胆囊炎又犯了，到县城医院就诊过，我们也没在意，直到 6 月份在妹妹工作的省中医院一检查发现患了喷门癌。这简直让人难以置信。于是我们又到省医院再次复查，结果一样。这犹如家里发生了大地震，一时间全家人陷入了极度的悲痛之中。我们仰天长叹老天不公、命运不公。

在住院手术和治疗的日子里，我们告诉母亲她患了胃息肉，须大块切除。其实她哪里知道自己已患癌而且胃全切。在住院、出院，在家休养和将要离世的日子里，母亲也从未问过自己得了什么病，也从未提出过要看看诊断书，也从不去留心打了什么针用了什么药。时光已过了 1 年零 4 个月，但她仍然顽强地挺着，坚持用微笑来接待每一位探望者。就是在她病情加重的日子里，也不忘对儿媳们照顾，每人给上几百元让她们添件衣服。现在母亲的身体每况愈下，体能已基本耗尽，在世的时日已不多了，用她自己的话说就是"离土近，离人远"。只是由于自己的病给儿女们找了麻烦、拖累了大家、影响了工作，使她心里感到不安。她遗憾的是再也看不到国家蒸蒸日上带来的巨大变化，再也享受不了更加宽裕更加富有的生活，再也无法继续亲手为 3 个孙子定期送上每学期开学的学费。再也……

2008 年 10 月 16 日（农历九月十八日）下午 13 时 48 分，母亲永远离开了我们。当我用左臂撑着母亲的头，用右手轻轻关闭母亲的双眼，并说："妈妈你太累了，好好睡觉吧！"母亲便撒手人寰了。

在办理母亲丧事的过程中，我在灵堂上写上了这样的挽联。上联是：相夫教子勤劳一身，下联是：传道授业辛苦半世。横幅是：音容宛在。在大门上贴上了这样一幅，上联是：门前绿水潺潺寄托哀思情，下联是：屋后青山步步铺筑天堂路。横幅是：驾鹤归西。

人们都说，西方有极乐世界。假如人死后会有轮回转世的话，妈妈，我恳请你下辈子还做我的母亲；假如人死后会有天堂的话，上苍会因我母亲的母仪而感动，会迎她入天堂的。

在母亲与世长辞的日子里，我含泪写完此文，是因为母亲的爱意永难忘记，母亲的恩情永难忘记。

母亲的一生印证了高尔基说的一句话："世界上的一切光荣和骄傲，都来自母亲。"

天 路

——仓家峡寻亲散记

仓生荣

　　仓家峡村里的仓家和我现在的家族虽属同一个骨脉，但分别已有二三百年的时间了。近年来随着扎碾公路的通车，才有了相认和互访的机会。这里记述的，就是这中间许多既心酸又曲折动人的故事。

往　事

　　我的老家在平安县古城乡沙卡村。村里有汉藏两个民族，约百户，五百余人。其中藏族二百余人，如果加上因工作等原因离家在外的人也就是三百人左右的样子。在这三百人当中，除五六户贺姓藏族外其余都是仓姓藏族。由于没有家谱，也没有其他文字记载，至于自己家族的来历，知之者甚少。小时候我听爷爷说，从前，在一个叫仓家峡的地方有弟兄三人，老大留在了仓家峡，老三去了巴藏沟，我们的祖爷爷来到了这里。对于巴藏沟里的仓家因为和我们只有两山之隔，还和我们的族人又有亲戚关系，我也略知一二，他们分别分布在郭尔和山城等村，而对于仓家峡的仓家人的那些话，由于没有任何的人员和信息往来，就像听天书一样神秘。后来随着年龄的增长，阅历的扩大，我有了了解老人们说的那个天书般的故事到底是否真实的念头，也有了这样的机会。1978 年，我在青海民院上学的一天，就此事我问过一位乐都籍的同学。他说在仓家峡里果真有仓姓的藏族，但对他们的历史不得而知。我问这仓家峡里有无班车。他说这里山大沟深，道路也崎岖不平，交通靠人背马驮和少量的手扶拖拉机。这样我打消了去探看一下的想法。大学毕业分到贵南县后，我认识了一位名叫仓才旦的县中学老师，因为在这里仓姓的人很少，我觉得好奇，便问他们家族的来历以及和我们的关系。他因为离家很早，不清楚这些历史。我请他以后回家探亲时打探一下。他答应了这个请求。仓才旦是一位很优秀的音乐老师，自己能作词作曲，已有较高的音乐成就。也是天妒英才，不久后他去省上领奖，路上班车失事，不幸身亡。这样我的希望也就随之又一次破灭。

希望虽然落空了，但那个梦幻般的祖先们的故事始终纠结于心。2019 年初的一天，我得知扎碾公路从仓家峡穿行而过的消息，还听说了堂弟才让尖措从省上下派到仓家峡的李家村当第一书记的消息。我给他打了电话，让他打探一下这仓家峡里的仓家人和我们家族的关系。事情也很顺利，他很快就打探到这个仓家峡村就是当年我们的祖先走出的地方，这里的仓家人就是和我们同根同族的人。得知这个消息后，我和才让尖措、尖措才让、巴玛等几个弟弟就开始谋划去仓家峡寻亲的事情。

寻　亲

经过和仓家峡村人简单的电话联系，寻亲的日子定在了当年 7 月 7 日，但快到这一天时，我们在前往寻亲的人员和规模问题上犯难起来。首先，我们沙卡的仓家人虽是一个根脉，但按照地理位置和分支的不同，有上、下仓家之分，坟茔也早已经另建。在人口上，上仓家人占五分之一左右。下仓家按照早先四个弟兄所占的房屋位置分为东房人、西房人、南房人、北房人。下面又有分支。我和才让尖措等人属于东房里院的人。在这么众多而复杂的族群中到底应该先安排多少人去，哪些人去比较合适呢？几个人商量了半天就是商量不出个头绪。还顾虑万一中间有什么差错而无法认亲那就被动了。最后决定先由我们里院人出面，带上妻室，借用到仓家峡旅游的名义把对方请到饭馆叙谈，如果认亲了就按认亲办，万一认不了亲，就当旅游了一趟。就这样，我们带上八十多岁的叔父叔母和在家的弟弟弟媳等人去了仓家峡。

我们一到仓家峡村就有十多个男女身着盛装迎候，两方互换哈达后就进到一个宽敞豪华的家里，宽大的客厅里早已摆了满满两桌藏餐，什么酥油、糌粑、酸奶、油炸果，应有尽有。还有当地的白牦牛肉。稍做休息后我方先介绍了来意和参加会面的主要人员以及沙卡仓家的大致情况。紧接着对方也进行了介绍，他们中参加会面的大都是族里德高望重的头面人物。另外还有一位从仓家峡村出家到鹿角寺院的住持热萨。由于藏族在历史上的文化主要在寺院，加之热萨也是仓家人，他对仓家家族的来历十分清楚。他说仓家峡的仓家人最初是来自西藏的阿里，后来三个儿子长大后老人为两个小儿子分了一部分牛羊，让他们在外另立门户。说你们去外边过日子吧，如果过得不好就回到家里来。就这样，两个儿子又分别带着家眷，赶着牛羊逐水草而居，走到哪儿就把帐篷扎到哪儿。他们没年没月没日地走走停停，停停走走。水草越来越好，离家也越走越远，以致和家人永远地失去了联系。

仓家峡村有 164 户，600 多人，其中藏族占百分之九十以上，而这些藏族几乎全都是仓家人，也因如此，这里的藏族都说藏语。而我们沙卡村的藏族由于人口相对较少，加之周边都是多民族杂居，藏语已经退化。好在他们中绝大多数人都受过汉语教育，所以交流起来还是没有障碍。大家一面叙谈一面敬酒吃肉。当饭已吃饱酒已微醺的时候，有人提出到外面照相合影，再到村子的周边转转，大家欣然同意。主客两方在房东家的门口排成几行照相，还互赠了礼物。之后仓尚多老人又带我们逛景。

扎碾公路的确是青海最美的乡村公路。它的美，我们从早上入口时就已经有了感受。在蓝天白云的映照下，在两旁逶迤群山的簇拥下，那宽阔平坦蜿蜒北去的柏油路犹如一条望不见尽头的黑色绸缎。然而这还不是它的妙处。当仓尚多把我们带入眼看就到尽头的峡谷时，轿车稍一拐弯就钻进了一个数公里长的隧道。隧道笔直如箭，不多时我们也像箭一般飞快地穿了过去。紧接着轿车拐了一个弯钻进了又一个灯光辉煌的隧道，只见司机打着左转的方向像欲将盘卧的长蛇一样地盘了下去，到达了落差 600 米的峭崖脚下。

仓家峡之美不仅在于公路本身，更在于沿途的美好风光。松树、桦树、野杨、柏树长满山野，冬青、沙柳、鞭麻掺和其间，柏树的香味沁人心脾，金黄色的鞭麻花铺满眼底，河水欢唱，鸟儿鸣叫，天空湛蓝如洗，空气清新凉爽，让人赏心悦目。在盘山隧道和仓家峡村之间的西侧路旁，还有一排石林，虽然不大但奇石林立。有的壁立，有的侧卧，错落有致，形态各异。如大自然的神工巧匠们刀削斧凿了一般。

周围的景点还有很多，但时间已到了下午四点左右，为了答谢主人家的盛情，我们克制住游兴找了一家高档一点的饭店，请他们做客。于是两家人又吃饭喝酒，接着上午的话题交流了起来。酒至半酣，双方轮流载歌载舞了一阵后，我们便起身返回。一路上，大家兴奋地畅谈着这次的收获。回到家里，手机的微信群里也是照片和各种信息不断。有人还写歌词抒发感情，有人配乐相和。

虽然这次的寻亲成功圆满，但对于这次寻亲的人来说，只是沙卡下仓家中的一分子，无法代表沙卡仓家，甚至代表不了里院以外的其他族人。要得到他们的认同必须要告诉我们刚刚寻亲的情况并征求大家的意见。这天，我和老家的弟弟巴桑等人请来下仓家族里的十余位老人告诉了寻亲的事。老人们非常高兴，认为做了一件很了不起的事情，还让我们起意寻亲的几个人继续和仓家峡村的亲人们取得联系，以巩固和发展这种良好的开局。这样我们就按照族人们的意思邀请了仓家峡里的同胞们。他们也欣然应允。

回　访

2020年初，才让尖措还在李家村扶贫。李家村发展经济的事迹已经上了好几家媒体。我问他仓家峡村群众的生活水平怎么样，有无驻村帮扶干部。他说："仓家峡村也有贫困户。在该村扶贫的是省作协秘书长邢永贵，他知道你，多次提到过你。"我是省作协会员，邢秘书长是我们的领导，虽然没有单线联系，但业务上多有往来，自然相互认识。我希望才让尖措和他多打交道，经验互补，使仓家峡村贫困户的面貌也尽快得到改观。后来在媒体上看到了"生态旅游助仓家峡村民脱贫致富"的消息。我感到十分欣慰。也就在仓家峡村脱贫后的6月27日，仓家峡村组织十余人进行回访。我们下仓家人几乎家家出人迎接。用过简单的早餐后，客人们参观了村容村貌。之后又带他们去青沙山游览。

青沙山山峰高峻，植被茂密，是平安与化隆的分水岭。山上筑有巨型的祭山圣坛——俄堡。客人们一面煨桑磕头撒绿马祭祀神山，一面赏景。站在青沙山顶举目四顾，既能看到南方化隆的全貌轮廓，也能对古城乡这条沟里的景色一览无余。山腰里有一峰挺挺独立的圆山，那就是十分有名的"圆石山"。山中矿物质丰富，1958年大炼钢铁时，湟中县将钢铁的原料地选在了这里。成百上千的民工将从这儿采到的矿石用牛拉肩扛的方式运到两三公里开外的乡政府所在地古城村进行加工提炼。因规模很大，圆石山的名气也就传播开来。沿着圆石山的方向朝下望去，绿树丛中有一处红砖绿瓦的村庄，那就是沙卡村。看到此景，客人中一位八十多岁的老人说："解放前我曾路过这里，可不曾想到山下有我们仓家人。"另一位老人说："当年我从寺院还俗后在圆石山参加过劳动，也没有听说过这里有仓家人的事。不然……"

大家你一言我一句，沉浸在对往事的回忆中。

逛完景，我们就请客人们到村里一家上好的农家院正式入席边吃喝边交流。

探　亲

有了前面的接触，我们沙卡下仓家的老人们对仓家峡的仓家人有了初步的了解，也迫切希望探看一下那片祖先们曾经居住生活过的地方。为了实现老人们的愿望，才让尖措又向对方告诉了老人们的想法并定下了具体的见面时间，也就是 2021 年 7 月 24 日。

日子定下来后，巴桑通知了在老家能够参加此次活动的十二位男士。一部分人从沙卡出发，我等几人从西宁出发，在乐都高速的服务站汇合后就往仓家峡奔去。大家大都是初访，看到两旁逶迤的群山、密布的森林，再想到这次走访的对象，一个个都兴奋不已。路好车快，心情愉悦，一会儿就到了大山深处的仓家峡村。仓尕旦、仓多杰尚等人接待了我们，把我们请到了当地最有名气的华锐民俗风情园二楼上了便餐。楼下一对刚刚完婚的新人正在举办宴会，坐满了前来贺喜的客人。见此情景，我们向仓多杰尚问到了当地的婚俗礼仪情况。比如在迎亲时村口是否有一个叫"加台"的让客人们短暂休息交流的仪式；在门前有无向客人说"拜丹"祝词的仪式；在门廊里有无敬酒的"果强"仪式；院中有无"加玛琅"歌舞；有无新郎新娘拜天地父母仪式；在伙房里有无扬茶取乐的仪式；有无给婆母和新郎穿衣穿鞋的仪式等等。仓多杰尚一一作了回答，都和我们大同小异。他还说由于仪式繁多，一场婚礼往往要举行上三天三夜。大家用完餐，仓多杰尚就带我们去看几处景点。大家看罢隧道周边的风景后又去看他们的放牧点。冬季草场位于西北端。我们沿着一条并不宽敞的沙石路弯弯曲曲地走了约三公里的路程后上去一个小坡，眼前出现了一片由群山环抱着的开阔地段。远处的山头上古木森森，近处的草地上生长着各种茅草、蕨麻、马营草等牛羊爱吃的草类。雪白色的马营花，粉红色的格桑花这里一丛哪里一片，还有一股常年流淌的小溪，大家或躺或坐或散步地在开满鲜花的草地上拍照留影。

夏季草场在大山的深处，也就是在西南的方向。我们从鹿角寺门前入口，一直沿着山路往纵深处走去，经过一个祭祀山神的俄堡垭口，就开始爬坡。爬过无数个"S"形的陡坡，到达了海拔3200米的羯羊山顶。山顶上有一片相对平坦的地势，仓多杰尚让我们停下来观景。此处的位置真好。只见对面万丈深的山脚下地势平坦，水草茂盛，上面还有食草饮水的各类牲畜。山顶四周也是杂树葱茏。在杂树丛中还有我们小时候爱吃的樱桃和草莓。人们随手抓起铺满地的草莓塞往嘴里。仓积青老人摘起一株又大又黄的野葱边闻香气边要我为他拍照。还兴奋地说："这么大而香的野葱还从未见过。"

大家的兴致未尽，但看见东山上起了云，知道要下雨了，便又返回到华锐风情园。这时候桌上已摆好了"全羊"藏席。大家吃着手抓肉、血肠、面肠，喝着美酒，享受着美好生活的乐趣。

又到了快说再见的时候了，尖措才让为大家唱了一首《天路》。我借词发挥说，今天唱这首歌正合时宜，美丽的扎碾公路就是连接我们兄弟两家的天路。在党的领导下，各族人民的生活发生了天翻地覆的变化，我们也因了这种变化才有了相识相聚的机会，我们要感谢党，珍惜现在的幸福生活。还要借着这条天路，把两家的情谊发扬光大。大家说了声"好"就鼓起掌来。就在掌声中，我们起身了。

这时候，雨后的东山上出现了一弯美丽的彩虹。

回故乡

谢保和

自秋天退休后身心安逸了许多。除了晨练，其他的大都不放在心上。一天，在百无聊赖中随手拿起一张不知是用来包什么东西的旧报纸，躺在沙发上闲意地翻看了起来。据报道，鲁迅的作品好多已不再上中学生语文课本了。这时我不由想起了中学时学过的鲁迅的《故乡》，不知是否也在其列。我喜欢文章里面的闰土，喜欢文章里"其实地上本没有路，走的人多了，也就成了路"的精辟话语。

想到了鲁迅的《故乡》及闰土，也便想到了我的故乡，想到儿时故乡的伙伴，我的情绪便激动了起来。我也何不趁着兴致，回一趟故乡呢？念头一旦诞生，行动就很快变成现实。故乡的容颜便渐渐清晰地浮现了出来。

我的故乡坐落在一座很规整的山坡下，村前一条清澈小河轻轻地淌过。从家谱记载中得知，三百多年前，祖先从南京流落到此，兄弟二人，一人留在此地，一人继续向西行。祖先大概是看中了这条河，遵循了"人家争住水东西，不是临溪即背溪"的道理吧。我便是留下的祖先的后人。村子不是很大，二百多户人家，大都是本家，杂姓户约占三分之一。记得小时候，村前河边满是柳树和杨树，和上下村庄相连，有几公里。等到夏天下暴雨发洪水，我们就去河边等候，不时有被洪水冲到岸边的半死鱼，捡回家去美餐一顿。儿时的我们，下了学，胡乱吃了晚饭后，便是我们的天堂。那时没有电灯，也很少点油灯，当然也没有家庭作业。夏天，白天打浇洗、抓狗鱼、涅泥汽车；晚上，以生产队为单位，上下队的小伙伴们分开阵势，在树林中用泥巴打仗，直到很晚不知是谁家的父亲或母亲，在那高台上喊几声睡觉才算罢休。冬天人手一个自制冰车，坐在上面滑冰。特别是放寒假后，整天都不回家，饿了吃一个油花卷，渴了掰一块晶莹剔透的冰棒吃，不知道有多惬意！一旦有漫水，或掉进冰窟窿里湿了衣裤，便用干沙土拔干，怕回家挨训。可惜的是，那片树林在农业学大寨时全部砍掉改造成了麦田。虽然那时我已经大了，不再去滑冰了，但比我小的伙伴们却没有了滑冰的地方和乐趣，不知道他们的感受如何。唉，不去想它。

春节期间也很热闹，生产队里拿出长长的牛皮大绳，在街道十字路口大柳树粗壮的枝杈上拴上秋千，大家轮流打秋千，男女老少，花样繁多，坐的、站的、躺的、双人的、男女搭配的，各显技能。男孩子们凑在一起用香烟盒叠三角玩，女孩子们在踢毽子。到正月十五跳火堆，生产队打开草房，麦草一堆堆地从这家连到那家，从这条街连到那条街，整个村庄都连了起来，形成一条长火龙。人们接连从火堆上面跳过，人、火、烟混在一起。跳罢火，男人们抬出锣鼓打起来，上庄的、下庄的，相互比赛似的，那鼓打得让人亢奋，彻夜难以入眠。不知道跟我一起光屁股长大捣蛋的伙伴们，他们现在过得咋样。思念弥坚，回故乡的愿望也就越迫切。

腊月二十八，我撂下城市的雾霾，挤火车坐汽车，悄无声息地在寒风中拖着疲惫不堪的身躯，回到自己阔别卅年的故乡。当我站在我认为属于故乡的那片地上时，我以为进了时空隧道，站在的是荒芜的十九世纪美国西部；我又以为我的记忆出现了问题，我怎么也看不到那熟悉的村庄。我环顾四周，突然，一声老鸦的叫声把我引向了一棵大柳树。噢，是了，那是一棵熟悉的柳树，那是我儿时攀爬过的柳树。据老人们讲，那树已经三百多岁了，是祖先们来到此处时种下的，不知当年种了多少，现仅剩了一棵。每年从枯干的躯干上长出新枝、发出新芽。原来树上是一窝喜鹊，现在怎么变成了黑老鸦。我来到树下，抚摸着她，树皮还是那么粗糙，树依然是那么高，在寒风中抖擞。只是躯干上挂满了红红的布条、被面，数不清，也没法数，摞摞层层的，但没有一条是新的。

我环顾着，四周坑坑洼洼，满是残垣断壁、裸露着的沙土。我凝望着我家庄廓基地的大致范围，我回忆着儿时欢乐的家、村庄，任时间慢慢地流走。

忽然，一阵狂风，尘土飞扬，吹得我睁不开眼，看不清四野，站不稳脚跟。刮沙尘暴了。我闭上眼，紧紧抓住大树，抱紧她，不至被吹走。在狂风中喘息……

风风雨雨十八载

袁有辉

十八年前，我满怀热烈的期待之情，越京津冀，至天津港与你会面。时年我二十出头，正是风华正茂、朝气蓬勃之时，在天津港第一眼见到你，风尘仆仆的我奔向崭新的你，雪白的你张开双臂，彼此深情相拥，将各自的"手"放到对方的手心，于是你我牵手踏上了新的征程。

十八年以来，是你陪我走过了一个又一个人生驿站，翻山越岭，长途跋涉，走村串户，进城入乡，去过了很多地方，留下了诸多难忘的足迹。你为乐都的妇女工作不懈努力，为贫困山区妇女的脱贫致富贡献了力量。你就是 2000 年全国妇联争取到联合国妇女儿童基金会，援助青海省乐都县贫困山区妇女帮扶脱贫项目——附带的一辆青B-12239 丰田越野车。

一路欢歌，一路笑语。如今，忆起曾经的心路历程，是多么甜蜜而幸福。你我真情携手相伴，一次次安全出行，一次次地完成使命。你我结下了难分难舍的不解之缘。十八年走过的路途，你我留给彼此的美好场景，想起来恍如昨天。十八年中，你也很照顾我，体贴我，带给了我无尽的甜蜜和幸福。我也爱你如子，呵护你，保养你，跟随你的脚步，让你时刻在健康快乐的状态下运行，平安相伴十八年，彼此做到了互帮互爱，互疼互惜，携手走过了一个又一个春秋！

记得 2011 年冬日的一个早晨，县妇联邀请妇幼站的老师乘青B-12239 车前往距县城十八公里外的共和乡，为乡里的 70 多名农村妇女讲授生理保健常识。那日的乐都，凌晨下了一场小雪，路面有点湿滑，授课地又处于半山沟，这给正常进行授课带来了阻碍。当时的县妇联杨主席与授课老师商量再三，为了不让乡下的妇女姐妹们失望，能让授课按时进行，决定让我们一行五人开车前往，特别叮嘱我安全第一。山路地形比较复杂，当车行至共和乡许家寨村时，遇到一个"S"型路段，旁边有几户人家，看不到对面的来车，我心里没底，只好提高警惕，紧握方向盘，靠右边慢行。这时，我看到车前方二十米外的地方一个路人站在路边张望，突然，他神色变得慌张，我第一反应是"不好，可能有意外发生"。

我更加小心翼翼，当我的车头刚过 S 角，就看到一辆农用车像脱了缰绳的野马一样飞奔滑溜下来，我车里的气氛瞬间凝固，对方车辆撞向我的车头左方，我为了确保全车人的安全，向右打了一把方向，闪开车头的瞬间，对方车再次向我的车身滑来，我果断地向左打了一把方向，最后对方车刮擦到了我车左后角，致使后保险杠脱落，全车人安然无恙，有惊无险地逃过了一劫！事发后，我及时与共和乡领导联系，派车将授课老师第一时间接送到授课点开课。这是十多年来我与你的第一次遇险，让你受损，我很难过，但庆幸的是，正是我和你的默契配合，在最紧要的关头守住了全车人的安全，做到了万无一失，这是多么大的幸事啊！事后，我心里总是觉得，保护好了乘车人，但没保护好你，好几天，我的心情都比较郁闷，直到你完全修复好，我才觉得对你的惬意有所缓解！从那以后，我就在心里念叨，一定要保护好你，再也不让你受一点点伤害。

鼓乐声声催人进，岁月无情催人老。你我有情情更长，在十八年的相处中，你我情深似海，将彼此装入了各自的心灵深处，感谢你带给我及我的人生无尽的平安和幸福！转眼间，无情的时间将我带入了不惑之年，也让你到了退役期，你我的这份感情在不知不觉中保持了十八个春秋。

2017冬日，寒风彻骨，而更让我伤心的是，你却要弃我而去。最后一次，我紧握你的手，心情很沉重，慢慢地，慢慢地，将你驶入了终点站。尽管我有心理准备，但这一刻真正来临时，我无法面对你的离开。背对你，我黯然神伤。我们十八年的情缘，就这样结束了吗？我们十八年的陪伴，就这样终结了吗？我们十八年的惺惺相惜，就这样消散了吗？人的一生能有几个十八年啊！

那一刻，我最后一次深情地看了你一眼，心里默念道：再见了，我的老朋友，我会记着你，记着你——青B-12239！

我的老娘是农民

晁永德

老娘不老，今年才刚刚六十岁。或许是姥姥遗传的基因，她的白发来得更早一些，四十不到就白了一半，待到五十时，真个白发苍苍了！幸好现在各式各样的染发剂多，隔段时间染一染，看着依旧年轻。但我们兄妹三个早早喊"老娘"了，管老娘答应不答应。反正感觉娘就应该是老的！如同《妈妈的吻》那首歌里唱的一样"我那亲爱的妈妈，已是满头白发……"

老娘十九岁那年，一辆马车将戴着红盖头的她拉到老爷子身边，命中注定她就得葬入晁家坟地。老娘将我带到了人世间，命中注定我一生都得在她身边撒欢。谁叫我是她的儿子呢？

老娘是典型的山姑，从小就与大山为伴，放羊放马种地啥活都干过，没出嫁时还是生产队"铁姑娘队"的队员。"铁姑娘队"里个个都是女汉子，都是攻坚克难的骨干，随便拉出一个都不比男的逊色。这段经历也是老娘一生的骄傲，每每讲起来脸上都笑开花。她说自己当年在铁姑娘队如何如何厉害，我总是笑着承认，因为小时候亲眼看见老娘背一百八十斤的麻袋气不喘、脸不红。或许受老娘的遗传，我以前干活也是不要命，每次老爷子都会说悠着点，干活不能急。而老娘只是淡淡一笑，来一句："想当年，我在铁姑娘队时……"那意思我明白，人啊，该冲时还得往前冲！老娘的话必须听，于是，我依旧保持那股不怕苦不怕累勇往直前的冲劲儿。

老娘性格刚强，爱憎分明，这几乎是村人皆知的。她这辈子从来没畏惧过强者，也从来没欺负过弱者。她人后敢说的话人前也敢说，只要别人有错，当面可以挑出来，谁敢欺负她绝对没有好果子吃。我的那些叔叔们都被她训怕了，有时训得没脾气了，只得笑着说嫂子不识字，不与你一般见识。确实如此，老娘至今不知道自己名字是咋写的，我们兄妹三人在老娘电话里储存成了"一""二""三"，方便老娘辨认。老娘常说自己不辞辛苦供我们上学，就希望不要让我们吃没文化的亏。但不识字不代表不识理，老娘有些事情上却是颇有见解的，甚至于让我都自愧不如。小叔比老娘小十岁，老娘总是把他当自己的孩子看。每次小叔闯祸后，老爷子总是一顿痛骂，老娘却总是一遍又一遍地讲道理，劝得寻死觅活的小叔心平气和方罢休，而那些道理至今想起来我都感觉没过时。

老娘刚强，希望自己的孩子也刚强。偏偏我骨子里带几份懦弱，自小就胆儿小，遇事怕这个那个的往后缩，有时受了委屈只会淌眼泪。老娘对我既怜又恨，总是刺激我"狠汉子眼里冒火哩，怂汉子眼里淌尿哩！"时间长了，果然起作用了，慢慢地我的胆儿也大了，不会主动去惹事，但也从来不怕事。也许老娘的性格影响了我，我也喜欢做事直来直去，哪怕得罪人也不后悔。做人就得洒脱一点，何必那么多曲曲折折呢？诚如老娘所言一样：男子汉就该拿得起放得下，天大的事也就是个事儿！

老娘对我们的管教是松中带严。她时常给我们讲道理，但不听话时会武力解决。在我记忆里，老爷子只打过我一巴掌。那一次，老爷子在挖菜窖，让我把窑口石头清理掉，结果我贪玩没清理，石头掉下去差点把他打晕了。痛苦半天的老爷子上来后给了我一巴掌。这是我生命中老爷子唯一的一巴掌，值得我珍惜。而我犯错后老娘却不会轻饶，轻则骂，重则老布鞋、鞭子、杨树条。当然娘心总是软的，老娘一动手，我要么跑，要么抓住她的手，所以尽管老娘手举得老高，落到我身上时就已经没有力道了。如今我也是孩子他爸了，但犯错了老娘照样收拾我。有一次，带儿子回老家，大清早安排写作业，结果到中午这小子没动一个字，气的我把他一顿揍。结果闻哭声而来的老娘进门就给我两巴掌，打得我悄悄地坐沙发上不敢吭声了。哎，谁叫她是我亲娘呢？谁叫我打她孙子呢？

老爷子和老娘管教方式不同，是与他们的价值观是相关联的。老爷子特爱学习，可惜受社会和家庭环境影响，除了上几天夜读班外，就没进过学堂的门。但他始终相信"万般皆下品，唯有读书高""书中自有黄金屋，书中自有颜如玉"，有空就看书，倒也识了不少字。所以在他眼里，只要学习好其他方面肯定好，你再犯点错也没事。而老娘则相反，在她眼里，人活着就要先懂得如何做人、如何谋生，否则一切都是多余。穷人家的孩子早当家，生活逼着你不得不放下清高。于是，我十岁时就蹲在供销社门口卖杏子了，十三岁就开始做饭了。老爷子认为我是在玩，而老娘则打心底开心，因为她认为我已经学会谋生了。正因如此，老娘一直对我很放心，她知道我会有自己的主见，会有自己的思考，会有自己解决问题的方式。而弟弟就成了我的陪衬，这个自小我看着长大的家伙，其实也很有能力，但做啥事老娘都要让我过问一下，怕他做不好。我苦笑着对老娘说："都三十的人了还让我指教，那岂不是抹杀了他的智商吗？"但老娘不答应，总是动不动对我说："你是老大，你就要多说者着点、多看着点。"无奈，唉！天下老，向着小啊！

不得不说，老娘的教育理念让我受益匪浅。她希望自己的孩子能够独立，能够凭着自己能力去生存，甚至于有些时候有些不近情理。

我上高中后，学习很紧张，每次周末回家，别人的老娘已经做好了饭菜、烙好了馍馍等着孩子。可老娘很少管我，每次我都是自己做饭，自己烙馍，然后自己炝了酸菜带到学校里。有时候我也抱怨老娘，而老娘只是一句话："面在柜里、油在瓶里，自己有手有脚的还需要别人伺候吗？"是的，既有手脚，又何须别人来照顾？所以我从骨子里反感那些身体健康却天天喊穷的人，多矫情，又何必去理会和同情？

在老娘的教导下，我从生活中学到了许多许多东西，理解了老娘的苦心，也更期望能够回报老娘。小时候，一年除了春节外很少有肉吃。有一年夏天，家里来了重要客人，秤了点肉，炒了洋芋丝。老娘给我盛了一碗，我狼吞虎咽吃了个美。那个香啊，让我回味了十几年，感觉老娘做饭好棒好棒。但待我工作后，老娘再也没有炒出那么香的洋芋丝了。于是我开玩笑说，老娘厨艺退化了，做饭不行了。老娘怒道："以前你是肚里没油水，饭里有点油就香，现在天天吃香的、喝辣的，老子做的当然不香了。"我嬉笑之余细想，果然是这个理。人们天天盼幸福，幸福何尝不是这样？你渴求的东西就是最美好的，而你一旦得到却发现上面也是瑕疵斑斑。好吧，老娘的饭菜不香了，那就给老娘做饭吧！于是每次回老家，我就下厨给老娘做顿饭。哪怕老娘把菜洗好了，我也要夺过来切、炒，看着老娘吃着自己做的饭，那心里真个叫美！

都说母子连心，这话一点不假。虽然老娘总说不担心我，其实骨子里一直放不下牵挂。我人在外，老娘看不见，但老娘常能掌握我的情况。好几次，我感冒了，没给家里任何人说，老娘却打电话问我是不是病了。我哑然，问是谁说的？老娘说她做了个梦，有些不吉利，估计是我病了。我苦笑着说没有，而事实上我真的是病了，说话时嗓子还哑着。老娘的梦如此灵，甚至于有时连我大醉一场都能梦到，不得不让我感动。儿是娘心头的一块肉啊！而等我结婚后，老娘的梦也慢慢不灵了。但我知道那不是老娘所说的岁数大了、感应不到了，而是我有媳妇了，有人照顾了，老娘的心里安然了！

老娘爱热闹，家里如此，在外面也如此。以前喝几杯酒，兴头上来还能打"车轮"（和侧翻差不多）。五十多岁的人，有时一连能打好几个，让我不得不服。老娘常说："人就要活到人前头，不要落在人后面。"她希望自己的孩子能够出人头地，能够得到别人的尊重。记得十三岁那年，我和小两岁的堂弟去上坟，拿了一瓶酒，给老先人祭奠了一些后心疼了：多好的酒啊，洒在地上纯粹浪费啊！于是两人你一口我一口在坟头喝起来。回到家后，两人都醉了。酒醒时怕了，给老娘一五一十交代了，做好了挨揍的准备。没想到老娘竟然来了一句："两个人一瓶就喝翻了！还算男子汉吗？以后人前头怎么混？"我的亲娘啊，我的怕顿时变成了羞。是啊，在农村，每当谁家有婚丧嫁娶时，能喝酒的去了当"执客"（陪客），那是有面子的；不能喝酒的就砍柴挑水做粗活，那可是没面子的。老娘是想让我做有面子的人啊！于是，我和别的同学不一样，当大家偷偷摸摸喝酒的时候，我已经正大光明喝酒了。当然，那时家里穷，能喝酒的机会太少了！但老娘用最质朴的行为告诉我：任何事情都不能单一地去理解，需要多层面去剖析和看待，不能囿于常规，否则你就会落后。

当然，老娘也不是完美的。老娘也会打一些小九九，也会占一些小便宜，还动不动和老爷子吵得鸡飞狗跳……有时候，老娘做得不对时，我们兄妹都会说两声。这时老娘就生气了，骂我们："滚，老子没文化，找个有文化的去！"我们只好赔着笑："没办法，来不及了，谁让你是我们的老娘呢？"世间没有十全十美的人，生活会改变一个人，也会赋予人特定的烙印。我的老娘是农民，她必然有农民的一些狭隘性，但这依旧改变不了她伟大的形象。我常常对儿子说："记住，你爷爷奶奶是农民，你爸爸也是个农民，你就是农民的儿子！"儿子不解地瞪着我："爸，你现在不是农民了！"我笑着说："你爸骨子里流着农民的血，你的骨子里也流着农民的血！"这血是善良的、质朴的，是纯净无畏的、也是率真的。如同黄土地一般厚重，始终在你的一生流淌着。忘记过去就意味着背叛，我的老娘是农民，永远都是，我为她骄傲！

老娘是农民，农民就得种地。这几年家乡的地大半被人租种了树苗，许多人基本上不种地了。但我家的三亩地还始终没有荒废也没有出租，每年都种上白菜、玉米、油菜和洋芋。每当种地或收获时，老娘基本上会安排到周末，打电话让我们回家干活。劳动改造一切，干农活成了我们兄妹三人不忘根本的最原始课堂。于是，我会尽量腾出时间回家去！面对着黄土背朝天，一边挥霍着体力，一边默默思考各种事情，累并快乐着！

我的老娘才六十，六十算什么？还很年轻嘛！老娘啊，你还不能言老，你还得给我抓痒痒，你还得揍我，你还得给我讲那些鸡毛蒜皮的事，你还得赶我去干活！你可不能老，只有你不老，我才能有一份年轻的心，才能做更多让你开心的事！咱娘俩打交道四十年了，凭这感情起码你也得陪我一个甲子啊！我会牢记你老人家的教导，做一条堂堂正正的汉子，做更多你所说的"正事儿"，让你老人家开开心心度晚年，让天下更多的老人开开心心度晚年！那才是你儿子最大的心愿，也是天下所有儿女共同的心愿！

整个乐都都在等冬天，
而我在等一个人

应小娟

　　一夜之间，仿佛这座城市就变冷了，风一动、寒一重……有人说冬天适合谈恋爱，因为冬天有了浪漫，一切都很温暖。而我在这个冬天，差点弄丢了那个温暖的人。

　　初次相见的温暖到后来的片言只语，好像成了鲜明的对比，成为一种讽刺。他自人山人海中向我走来，难道只是带给我一场空欢喜吗？

　　他的离开毫无征兆。一时间让我有些难以接受，心情低落到极点，好像整个乐都都有他的影子。行走在乐都的大街上，泪流满面，那一刻我想逃离乐都这座城。无心工作，索性休了假。闺蜜看到我狼狈不堪的样子，显然有些惊讶。这样的状态五年前有过一次……懂的人，无须多言。不说话的那一刻，她懂我有多难过。把我塞进车，帮我系好安全带，一路无言，车里反反复复唱着："如果没有见过就不会有错过，可惜只是过客……入心的人难舍……忘不了是回忆的错，留不住的人别再难过，纵然对你有太多的不舍，可这份感情终究没有结果……"再也控制不住压抑的心情，崩溃大哭。

　　不知走了有多远，天色越来越暗，找到邻近的小镇住了下来。丝丝的寒意袭上我的心头，使我倍感失落和痛苦。望着窗外灰蒙蒙的天空，我的心像灌满了铅似的，是那么沉重，是那么难以形容。

　　天色已晚，丝毫没有睡意，索性起身，遥望星空。往事涌上心头，逃离了那座城，可始终逃离不了想念他的心啊！

　　住在这座小镇的第三天，漫无目的地游走在人来人往的街头，思绪还是一如既往的纷乱。突然一束娇艳的玫瑰花，吸引到了我。看到一个大男孩手抱玫瑰，时而看看手表，时而看看手机，估计在等待他的意中人吧！那一刻内心好像被什么东西撞击了一下，豁然开朗。对啊，喜欢的东西为什么不去努力争取而是在这里暗自伤神？

　　回到旅店，收拾东西，闺蜜疑惑不解。我说："喜欢的东西，就去努力争取啊，逃避算什么？我喜欢他！我想重新追求他，如果我努力了、争取了，还是得不到，那么也算此生无憾了！不失去一次，永远也不会知道到底有多重要？"

　　回到乐都的那天，找到一家花店，亲手包了一束花，放了十一朵玫瑰，花店的老板说："哪有女孩子给男孩子送花的呀？"我笑而不语，卡片上写道："我喜欢你，不仅仅是喜欢，是想和你共度一生的喜欢。"暗自思忖，对于喜欢的东西，那些所谓的自尊、骄傲又算得了什么？张爱玲说过："喜欢一个人就是低到尘埃里，还嫌不够……"我忙碌而兴奋地策划着这一场告白。

　　知道他喜欢健身，托朋友在他常去的健身馆给我留了一个区域，叫来三五好友，精心设计。不知道哪来的勇气使我这个而立之年的女人会有如此的冲动。望着五彩缤纷的气球，看着横幅上写着的深情的爱意，看着地上用蜡烛、花瓣拼好的心形，我有一种错觉，无数次幻想喜欢我的人能给我这样一场浪漫的惊喜。如今实现了，并且是亲手策划布置的，只不过是为我的意中人。我没有把握他会不会来，我想，我的真诚足够能打动他吧！我甚至想好，只要他出现，我会低头认错，将玫瑰花和我一股脑拥入他怀，把这满怀相思告知于他，万事俱备，只差主角。在我拨通他电话的那一瞬间，我犹豫了，留得住的人，无需费力。留不住的人，无需用力。扪心自问，我在做什么？躺在那个为他精心准备的心形花瓣上，想了许久、许久……泪如泉涌。世上果真是爱而不得最难过。如果他心里有我，他会懂。如果无我，一厢情愿的感情有何留恋？我安慰自己，难过这个东西，难是难了点，可终究会过的呀！

那天，精心准备的告白没有说出口。而我亦没有勇气按下那个熟悉的号码。就这样吧！再无需多言！

收拾起破碎的心情，画了精致的妆容，恢复以往的平静开始上班。结果那天他意外出现在了我面前，让我一点防备都没有。他说："嗨，丫头，我懒得再去重新认识一个人，再问名字、再问年龄、再聊天、再了解对方、再磨合，一想就烦。我羡慕那些吵了架也不分开的人，我愿意留下来陪你吵架，我想每天醒来第一眼看到的人是你，分开的日子，我才知道你对我也很重要……我们重新认识一下吧，很高兴认识你，你叫什么名字？"泪水模糊了双眼，扑进他怀里，明明如此深爱对方，却差点错过。有人说世上最美好的词是失而复得、久别重逢、虚惊一场，对深爱的人不说永远，只说珍惜。这种失而复得，让我满心欢喜，愿往后余生我们珍惜世间的一切。

乐都这座城在等冬天，而我也终于等到那个人。愿所爱之人有爱拥抱，愿所想之人有人暖心。

山　月

徐迁顺

我曾踏月而来
只因你在山中
山风拂发拂颈拂裸露的肩膀
而月光衣我以华裳
……

　　这首席慕蓉的《山月》曾是我最爱的小诗，每每默诵涵咏，头脑中就会出现家乡那轮从东山顶上升起的明月，内心一片涟漪……

　　今夜，月色朦胧，敲下名家的同题文名，有些许造次，但若您耐心读下去，您就会原谅我的唐突。我要叙写的是家乡的一种学名叫马铃薯的食物，西北地区多数人叫"洋芋"，也有叫"土豆"的，而在我们乐都方言里叫"山月"，很多人写成"山药"，我认为不妥。因为此"山药"非彼"山药"，两者不能混为一谈，从方言读音及其在我的生命里存在的意境，我更愿意叫它"山月"。

　　家乡乐都实行土地承包制的那年，我家刚刚从异地他乡迁回，有幸分到瞿昙沟凤凰岭东翼的一块三亩旱田，是一整块土质好、坡度缓的阴坡田地。平整，施肥，倒茬，父亲投入十二分的热情务劳着它，并没有因为还有旱涝保收的山下浇水地而忽略了它，并时常告诫家人，若想要好的收成，必须费耐心，下苦力。

冬天的清晨，天天早起的父亲喂过牲口，拿起我背小妹的布带，揽腰系紧一件经年不烂的皮卡衣，套上捂罩（手套），背起背篼，拿起粪叉，出门拾粪去了。村庄的巷道里，猪粪，驴粪，骡马粪，统统拾进背篼。据说很难拾到人的粪，我问为啥，父亲说，是个庄稼人，能憋得住就回家拉。我又问为啥不把猪和牲口圈在家里攒粪呢，父亲说，猪出去跑一跑才能长成五花肉，牲口经常出去走走才不会丢失力量，人也一样啊！

整个冬天，父亲专心攒粪。早晚拾粪，白天指挥家人拉土垫圈，定期清理骡圈、猪圈、鸡圈和茅厕，嘱咐母亲收集炕灰煤灰柴灰草木灰，到腊月末，冬粪已然沤熟，再用熟土拌均匀，堆成小山状时，该往田里驮粪了。用工变工的方式赶来大半个村子的骡子和毛驴，把粪装进长条毛线口袋里，运到田里，分散成小堆，再用土盖严实，免得肥料劲儿发散了。赶牲口盖粪，是我能干的活儿。

从二月二龙抬头起，庄稼人开始了一年的劳作，种完水地种山地。一家人手拿肩扛农具，上山种山月去。

沉寂了一冬的山地在各家的劳作中顿时热闹起来，尤其是我家的大地里娃娃多，气氛活跃。散完春粪，一对套着犁铧的骡子开动起来，哥在前面牵牲口，瞅方向，父亲在后面扶犁，把握着犁头吃土的深浅和骡匹行进的速度，母亲跟在父亲身后往耕开的犁沟里溜山月种子——从事这项劳动得有一定的经验技术，不是人人能干得了的——新姐亦步亦趋地跟着学，我和妹妹把口袋里的种子不断地转移到母亲和新姐的筐子里，抽空还要用榔头打干胡，所幸这块地背阴，墒情好，干胡少。妹妹不时跑到地边挖才冒头的辣辣吃，我缠着哥要牵牲口。

缰绳从哥手里换到我手里，犁头从父亲手里换到哥手里，大人娃娃配合着，用脚步和山月种子丈量着承载全家半年粮的田地，不知走了多少个来回，也不知溜下了多少块山月种子。日头过午时终于种完了四口袋种子。一家人围坐在一起馍馍就茶吃午饭，两匹骡子也享用起父亲配好的豌豆饲料。

接下来几个月，父亲总是闲不住，修路，开荒地，浇水，挡骡子，骡子被父亲侍弄得油光锃亮。母亲和新姐的任务是薅草拔草，薅完二遍薅三遍，薅完水地薅山地，只等暑假到来时，就该雍山月了。

暑假才到，不等我看完一本书，母亲就挑个晴天，上山去雍山月。一路无话，走到地头时已累得直喘粗气，山风清凉，抬眼远望，满世界里全是山头。圆圆的山头像无数蒸熟的馒头，一个挨一个，一个挤一个，拥满了视线。山与山的间隙就是沟，沟与沟交汇处便是村庄。瞿昙河就像一条腰带，从瞿昙寺前飘过，蜿蜒北去。东山顶上一片明黄，更高处是灰色棉絮状的积云。一阵山风吹来，揉着眼睛往西望去，只见一轮残月西坠，在晨雾微光里，月牙儿仿佛有些孤寂，也有些不舍。再看回东边，眼前蓦地一亮，太阳还没升起，霞光起来了，千娇百媚的，就像经过一位丹青妙手的晕染，才看到的明黄色，一忽儿工夫变成了胭脂色，自下而上，由深到浅，朝霞温柔安静地把东山顶衬托得清晰而明亮。山下村庄上空的炊烟，在霞光里也似乎有了一抹朦胧的光华，令人沉静。再回头看西山顶，月牙儿不见了，可能隐身于晨雾里去了，也可能沉落到南山顶的积雪深处了，谁知道呢。

待我回神定睛时，母亲和新姐已经雍好了一丈见方的山月。只见山月根茎粗壮，叶片厚实，葱绿的颜色转深了，上面开着零星的白花或淡紫花，显得长势正足的样子。真是天佑之年，风调雨顺，不枉父母兄嫂务劳了一夏，眼看着到了结果灌浆的时节，也正是使劲儿的时候。母亲弓腰撅腚，铲土，培土，绕一圈，一株山月便在松软湿润的黄土包上挺立起来，就像被注入了精神，迎风摇曳，绰约多姿。忽然想起一句话，劳动创造了美，正要说出口，却被母亲的教导挤回去了，把土尽量雍厚实一些，这样山月才长得大，青皮的也少一些。那是她说了很多遍的话，我们早记下了。学着母亲的样子，铲土，挖土，培土，嫌薄的地方再补上两锹。用了铁锹用锄头，用了锄头用铲铲，没一样工具是称手的，一会儿喊，我的腰掉地下了，一会儿哭，手心起泡了。"癫肚呱没膘，娃娃家没腰，缓一会儿再干。"母亲平静地说着，从袖口抽出一枚针，抓起我的手，挑烂水泡挤出水，转身继续雍她的山月。

　　太阳升高了，着火似的烤着一切，我和妹妹呻唤不停，母亲和新姐悄没声息地埋头干活，她们的腰不酸、手心不痛吗？她俩草帽下的脸不淌汗吗？我索性躺倒在山月之间的空隙里，立刻感到泥土的清凉和山月茎叶的清香，通体舒坦。突然发现，从下面看到的世界大不一样，羽状的叶子呈淡绿色，叶脉凸起，茎秆翠绿透明，饱含汁液，虬枝横斜，撑起层层叶子，留下一地阴凉。一只七星瓢虫伏在茎叶之间，一动不动，像是打瞌睡，一只粪把虫儿（屎壳郎）沿着茎秆向上爬，脚步换得挺快，我暗自数数，看它几时能爬到顶层。爬着爬着，它突然掉头向下，迅疾地拐向一片有阳光的叶子，一到阳光下，猛地从背部生出两片透明的羽翼，"嗡"地直升天空去了。透过山月茎叶空隙，看到一方瓦蓝的天空，不时有蚊蝇飞过。四周静悄悄的，只有母亲她们铲土培土和使劲时发出的吭声。一株株山月也沉默着，安静地接受主人的侍弄。山风吹来，山月叶子和花儿一起婆娑起舞，伴随而来的还有一阵隐隐约约的山歌，是寂寞的挡羊娃在唱少年。母亲和新姐终于直起要来，双手合握在铁锹把上，下巴支在手上，凝神远望。半晌母亲才悠悠地吐一口气，对着我和妹妹说，怕受苦，就好好念书，当个庄稼人，就得好好务劳庄稼。

　　雍完山月，大苦只受了一部分，白天割草拔茇茇，夜晚读书写作业，有时还要跟父亲开荒地，修山路。转眼之间，麦子熟了。割田打碾，要争取在开学之前收拾完毕。

国庆节是我家挖山月的日子，记忆最深刻。寒露前后，经霜的山月秧秧枯瘦如柴，夏日雍山月时的葱茏芳华早已无处寻觅，浑圆的土包经历了风雨洗礼和鼓胀裂变早已面目全非，眼前一片狼藉。然而一铁锹翻上来，提起山月秧秧，六七个大小不等欢实白净的山月出世了！

今年山月又成了——父亲母亲交口称赞，父亲眼神中充溢着的光彩，母亲笑容中散发着殷勤的温驯。哥拿起一个能盛满双手的山月，问大家像不像大外甥的头，我不假思索地喊："像十五的月亮！"父亲听着向我投来赞许的目光，大家都随着说："实话像，又大又圆又白净！"

丰收的情绪高涨，快到晌午时，地里白花花的山月摆了好几堆，父亲吩咐哥在地边挖锅灶垒胡基烧灰烤山月，父亲自己则拾了一口袋驮在骡背上，拣了一背篓又大又好看的山月，送回家去。山路遥远，一趟回来，父亲从山下用一背篓山月换的半背篓果子让娃娃们雀跃。一锅灶烤山月刚好出炉，一个个金黄酥绵的烤山月是一家人最美味的午饭，那种香味永世难忘。

一地山月让一家大小挖了三天才结束，最后清理山月秧秧时，发现每株根部都有一个黑瘦干瘪的山月，和根茎长在了一起，父亲说这是三月里种下的种子，一小块山月种子长出了一堆堆新山月，这地真能养人。忽然，不无伤感地说："我和你们的阿妈就像这种子，新山月长大了，旧山月种子也该埋土了。"

经过一星期的休整，人和牲口才缓过劲儿。星期天跟着父亲再上山翻荏子，就像三月里种田犁地一样，哥在前面牵牲口，父亲扶犁，我和妹妹跟在后面捡拾翻出来的山月，竟然捡了一口袋。把山月全部收拾回家，就意味着一年春种冬藏的任务圆满结束。头等山月大部分入窖，小部分用编织袋装起来，送给城里的亲戚和朋友，个头小的破损的堆在杂物房里，母亲炕熟了切片儿，晒成山月干儿，给我们当零食。其余的就喂猪，入秋至腊八，年猪全靠这些山月起膘。这些都是母亲和新姐的活儿，我和妹妹自此可以无牵无挂地上学读书。

除了面食，山月就是庄稼人家的主食，早上炒山月片片，晌午炒山月丝丝，晚饭面条饭里再相遇，改善生活吃顿拉面也难舍离，切成丁丁和肉炒臊子。一日三餐顿顿吃，怎么也吃不厌烦。炒山月，烤山月，焅山月，样样好吃。烹炸煎炒炖山月，至今是我的拿手好菜，也是我的生命中不可或缺的食物。山月之于我，犹如水土之于草木、故乡之于游子、明月之于思念……

岁月轮转，人世变迁，一生要强勤劳的父亲终于劳不动了，小哥也不得不辍学挑起种庄稼的重担。在我大学毕业开始工作的那个冬天，父亲去世了，享年 64 岁。新世纪伊始，国家启动退耕还林工程，我家的山地也被休耕了。从此，和父亲兄嫂一起开荒修路、春种秋收的情景只靠月夜想念和午夜梦回了。

码字的过程就是整理情愫的过程。今夜，我才清醒地意识到，在这个人世，让我强大又柔软、失落又执着、脆弱又坚韧的，依然是一缕缕绵延不绝的乡愁。乡愁里尽是失去的和留下的亲情，尽是对家乡一草一木一砖一瓦的牵念，尽是那细稠绵滑、热气腾腾、口感醇厚的山月，还有一轮瞿昙沟里东山顶的明月。

爷爷雕刻的石碾子

王玉君

儿子经常拉起我的衣服袖子，让我用力握住拳头，抚摸我手臂隆起的肌肉，感觉好硬、好有力量。由此思绪飘飘荡荡回归童年，那时，我也经常抚摸爷爷手臂上的肌肉。

爷爷不仅是木匠，而且也是一位出色的石匠。曾经的年月，在麦场上打碾庄稼要用石碾子（又叫碾砣或碾滚子，在我的家乡直接叫滚子）。它长约 1.5 米左右，是六个面两个端头的六棱柱。还有一种长 0.5 米左右，用来碾屋顶上的土，碾匀压实不至于房屋漏水。那时候农闲之余，爷爷就拿起铁锤、铁钳（我们俗称钻子）凿石头，这种石头是一种黑白相间的麻石头。爷爷先在一块麻石头上安一条直线凿上小窝，把铁钳放入中间的深窝里，用大铁锤用力地砸，顺势劈开石头，一般劈成四棱，再用铁钳一层一层地剥皮，剥成六棱柱的样子，家乡叫黄胚子。接下来才是一铁锤一钳子的雕刻花纹，雕花纹是一件精细活，钳子要尖，槽子要均匀，按"外八字"的纹路雕，并且每一面的棱要保留完整，不能破损，否则碾场时效果不好。就这样雕，一条碾子完成至少要花费半年时间。那时候，没有别的农活或者天阴下雨，爷爷就拿个小凳子坐在大门外，开始雕碾子（家乡叫打滚子）。最后的工序是在碾子的两头凿个眼，这个眼口稍小，里面大，以便安上碾子把稳当不轻易掉下来。那时候，我也学着爷爷的样子，尝试过打滚子，而我始终没有认真学习过，最后也就放弃了，因为这是一项花费时间、体力、耐心的劳作。

雕碾子的麻石头不好找，往往是暴雨过后去河滩里或者深山沟里找。运气好找到一块，先在麻石头上面放上两块小石头，做个记号，防止别人抢。所以，那时候爷爷的生活即使雨后也不得闲，穿上雨鞋水里泥里去寻找石头。偶尔还会和别人为一块石头争执不休。农村的生活就在这种吵吵闹闹里奔向前方，踏着属于它的节奏前行。

至今回想，爷爷雕刻石碾子，就如雕刻生活一样，艰辛而快乐，这是他留给我永不褪色的记忆，雕刻在我心里。隔着时空，默默相望，仿佛一切都回归到原点。这恰好的流年，让碾子的画卷呈现在洁白的纸上，无须构思，清晰或者模糊的时间纹路，都化为最深刻的一幅雕碾子的身影，温润里演绎最美的故事。

岁月真的是一趟单程列车，城市化进程中石碾子退出了舞台，石碾子被机械所取代，淹没在历史的尘埃之中。曾经在麦穗和麦秆间滚动的石碾子已不见踪影，或许若干年以后没有人再记得它，伴随着四季的轮回，隐没在红尘烟雨中没有面世的机会。但石碾子承载的那一段沉重的历史、那一段沧桑岁月说不完的故事，不该也不会从记忆里消失……

我曾经试探着让这份记忆慢慢淡化，不要久住在我心里，谁知仍沧海桑田，越沉越浓。饮着往事的甘醇，如品清风明月，于喧嚣之中收获一份心安的理由。思与不思总会入梦来，念与不念总在激励我去追溯，去展望，去联想……

梨花深处是我家，寨子花开满枝丫

应小青

作家路遥先生曾怀着深情的笔触，在《平凡的世界》一书中勾勒出一座淳朴、原始的双水村，以孙少安、孙少平兄弟的成长为主线，描绘出一代代老中青村民们在这片土地上劳动奔波、生儿育女、柴米油盐的故事，写尽了一座村庄的荣辱和兴衰。

我何其幸运，出生于西部一座依山傍水的小村庄。它曾近乎贫瘠，土里刨食的乡亲们每天过着日出而作、日落而息的日子。而那些翻涌的麦浪、洁白的梨花、泥土的气息和亲切的面容，最终构成了我的回忆里最温暖的底色。

湟水河悠悠，不知疲倦地唱着古老的歌，从青海省海东市乐都区境内穿城而过，到老火车站再往下一点，流经我的家乡——上寨村。

记忆中的村庄，住着二百多户农家、上千口人，村里有三分之二的人家都有一个共同的姓——"应"。

村庄处在一片狭长的河湟谷地，一条铁路把小小的村庄一分为二，每天都能看到一列列绿皮火车如蜿蜒的长龙呼啸而过……因为距离乐都县城也不远，所以我们的生活不至于那么落后闭塞。

村庄后面群山环绕，大小农田、沙果树和软儿梨树错落有致，装点于其间，家家户户都盖着四合院一样的庄廓。讲究一些的大户人家，木制大门上方和房檐下，嵌着寓意吉祥、精雕细琢的木雕，就算是清贫一些的农户，房前屋后也种满了各种蔬菜和各色花朵。

那时还没通自来水，村子中心那口水井所在的井房就成了村里最热闹的地方。

取水，当然是生活中的重中之重。

每天都有男女老少或挑、或抬，或在架子车上装一个废弃的汽油桶，用来拉水。由于用水紧张，做饭洗衣当然要分外节省，大人孩子们都是灰头土脸。常年抬水、担水的经历，让我们从小养成了吃苦耐劳、坚韧不拔的品格。

一根小小的水管，牵动全村人的心，井房边有时笑语喧哗，你谦我让，有时你争我抢，吵上几句。夕阳西下、炊烟四起时，晚归的牧羊人缓缓赶着羊群来到井房周边的小溪，羊群正在低头饮着清亮亮的溪水，突然间，一辆冒着浓烟的拖拉机轰隆隆驶过，受惊的羊群四散开来，片刻后又三三两两聚拢到溪边……

勤快的农人们每天扛着铁锨、背着背篼，在田间地头勤耕细作，指望着用土豆、白菜、小麦让家里丰衣足食，让日子好过一点；而闲散一些的人，聚集在井房旁边的阳洼坡根下，抽烟，下棋，打牌，唠家常，熬过一个个望不到头的日子。遇到婚丧嫁娶的事，家里的炕上、院里坐满了人，桌椅、碗盘只能跟邻居们借……

那时的村庄是安静秀气的，也始终罩着一层灰蒙蒙的面纱，正如很多乡亲朴实的笑容背后，藏着淡淡的哀愁。

村里有一所只有六七间教室的小学，常年书声朗朗，我的爷爷应洪荣先生曾是这里的校长，德高望重的他，不知一届届带出了多少学生娃……

就算没有游乐场、图书馆，冬天只能用煤砖生炉取暖，也挡不住农家孩子对知识的渴求。教室外面空旷的泥土地，再配上一根小木棍，就是最天然的练字板。操场周边的松树、白杨树，也被我们这些学生争先恐后"承包到位"，浇水捉虫，分外爱惜。

没有校服，也没有篮球、足球场，但打沙包、跳皮筋、踢毽子这种常见的游戏，足以让我们欢天喜地，常常玩的满身尘土，笑闹声回荡在村庄的上空。

最初的村庄，给了我们健壮的身体，最简单的快乐，也最难忘。

后来，由于在县城求学，在省会西宁扎下根来，我回村的时间和机会也越来越少。但只要每次回家，总能看到村里日新月异的变化。

随着政策落实到位，考学，打工，走出去的人越来越多。往往一个人能影响一家人，一家人能带动一群人，乡亲们的日子也越来越好。

常见的种土豆，升级为地膜版；田间种菜，升级为温室大棚、规模化种植。后来乐都的长辣椒名扬省内外，说起来有一部分都是出自于我们上寨村呢！之前家里种的自给自足的沙果、软儿梨，现在深受城里人喜欢，大家干脆细心栽培，扩大种植成茂盛的果园。

生活，从来不会亏待那些用双手劳动的人。

腰包鼓了，家家户户首先安装了自来水，紧接着完成了乡村道路硬化改造以及路灯安装，路边还随处可见果皮箱。仅仅是这几项惠民工程，就让上寨村的颜值大大提升，村民们的舒适感和幸福感更是水涨船高。当年的庄廓，早已被一座座精致的二三层楼房所替代，讲究一点的人家几乎把房子设计装修成小别墅。

如今，家家户户房顶的太阳能热水器 24 小时提供热水，每家门口都停着一两辆车，当年还是稀罕物的座机早已被淘汰，现在人手一部智能手机。村里有事再也不用大喇叭喊话，直接在微信群里发布就好。村里还开了好几家饭馆、农家院。遇到红白喜事，直接浩浩荡荡开车去城里的酒楼饭店待客聚餐。

最喜欢秋天的时候回老家，不但瓜果飘香、落叶金黄，而且道路两边粉白相间的格桑花也随风摇曳，如欢迎远归的游子。听家人说，由于村子整洁干净，卫生状况良好，还被县里的电视台采访报道过。所谓的现代化农村，便是如此吧！

近几年来，地处青藏高原的青海正在打造生态旅游，而头脑灵活的村民们，在各届领导的指挥和带动下，借助这股东风，在每年四月中旬，与相邻的下寨村联合举办起"寨子·梨花文化艺术节"，吃喝玩乐，一应俱全，人流如织，车水马龙。比赶集还要热闹，比过年还要盛大，艺术节已经成为乐都县对外推广的一块文化品牌，村子也有幸入选为青海省乡村振兴试点村之一。

曾在网上看过村里举办梨花节的盛况，一步一景，美不胜收。有穿着古装的女子抱着琵琶，凝然端坐在梨花树下弹唱；有文人墨客铺开纸张，挥毫题字，酣畅淋漓。风过处，花瓣纷纷落下，清雅曼妙。

更有城里来赏花的人，拉家带口，欢笑着聚集在梨花树边，定格下一张全家福。村里的大婶大妈们，更是发挥炒煎蒸炸的好手艺，饭菜飘香，笑呵呵地把红红火火的小生意做在家门口……

当年为了生计忙碌奔波，就算房前屋后梨花怒放，洁白无瑕，谁又有心情多看一眼呢？谁能想过，如今朴实憨厚的乡邻们也会在过上富足安逸的生活，有这样诗意、文艺的一天呢？

我亲爱的上寨，它终于一点点擦去尘埃，如一颗明珠，在河湟谷地上闪闪发光。

一别经年，从上寨村走出的我们，就像蒲公英的种子，随风散落各地，但村庄带给我们的养分，一生受用不尽。

"阅过人间万家春色，不及遍山梨花一瞥。"

又是一年梨花开。花开如雪，也如寂寞。这一年的四月中旬，我决定无论如何也要回家奔赴一场与春天的约会。

因为，从前有座山，山下有座美丽的上寨村，村里生活着几百户农家。那里，永远是我的根，是我的心之皈依处。

梨花深处是我家，寨子花开满枝桠。

记忆乐都

哑巴会唱歌

周尚俊

在乡村有句俗话："瞧不起的木匠盖楼房。"在老家也有句土语："看不起的哑巴会唱歌。"

小时候，老家就有个会唱歌的哑巴。

我的老家在青海河湟地区著名的瞿昙寺东面的山里，这里山大沟深，卯梁纵横，纯属浅山地区，靠天吃饭。我们庄子基本上是周姓人家，哑巴当然也姓周，论起来是我们的叔辈。

二十世纪七八十年代，农村实行公社化，村也叫生产大队，每个大队又有几个小队，土地集体耕种，劳力统一安排，由生产队负责耕种打碾、管理分配等各项事宜。

生产队安排给哑巴的工作是田间管理员，其职责就是看护庄稼，保护农田。

这个决定简直高兴坏了我们这些少年儿童。因为此前生产队安排的田间管理员是一位四十多岁的壮劳力，每到庄稼成熟的季节，他安排自己家里的几个人分头看管成熟的麦田，但每天天黑他们的背篼里装满了麦穗头、豌豆瓣这些新鲜可餐的粮食，背到家里享用。那时候农村还缺衣少食，春夏断粮的事情时有发生，这些东西可发挥很大的作用。只是他对别人管的异常严格。有一次，我们的两个小伙伴偷摘了地里的豌豆，被他当场逮住，凶神恶煞般地训斥了一顿，还告到了生产队，生产队扣了他父母的工分，还骂大人看管不严，对抗了生产队的管理，家人知道后把我们痛打了一顿。还有一次，有个孩子放驴时贪玩没看好驴，驴胆大妄为地跑进地里吃庄稼。他发现后抓住毛驴，拿棍子打了半天，几乎打得皮开肉绽，还惩罚性地骑上来回奔跑，令驴忍无可忍，后悔莫及。所有的孩子对他恨之入骨，所有的大人对他咬牙切齿。哑巴当田间管理员，我们孩子真是喜出望外。不会说话的哑巴当田管员，任由我们这些顽皮的孩子忽悠吧！

哑巴是在麦田泛黄、庄稼成熟的关键时期走马上任的。一天，我们五六个小伙伴不约而同地赶上毛驴到离村庄最远的名叫鹰高嘴的地方放毛驴，大家各自撒开毛驴后，钻进豌豆地摘豌豆瓣。此时的天空阳光灿烂，日丽风和，大地百花齐放，彩蝶纷飞。咀嚼着鲜美的绿色食品，呼吸着清新宜人的空气，简直令人陶醉。可是，只是短短的十几分钟，田管员哑巴提着一根棍子朝我们的方向大步流星疾步而来。哑巴身高马大，气宇轩昂，他平时表情严肃，神情庄重，我们还是很害怕他的。我们几人似乎是经过应急训练过一般，迅速钻出豌豆地，快速骑上各自的毛驴，飞快地逃离。打一枪换一个地方，第二天，我们几人约好，到名叫塔蓝山的地方放驴，这里地势低洼，与别的村子邻近，不容易发现，哑巴纵有三头六臂也是鞭长莫及的。恰恰出乎意料，我们刚钻进麦子地，没来得及摘一个麦穗，哑巴似天兵一般，出现在地边，他高大健壮的身躯，威武严肃的表情，吓得我们魂飞魄散、冷汗涔涔，我们丢下毛驴，落荒而逃。直到下午才偷偷地去牵回毛驴。

我们很是奇怪，一个哑巴，一个什么声音听不到的聋子，却对我们的行踪了如指掌，对我们的行动洞若观火。

我们开始对哑巴怒目切齿，恨之入骨。

而哑巴的田间管理员工作，一个月后发生了很大的变化。就连原先靠近草地，容易被羊牲口们践踏的庄稼地也完好如初。花儿们竞相开放，鸟儿们自由飞翔。一块块庄稼地井然有序，错落有致；一个个麦穗头欣欣向荣，生机勃勃。

　　而且，生产队干部对哑巴赞不绝口，表扬有加，社员们对哑巴奉若神明，肃然起敬。哑巴更是踌躇满志，志在必得。自从他担任田间管理员以来，从没看见他背过一次背篓，他的家人摘过一个穗头。每天傍晚，生产队大场上闲人们聚集在一起说长论短，他都是在众人的眼前空手而归，手里永远拿的是那根棍子。

　　把一个生产队几百亩庄稼地管得井井有条，把一片老百姓生存的粮食场守护得完好无损，哑巴真是英雄有了用武之地。在这个用武之地他不需要耳朵，不需要声音，他的心灵就是洞察万物的最好眼睛，他的思想就是守护庄稼的最佳语言。他不但会说，而且会唱，分明唱的是坚守之歌。

　　转眼就到了秋收，所有的社员都进入沉甸甸的麦穗地，开始收割庄稼，我们丝毫没有可乘之机。哑巴早出晚归，声东击西，就连偷摘麦穗的大人都无计可施，就连时常袭击农田的牲畜也安分守己，规规矩矩。

　　到了第二年的夏秋时节，由于雨水充沛，风调雨顺，加上哑巴的前期田间管理到位，庄稼长势喜人，田野里小麦、青稞、豌豆密密层层，成熟的麦穗颗粒饱满，小拇指大小的豆角鼓鼓胀胀。燕子们欢天喜地地在田间的上空振翅翱翔，麻雀们叽叽喳喳地在农田的周围评头论足。一群一群饱食终日的牛羊们在草地里撒着欢儿，三三两两的毛驴们在山坡上啃着脖子。

　　我们真是蠢蠢欲动。

　　我们七八个伙伴商量好，利用早晨哑巴睡觉的时间，去偷摘地里的麦穗头、豌豆瓣。

那天，天刚麻麻亮，树上的喜鹊还在酣睡，洞里的麻雀也在沉睡，就连家里按部就班按时叫醒人们的公鸡都平心静气地呼呼大睡。我们轻装上阵，偷偷摸摸地钻进了岭背后的一块豌豆地。

豌豆郁郁葱葱，棵棵秆壮叶旺，肥大的豆瓣昂首挺胸。我们欣喜若狂、得意忘形，手疾眼快地采摘。忽然，山坡上一声声"啊吧啊吧"的吼叫声传来。田管员来了，哑巴来了。这令我们措手不及，转身逃跑之际，哑巴似从天而降突然现身，清清楚楚地看到了我们每个人。我们健步如飞，四处逃散。

我们每个人都偷偷地溜回家里。未来的几天大家都惶恐不安，没有出家里半步。哑巴看见了每个人，我们是谁家的孩子，他清清楚楚明明白白。哑巴告到生产队，告到学校，扣了家里来之不易的工分，我们就如犯弥天大罪一样，将会受到严重的惩罚，甚至是鞭打，一旦老师知道，更无法走进学校，真是惶惶不可终日。

在家里胆战心惊地待了四五天，家庭的生活平静依旧，父母的脸色一如既往。第五天下午同伴小六子悄悄钻进我家，他鬼鬼祟祟，眉飞色舞。他说，早晨他和阿妈去邻村亲戚家时看到了哑巴，哑巴一如往常，还客客气气地和阿妈打了招呼，像没有那天的事一样。我说，那早可能哑巴没看见他，或认错了人，一个聋子哑子哪有那么机灵。小六子斩钉截铁地说，哑巴最先看见的就是他。

哑巴田管员没有告诉任何人。

我们虚惊一场，终于躲过一劫。

顽皮的我们无法抑制内心的渴望，饱满的豆瓣刺激着我们强烈的食欲。

我们把突击点放在了傍晚时节。那晚，吃饱的羊群屁颠屁颠地奔回各自的家园，尽欢而散的狗也灰溜灰溜地跑入自己的领地。困乏的社员们慢慢入睡，疲惫的哑巴也一定睡眼蒙眬。一伙老朋友不约而同、满怀信心地钻进一块豌豆地。

我们洋洋得意地摸索吃食，轻车熟路地偷摘豆瓣。忽然，一声"抓住他们"的叫喊横空而来，随即又是"啊吧啊吧"的声音，我们一看，前面是奔跑的哑巴，后面隐隐约约地跟着两三个生产队的干部，他们只隔着一块梯田地，哑巴一跃而下，跳下3米高的梯田埂，大祸临头的我们差点心胆俱裂，瞬间脱逃。我们逃离后悄悄地观听动静，他们的追抓声戛然而止。此时，夜已将它那漆黑的翅子慢慢展开。田野温顺幽美，睡在和畅的天地间，像孩子那样安宁香甜。我们心灰意冷垂头丧气地溜回各自的家里，等待着严厉的处罚。

第二天中午，装作无事的我到村场的旱窖里挑水，顺便打探风声。村巷里几个人围在一起谈天说地，有一个说，昨晚天黑，田管员哑巴抓偷摘豆子的贼时，跳下梯田地埂扭伤了脚脖子，被跟在后面的生产队干部抬回了家。

我的心里庆幸，又躲过了一劫。然而，我们的心中又疑惑：一个聋子，一个什么也听不见的哑子，为何对我们的行为一清二楚，对我们的防范如此缜密。

后来，我们才知道，哑巴对家家的大人有很好的了解和分析，对户户的孩子有独特的看法和判断。他不是笨拙的聋子，而是聪明的哑巴。他对村庄的一切明察秋毫，他对田管的职责尽心尽力。任何违反田间管理规定的行为，都逃不脱他的法眼。

最重要的一点，多年后我们才清楚，哑巴是为了让我们逃跑才故意跳下梯田埂，扭伤脚的。当着生产队干部的面被抓住，那可是要动真格处理的，必将引起轩然大波。在生产队干部面前他表现出了责无旁贷、奋不顾身，在小孩子面前，他选择了让步和宽容，体现了哑巴最明智的处事手段和做事的灵活办法。孩子们偷摘粮食与贼偷是两回事，这里有顽皮的成分，是孩子们顽皮的天性。他的目的是坚守，方式是吓唬。我们才心知肚明，那次他差点逮住我们，又放过了我们，明明看见了我们，可是第二天他又装作什么都不知道。

我们才明白，一个身高马大、虎虎生威的田管员，从没有抓住过我们；我们也懂得，一个尽职尽责、无私无畏的哑巴时时在保护我们。

海纳百川，有容乃大。哑巴不但不聋不哑，而且会说会唱，他分明唱的是宽容之歌。

一个夏秋，我们就这样玩着猫跟老鼠的游戏；一个假期，我们便如此寻找着快乐与惧怕的游戏。

开学后，我们大部分人到学校上学去了。

两年后，我们一批孩子到不同地方的学校上学，我到瞿昙寺旁边的三中读高中。上学前，哑巴特意到我们家串门，比画哼哈了半天，我对他竖起的大拇指略有明白，对他的展现的笑脸稍有懂得，但对他的"咿咿呀呀"一头雾水，对他的比比画画疑惑不解。叔叔年龄与他相仿，多年跟他共同劳动，默契合作，基本上能懂他的肢体语言。他在比，叔叔在理解和翻译，大意是说，我们村庄虽然在这个穷乡僻壤，但有学校，孩子们都念了书，以后还要到中学念，都会有出息。还具体说，哪个娃娃以后干什么，哪个孩子以后能办大事。最后，他的脸色竟然有点失落。他比画着说，他不再当这个惹人的田管员了，回家种田。我也明白了，在农村已开始实行家庭联产承包责任制，集体的土地分到了一家一户，公社改为乡，生产队也改为村了。稍后，他的失落稍纵即逝，他的无奈烟消云散。他开始变得兴高采烈，眉飞色舞。他不断地比画，叔叔不断地解释，他说，我们这些娃娃念书后将离开这里，三四十年后，他们也将离开这块土地，到更好的地方生活，这个村庄将会消失。我不知道他的预言来自于什么，更不清楚他的判断发端在何处。

但分明哑巴又为我们，也为家乡唱出了未来之歌。

四十年弹指一挥间，去年到老家，家乡发生了极大变化，哑巴的预言丝毫不差，哑巴的判断准确无误。我们那些偷摘麦穗豆瓣的毛头小子，一部分上学外出工作，一部分创业成家立业，都步入了中年岁月，

过上了很好的生活。在家居住的人们一部分到县城买了楼房，一部分
享受到党的惠民政策，政府组织集体搬迁到瞿昙寺脚下的集中安置点
住楼房，哑巴也是其中之一，但遗憾的是没有见到哑巴。

聪明的哑巴，他能说会唱，几十年前，他为我们唱出了坚守之歌、
宽容之歌，还唱出了未来之歌，让我们实现了理想。

田间管理员哑巴没有上过一天学，没读过一天书，只能歪歪扭扭
地写出自己的名字。哑巴不识字，没文化，但有思想、知礼节，会看
未来，有宰相的度量，有容人的雅量，有预测的能力。

哑巴的世界，没有声音，没有语言，生活在一个寂静的世界。不
能抒发内心世界的情感，把自己放入封闭天地。然而，他分明用眼睛
在听一切，用眼神在表达一切，用眼光在洞察一切，用行动在歌唱一
切！

耳朵有时候只是一种摆设，与听见无关；嘴巴有时候也是一种存
在，与表达无关。哑巴的世界不需要声音，他用思想模仿节拍，用眼
神聆听旋律，用咿呀之语唱出了人间最美好的爱之歌。

酒这东西

张永鹤

"酒这东西!"表达了人们对酒既恨又爱的复杂心情——酒有许多好处,但似乎也有不少坏处。"酒"就这样在人们的爱恨交织中成为生活中不可缺少的"东西"。

无酒不成席。在宴席上,有无酒这东西,效果大不一样。缺少了酒的宴席,气氛肯定非常沉闷,过程也只能平淡无味,席散人去时,相互之间可能连姓甚名谁都不知道。而有酒的宴席则不然,一定是气氛热烈、高潮迭起,并且往往还意犹未尽,自然也就容易形成"下次再战"的约定。经历同一酒场者即使成不了无话不谈的朋友,以后也一定不会形同陌路。

酒后吐真言。因为有了酒,也因为喝酒有一套程序,酒席就变得漫长起来,人与人交流时间的延长也就缩短了心与心的距离,从素昧平生到相见恨晚,从相互戒备到无话不谈,从内敛拘谨到放浪形骸。在酒桌上,往往能看到人真实的一面。所以,酒友往往能够成为朋友,朋友也往往就是酒友。

酒能助兴。酒不但是润滑剂,能使人际间的磨合不再硬碰硬,而且也是催化剂，增添气氛、激活情绪，能将相聚时的欢悦、节日时的喜庆、顺遂时的快乐不断推向更高的层次。这样的气氛中，连平常不喝酒的人都往往不能自持，要抿上几口。至于喝酒者，酒量大增那是肯定的。"酒助兴致，兴致促酒"是也。

酒场有规。酒场规矩最重要的就是"一敬二碰三划拳"。敬、碰、划要长幼有序、尊卑有别，不能胡来。否则就会被人骂作"没教养"或者"二百五"，轻则会被人认为轻狂，没见过世面；重则会被人们或委婉地劝其离场，或强硬地驱逐出场。还有就是"酒令大似军令"（好多人认为是"大死"，依我看还是"大似"更恰当些）。因为，"酒场如战场"，猜拳行酒犹如战场厮杀，必须分出胜输，没有与军令一样严格的酒令，酒场一定会混乱不堪的。而酒场执法者也被人们称作"酒司令"，不守规则、不服判决、撒奸耍赖者，就由"酒司令"罚酒若干以示惩戒。从这点看，酒场还有礼仪养成、规则遵守的教化作用。

酒能解愁。虽说"借酒浇愁愁更愁"，但人们在失意落魄、惆怅难了时，首先想到的还是以酒解愁，释放苦闷。依我看，其实就是用酒精麻醉自己的神经和脑袋，使脑子糊涂、思维停滞，从而自欺欺人地暂时从忧愁中解脱出来。这些人还不如去登山或看海，看到山的苍茫、海的辽阔后，失意、沮丧、忧愁自然会渺小得不值一提。这就是天大地大不如人的心大。但是，如果连一代枭雄曹操都会生发"对酒当歌，人生几何？""何以解忧，唯有杜康"的感慨和无奈，那么芸芸众生们对"酒能解愁"的指望就永远不会断，"以酒解愁"就永远会有充足的理由。

女人喝酒。喝酒本来好像是男人的专利，可是从古至今，酒场上从来就没少过女人。从助兴的配角到独立的角色，妇女的解放历程在酒场上有着生动的体现。至于"三八"期间酒场上女人们的独领风骚更是连好多男人都自愧不如，并产生"牙疼"的感觉。可是，我说，自然酒的好多好处都被女人们知道了，酒也就不应该再是男人们的独爱。所以对驰骋酒场的女人们，男人们大可不必作愤然状。事实上，如果酒场里有了女人的参与，那气氛确实是不一样的，并且男人们往往不会无所顾忌，这对于营造文明的酒场风气是很有好处的。

酒色相连。说到"酒"，就让人自然而然地想到"色"。从天下即家、无所不有的皇帝老儿，到家财万贯、位高爵显的达官贵人，再到腰里没几块铜板的平头百姓，只要与昏庸无道、贪得无厌、游手好闲挂上钩，人们往往会发现他们通通都是酒色之徒。纸醉金迷、寻欢作乐、生活糜烂——这些都是说酒色相连的。似乎，贪杯者个个都是色眯眯的狼。其实，酒是酒，色是色，二者并无必然关联，酒后色性乱是他们故意，是有意而为之的伎俩，他们要的就是这个效果，怪罪于酒，是他们的托词。

酒能乱性。俗话说"戏到红处断"。喝酒也是如此。把握分寸、恰到好处、适可而止，应该是喝酒的原则。若喝得胡言乱语、洋相百出、烂醉如泥，固然能够得到人们的谅解，可是这毕竟不是喝酒者的初衷。至于借酒壮胆、酒后撒泼、或寻衅滋事者，就更是让人所不齿了。所以，古往今来，人们在给予酒很多赞词的同时，也贬以酒许多不雅之言，可是，人们说"酒醉心里明""酒品即人品"，这些自然不能全然怪酒。

酒多伤身。中医将酒赞誉为"百药之长"，"少饮有节，养脾扶肝，驻颜色，荣肌肤，通血脉，厚肠胃，此酒之功也"。但俗话说："食惟半饱无兼味，酒止三分莫过频。"若无度地暴食暴饮，所有的饮食都可能是潜在的敌人，酒更是如此。豪饮猛喝，不醉不罢休，且长此以往，胃、肝、胆、脾等脏器就会成为首当其冲的受害者，胃溃疡、酒精肝、肝腹水等就会不请自来，不折磨得你死去活来也决不会罢休。如果出现脑子断电、记忆力下降、反应迟钝、手颤心跳，甚而人事不省等症状，那说明你已是一个酒精中毒者了，再不痛下决心，与酒说再见，付出的可能就是生命的代价。

"绿蚁新醅酒，红泥小火炉。晚来天欲雪，能饮一杯无？"几个挚友在雪落无声的夜晚，浅酌新酒，敞开心扉，围炉夜话，彻夜不眠，酒酣心通。白居易的这首诗揭示了喝酒的最高境界。"酒不醉人人自醉"的心境和感觉令人神往，其美妙也是只可意会而不可言传的了。这是雅士们追求的情趣。但我等俗人也不乏同样的情趣——在无人扰的农家小院，滚烫的土炕上，几个情投意合的伙伴，围着炕桌，或坐或卧；炕沿边炉火红红，炉盘上酒温其上，大家在壶水的"嗞嗞"声和懒卧炕上的老猫的鼾声中，就着简单的农家菜，喝着酽酽的熬茶，猜拳行酒，推杯换盏，身心皆松，形骸放浪，同样快哉。看来，无论是雅士，还是俗人，在如何惬意喝酒上都殊途同归。

咀嚼洋芋的味道

谢彭臻

　　不管你喜欢不喜欢洋芋，洋芋就铺陈在你的生命里。据我的观察，很少有不喜欢洋芋的人，洋芋是看起来最低调的食材，比不上天上飞的，也比不得树上长的，低调到隐身到黄土里。我喜欢洋芋，几十年变换了无数种花样吃，总是不厌，非但不厌，隔一段时间断顿不吃还会心生念想，我也没有不喜欢它的本钱，在我长身体的前十几年里，除了数量有限的麦子填充胃囊，洋芋作为仅次于小麦的第二口粮，我没有权利拒绝，祖祖辈辈就是这么被洋芋糊弄过来的，也没见比谁矮半分。何况一个人的肠胃生态系统早在十五六岁以前就已经定型了，胃口就像性格一样，你可以调整，但很难从根本上改变它。

　　我热衷的洋芋是高原大山褶皱里孕育出来的洋芋，不是南方水乡平坦的阡陌分割成条块的菜畦里成长的洋芋。南方的洋芋水兮兮，永远吸不足淀粉，吃起来寡淡无味，而且个头偏小，多在乒乓球般大小，绝不能与西北高原黄土里起出来拳头大小的洋芋相媲美，都是洋芋啊，却完全是两种品质，在各自生活中的分量也不一样，洋芋在江南水乡是可有可无的副食，在西北瘠薄的黄土地上是必不可缺的主食。

故乡的洋芋生长在黄土地的怀抱里，在闭塞的沟谷山洼，在草木稀疏得像秃子一样的缓坡上，那样的黄土几乎没有腐殖质，连抗旱耐盐碱的柠条都长成侏儒的模样，可是洋芋就在这一片片黄土里长出来了，长得硕大充实饱满，至于是怎样长出来的，我的理解是一方水土养一方人，大概还有老天爷的体恤看顾。一个农民的本分是在土地里刨食，悉心地侍弄土地，泪蛋蛋、汗珠珠掉到黄土里也会发芽长出东西来。

我们粗壮而健硕的肢体是洋芋喂养出来的，我们的成长也和洋芋颇为类同，洋芋把我们喂养到十七八岁，然后从简陋的乡村放出来，像洋芋般地撒到城市里，每个洋芋找个地方安顿下来，然后扎根发芽。我们的简单和鄙陋几乎和洋芋一样，我们是洋芋的胃，洋芋的命，洋芋的思维。

洋芋的胃粗糙，容纳量颇大，却不够细腻，经受不了牛奶的浸润，对于一小杯牛奶即会发生乳酸菌过敏的反应，这样的胃里填进去若干吸足了阳光的洋芋才会觉得肠胃熨帖，这样的胃简直就是一台洋芋粉碎机，能够接受任何形式的洋芋——炒洋芋、炕洋芋、焖洋芋、蒸洋芋、炸洋芋、烩洋芋、烧洋芋、炖洋芋，林林总总、花样翻新，对洋芋来者不拒。

洋芋的命是高原的命，是青海的命，是河湟谷地的命，是黄土大山的命，是土坷垃里钻出来的命，这样的命是土命，与水相克，与土相合。洋芋的命适应能力极强，在中国的大部分土地都能有模有样地生长，在欧美、亚非拉更不在话下，其实你仔细琢磨洋芋这个名字，就能看出它的身世，洋芋的出生地在南美洲，经过一番漫长的世界游历，大约在十六世纪传入中国，现在还有一个了不起的身份——全球第四大重要的粮食作物。

成长在黄土高原上的人们较少江南水乡人的精巧机灵，从羡慕到嫉妒到忌恨，这里面很有点阿 Q 的精神胜利法的感觉。但各有各的活法,洋芋的思维没什么不好,洋芋的思维是高原的思维,是缺氧的思维,是像阳光一样不会拐弯的思维,是难以周全利害、耻于奉迎屈就的思维。洋芋的思维是咬定黄土不放松的思维,是踏踏实实、不善营巧投机的思维,是寒俭中仍有担当、不改初心的思维。

几乎所有人都吃过洋芋,但大部分不曾窥见洋芋素雅的姿色,老家有句俗谚:"洋芋开花赛牡丹。"洋芋生长过程中会开出紫色小花,不是一两朵,是密密匝匝连缀成繁茂的一大片,数量多了也能形成景致。

多好的洋芋,当一种主食,当一种菜肴,当一个小吃,都会滋润我们的肠胃,丰裕我们的生活,这样的洋芋就躺在黄土坡上,睡眠在我曾经歇脚的塄坎下,带着温敦的笑容注视苍天,垂青着如我这样皮肤粗砺得像洋芋皮一样的高原人,其实这样的洋芋一点都不低贱,毫无疑问,在它对生命无私地飧养中蕴含着非同寻常的高贵。

人与麻雀和谐共处的情缘

钟有龙

　　老王退休后，两耳不闻窗外事，待在家中看武侠小说，每天沉浸在侠客们杀富济贫、除暴安良的故事中，过一星期后到书摊借新换旧，消磨晚年的时光。平日里，他和住在一个小区里的同事，左邻右舍互不往来，很少闲聊。然而，最近一个时期，他似乎变了个人似的，整天里出外进，忙忙碌碌，见人又说又笑，不是浪街道，就是逛市场，大家都觉得他遇上啥顺心事，生活过得有滋有味，显得格外踏实。

　　事情还得从头说起：老王家喜欢吃米饭，几乎一日三餐都吃。三个月前的一天上午，老王的夫人王嫂从商城买来一袋"稻花香"牌的大米，准备存放在灶台下面的箱子里，谁知正往里倒的时候不小心，将袋子里的米撒在外面，王嫂急急忙忙从地上揽起米，在水中清洗过后，打开阳台窗户，在窗台上铺上一层纸，然后将洗过的米放在上面晾晒，以便食用。到了下午她准备取回窗台上晾的米，到窗前一看，米粒不翼而飞。她忙到卧室，问躺在床上看书的老王，窗台上的米是不是他拿进来了？老王说："啥米不米的，我咋知道窗台上放着米哩。"王嫂不解地坐在沙发上，嘴里咕哝着陷入沉思……

第二天，王嫂起了个大早，她站在客厅门口向窗台望着，突然看到几只麻雀在窗台上叽叽喳喳、飞来飞去，她一下地明白了什么，便转身走进厨房，抓了一把米，跑到阳台跟前打开窗子，把米撒在窗台上。不一会儿，两只麻雀飞到窗台上，小心翼翼啄吃米粒。她急忙跑到卧室告诉老王："偷米贼抓到了！"老王一轱辘爬起来说："谁！在那里？"王嫂说："阳台窗台上。"于是他二人站在客厅里看着，麻雀欢跳叽啁、伶俐啄食享受着美餐的情景。顿时，老王脸上挂上微笑，嘴里小声说真是个小精灵。小麻雀突然闯入他们的世界，老王萌发了养雀的心思。从此，他和麻雀结下了不懈之缘，每天喂食、给水，和它们朝夕相处。

俗话说："人有人伴儿，鸟有鸟朋友。"老王两口子喂起麻雀不到半个月时间，窗外麻雀毫不客气，呼朋引伴，数量发展到十来只，而且一天天在增加。麻雀队伍不断壮大，喂的食也增加，由于麻雀贪玩调皮，飞来跳去，争抢食物，有时将窗台上食物糟蹋到楼下。一天，老王找来几块木板，又锯又刨，制作出一个长方形的喂鸟食盒。孩子下班后看到父亲对养麻雀那么痴情，就跑到市场还买来一个供麻雀饮水用的小瓷碗。老王每天往盒子里放上食、往小瓷碗里添上水，除了看书时间外，其余时间都站在室内观察麻雀们的活动。

老王养麻雀，喜欢麻雀，也更爱麻雀。有一天，他觉得经常喂米太单调，想给它们换一换口味。于是，他到超市买了几斤玉米小颗粒，麻雀吃得很开心，吵得、闹得也欢欣。

过了几天，老王又想给麻雀再换口味，就到超市买来几斤麦仁，回家后抓了两把放进食盒里。这时，手机吟声响了，他急忙接起一个电话，听说是他在西宁工作的妹妹患急性胆结石住院准备做手术，他立即乘公交车去省医院看了一趟患病的妹妹。两天后回家，先跑到窗台跟前看一眼，食盒里放的麦仁，麻雀不要说吃，连动都没动。老王想着窗外那些可爱的机灵鬼，挨了几天饥饿，内心十分愧疚，他立刻起身到鸟市上咨询，探问个究竟。

来到鸟市，市场里人来人往，熙熙攘攘，有观鸟斗鸟者，有讲价买鸟者，有为鸟采购食物者，整个市场琳琅满目，应有尽有，热闹非凡。老王上前与一位中等个头、五十多岁、长方脸浓眉大眼、下腮留着大胡子的老板喧起买麦仁喂麻雀、麻雀不领情的事。老板一听，摇了摇头便仰天大笑说："大哥啊，你就没想个麻雀儿的嗓子眼有多大嘛！你买的麦仁粒比米粒大，麻雀能咽下去吗？"听到这，老王恍然大悟，立即转身连声招呼都不打，就匆忙回家。走进厨房，翻箱倒柜，把家中放的麦粒连同阳台食盒里麦仁一起倒进锅里炒熟，然后从灶台下面旮旯里找出铁窨窝，将炒熟的麦粒捣成碎渣后，每天按时喂给麻雀。麻雀们吃着香喷喷的麦食，飞过来，跳过去，不时在玻璃窗上"铛！铛！铛！"啄几下，好像在表示主人对它们精心呵护的感激。老王的心灵也感到一种无名的安慰。

老王家住的楼房坐西朝东，窗外隔着一条柏油马路。一到夏天，路两边柳树成行，树木成荫，无疑成为麻雀们嬉闹的栖身之处。常言道："吃惯的嘴，跑惯的腿。"每天麻雀们成群结队，大驾光临王家窗台，享受着美味佳肴。老王眉飞色舞地说："麻雀也像人一样，现在雀儿们多了、膀大了，争食抢吃，恃强凌弱的事经常发生，让人看得又气愤、又可怜、又好笑。雀儿们自己也感觉到群大了，争抢食物，谁也得不偿失，还浪费粮食，便自觉建立起管理机制。它们四十多只麻雀，分成二组，每组推选出一名头雀，率领自己的成员，啄食时一组在路边的树上等候，一组在窗台上吃食，轮流上阵。领头者进食后，站在监督着组内成员进食，如有违规者，领头者毫不留情，上前啄它，以示惩罚。雀群内如有外来者偷食进入，群雀们群起而攻之，外来入侵者被啄的叽叽乱叫，逃之夭夭。麻雀们每天生活的举动、所作所为，老王历历在目，记在心里。

老王的孙女儿小芸正在上初中，每天起早贪黑，按时到校上课，每晚按时完成老师布置的家庭作业，学习紧张繁忙。一到星期天，总想多休息一会儿,睡个懒觉。一个星期六早上,孙女正在床上蒙头大睡,窗户外麻雀儿们飞来飞去,吵闹个不停,小芸被吵醒后,气得掀开被子,跳起来跑过去打开窗子,把喂麻雀的食盒拿起放进铝合金玻璃窗的夹层里,然后关上窗子,又钻进被窝睡起觉来。不料,小芸的举动惹恼了麻雀,它们飞上飞下、飞左飞右,跳过来、跳过去,叽叽喳喳,一起向玻璃窗上不断啄!"咚!咚!咚!""铛!铛!铛!",仿佛像人一样在骂小芸:"你这个小坏蛋,把食藏起来干什么?快把食拿出来给我们吃。"小芸听着麻雀们在窗外又敲又叫,乱吵乱闹,喧嚷声越来越大。她掀起被子重新跳起来,便气冲冲地跑过去打开窗子,从玻璃窗夹层里拿出食盒,转身快步走进厨房,打开调料匣盖,抓上花椒粉、胡椒粉、姜皮粉、味精,一样不少地撒在盒子里的食物上面后,拿着食盒走向阳台,嘴里嘟囔着:"我让你们吵、我让你们闹、我让你们吃!"然后,打开玻璃窗,把喂食盒"哐当"一声放窗台上,"嗙"的关上窗户。

老王在一旁看着孙女的举动和她的言行。和颜悦色地说道:"你这傻孩子,雀儿和人一样,是有灵性的,你咋就这样虐待它们呢,应该善待它们,它们是有生命的精灵,是人类的朋友。"站在一边的王嫂上前语重心长劝说孙女:"小芸啊,爷爷说的很对,现在国家提倡保护生态环境,那么多的鸟类被列入国家重点保护动物,你一个初中学生,咋就不明白这个道理呢?"小芸看着爷爷奶奶的眼神,羞愧地点了点头。

自此以后,生性麻利的王嫂,每天看着老王爱麻雀、饲养麻雀,被他的爱心打动。她隔三岔五还帮助老王给麻雀添食加水,打扫窗台上的卫生,更加珍惜他俩与麻雀相处的情缘,以及老两口一起欢度晚年、和谐共处的舒心日子,安享愉悦快意的生活。

汗水的礼赞

李万菊

翻着孙长斌先生的美篇《老家的那些事儿》，一幕幕熟悉的场景涌现心头，这是父母和哥嫂的生活，也曾经是我的生活。

第一帧照片：一辆拖拉机装着麦捆满载而归。四个年轻的妇女坐在麦捆上，穿着鲜艳的衣服，头戴凉帽，表情放松，肢体舒展。

第二帧照片：在自家的院子里，小型脱谷机在脱粮食，两个男人在往脱谷机里塞粮食，另外一人从拖拉机上卸麦捆。脱好的粮食装在尿素袋里，一个女人往屋里背粮食，只看到背影。但可以想见，一年中盛大的丰收只有四个人在干，劳动强度该有多大呀！

第三帧照片：晒粮食。女人蹲在地上在拣混杂在粮食中的土粒小石子，男人正扬起一掀粮食。主人公背后枝繁叶茂，照片定格在扬起的粮食上，扬起的一粒粒小麦在空中划一段优美的弧线，又重重落下。在太阳光的照耀下，如飞舞的黄叶，哦不，如黄蝴蝶。世界上最美的语言都形容不出舞在空中小麦的美，而轻飘的麦衣则被吹落到一旁。

坐在书桌旁静静欣赏这三幅画面，说不定你心底里会涌出诗意的感觉，但真正置身于此，除了诗意，恐怕更多的是一种忙碌和紧张。

一年的庄稼，两年的苦。庄稼人真正休息的时间并不多，元宵节一过，就开始往地里运送肥料了。此时的粪肥还冻着，得用铁锨刨开，拉到地里，分别成若干小粪堆，上面再盖一层土，以免肥料被春风刮跑。接着用榔头把肥料砸碎，再把粪散开，地里的小土块也要细细地砸绵。给土地盖上一层厚厚的肥料之后，再用拖拉机或骡马把地翻一遍，边翻地边撒种子。撒过种子的地再用耙子拉着磨一遍，把犁沟填平，把地弄得平平展展，静待种子发芽，破土而出。

一年之计在于春。不错，庄稼人在春天就要计划好哪块地种小麦，哪块地种土豆。小时候，我的家乡还种麻和穈子，随着生活的好转，大多数人买鞋子穿，麻就不种了。生活改善了，穈子也消失了。古人常把桑麻连在一起，北方只见麻不见桑。现在连麻也很少见了，桑麻变成了农事的代名词，古人把酒话桑麻，今人把酒话什么呢？

麦子偷偷地从土里钻出来，妇女们的活儿就开始了，一颗麦子的成熟堪比一个孩子的成长。风吹日晒雨打不停，稗子以顽强的生命力在争夺生存权和营养。刚出世的嫩芽，还真不好分哪个是麦子，哪个是稗子。一颗小麦的命运没有破土而出时交给麻雀之类，睁眼看多彩世界时又交给了从身边而过的铲子、锄头和铁锨。小麦的成长，不说惊心动魄，也算得上提心吊胆。可能它的兄弟姐妹就死于主人某一次的无心之举了。

万事万物的相生相克同样也体现在小麦的成长中，第一次除草并不能全部消灭稗草，还有第二次第三次……直到麦子长高了还得继续，薅草的难度系数也越来越大。第一次薅草还能坐在地上，随着小麦的长高，慢慢得蹲着，再半蹲着，最后站着弯腰拔草。站在半人高的麦地里密不透风，麦芒在保护它的果实，可并不保护人，随时随地扎在胳膊和手上，刷它的存在感。

妇女们最清楚麦子是一天天地怎样长高的。在我的生命里曾有那么几年，每天早上到公路上跑操，两边是大片的小麦。从泛绿到结实，不知不觉。等惊觉时，一年的庄稼到了收获的时节了。当然，我的青春和读书生涯也随着一茬又一茬的麦子结束了。

这时候在田里面出力的人又在干什么呢？他们一点都没闲着，万物生长除了靠太阳外，还需水的滋养。选择正确的时机浇水就特别重要，家在湟水河边，那个水可不是说有就有的，得从湟水河里抽取。春夜或夏夜打着手电筒，穿着厚衣服蹲在自家的田塍上，眼巴巴地望着。春夜的风并不美好，带着一种料峭的冷，直往脖子里钻。向上看满天星光，向周围看，黑暗包围着一切。只有大声唱歌来驱除恐惧，看到黑影移动，汗毛倒竖。虽没有为浇水发生过像电影中那样大规模械斗的场景，但小摩擦绝对免不了。我相信，电影中的情节一定在某个地方发生过，文学来源于生活嘛！

三生三世桃花，三薅三浇小麦。等接受了阳光，吸饱了雨水，吸收了养料，麦穗开始扬花了。细小细小的白花，不起眼到几乎让人忽视的地步了。它短暂存活于世，不以艳丽的色彩招蜂引蝶，不以浓烈的香味引人驻足。小麦扬花的季节，是河湟谷地一年中最好的时光，也是一年中最忙时节到来之前一点点偷闲的时刻。古人认为最美的是春花秋月，我觉得夏天的傍晚也很美，天边的彩霞欲坠未坠。吃过晚饭的人们三三两两，凉风吹拂，暑气渐消。孩子奔跑跳跃，大姐们穿着各色各样的旗袍，打着图案漂亮的花伞，在广场上秀出了风情万种、万种风情。田野里飘来的清香沁人心脾，好像川端康成在凌晨四点看见未眠的海棠花一样，我不由得在心底里赞叹："生活好美呀！要好好地活呀！"

等到麦子成熟，家中立马笼罩上了一种严肃紧张的气氛。"七月的秀女也下床"，收割粮食就是在龙口里夺食，一场暴雨或一场狂风都会把一年的辛苦化为泡影。站在望不到头的地边，风吹过一波又一波的麦浪，感觉又幸福又惶然，只有不停地割！割！割！把麦子割下来，拉到场上，打碾完毕，晒干归仓，一颗心才放到胸腔里。割麦子时，头上的汗流到脖子里，然后一起流到土地里。天黑了，全身乏透了，不想吃饭，不想多走一步路，只想快快地上炕，把疲惫的身体放成一个"大"字。多盼望下一场雨，休息休息，下雨就是农人的星期天。不不，不能下雨，一下雨，熟透的麦子会跑到地里，又发出新芽，还是不要下雨。真是"力尽不知热，但求夏日长"。

把成熟的麦子割下来，这才是走完万里长城的第一步。打碾小麦也是一个繁重的活儿，打碾时最怕暴雨的袭击，但人们脸上已洋溢着微笑了。打碾完毕，就可以歇一口气了。想想喧喧的白面馍馍，那种清香是无物可替代的，这样想着，心劲儿又来了！

一颗小麦的使命是什么呢？这中间有可能不发芽，被错拔、鸟啄、虫咬，等等。从春种到秋收，再经过磨面机，最后端上人们的饭桌，这中间要经过多少人的手呀！了解了这些，你还敢浪费和忍心浪费食物吗？

生活是最好的老师，那些从生活中总结出来的词语才是神龙活虎、具有长久生命力的。家乡的人们把在人前不说话，人后面憋劲使坏的行为称作"麦衣子底下放水"。直到我亲眼看到麦衣下面进了水的情况，不由得从心里面叹服。麦衣吸了水之后，麦衣表面看不出来，可不出三天，麦子就从内部腐烂，最后波及全部，甚至是跟麦衣放在一起的任何东西。生活中碰到这样的人，逃离还远远不够吧？

"此情可待成追忆，只是当时已惘然。"劳动的场景在光与影中凝成一幅幅画面的时候，这些画面充满了诗情画意。是的，生活除了眼前的辛苦，也有辛苦后的欢愉。春种，夏长，秋收，冬藏，一年四季的变化启迪我们：顺应季节，像一颗小麦一样倔强地生长，有益于世。

煤油灯

赵玉莲

缺吃少穿那些年，一盏油灯一缕烟。此忆恍惚如昨日，昏黄影里泪潸然。

说起煤油灯，我会情不自禁地想起煤油灯下父母精心陪伴我的那段难忘时光。也许生在新社会，长在红旗下的新青年根本不知道煤油灯是什么样子，但过去生长在农村的每个人都使用过煤油灯，想必对煤油灯的记忆都很深刻。煤油灯为二十世纪六七十年代电灯普及之前的主要照明工具，现在旧式煤油灯已几近绝迹。

当时，市面上出售的煤油灯多为玻璃材质，外形如细腰大肚的葫芦，上面是个形如张嘴蛤蟆的灯头，灯头一侧有个可把灯芯调进调出的旋钮，以控制灯的亮度，使用棉绳灯芯，其灯头通常以铜制成，而灯座和挡风用的灯筒则用玻璃制成。灯头四周有多个爪子，旁边有一个可控制棉绳上升或下降的小齿轮。棉绳的下方伸到灯座内，灯头有螺丝绞与灯座相配合，故可把灯头扭紧在灯座上。而灯座内注满煤油，棉绳便把煤油吸到绳头上。自清末，新式煤油灯被引入中国。新式煤油灯以其美观的灯具造型，以及科学的燃烧方式和数倍于老油灯的亮度，使它一下子吸引住了中国人的眼球。特别是有些外国的石油公司，把煤油灯作为销售自己石油产品的敲门砖，推向中国的老百姓。只要用火柴点着绳头，并罩上灯筒，便完成点灯的动作。但如此美观实用的"洋灯"，普通百姓人家根本买不起。不知不觉，自制煤油灯悄然兴起。

一盏油灯万缕光，夜夜陪伴我的是爹和娘。父亲是制作煤油灯的能手。还记得小时候，父亲把稍微大一点的玻璃药瓶擦干净，在瓶盖上打个圆孔，在瓶内注入煤油，把棉花捻成捻子，再将捻子从瓶盖孔穿进去，使灯芯一直延伸到瓶底，瓶子里倒上煤油拧紧瓶盖，于是一盏简易的煤油灯就做成了，父亲把自制的煤油灯叫"灯盏"。煤油灯的灯捻子将煤油汲吸上来，油润润的灯芯，火柴一点就燃亮有了光明。漆黑的夜，煤油灯发出忽明忽暗的光芒，灯光可见的亮度不过是一两尺，一家人只能凑近煤油灯围灯而坐。母亲借微光穿针引线纳鞋底做鞋帮，父亲阅读医学书籍，我和姐姐、弟弟、妹妹爬炕桌上温习功课。等我们作业写完了，父亲就为我们绘声绘色说唱民间传说，讲励志故事，乐此不疲。深夜，我们都睡了，父亲伴着一盏油灯翻着厚厚的《三国演义》《水浒传》等文学巨著，并把它融汇为通俗易懂的故事，第二天讲给我们听。父亲眉飞色舞地为我们讲，讲刘备，讲诸葛亮……我们聚精会神听父亲说古道今，一个个活生生的面孔浮现在我的眼前。

每个宁静的夜晚，煤油灯的火舌一闪一闪的，闪动着我儿时的梦想，燃烧着父母的希望，好日子天天都在煤油灯下过，浓浓的油烟味中弥漫着温馨和快乐。当灯芯烧黑了，母亲用针剔亮，灯芯越烧越长，细心的母亲用小剪刀剪除碳化的那一小截，顿时，油灯亮了好多。灯芯有时候会燃成好看的小花，母亲说一旦灯芯燃成好看的花蕊，家里就有喜事来临。母亲随口说的一句话，成了我心中的期盼。每天晚上我写作业时总盼着灯芯"开花"，每隔一段时间，我都要仔细端详灯芯是否"开了花"。每当夜幕降临，我和姐姐抢着点亮煤油灯，就像是在点亮心中的梦想。我与"开了小花"的煤油灯倾心交谈，在父母陪伴下信心百倍地走向未来。

油灯不灭都不睡，轻轻松松换装备。父亲将买来的煤油瓶挂在墙上不显眼的拐角处，煤油灯缺油时提出来添加，父亲添油时总是小心翼翼的，生怕弄脏了衣物和桌子。煤油灯的火焰不仅将墙壁、屋梁熏黑，还在屋子里到处留下乌黑的油烟痕迹。稍有不慎，浓浓的油灯火焰就将我的头发和眉毛烧焦，鼻孔里黑黢黢、油乎乎，很难洗干净，缕缕黑烟连我的脖颈都熏黑了。母亲再三叮嘱我们千万小心别打翻了油灯，但我很不争气，一不小心就将油灯碰倒侧漏，满屋子散发着浓浓的煤油味。有一次我毛手毛脚拿书本时又将盛满煤油的煤油灯打翻，倒在母亲的裤子上，母亲用洗衣粉将裤子洗了几遍，都没能洗干净，看到母亲怜惜的眼神，我自责了好多天。

煤油的味道虽然呛鼻难闻，但煤油是不可或缺的生活用品，打火机也是注进煤油打火的。父亲常提醒我提着油灯时脚步要放缓，不然走路的风会将灯吹熄。夜晚风大的时候，我谨记父亲的话，一手举灯，一手遮风护灯，以免窗户外吹来的风将灯吹灭，但防不胜防，门风经常将灯吹灭，点灯又得浪费一根火柴。那时候是计划经济时期，煤油要按票到供销社购买，家家户户都得俭省节约。为了节约煤油，除了过节，一家人通常只点一盏煤油灯，做饭时灯在厨房，做好饭后，把饭端到堂屋，煤油灯也拿到桌上。

煤油灯承载了乡愁和家国情怀。一家人围着煤油灯，守护的不仅仅是无数个日日夜夜，更多的是父母对孩子倾心竭力的爱。盘腿坐炕上，家人围一桌。杂粮面糊糊，青菜也不多。但是快乐的心情无以言表。昏黄的灯光下，父亲还为村民输液，针灸，我多次目睹煤油灯下，病人经父亲救治痊愈后的喜悦。

热炕上一家人围着油灯不离不弃守护的场景转眼就成往事。虽然时隔多年，我的内心深处依然守护着那段长长的亲情相系的深情记忆。忽明忽暗的光芒带给我的温暖和感动最多，一幅幅动人的画面印刻在脑海中永不褪色。煤油灯化作一盏永不熄灭的心灯伴我前行。每当夜深人静时，我时常想起故去的父母，想起在煤油灯下母亲做布鞋的模样，想起父亲求知若渴的眼神以及温煦可亲的话语，品味父亲为我们绘声绘色讲过的故事。蒙尘的油灯，空房子，潺潺流淌的小溪，老屋倾颓的泥坯碎影，直教人相思如雨。

煤油灯是一个时代的记忆。通电之前，煤油灯闪烁着昏黄的火苗，将亮光泼洒在家家户户。遇上村口演电影，父亲用纸粘的灯罩罩住煤油灯，我和姐姐兴奋地提着煤油灯走在观看露天电影的夜路上，小朋友们提着忽明忽暗的煤油灯，远远望去，点点灯光火红铺开，成为夜空中一道最明亮的风景线，充满了诗情画意。

时代发展的真快，煤油灯转眼成了古董，电灯在全国各地开枝散叶，家家户户从此灯火明亮。起初为了节约用电，村里人每家用的都是15瓦的电灯泡，但比起煤油灯的烛光，已经很亮了。随着电力资源的丰富，灯泡换成40瓦、60瓦，后来换成日光灯，亮度很高但不刺眼。煤油灯无疑是光明的基石。家乡的变化也是日新月异，从靠天吃饭的时代转变为知天而作的信息时代，从微微烛光到灯火灿烂。真可谓"游人多昼日，明月让灯光。"夜幕下城市的霓虹灯抒写着繁华的盛景。

流年不过平常，点滴记载温凉。记不清煤油灯与我们共处了多少年，回忆煤油灯下与家人共度的那一刻，正是幸福洋溢的一刻。父母把欢乐能量传递给儿女，寄予儿女理想和希望，煤油灯陪我们一起奋斗，分分秒秒的时光和心思都化在煤油灯里了。摇曳的灯光，可贵的亲情，值得一生回忆。多少个日日夜夜，我数着和父母一起走过的日子，可惜我们无法回头看和父母一起度过的时光。青丝白发弹指间，今晚，我的梦中是否还会出现油灯的亮光？

没有闹钟的岁月

范宗保

晨曦透进阳台时，隔壁军营响起了悠扬的起床号。每当此刻，我都会情不自禁回味孩提时祖母和母亲唤我们起床的情景。那个没有闹钟的岁月，祖母和母亲就是我们的闹钟，数着鸡鸣的次数守望黎明，时辰判断得总是那么准。

我的家乡是青藏高原的一个小山村，是一个可以依在窗棂听风看月的小山村，偏僻却富有生机，贫瘠却充满希望。那时，全村没有一把闹钟，村民们都是用传统的方法判断时辰。凌晨听鸡鸣，白天看日影，夜间观星斗，日出而作，日落而息。农忙时，便没了时间观念，起早贪黑甚至通宵达旦。最忙的当属秋收打碾期，为了等一缕扬场的风，往往在打麦场坐等半夜。冬闲时，村民们常常聚在一起，看着蔚蓝的天空下盘旋的雄鹰，看村前山坡上啃干草的牛羊，看屋檐上起起落落的鸽群，谈论一些家长里短，合计来年的农事，时间在谈笑间缓缓流失，悠闲而自在。

我的祖母就像一把闹钟，每天会准时催促我们姐弟起床、上学，从不懈怠，也极少误时。祖母是个小脚女人，记忆中戴头帕、穿大襟、缠裹脚，把自己拾掇得很精神，温和的眼睛总是闪烁着慈祥的光芒，她的头发也梳得那样好，没有一丝乱发，年轮的刻痕掩不住天生的温雅，全然没有山村妇女的特征。这也许是母亲贤惠孝顺的缘故吧，家务活极少让祖母沾手。

祖母可以用多种方法判断时辰。比如，最古老的"鸡鸣报时"法，根据土公鸡打鸣的规律，确定黎明的时间，鸡叫一遍是三更，第二遍是四更，第三遍则是五更，天就要放明了。随着鸡鸣的波次，屋檐下的鸽子也会跟着"咕咕"打更。祖母几乎每天都会重复"鸽娃叫了，快起来洗脸去"。上初中的那几年，去学校要走近8公里山路，比家在学校附近的同学要早起近2小时，遇有雨雪天气，起的更早，祖母每天都会按时唤我们起床。高原的天气，冷的时候多，热的时候少。为了怕我着凉，祖母会提前在被窝里为我焐热衣服，日复一日，年复一年，我在祖母的温暖下，度过了快乐的童年，也度过了美好的青春岁月。

"观影测时"法，是祖母判断中午时间的常用方法，根据太阳照在廊檐和柱子的投影方向变化判断时刻，因为看柱影比直接看太阳要方便，且不伤眼睛。当正房（俗称北房）前檐柱的影子指向金柱时，柱影方向正北，说明到中午了，祖母就会张罗我们吃晌午。农家的午饭很简单，有时开水就馍馍，有时蒸土豆，极少有炒菜。农家的孩子也从不挑食，有吃的、能吃饱就很知足。每当黄昏时分，祖母总会坐在廊檐下的小板凳上，看夕阳从远山边一寸寸落下去，我放学回家的路也随着落日一点点缩短。跨进家门的那一刻，她笑得那么灿烂，一句"我的大孙子回来了"，便能驱散我一整天的学习压力。

还有"星象看时"法，在不同季节、不同日期，根据月亮和星座的位置变化，大致确定时间阶段。祖母偶然也会带我们看星星，讲牛郎星、织女星、三星、北斗七星在不同时间段的位置，因为这些星座特征明显且容易记住。讲得最多的是北斗七星，不但能判断方位，还能根据初昏时斗柄所指的方向判断季节，乡间流传的"斗柄朝东天下暖，斗柄朝南天下热，斗柄朝西天下凉，斗柄朝北天下寒"，相对应的就是春夏秋冬了。祖母对这些常识也就知道个大概，很少用在起居生活中。祖母除了讲一些星象知识，还给我们讲人生哲理故事，如八哥报恩、铁棒磨针、借光读书、包公断案、岳飞学艺，等等，不一而足。这些故事都是从祖上或邻里乡间听闻的，有些讲得清楚明白，也有些讲得比较笼统，甚至连故事中的主人公都说不清楚，但道理都十分浅显，蕴含着做人的准则、做事的态度和处世的哲理。

"焚香定时"法，是家里蒸馒头时的计时方法。当母亲发酵好面粉，将揉好的面团放进蒸笼时，祖母便会插上一炷香，在半炷香位置打上记号，待香燃至记号处时下笼，馒头的香气便会溢满庭院。在那个经济困乏的年代，家里蒸馒头算是一种奢侈，闻着诱人的香味吃热馒头，也是很享受的。当然，更享受的是，祖母隔三岔五会给我一些零食，有时一牙苹果，有时一块饼干，也有时一块冰糖、一颗红枣，而这些零食都是亲戚看望她时带来的礼物，在炕柜里一直存放着，自己却舍不得吃。

"猫眼估时"法，是祖母最喜欢的一种，因为家里养的老花猫与祖母最亲近，便根据猫眼的瞳孔随光线强弱的变化，确定早、中、晚时间，还说"早像瓜子晌午线，晚像月亮看得见"。受祖母的影响，老家便有了养猫的习惯。

也许，我们就是祖母眼里的小猫。每当父亲责罚我时，祖母总会护着，我暗自庆幸有一位保护神。不过，也有躲避不了的时候，父亲的榆树条和手巴掌会趁祖母不注意落在我的屁股上。祖母也有"出卖"我的时候。那时课外读物极少，偷看父亲的藏书便是最大的乐趣，虽然看不太懂，一些繁体字也不理解，但还是喜欢看。《水浒传》《岳飞传》《杨家将》，都是那个时期的最爱。祖母是不识字的，却对学校发的课本和她所谓的"闲书"分得很清，只要发现我偷看"闲书"，便喊父亲来收书。父亲虽然表面上收了书，却将书放在我能够拿取的位置。可见，父亲还是不反对我看"闲书"的。小学三四年级，父亲曾让我背过《三字经》《百家姓》等，这些又是语文老师所不赞同的，认为会影响主课。

后来，祖母拄上了拐杖。再后来，祖母身体渐渐衰弱了，唤我们起床的责任便落在了母亲身上。

母亲从小跟随外祖母操持家务，传承了勤俭持家的品德，也养成了守时守信的习惯。在农业社时期，母亲为了多挣工分，坚持每天下地劳动，因此落下了心脏病和风湿性关节炎，夜间睡眠不好，前半夜很少有完整的睡眠，后半夜睡得也很轻，生怕误了我们起床上学的时间。

母亲不只负责唤我们按时起床上学，也会经常督促我们的学业，有时还很严厉。不识字的母亲，时常拿着书本考我们，说："你写，给我写。"虽然不知道母亲让我们写什么，但我们不敢不听，将新学的课文或算术题写在本子上，有时用碳棒在地上书写，如果稍有迟疑或停顿，母亲手里的书本就会迎面飞来。在母亲的严加管教下，我们的学业也不断进步。

高中毕业那年，我应征入伍参军了。父亲送我去武装部报到时，顺便在县城买了一把精巧的闹钟。从此，闹钟伴着弟弟妹妹们迎接新的一天。而我，每天踏着起床号追逐着强军梦想。

回想那些没有闹钟的岁月，祖母和母亲唤醒的不只是我们的梦境，还有山村沉默的泥土。

敬你一杯青稞酒

陈芝振

青海人饮青稞酒，有种热爱家乡的情感。"敬你一杯青稞酒"，首先是厂家在包装上和顾客拉近关系，不说供给你，卖给你，而是敬你一杯。况且青稞酒，是用青藏高原的圣物——青稞酿造而成的酒。敬酒者，尊人也，心里暖乎乎的。何以见得？中华文化博大精深，还得从"酒"字来历谈起。

酒字，最初是一个"酉"字，就是装酒的坛子，或者瓶子。上古时候，人类的祖宗刚从古猿进化而来，茹毛饮血，采摘野果，捕捞鱼虾，猎取野兽，穴居山洞，饥饱不均，所谓旧石器时代。人类祖先在生活过程中学会了驯养家畜家禽，耕种五谷，进入新石器时代。偶然的机会他们发现了在野果掉落的地方有一个小水坑，背阴处，熟透的果子已经软化成浆，且气味芬芳，于是掬在手里吮吸一口，甘甜醇香，使人精神焕发。原始人类没有盛酒的容器，自然形成的小水坑不渗漏酒，他们从中得到启发，不断有果实掉落到小酒坑，天然酿造成酒。他们试着做盛酒的小坑，首先是泥浆搅拌捏一个敞口的容器，极易破裂，后又用火烧的办法制作出了陶罐之类的容器。这样经过了几千年，酿酒技术也从大自然天然形成，进化到人工酿造，酿造技术也从果浆酒发展到用粮食酿造。这时人类已经有了文字，照着装酒的容器画下来，就是一个"酉"字，这是"酒"字的雏形。酒是一种液体，古人将液体的东西一律标记为水，用水字形状表示，在已经造出来的文字"酉"字旁做水的记号，管它在左边还是右边，这样人类历史上的第一个"酒"字就诞生了。后来又制作出了饮酒的酒杯，大概已经是青铜器时代了，用铜铸，这就是尊。"尊"字中间一个"酉"字，上边两个点表示尊的上边节制饮酒的鼻顶，为防止饮酒过量。下边三足被手握住，手握用"寸"字形，其意表示用右手握住酒杯，给尊敬的人，表示对对方的尊敬、尊重。后来给尊重的"尊"字加走之旁，表示遵照的"遵"。

现在该明白"敬你一杯青稞酒"的意思了吧。所以我们给人敬酒一定要诚心，不要以为他（或她）不饮酒，就不给他敬，敬酒表示对人的尊敬、尊重。

有了"酉"字做形旁，有关酒的形声字就成批地造出来了。酒是"酿"出来的，以"襄"字作声旁；酒喝多了醉人，喝醉酒像个死人，神志不清，因此以"卒"字作声旁；喝醉酒的人等酒精挥发了就醒来，以"星"字作声旁；酒浆很醇，以"享"字作声旁……这里不一一列举，只要你用心，翻开《现代汉语词典》检字表"酉"部，就可查到与"酉"有关的一百来个字。愿你找点空闲，一边品酒，一边品字吧，蛮有趣味的。

不过劝你少喝点，对身体有好处。老年人说他们都是过来人，希望年轻人少走弯路，酒色财气四大空，人生能有几多春，劝君珍惜少年时，饮酒适度莫伤身。据说有个刚学数字的幼儿给自己的父亲写了一段劝酒书："88, 8179, 7954, 01.2437, 6.98。"伊斯兰教禁饮酒，汉族无酒不成宴。新疆天山马奶酒，宜宾酿造五粮春。蒙古族有敬酒歌，藏族有献酒舞。

过年了，"敬你一杯青稞酒"；过节了，"敬你一杯青稞酒"；欢迎会，

"敬你一杯青稞酒";欢送会，"敬你一杯青稞酒";人逢喜事精神爽,"敬你一杯青稞酒"。劝君碰杯青稞酒,四海九州交朋友。劝君更饮一杯酒,西出阳关无故人。酒逢知己饮,话同良友语。敬酒友谊厚,赌博人情薄。羲之微酒序兰亭，李白斗酒诗百篇，武松醉酒擂猛虎，关公温酒斩华雄；新丰鸿门宴，樊哙卮酒安足辞；敬酒无恶意，宋赵匡胤杯酒释兵权。白酒红人面，银钱黑人心。酒使人乱性，茶给人精神。为此春酒,以介眉寿。酒壮英雄胆，话激莽夫心。坡里兔子狗追出，心里的话儿酒撵来。汉酒倾泉名酒泉，李白醉心白云边，杜牧借问杏花村，洞宾赐饮青稞酿。

"敬你一杯青稞酒"，高原芬芳溢九州。

窗外，那些清脆熟悉的叫声

盛国俊

宁静的周末早晨，被喜鹊叫声吵醒。赶紧一骨碌爬起来，找出相机，选好位置。喜鹊叫的这个位置，是我家住的家属楼与院外商品楼垂直成丁字形的地方，安静又避风。顺着叫声我立马锁定了它们。我轻轻推开纱窗，为的是拍照清晰些，也怕被它们发觉而飞走。

这时它们刚好在电线上，其中一只显得尤为兴奋，在另一只身边盘旋，且不时转动着身体，不停地散开身上和尾巴的羽毛，像孔雀开屏似的。它们一会儿飞起，一会儿又落下，像在表演，煞是好看。另一只则显得稍稍安稳，只是叫着，在电线上来回跳着。也许喜鹊是在歌唱现实生活，或是商量着孕育下一代的大事，在憧憬着美好未来。更为有趣的是，在它们斜对面的网线上，几只麻雀在聚精会神地观望着眼前这对幸福的"恋人"。

如此近距离地观察喜鹊对我来说是很少有的事。两周前的一个下午，与妻子到新建的朝阳山片区蚂蚁山安置区散步时，在路边一棵杨树上也惊喜地发现了喜鹊的窝。为此我还专门拿出相机拍了照，当时虽没有发现喜鹊的影子，心里还是一阵惊喜。在这个安置区里，高楼耸立，设施先进，道路宽敞。新建的人工湖和湖边景色宜人，昔日光秃秃的对面山坡已披绿装，吸引着众多市民前来观光、休闲、拍照。不久以后，这里将迎来被统一安置入住的新主人。没想到喜鹊捷足先登，倒先在这风景优美和易于觅食的地方提前安了家，更没想到在"5·20"（我爱你）过后的第二天，它们竟近距离地出现在我的视线里，像是专门为了弥补上次只见鸟巢没见倩影的遗憾。

"喜鹊喜鹊喳喳喳，你们家来了丈亲家。亲家亲家你坐下，你的女儿给你烧肉饭。"这曾是当时农村生活的真实写照。喜鹊和麻雀是常见的鸟种。喜鹊喜欢独居，有时候是成双成对；而麻雀喜欢群居，一出来就是一大堆。以前在打麦场上多发现麻雀扎堆的身影，那时爷爷通常会用一根细长的木棍来驱赶撂子①上的麻雀，只要棍子一甩出，再吼一声，麻雀立马识趣地飞走。看你走远，过不了多时，它们又重飞回来，像在跟你玩游戏。喜鹊在农村则是吉祥的化身，只要谁家房前屋后有喜鹊叫，定会有亲戚上门或有喜事降临。

在田间地头的大杨树上，远远就能望见树冠上有众多喜鹊筑的巢，有的还是上下两层，心里觉得好高大好神奇。有时候，这种好奇心也促使淘气无知的小伙伴们爬上树捣鸟窝。由于树高人小，小伙伴们有劲没处使，行动数次还是以失败告终。随着岁月的流逝，不知从什么时候起，一夜之间不见了喜鹊和麻雀的踪迹，难道是它们永远地飞走了？是飞到春暖花开经济相对发达的南方去了吗？人们百思不得其解。

好多年过去了，已参加工作近十年的我也搬到县城居住，算算那时候也正是西部大开发和退耕还林政策的实施期。交通工具从刚参加工作时的加重剑鱼牌二手自行车换成了崭新的嘉陵125摩托车。

一直在乡镇工作的我，也见证了山在变绿，水在变清，村庄道路

---

① 撂子：把麦子割下来捆成捆子，再把捆子拉到麦场上后，按圆圈一层一层撂成圆锥形，家乡话叫撂子。

逐条硬化，砖混结构新房逐渐多起来的现实。伴随着生活条件的巨大改善，喜鹊和麻雀又在农村现身了。如今在县城人行道上，很容易就能看见蹦蹦跳跳觅食的小麻雀。它们中有的胆儿真大，你靠近它时，会旁若无人自顾自找食吃，头一仰一仰地往前跳着，全然不顾你的到来，更没有一丁点胆怯的表现。

如今，每次回到家乡，到处能看到麻雀的身影，也能听到喜鹊快乐的鸣叫。这种叫声，与呈现在眼前翠绿的青山相映衬，回声清脆；与马路上穿梭的私家车、班线车和路边宽敞舒适漂亮住房融为一体，形成独特的时空美景；与写在人们脸上的幸福构成一幅完美的和谐发展图，激励着人们迈向更加富裕的新生活！

雨中，从樱桃树下走过

秦　青

我们相聚在雨中，从樱桃树下走过，一份与仲夏，与浓情的邂逅更成了一首樱桃色的诗篇。

——题记

"你想看樱桃吗？"

当朋友的这句话从微信里飞出的时候，西宁正下着蒙蒙细雨，这雨丝丝细密地连着下了好几天，气温也变得寒凉起来。爱俏的姑娘们正纷纷感慨夏日离我们越来越远，都不能用裙装来一一迎接。而在这样的时候，一个关于樱桃的邀约让夏天的暗淡瞬时鲜亮起来，我的眼前立刻呈现出一抹"红了樱桃，绿了芭蕉"的景象，众多与樱桃有关的词句在心底频频敲击。带着这份喜悦，我立刻与好友"月"和"蓝"联系，约好了第二天的樱桃之旅。

我们的目的地是海东市乐都区，一个气候温和、水资源充沛、文化氛围浓郁、农业产品丰富的地方。月和蓝都曾多次路过乐都，但深入其境，观景赏果的体验还未有过，而我是第一次赴乐都赶一场璀璨的樱桃之约，我们的期待和憧憬是一样的，都随着细雨的飘洒被装得

满满。邀请我们赴约的"千里"老师也是一位文友，想用樱桃的玲珑
剔透、味美形娇来传递自己对家乡的热爱之情。虽然天气微凉，雨声
淅沥，但我们却没有丝毫的沮丧，心想雨中的樱桃将是怎样一番精美
的情致呢？于是，带着期盼，带着喜悦，我们起个大早，冒着大雨，
一路向樱桃奔去。

抵达乐都时，千里老师早已备好了车在等着我们相聚。天空虽然
飘着雨，但那一份伞中的温情，让凉凉的雨意多了几分温婉。千里老
师调侃地说："雨日里的天公不作美让众多本地人逗笑，哪有雨天来
摘樱桃的？"而他的回答也颇具诗意："来这里赏樱桃的可不是一般人，
而是文学家哦！说不定雨中的樱桃会被她们变成散文，变成诗歌呢！"
听了他的回答，我们也笑了起来。是啊，在眼下的樱桃品尝期，能看
着一枝两枝千万枝的樱桃挂着雨滴，迎着微风，那该是多么曼妙的一
景啊！

就这样，带着雨滴的陪伴，我们向樱桃园奔去。当来到乐都旱地
湾村樱桃园创始人李洪强家的樱桃园时，雨仍然在下。虽然雨声淅沥，
雨意浓郁，但隔着车窗，我们已经看到了一大片绿，经过雨水的洗涤，
更加清朗也更加鲜亮。在众多的绿色中，一抹又一抹的红色，在绿叶
的陪伴下闪闪发光。更妙的是，一颗颗圆润的小红果挂着雨珠，又洁
净又俏皮的样子，像在枝头跳跃的红姑娘。看到这一番雨中的情致，
大家都迫不及待地跳下车去，想和樱桃来一个亲密的拥抱。许是对我
们的考验吧，从西宁到乐都，一路雨都未停，而到了这大片的樱桃园中，
雨更大了。但一颗颗顶着雨露的樱桃更是鲜红的盈盈欲滴的模样，让
人恨不能跃上树梢，与她相拥。因为大雨滂沱，樱桃园内的土地也被
浸泡得格外湿软，轻轻一踩就会深陷。看来我们是进不了樱桃园、难
以和樱桃亲密接触了，可隔着樱桃园外那一层绿色的网栏，我们还是
能看到一点点的红色。这边是一枝樱桃出园来，那边又有一串红樱叶
下藏，顶着雨滴摇曳着的樱桃有的活泼，有的羞涩，却都是一袭红衣，

衬在浓密的翠绿里。忽然想起张爱玲曾说："现代人往往不喜欢古人的配色，红配绿，绿配蓝，看了俗气，殊不知古人在配色上是有很高的造诣与完备的系统的。"还有曹雪芹笔下的《红楼梦》，随美赋彩，也用红色与绿色作为全书的色彩基调，这不正是对眼前这红色樱桃和绿色叶子互相映衬、美美与共的实景的诠释吗？

看着雨中的樱桃园，我们都迅速拿出手机拍个不停，因雨较大，我为蓝撑伞，她来拍照，或她撑伞，我来拍照；月和朋友也在不远处，频频拍下那一簇簇，一串串。鲜红的大樱桃挂着雨滴点缀在葱绿的枝叶间，愈发晶莹剔透，惹人垂涎。我们也在拍摄的过程中不断惊呼："哇！快看这一对双胞胎！""快看这一串一家人！""这里还有一个小团队！"大家惊叹着，感慨着，这一树树的红樱桃既像是一枚枚红灯笼，又像是一串串小铃铛，它们虽没有声音，却借着雨声，借着风声，更借着摇摇曳曳的曼妙舞姿给我们带来了一场小巧玲珑的灯笼秀。

千里老师给我们介绍说，乐都大樱桃经过省县级财政连续 6 年的扶持，已成为该地区的地理标志产品。目前，已种植大樱桃 100 万株，成园面积达到 1 万亩，是乐都农民增收的重要渠道。因乐都地理条件优越，气候温和，土地肥沃，是大樱桃栽培的理想区域，加之乐都区把大樱桃种植作为特色产业、增加农民收入的大事来抓，更让樱桃成了乐都的彩色名片，引来无数游客和消费者尽享樱园之美和果味之甜。

都知道樱桃好吃树难栽，可对栽樱桃的喜与忧、累与乐深有体会的是我们拜访的一位樱桃女，也是一位笔名"远方"的文学爱好者。听千里老师说，樱桃本就有着娇气难养的特性，既怕冷又怕热，既怕旱又怕涝。在我国，大连以北、黄河以南都不能种。在我省，也只有乐都具备了樱桃种植的良好条件，而远方就是用辛勤汗水润泽果园，收获丰盈的一位。听了他的介绍，我们很快来到了远方家的樱桃园。可喜的是，雨渐渐小了，我们全都兴奋地抛下伞，对着这一树树的微微笑脸，流连眷恋。和滴雨的红樱桃不同的是，这里是满园的黄樱桃，黄中带粉，又渐渐变橙，是掩映在绿叶之间的一张张喜悦的笑脸。看着我们沉浸其中，远方也喜悦地告诉我们，这是樱桃的另一个新品种，叫"黄灯"，口味也和它的颜色一样，比红樱桃更加娇嫩，更加香甜。随着农业技术的不断发展，樱桃的品种越来越多，挂果期也相应减少，再也不是过去的"桃三年、杏四年、樱桃挂果十八年"了。而远方家的这片樱桃园也经过了 11 年的风雨旅程，从建园之初，整平耙细园地、浇水沉实土壤，撒施圈肥和农药到树苗成活后的及时除草、促长增枝和栽培密度、温湿度管理及病虫害防治，都浸透了他的汗水。当种植后的第 6 年，看到樱桃挂果的时候，远方也激动得像一枚滴雨的樱桃，含着泪也含着笑，让幸福的甜味从舌尖流到心田。

这就是远方，作为一名文学爱好者，日日在樱桃的多彩晕染里，让文字更多了几许香氛，加上劳动的汗水，收获的回报，如果让她来写一篇樱桃的礼赞，那一定是无人可以超越的绝美篇章！对我们来说，盈满心绪的一定是樱桃娇小玲珑的身姿、红艳光洁的色泽、甜酸适中的口感，而对她来说，又满含着付出的心血、深厚的情意以及日日沉浸园中的喜悦和汗水浇灌的香甜。面对这样一个诗意的樱桃园和这样一位樱桃女，月立刻出语成诗："一个名叫远方的女子，一手育樱桃，一手写文章，诗与远方，就这样握手了。"

诗与远方握手了，我们也与樱桃深切地相逢。从红色到黄色，不一样的色彩，也有着不一样的口感，酸酸甜甜的味道，挂着雨滴的笑脸是满园的花开，在雨中飞翔。我们相聚在雨中，从樱桃树下走过，一份与仲夏、与浓情的邂逅更成了一首樱桃色的诗篇。伴着微风，伴着细雨，让一颗颗鲜亮的"红灯""黄灯"不断闪亮，摇响了心跳般飘摇的旗！在樱桃的陪伴下，一朵朵滴露的牵牛花、枸杞果和片片绿叶也成了诗意浓浓的崭新风景，更引得月和蓝对起诗来："潇雨盈盈淋翠微，夏花灿灿烈艳芳。""樱桃朵朵梦成真，乐都人人绣文章。"这一句句浓郁的诗句啊，就这样在雨中，让人带着樱桃一起醉。

"樱桃好吃树难栽，不下苦功花不开"，这些在雨中张开笑脸，不损香甜的樱桃更是给我们带来了历经世间风雨、遍尝生活酸甜的哲理，也让我想出了几句拙语："情意深深樱桃笑，细雨蒙蒙乐都情。风吹雨打知生活，苦尽甘来懂人生。"相信这一个难忘的雨季，会给我们洒落更多淋淋漓漓的诗意……

万树樱桃带雨红

李海姿

其实，与带雨的红樱桃很早就已在南唐宰相冯延巳的诗词里邂逅，但那只是生长在字面里的樱桃。今天与文友冒着大雨，经历几番转车后，终于从西宁赶到乐都的旱地湾村去赴一场樱桃之约，终于看到了活鲜鲜的、生长在树上的樱桃。

我相信，这世间无论与任何事物以何种方式相见，都是上天安排得最好、也是最巧的安排。正如今天与樱桃的初次相拥被安排在一场大雨中一样。雨，使本就鲜红美艳的樱桃更添了几分妩媚；雨，让樱桃树精神焕发、生机勃勃；雨，使旱地湾村充满迷蒙与情致；雨，让我看见樱桃的眼眸里充满了诗与情……

当董老师介绍我们认识经营樱桃园的女主人远方的时候，樱桃园依然细雨霏霏，这位憨厚的女子正微笑着站在雨中等候我们的到来。也许是刚才董老师已经预先为我们介绍了这位女子喜欢文字，利用业余时间辛勤写文字；也许是文字本就具备魔力，所以，当我看到这位泥巴裹腿、衣角粘土的女子时，自然就流露出一种亲切的情愫，我想这应该就是文字所牵的缘分吧。

櫻桃別名莺桃、含桃、荆桃等，是上市最早的一种乔木果实，号称"百果第一枝"。据说黄莺特别喜好啄食这种果子，因而名为"莺桃"。资料显示："櫻桃含铁量丰富，居各种水果之首。常食櫻桃可满足体内对铁元素的需求，促进血红蛋白的再生，既可防治缺铁性贫血，又可增强体质，健脑益智。櫻桃营养丰富，具有'调中益气、健脾和胃祛风湿、令人好颜色、美志性'等功效。经常食櫻桃可养颜驻容、红润嫩白肌肤、去皱消斑。"櫻桃果如珍珠，红如玛瑙，色泽鲜艳；晶莹剔透，美若凝脂；果实富含糖、蛋白质、维生素及钙、铁、磷、钾等多种元素；味道甘甜而微酸，既可鲜食，又可腌制或作为其他菜肴食品的点缀，因此备受人们喜爱。关于櫻桃，在民间还有一个美丽的传说故事：传说宋代有一个皇后，得了缺铁性贫血病，面黄肌瘦，四肢无力，饮食不思，御医无法将其治愈而张出皇榜，向民间招募良医，一位姓吴的民间游医为混一顿好饭吃而揭下了榜。当时正值櫻桃上市，吴姓游医就用櫻桃煮水，待櫻桃水不温不热后呈给皇后喝，每次大半碗，每日服两剂。内卫一看，这哪能治病，两天后就将游医轰了出去。二十多天后，吴姓游医来到密州地界，无意间发现有官兵跟在自己的后头，游医心想坏事了，一定是皇后的病未好官兵捉他抵命吧？情急之下撒脚丫子就跑，官兵追得更紧，等官兵追上时，游医连吓带累一命呜呼。其实是游医用含铁量高、能促进血红蛋白合成的櫻桃治好了皇后的病，官兵是请他回皇宫受封的。后为表彰吴姓游医的功绩，皇上先封吴姓游医官职，随后拨款，就地隆重安葬，在其墓地周围广植櫻桃。之后，櫻桃便在全国许多地区被广泛栽种。

　　在与櫻桃林女主人愉快交流的过程中得知，櫻桃之所以能够从内地扎根高原，也是经历了一番曲折的。旱地湾，仅从地名就可猜出这片隐藏在乐都大山深处的小村庄之前的面貌是怎样的贫穷与落后。鲁迅先生曾称赞："敢第一个吃螃蟹的人是勇士。"因为螃蟹形状可怕，丑陋凶横，第一个吃螃蟹的人确实需要勇气。在旱地湾村就有一位第一个敢在高原上栽种樱桃的人，他也是勇士，他就是村民李洪强。

为改变贫穷现状，为带领全家人过上幸福的生活，李洪强早在很多年前就一直带领家人开荒山种树，先后种过白杨树和苹果树等，虽然搭上了全部家底，也没有挣到钱。后来政府委派农业科研专家通过调研后，认为乐都旱地湾村这片土地适合栽种樱桃。在全村村民都不相信高原上能够种活樱桃的情况下，他凭借多年的种树经验，大胆地栽下了政府免费发给他们的从外地引进的樱桃新品种树苗。政府依然委派技术人员进村入户，在田间地头手把手对他们进行种植技术培训、指导。一开始老百姓不接受，几年后，通过他的辛勤劳动与付出，樱桃结果了，并为他们家带来了丰厚的经济收入。直到目睹李洪强这位种植能手种植成功了，大家才慢慢接受，纷纷开始栽种，逐步大面积推开。远方说："如今国家的政策真好，为老百姓想得很周全，我们最初栽种的樱桃树苗，全部是国家免费发放的，同时还派了专业技术人员免费跟踪指导与培训。如今，栽种樱桃的收入已经使我们村的村民们基本脱贫致富。"

几年前，她与爱人从公公婆婆手中接管了这片约有100余株樱桃的樱桃林，两亩多地，现在已经高大成林，他们从最开始栽种时的不敢抱希望，到几年后果树的丰收，这个过程中他们付出了很多很多。同时，这是一位将樱桃林与诗和远方握手的女子，作为农民，她每天得做繁重的农活，农闲时还要外出打工，但是，她喜欢文字，她的四季里除了果香还有文字。

年复一年，她在樱桃园里不停地忙碌，为了让樱桃的果子长得更大更美更甜，她必须给樱桃树疏枝、剪枝、吊枝，每当必须锯下粗大的树枝时，她总是含着泪，轻轻地在树的伤口处涂上厚厚的愈合膏，默默祈祷那些树的伤口快点痊愈。

突然我想起上初中的时候，在一堂英语课上，大概那天的我们一定是听课很认真，令老师满意得很，老师将当堂的课时内容讲完之后，心情很好，便教我们唱了一首山西民歌："樱桃好吃树难栽，不下苦功花不开……"英语老师是想以此歌来勉励我们好好用功学习英语，英语就像那好吃的樱桃，不下苦功是学不好吃不到的。其实处在那个年纪的我们根本没有见过樱桃，更不知道樱桃的味道有多鲜美，自然也无法因为一首歌就产生对樱桃的无限向往，从而发奋努力学习英语，最后达到可以吃上樱桃的美好愿望。现在回想起来，真是辜负老师当年为教育和勉励我们所付出的一片苦心。

皆因为当年不明白樱桃是怎样的可爱与美味，因而也不懂得努力去读书。自然落了个"少壮不努力，老大徒伤悲"的结果。几十年来，我一直在想如果当年英语老师站在教室里不是教我们唱歌，而是将一筐带雨红的樱桃摆在了讲台上，那我的人生之路又会是哪样子的？尽管问过自己很多遍，也只能是如果，没有结果。

远方站在樱桃树下忙碌着为我们摘樱桃，还不停地让我们吃："来到了樱桃林，管你们吃饱！"话语朴实，却令我们感动。接过她摘的仍带着雨露的樱桃，在手里把玩良久，这么美妙的果子，真有些不忍入口呢。远方看着我们微笑着说："吃吧，尝尝我们旱地湾的樱桃与别处的有何不同。"我才将这美丽的果实送入口中：甜而微酸，酥脆可口，水分充足。我说就一个字："鲜！美！""李老师，这是两个字。"远方调侃道。我愉快地大笑："分开看是一个字。"

万树樱桃带雨红。雨中的樱桃林的确给人以别样情调，青翠中潜藏着一串一串鲜红欲滴的玛瑙，樱桃带雨红，满目美艳。在中国，人们一直喜欢拿红樱桃比喻女子，此刻，站在雨中的远方正是那带雨红的一株樱桃树。蓦然顿悟，正是为了彼此心中的远方，为了让大家在雨中的樱桃林里相见，天公特意将一场柔情的雨缠缠绵绵地洒落在了旱地湾。

樱桃红了

王玉兰

高原的夏季是一年当中最舒爽的季节，而今年的夏季雨水颇多，三天一大雨，两天一小雨都是常事，气温明显低于往年。时间一天天过去，始终难遇一个温热的天气。一日，朋友忽然发来一条相约前往海东市乐都区游玩的讯息，虽然难以预料第二天的天气状况，但我还是欣然答应了朋友的邀请。

第二日我起了个大早，查看天气状况，岂料这一日又是个雨天，天边云水相连，阴云密布，看上去这雨一时半会儿是停不下来了。朋友打来电话与我商议，我们便商定不能因为下雨而影响愉快的心情，即使天上下刀子也不放弃这一天的出行计划。幸运的是，这么多年了，我们三五知己总是不谋而合、彼此信任又相互温暖。雨天出行，也没有什么不好。

这一日，我们前往乐都的目的很单纯，无非就是为了亲眼看到枝头挂满樱桃的喜人景象，能够亲手从树上摘下一颗颗樱桃，在品尝果味的同时，享受野外采摘的快乐。

我们三五知己打着伞，说笑着转乘两趟公共汽车才到达乐都区，天公不作美又有什么关系呢？快乐依旧，幸福依旧。

盛夏的雨淋漓得很，细风也缠绵，几分凉意几分情。乐都的朋友武早已等候在约定的地方。武的热情驱散了雨天带给我们的微恙，也开启了这一天愉快的游程。

一

朋友武一路说着今天的行程，说着他们这里的樱桃，我的心却飞到了姨妈家的那棵白玉樱桃树上。

每年七八月，那棵樱桃树上总是挂满果实，那是一颗结着白色樱桃的树。我没有亲见过樱桃树从小到大的成长过程，但对于"樱桃好吃树难栽"的谚语记忆犹新。

听姨妈说，这白色的樱桃就是"白玉樱桃"，是"毛樱桃"的芽变品种。每年七八月，满树的白玉樱桃晶莹剔透，酷似珍珠。细想想，那樱桃的切面直径大致一厘米左右，果肉酸甜脆软。这白玉樱桃的树种大略都不高，甚至可以将其列为矮小树种的行列，树冠呈半圆形。姨妈还说，一棵成龄的白玉樱桃树高也不过两米而已。想来这串串白玉碧透，这满树的玲珑之物着实是生长了一些年头，才有了眼前的丰硕景象。

我是知道这白玉樱桃多生长于东北的，问姨妈这棵树的来历，姨妈也想不起来是从哪里移栽而来。我想，无论它来自何处，如今，都已然深深地扎根在了姨妈家的小院里，丰富着姨妈一家的生活，也满足着我舌尖上的味觉。然而，这白玉樱桃也真是苦命，平日里姨妈一人在家务农，家中孩儿及闲散人等常年在外打工。于是，每每丰收，这些可怜的小家伙们便洒满树旁，雨打日晒，无人问津。只有姨妈空闲时，才会将它们统统扫起。落地的白玉樱桃密密匝匝，铺了一地，姨妈只能用一把老的掉了牙的高粱扫帚扫起它们，并把它们送到门外那只看门狗"大黑"的嘴里。大黑也真是好福气，能够吃到这稀有的白玉樱桃。而每每回到姨妈家，我就会与大黑"争食"。

"姨妈，这么好的樱桃你竟然用它们来喂狗，哎，扎心啊！"我惋惜地说。

姨妈总是笑着说："你来了，樱桃就有主人了，你赶紧去摘啊，要不然你一走，它们可就没人管啦！"的确是这样。姨妈忙于家务，忙于农务，可没时间去品尝自家院里的樱桃。偶尔想起它们，也是每逢家中来客人或亲戚。

前年，姨妈盖了新房，拾掇了小院，因为白玉樱桃树就在靠近院墙的一侧，姨夫说要扩展房屋修建的面积，樱桃树不得不被砍伐，结束了它与姨妈朝夕相处的日子。直到现在，姨妈还在念叨她那棵白玉樱桃树。

二

雨雾和略有些颠簸的道路把我的思绪拉回了车上。

武驱车带我们去了旱地湾，映入眼帘的旱地湾安静、祥和，绿意葱茏，在我看来，"旱地湾"这样的名字似乎与它极不相称。对于这高庙镇旱地湾村名字的由来我不敢妄议，也无从考证，但这并不影响我的爱美之心。

到达旱地湾集中连片樱桃林时，雨住了，大概老天爷也是看在我们雨中出行的一片真心的份上。因为是雨天，这天进村的硬化路上行人极少，途遇一撑伞的三十六七岁模样的山村女子，武随即停车，并介绍说："这是村里的玲，她不仅是大樱桃种植能手，也是个文学爱好者呢！"

眼睛虽不大，却充满阳光，灵气十足，一副镶边小眼镜让这位叫玲的女子倒是颇有些书卷气。一一握手问候后，玲便提出往山路上走走的建议。

"雨停了，我们也下车走走，顺便看看美丽的乡村景色。"大伙与我不谋而合。于是，呼吸着雨后泥土的芬芳，在零星雨丝的陪伴下，我们一行五人说笑着边走边不时地用手机狂拍身边的花花草草。

武和玲一边笑我们对花草的痴狂，一边向我们介绍眼前成片大樱桃林栽植和成果的情况。

"每年大樱桃成熟期来临，都会有一大拨一大拨的人前来采摘，感受乡村田园美景的同时，享受采摘带来的愉悦。这些年我们乐都的大樱桃实话出名了，也为地方经济作出了不少贡献。现在种植樱桃的农户越来越多了。连我们的玲也被大樱桃迷得神魂颠倒了，哈哈哈哈……"说着，武开心大笑起来。

一颗颗挂着雨露的大樱桃，色泽鲜艳、晶莹靓丽，红如玛瑙、黄如凝脂，一颗入口，凉爽多汁、酸甜润肺、果香浓郁、唇齿留香。说到品尝，我则更愿意站立一棵棵樱桃树下，观其颜色，察其体态，看其在潮湿的空气中，在万千树木和花草的陪伴下，如何展露芳姿。看着一颗颗娇翠欲滴的大樱桃，我完全忘记了采摘，只是静静地看着它们尽展美丽就已无比心旷神怡了。

"武哥说得对，这大樱桃的确是个好东西，我可是越来越喜欢它们了。姐姐们，这大樱桃不光是看着漂亮，还有很高的营养价值，富含很多微量元素呢！"看上去不善言谈的玲也高兴地与我们聊了起来。

"这大樱桃都含哪些微量元素啊？"朋友青急切地问到。

"新鲜的樱桃糖分很高，钙、磷、钾等等这些微量元素的含量也很高啊！我从2007年开始种植樱桃，起初是由政府统一给我们农户免费的树种，我们也就尝试性地进行了种植。说实话，最初那几年，都是公婆在打理这些树苗，眼看着树苗一年比一年长势好，我们是看在眼里，喜在心里。感谢党和政府带给我们的实惠，也感谢为这些樱桃树付出辛苦的我家的两位老人，若不是他们最初的坚持，我们家的这两亩樱桃树也不可能有今天的好景象。"玲喜形于色，不无感激地对大伙说。

从武和玲的介绍中，我们得知，从二十个世纪末开始，乐都区的农户就开始凭借乐都优越的地理和气候条件，试图让大樱桃在乐都这片土地上生根，海东市和区里的农业技术部门还把樱桃种植作为一种特色产业进行广泛推广和种植。如今，历经二十余年了，事实证明，大樱桃已经成为人人偏爱的舌尖上的美味，而大樱桃种植也成为乐都区促农增收的致富渠道。

三

不能不说，酸甜诱人的大樱桃真的已经成为乐都形象的代言"明星"了。

武说，2017 年，在全国优质大樱桃评选活动中，乐都区清泉樱桃专业合作社参选的"艳阳"和"雷尼"大樱桃荣获中国园艺学会"金樱奖"。武说，他真的感觉荣登国家级宝座的乐都大樱桃，充分体现了乐都区大樱桃在全国樱桃产业的优势地位和强大的市场竞争力。

我们了解到，2017 年乐都区清泉樱桃专业合作社的"艳阳"和"雷尼"樱桃品种，在中国樱桃年会暨全国大樱桃产业发展研讨会上脱颖而出，喜获 2017 年中国樱桃年会"金樱奖"。

近年来，乐都区高度重视樱桃产业发展，积极开展技术培训，大力普及、推广先进实用技术，先后聘请北京果树研究中心、大连市农科所、陕西省农林科技大大果樱桃专家，深入果园针对果农的疑问举办科技培训班。

从玲的述说中我们得知，如今，乐都学习引进大樱桃生产的新技术，已经推广到实施刻芽、拉技、夏秋修剪等重点技术方面。而那些活跃在田间地头的"土专家"和行家里手，成了乐都农民靠科技致富的领头人了。

玲高兴地说："老师们，姐姐们，走，去我家的樱桃园看看。尝尝我家的樱桃！"

玲说："我家种的大樱桃虽然只有两亩多一点，但我们还是确保樱桃在生长期间不喷农药，这样吃起来放心。我们就是想种出你们城里人说的无污染、无公害的绿色食品。每年到樱桃成熟的时候，看着树上挂满一串串红艳艳的樱桃，我就感觉这些年的努力和付出都是值得的。"

玲带着我们钻进樱桃林，玲摘下最好的樱桃让我们品尝，玲享受着樱桃带给她的幸福和喜悦，玲和我们的笑声在樱桃园里回响……

据了解，目前，乐都区大果樱桃种植户达到3000多户，种植面积达1万亩，核心示范区面积达2000余亩，年产值1.62亿，新增产值2800万元。从2007至2014年，在政府的扶持和引导下，乐都大樱桃产业已遍布乐都各地，高庙、洪水、碾伯、雨润、高店等沟岔乡镇的河谷温暖地带，樱桃靓丽的倩影随处可见，并且在全省各大超市和蔬菜市场相继亮相，成为众多居民喜爱的、有口皆碑的绿色水果。农业和旅游完美结合，全方位发展，农业带动旅游，促进农户增收，一个"旅游＋采摘＋休闲观光"为一体的旅游产业发展模式，已经吸引越来越多的省内外游客慕名前来品味和投资。

乐都，一片充满欢乐祥和、幸福安康的土地，这片丰盈的土地，养育了一大批勤劳善良、奋发有为的乐都人。乐都的山水因人民而长青，乐都的人民因山水而欢笑。

雨过天晴，微风送爽，正逢樱桃成熟季，特色产业大樱桃已然桃香千里，遍地生花。这个季节，乐都区各个樱桃观光休闲园也次第热闹繁华起来。樱桃满枝头，游人乐悠悠。傍晚时分，信步农家观光休闲厅，尝几道地方特色农家饭，品几粒亲手采摘之美味大樱桃，谈笑风生、往来无忧，人生之舒心惬意莫过于此。

这是一个多雨的季节，也是一个丰收的季节，我因约游走在乐都边缘，游走在樱桃满枝头的丛林间。这个季节，我遇见了玲，遇见了一位网名叫"远方"的美丽善良的乡村女子，她有樱桃一样晶莹剔透、红得透亮的心，她还有一个远到远方的樱桃梦。

临别时，我分明看到一串串红樱桃在黄昏的微风中摇曳、微笑。望满山樱桃果实丰，盼来年樱桃依旧红。

肉苁蓉

李巧玲

　　二十几年前，我辍学在家。刚开始的轻松和舒适很快就被无聊和焦灼洗涤一空。我热切地盼望着找点事情做。此时，我听到村西王家台台上有一个男青年在后山上挖一种药材，不知道他挖的是什么药材。

　　有一天，我和母亲在村东的山坡上遇到了他。他告诉我们，这种药长在一种叫作旱刺的野生灌木附近。我看了一下，山上长了很多这种灌木，到底那一棵下面才有药呢？这里的群山是祁连山脉的一个分支，绵延数千里。山上长满了蒿草，一些萝萝蓬和牛筋条，还有叫不上名字的一些杂草。我和母亲拿着铁锨，低着头凭感觉仔细寻找着。有的旱刺长势旺盛，我们就停下来在它周围开挖。随着铁锨一下一下挖下去，黄土随坡势淌了下去。没有发现药材，我们又换另一个地方。如此反复好多次，偶尔挖到短而小的几根药，沮丧极了。

　　几天后，我跟随着父亲来到了村西那边的山坡。我们发现这边的旱刺很少，那么找到这种药的可能性更小了。我们都有些失望，漫无目的地在山上溜达。我们来到了一个避风的山坳里，突然发现那里长着很多旱刺。我们放下背包，找好一株挖了起来。我用力向下挖着，却感觉到土质很疏松，很好挖，几分钟后听到一声脆脆的"咔嚓"声，我想会不会是那个药呢？内心马上振奋了起来，挖出了许多土，一排黄澄澄、蛇鳞般紧密排列的东西出现在眼前。我蹲下身，小心地用手拨开周围的土，一尺多长的药直端端地生长着，顶端有点扁，像蛇头。我赶紧唤父亲过来，父亲高兴地说："今儿个运气好，这就是大芸。"我们小心翼翼地把它起出来，放在了背包里。回到家，我马上喊母亲过来看，一家人开心极了。我找出字典看看这究竟是什么药材。大芸学名"肉苁蓉"，是一种珍贵的西部药材，有"沙漠人参"的美誉。

父亲和村里的几个男人一起搭伴上山挖大芸。父亲眼尖，慢慢地掌握了一点儿挖药的窍门。每天父亲出去，吃晚饭时回来，背包都是满满的。父亲很有经验地告诉我："细心看的话，地上有炸缝，下面基本上就有药。"于是，我按照父亲教的仔细察看，土地还是一样的土地，那里有什么裂缝啊？越看眼越灰塌塌一片，更加找不到了。看来，这条经验只适合父亲自己啊。母亲和弟弟还有小叔他们一起上山了，结果那一天，他们空手而归。过了几天，我们又上山了。这次去的是柳湾旱台，听说那里有药。在那里我们碰上了同样挖药的一位乳名叫"七斤娃"的中年男人。我们看到他的背包里已经有一半的药了，我们很好奇，问他是怎么找到的啊？谁知这男人说话死气人，指着一大片荒滩说："这儿这儿都有啊。"我们左一下，右一下地挖着，什么也没挖到。我们偷偷地跟在他身后，看他是怎么挖的。其实即使有药，他走过去了，还会留给我们吗？

母亲和弟弟他们继续上山，他们依照最笨最古老的办法，看准一块地，开荒一样，挨片儿翻地。果然，就挖到了许多小而短的大芸。这极大地激发了他们的信心，下午又换了个地方。那一天母亲他们回来得很晚，晚霞在西边的天空层层堆积。母亲和弟弟背回了两袋子大芸。至此，我们的挖药生涯算是真正开始了。

母亲他们去挖大芸的时候，总是不愿意带我去，他们嫌我走不动路。他们就像山羊，一会儿在这个坡上，一会儿又在那个山顶。有时候羊肠小道很难走，我胆子小，不敢往前走。慢慢地我也就习惯了在家里待着，做家务，学着烙那种小饼子。每当傍晚时，我就在门口等他们回来。村里静静的，乡亲们能上山的都上山了。挖大芸突然间就成了乡亲们致富的一种门路。

大山，几千几万年在那里屹立着，我们是再熟悉不过的。可谁也不会预料到在它的深处潜藏着这样一种药，我们对这又是多么陌生啊。大芸生长在那里，作为药材以及能够使我们生活得更好一些的财富生长在那里。我们翻山越岭找到它，走近它，用铁锨挖，我们所做的一切，只是很少的一点点事情，只能满足我们自己那一点点的生活需求。当我们手拿铁锨，扬起一阵阵黄土时，我们的眼睛里只剩下大芸。

父亲有时候留一些大芸，晒干，泡在酒瓶里当药酒喝。有时候我也好奇，嚼一点儿尝，有点甜，咸，扭头就吐了。想想这大山里以前是没有大芸的，或者是我们没发现而已。当地的气候环境可能是最适合它们生长的。越来越多的人群开始规模性地进入大山。穿过一座又一座山，黄土四散飞扬。有的人背包满满的，有的人背包空空的、轻飘飘的。曾经挖到过十几斤大芸的情景回想起来，像是在梦中一般不确定。为了挖到更多的大芸，父母亲他们去的地方越来越远。开始是邻近的几个村子，后来骑摩托车出了省。在当地认识的人那里落脚，其实就是朋友的朋友介绍的。一个礼拜后，他们回来了。摩托车后座上捎着两大化肥袋子大芸。我非常高兴，迫不及待打开袋子，拿出几根大芸看了又看。看是不是和家乡的大芸不一样。果然，那边的大芸颜色要黯淡一些，但个头大，应该也是挺好的货。

"靠山吃山"，挖大芸已经成了乡亲们必不可少的致富手段。父亲把晒干的大芸攒够一袋子时（平均五斤湿的才能出一斤干的），就打电话给药贩子。药贩子骑着一辆漆面斑驳的摩托车来了，打开袋子，倒在地上，拣拣拾拾，零落了一些碎药残渣。两年下来，我家卖大芸卖出了名。每隔几天，就有人打电话来预订，要我们把货留给他。虽然那么多的大芸是通过我们家人的手进入人间世界的，但是我们对它了解不多。也许大芸除了药用以外，还有我们不知道的用途。

"打雷天下响"，大芸被越来越多的人知晓。在小镇，几乎所有的村子里都有挖大芸的人，不管男人女人。收购大芸的贩子多了起来，你争我夺，都想给出最高价。挖大芸的队伍里，最厉害的是娘子军。她们早早地给家人做了饭，揣几个馍就上山了，不怕苦，不怕脏，耐性好，不到天擦黑不回家。大芸生长的速度比较慢，但下过一场雨之后出来的会很多。但挖药的人一多，它的生长就跟不上挖的速度了。周边几个村人们都挖得差不多了，父亲决定要去一个大家都没去过的地方。父亲跟村里的一个男人去了内蒙，但没有发现大面积的大芸。十天后，他们从内蒙回来了，带回一袋子大芸。那边的大芸个头大，淡淡的黄白色，有的竟然快有两米长。十年里，只要是在村里生活的人，都以挖大芸为副业了。像我们家以挖大芸为主业。大芸明显地少了，除了挖大芸，他们有的人开始挖白刺根，挖锁阳，只要能卖到钱的东西都不顾一切地掠夺。山脚下，崖头根里草翻泥涌，一片狼藉。镇政府意识到水土流失的危害，开始禁止挖大芸了，但人们还是偷偷地上山挖药。有一回，在"引灌台风景区"几个挖药的人被当场抓住，没收工具和药材。从此以后，人们只在它的边缘地带挖，不进去里面。

又一个十年过去了，大芸突然就没有了，就像它从来都没有过一样地没有了。大风吹过山坡，卷起漫天的黄土。大山在鸣咽，以前草连草的场景都没有了。

大芸没有了，我们的生活还得继续。但有一天，我们在夜深人静的时候会不会想起那些挖大芸的日子，会不会为那些生长了好多年好多年的大芸被我们挖空挖干而感到一丝丝的愧疚和悔恨呢？

洋芋花开幸福来

李兰花

前几天去老家，看见弟媳妇种在后院里的几行地膜洋芋秧苗郁郁葱葱，墨绿色的秧子上，开着淡紫色的小花。与母亲栽种在前院里的月季、大丽花和金丝莲相比，这些洋芋花开得安静又内敛。我俯下身，端详着喇叭状的花朵，一股淡淡的带有泥土味的清香顿时扑入鼻腔，那是一种久违了的、留在记忆深处的花香味，一种亲切感油然而生。我拿出手机，拍了几朵花给弟媳妇看。她看后大笑，说："这几朵花算啥呀，岭背后的山地里，一大片一大片的洋芋花，那才叫一个好看呢。"

弟媳妇的话挑起了我赏花、拍花的激情，我催着她赶紧带我去岭背后。

"岭背后"是对一处几百亩可耕地的叫法，因在一座小山岭的背后，当地人习惯性地把那片地方称作岭背后。那里土地肥沃，光照充足，是种植农作物的理想之地，家乡的父老乡亲们祖祖辈辈都在那片土地上辛勤劳作，收获希望。我家在岭背后有两亩地，前些年通常是轮换种植小麦、洋芋和玉米，其他人家也是这样种植。

　　我和弟媳妇来到岭背后，眼前的情景着实让我惊讶，这里种的全是洋芋，大片大片的洋芋花铺天盖地地开着。放眼望去，四周除了花还是花，淡紫的、洁白的，一路铺展开去，像花的海洋，正像弟媳妇说的，那才叫一个好看呢。

　　在一大片一大片绿得发亮的秧苗中，一串串的洋芋花像无数把小花伞，轻盈、美丽。点缀在绿叶中间的白色、紫色的小花，虽不起眼却素雅内敛，落落大方，每一朵花都充满了诗意的美。细细看去，白色的花脉上带些许粉色，像白嫩嫩的脸上搽了淡淡的胭脂。于是这种红，便渗进了嫩嫩的白里，洇成粉嘟嘟的一团儿，有种打动人心的美。其实，洋芋花是一种很朴素很平常的花，就连它的花香，也是极淡极淡的，更多是泥土的气息，既没有顾盼生姿的形态，也没有芬芳浓郁的花香，很难与庭院里的牡丹月季媲美，只有一身的淡雅和朴素。它没有水仙的清秀，没有玉兰的高雅，它不是"名花倾国两相欢，长得君王带笑看"，亦不是"满树和娇烂漫红，万枝丹彩灼春融"。它就是一朵默默绽放在田塍上的小花，也许无人来欣赏，无人嗅芬芳，但它依然执着地开放，因为它懂得，只有绽放才会有累累的果实。

　　洋芋的种植法不像麦子那么凌乱，一行行排列得整整齐齐，行与行之间有一条浅浅的沟。这沟不是地里固有的，是在秧苗长到一定程度，开始壅洋芋时形成的，即把秧苗周边的土铲起来，堆到秧苗根基周围，以便使结的洋芋不被钻出地面，在太阳下晒绿。我们穿行在洋芋秧苗行间，耳边是蜜蜂"嗡嗡嗡"的叫声，它们钻进花蕊采蜜时，才会有稍许的安静。地里有很多的蝴蝶，纯白的、黑白色的、金黄色的，等等，我试图找一种蓝色的凤蝶，却没找到。它们飞来飞去，不时落在花上，闻闻花香，又转瞬飞远，这些彩色的精灵，给洋芋地增添了许多动感美。

　　洋芋花，不仅给人赏心悦目的享受，也给人回忆，撩起乡愁。

　　洋芋花是美丽的，也是令人兴奋的，但不同时代的人，对洋芋花的理解也是不同的。在儿时的记忆中，洋芋是山里人的主要食物。在那个物质匮乏的年代，家乡的人们固守着贫瘠的土地，一年年重复着"脸朝黄土背朝天"的生产生活模式，躬耕劳作，在洋芋地里挥汗如雨，依旧食不果腹。在洋芋花开的时候，父辈们无暇欣赏洋芋花飘来的清香，那个季节，母亲最心急的是那粮柜在一天天变空。母亲用地窖里所剩无几的洋芋做辅助，和着从田间挖来的各种野菜，变着花样给一家人做洋芋野菜饭，于是大家只能盼望新洋芋快些长大。

洋芋花开了，这就意味着离洋芋成熟的日子不远了。于是母亲就说："洋芋花开了，好日子就要来了。"

在过去的岁月里，洋芋不像现在属于蔬菜，而是属于主要粮食。秋天从地里刨出来，用背斗背回家，随便拾半篮子洗净放在锅中煮上。小孩子们最心急，开锅时看到新洋芋个个爆裂，面瓤翻在外面，抓一个呵着气撕去裂皮，咬一口，那味道，美极了，香中带有一丝甜。而大人们拾几个去了皮，放在碗中捣碎，洒些盐，或捞一筷子酸菜拌上，吃得津津有味。等地里的洋芋全部挖完拉回家后，先是在房子里凉几天，然后按个头大小分类，放在地窖里，作为过冬的食物……

对于吃洋芋，最难忘的还是吃"地锅洋芋"。

秋后挖洋芋时，烧一地锅洋芋是必不可少的。到了洋芋地，大人们挖洋芋，小孩子们开始忙活烧洋芋，有人去捡柴禾，有人造地锅。造地锅的方法看似很简单，但还是有一定技巧的。土埂正前方挖一个比拳头稍大的洞，以供烧火，内侧很大，呈瓦瓮形，盛放洋芋，顶部正中有两个拳头那么大，周围用土疙瘩垒起。地锅灶垒好时，拾柴禾的人也到了，塞一把柴禾进去点燃，火苗从土疙瘩缝隙往外流窜。约二十分钟后，上面的土疙瘩烧红了，柴禾停止了燃烧，把里面的草灰掏出来，再把上面的烧红的土疙瘩推进地锅里面，将挖来的半背篓新鲜洋芋依次倒进去，上下两个洞口用青蒿草堵住，然后用挖出来的土埋上。

在等待洋芋熟的过程中，小孩子们赶紧去捡拾大人们身后挖出来的洋芋，将其堆到一块，大约四五十分钟后，洋芋熟了。吃地锅洋芋的方法挺有讲究的：一丢二吹三拍。一丢，就是把烧好的洋芋掏出来，不住地在两个手中轮换丢来丢去，因为烫；二吹，用嘴不停地吹，散热；三拍，用手拍打洋芋上的泥土和灰烬。完成这一连串的动作，便可享用美味了。洋芋吃完了，个个嘴边和脸上都抹得黑乎乎的，大家互相看着，笑着，嬉闹着，洋芋地里充满了欢乐，是吃完地锅洋芋后满足的快乐，还有洋芋喜获丰收的快乐。于是，年少的记忆里多了秸秆燃烧起来的温暖，还有那被烧的黑黑的焦巴洋芋的味道。

记得上初中时，在挖洋芋的季节，学校便组织学生到劳力少、洋芋种植多的生产队里参加劳动，帮农民们拾洋芋。在大片大片的地里，农民们身后是一溜溜白生生的洋芋，同学们愉快地捡拾着这些地里长出来的白色精灵，除了兴奋，也从心底里为农民们的洋芋喜获丰收感到高兴。午饭时，生产队安排做饭的人挑着担子来送午饭，一头是一筐热腾腾的花卷，一头是一筐爆裂开皮的洋芋。因为是用刚从地里挖的新鲜洋芋焐的，味道很是鲜美，加上同学们也是饿了，大家抢着吃，也顾不上烫手。那感觉，真的是比肉还香，那情景，是长大后留给我们的美好回忆，是留在我们记忆深处的浓浓乡愁。

从吃地锅洋芋和参加生产劳动的回忆中收回思绪，看着眼前这大片大片的洋芋花，想着母亲曾经说过的话，我在想："如今这洋芋花开得如此轰轰烈烈，又是什么样的好日子要来了呢？"

我们穿过了几块地，来到有几个女人劳作的地里，她们边拔草边往洋芋根里壅土、施肥。弟媳妇跟她们很熟，打过招呼后又问一些今年洋芋的预测产量，我想着"洋芋花开好日子来"的说法，便向她们问起洋芋的销路情况。我的问话打开了她们的话茬，一人说："我们家今年种的洋芋是一个开粉条厂的老板预定的，种之前付了定金，等秋后挖了洋芋，留一些我们自家人吃的，其余全部按一斤一元的价格卖给那个老板。""我们家的洋芋也是那个老板预定的。"另一人附和道。

"前几年洋芋价格卖不上去，我们种的少，这一两年中，来地边收购洋芋的人多了，给的价钱也好，不怕卖不出去，我们村里种洋芋的人家就多起来了。我家今年种了三亩地膜洋芋，再过一个月，就可以摸着吃了，到秋后挖了洋芋，能卖个千儿八百的。"一位年岁稍大点的说。她说的"摸着吃"意思是在还不到正式挖洋芋的时候，把洋芋秧苗根的土轻轻刨开，把早先结的洋芋挖出来，再把土填回去。

"你们种的是啥品种的洋芋？"我想起有"脱毒洋芋""高原4号洋芋"等种类，便问道。

"我们从前年开始种的是从乐都引进来的新品种洋芋，这种洋芋产量高，一亩地能挖1000到1500百斤，皮子又白又薄，口感好，容易煮烂，炒着吃焖着吃都很好，还不容易坏，可以长时间存放，所以来收购的人多，一年下来，种得多的人家能收入上万块，少的人家也能卖几千块钱呢！"弟媳妇说。

从和弟媳妇她们几人的聊天中，我明白了现今"洋芋花开好日子来"的新寓意。洋芋花开了，预示着洋芋丰收的日子要来了，农民们将会有一笔可观的收入。

说起乐都洋芋的好吃，我深有体会。在乐都，有几个乡村是洋芋种植地，那里海拔高，日照充足，绿色无污染，土壤富含人体必需的微量元素硒。据了解，硒对人体成长发育具有重要作用，如果人体缺硒，将会使人体免疫功能下降，增加患各种疾病的风险，缺硒与40多种疾病的多发有关，如心血管疾病、各种癌症、肝病、胰腺病、糖尿病、高血压、白内障等。另外缺硒还会影响儿童生长发育，加速成人衰老，因此，硒具有"天然解毒剂"和"抗癌之王"的美誉。而乐都洋芋则富含硒元素，这对于无硒元素土壤之地的我们民和人来说，购买乐都洋芋是最佳的选择。

我爱吃乐都洋芋，尤其喜欢焖着吃，每当听到叫卖声，我立马循着声音去找。买洋芋时，我挑选那种稍扁、一头大一头小的椭圆形洋芋。买回来的新鲜洋芋，第一顿必先焖着吃。洗泥土的时候连同那层薄薄的表层皮也洗掉，那白嫩嫩的洋芋，像婴儿的肌肤，甚是好看。焖的时候，把洗好的洋芋切成 10 厘米左右的厚片，小点的洋芋切成两半，在烤锅里擦上一层青油，放少许酱油，把洋芋片贴在锅上，上面撒点辣子面，盖严锅盖，温火煮，直到闻见轻微焦味，熄火，捂几分钟。待揭去锅盖，黄灿灿、热腾腾的洋芋便出锅了，顿时，香味弥漫整个厨房。

记忆总是让人回味，一盘简单的炒洋芋、一锅普通的焖洋芋，虽不是珍馐佳肴，却会令我念念不忘。那份缱绻的记忆，就像一首老歌，每一个细碎的音符都深入骨髓，潜入灵魂，总是会不经意地打湿眼眸。我的洋芋情结，如一杯珍存于时光深处的陈酿，扯出浓浓的乡愁，沉淀出更醇香的味道。

如今，又是一年洋芋花盛开的季节。从洋芋花美丽的风姿里，我看到了丰收的希望，听到了农民们在说"洋芋花开幸福来"的愉快声音。

做一根攀缘向上的藤

杨春兰

进入农忙时节，我的手越来越闲不了，除草，浇水，还要时不时给小鸡做疫苗，放下锄头拿铁锨，撂下背篼拿兽药。

夜深了躺在床上，又觉得还有事没做完。从庄廓院里的花想到庄稼地里的麦子、洋芋，从池塘里的鱼苗想到喂鸡的饲料，觉得今天要做的活都已经做完，才迷迷糊糊地睡着了。

这一晚，我做了一个跟写作有关的梦。桌上铺有宣纸，旁边放有一支笔，我拿起笔想写一首诗，不知是自己过于紧张，还是急于求成，墨汁洒在纸上，洇出一朵似有似无的花。被花吸引失神的我，也不知想写什么，只记得写了几个字"生活、万花筒、美好。"

梦断断续续，牵扯了一晚，梦境里的零星碎片似电视剧里的某个剧情，在脑海里回放。醒来后，我才发现魂牵梦萦的一件事就是这段时间忘了拿笔。

那朵花,是我的梦。那几个字,也是我的梦。一想到梦中那段情节，总有一丝快乐涌现。

一直以来，我把写作当成一个梦来完成。只因文化有限，再加上生活中琐碎的事，写好一篇文章，除了构思，交稿前是改了再看，看了再改，改改看看不下几十遍。在农村妇女的行列中，能写文章或许已经很好，可看到平台的文章，发现我与他们的差距太大。为了让自己跟上他们的步伐，我努力学习，看书，还去请教别的老师。有时把写好的文章发给想请教的老师，等来的却是无视。我沮丧过，也彷徨过，也有想过放弃写作的念头。可想想一路走来帮助过我的老师们，我给自己打气，坚持到了今天。功夫不负有心人，说的一点都不错。经过两年来的努力，文章除了在平台发表，还在杂志、报刊发表。虽然对于文学大咖们来说不算什么，可对我一个只有初中文化的农村妇女说，这已经是我全部的梦想。每次看到文章发表，看到圈内老师们赞许的评论，那一刻，我为自己的坚持感到欣喜和快乐！

每个人在他的人生路上，总有一段时光，没有理由，没有目的，没有凭仗，只有抑制不住的那份爱好。也许最近自己懒惰没有去写作，那梦就是潜意识的反映吧。在梦中，我多想自己是那一滴墨水，在洁白的纸上，勾勒出无数个动人心弦的音符，让自己的心随之跳跃。又多想自己是一枚叶片，春天努力发芽，让冰冻了一冬的世界带去一抹绿色。只因爱好可以为之动容。

梦终归要醒来，当我睁开双眼迎接新的一米阳光，窗外叶子正绿，映入眼帘的是那葱郁的爬山虎，我仿佛看到了自己，看到一个为了爱好而努力攀缘向上的藤。在狂风中不曾止步，在暴雨中不曾娇弱，总在寻求希望并从中获得一缕曙光。

一步步走到今天，最初的梦想早已在岁月的长河里远去，那么多的快乐时光，在勾起回忆的夜晚，与生活带给自己的难题形成鲜明的对比。深知，昨日挥手告别的欢乐与无奈，已在满地月色中与梦相随，就算自己寻遍所有的点点滴滴，都不会再次融进动人的故事里，而自己唯一能做到的，就是用爱好来充实自己的灵魂。

人生就像一场旅行，不必在乎目的地，在乎的是沿途的风景以及看风景的心情。是啊，喜欢文学，正如我的梦境一样，不管自己写的文章好与否，只要用心去感悟，相信文字就会变成美好的回忆，就会在纸笺上呈现美丽的篇章。

爷爷和他的软儿梨

林倩倩

　　花檎、沙果、软儿梨这三样果子是乐都本地特产，是占据几辈乐都人记忆的真正意义上的"水果"。我的爷爷也不例外，在水果品类极其丰富、购买方便快捷的时代里，他最钟爱的依旧是这几样，尤其是软儿梨。

　　因为爱吃，所以软儿树的传统就沿袭至今。乐都湟水两岸凡是有地有院子的家里几乎都种软儿树，爷爷不算宽敞的院子里就有4棵，两棵是已经成年了的大树，还有两棵是前几年才挤进院儿的小树。

　　爷爷说，软儿树很"皮实"，这一点从最大的树身上就能看出来——十年前，爷爷将一棵病快快的窝梨树拦腰锯断，嫁接上生龙活虎的软儿树，留下碗口大的一道疤。起初这疤看上去让人觉得生疼，后来疤的四周都生发出一些小枝条来，这疤倒也成了软儿树与生俱来的一部分似的。

　　软儿树两年就缓好了身子，开春时，树梢上冒了些嫩绿的芽。再过了两年，软儿树彻底焕发精神了，春天一到，满树的白花和叶子拥着、挤着，努力去够头顶上的暖阳。"一点都不娇气，你只管浇水，它就能长。"对于我的软儿树嫁接后能否成活、能否结果的担心，爷爷总是摇着头，自信满满地解释。或许就是这股皮实、爱争的劲儿，软儿树真的长得很快，才过了五年，树冠已经铺开来搂着房檐。五年时间等一棵树结果，爷爷觉得一点也不漫长，因为自打他5岁起就开始每年都盼着冬天来，只为吃一口香甜的软儿。那时候他们的语言里很少出现"水果"这两个字，信息闭塞的小县城里，他对照着糖皮儿或是字典上的"水果"，唯一联想到的东西就是软儿。这种对应关系是唯一的、排他的。偶尔几片花瓣飘进窗户，爷爷的思绪从1943年拉回来，他笑着说道："今年的软儿稠得很呐！"

一晃眼，到了秋天。坐在院子里，不时地听到"噗通"一声，爷爷起身朝院墙里面望，嘴里嘀咕着："雨水广、天气热，软儿熟得早了。"说话间，径直走到小房里，和每年一样，将竹筐一个个拿出来洗干净，铺上报纸、布单，挨个将它们摆放整齐。

一搭上十月头，软儿就该摘了。爷爷说，走到院墙跟前，能闻到果香。我的确捕捉不到这种气味，而爷爷执意说有。大概是几十年来对这味道太过熟悉、依恋的缘故吧，因为人之所以敏感，大多是因为在乎。

在我们家里，摘软儿算是件"大事"，我这么说是有依据的——四棵树上，黄澄澄的软儿密密麻麻地编在树枝上，抬眼望，几乎没有多少缝隙让你去估摸最高的果子长在哪儿。摘果子又是力气活，那些身轻如燕、身手敏捷的往往才是大力士，无奈我家都是女将，笨拙不堪。实际上，只要往前推上10年，爷爷奶奶都是上树高手，因为树是他们小时候的玩具。他们最清楚梯子怎样搭、脚步怎么换、筐子怎么接，最重要的是力气怎么使。尤其是爷爷，爬树前总会研究上几分钟，把树的结构看个清楚，脚步就会从容自如。如今二老都已年过古稀，爬树摘果子的事情落在了我们身上，无论他们怎样指点，我都领会不到其中妙意。毕竟，人只有对自己专注的东西专业。

筐子架在树空里，借助木凳、梯子，我们结结实实"长"在了树上。爷爷在树下望着，看到大一些的果子，他总是掩不住喜悦地小声喊："这个枝头的果子真大，阳面晒上太阳了，那边那一个也熟透了，你右手边那个。"透过树隙我总能瞥到这个戴着银冠的老人眼神中透出的一丝欣喜，那种恨不得自己爬上树，心满意足地摘下最中意的那个软儿，像个孩子一样的欣喜。

筐子一个个被软儿挤满，爷爷小心地倒进最后一篮子，嘱咐道："软儿不能碰，有口子容易坏。"说实话，青的还是黄的软儿都有不同的味道，或者说，爷爷都能找到合适的吃法，绝不会浪费。树上的软儿都摘完了，爷爷会捡起刚刚从树上碰落的。"这些果子都好着呢，扔了就可惜了。"爷爷洗去软儿皮上的油脂，放进铝锅，倒一点水，开始用文火煮。大约煮半个小时，再停火焐20来分钟，一锅"软儿锅塌"就好了。香气早就从锅缝里冒了出来，原本青涩的软儿变成了焦糖色，看上去就像块橡皮糖。吃一口，柔韧中带着香甜，这甜味不是香精、安赛蜜的甜，而是沁人心脾的大自然馈赠的甜，似浆、若醴，甜味儿的载体是能唤醒味蕾和牙齿的绵密而细腻的果肉。

爷爷说，他们小时候最奢侈的零食是罐头。每年的年三十，几个兄弟坐在炕沿上，瞪大眼睛，巴巴地望着母亲打开炕柜子上的锁，取出一个黄桃罐头——像一个约定俗成的神秘仪式。几个小孩屏住呼吸，像嗷嗷待哺的小鸟，仰起脖子等着母亲舀上一勺带汤的果肉，用另一只手轻轻托护着送到自己的嘴里。罐头瓶子还要拿开水涮几遍，就这个，大家也抢着喝。爷爷说："你不知道那个罐头有多好吃，就是含在嘴里舍不得咽下去的那种好吃"。将软儿和罐头联系在一起，完全是因为"软儿锅塌"的味道像极了黄桃罐头，也只有到了秋冬软儿熟了的季节，他们才能提前过上"年"，寻到罐头的味道。工作后爷爷走南闯北，去了不少地方，尝了不少水果，尤其是物流业十分发达的今天，网上就能买到最新鲜的水果。然而，秋天一到，爷爷最惦记的还是他的软儿，好像没有什么水果可以代替它的味道。说来可真是奇怪，味蕾还连着记忆呢。

小房子里的软儿堆成了山，这里通风、凉爽，可以让软儿"出汗"，书面解释应该是软儿在空气中可以释放自身的生物催化剂，从而变得绵软、好吃。大约20来天，软儿出完汗，表皮会渗出一层厚厚的油脂，将水分锁住。和大多数的水果不同，软儿憨厚、谦逊的秉性足以让它在不太热的温度下一直储存到来年开春。

除了煮着吃，软儿被广泛喜爱的吃法就是冻着吃。储藏室里的软儿一经冻就成了黑褐色，看上去像是放坏了，实际上，软儿的最妙之处就在于此。

寒冬腊月，软儿身上挂满冰渣子，或是直接冻成冰疙瘩，爷爷想吃的时候会拿几个进来，用冷水泡着。等把果子表面结起的一层浮冰敲碎，软儿就"活"过来了，虽然此时它们更像一个个瘪了的气球。剥开一个口子，吸一口清甜的汁水，带着入口即化的、含有小颗粒的果肉，顿时感觉烦热俱消。爷爷说，这神奇的汁水可以生津暖胃，还有清热、润燥、止咳化痰等功效，爱喝酒的人，第二天空腹喝点软儿梨水，难受劲儿一会儿就能过去，用"甘露"来形容它再巧不过。整个冬天，爷爷家的饭桌上总是放着几个自家的或是亲戚朋友赠送的冻软儿。在爷爷眼里，这种老少皆宜的水果没有浪费的道理，因为它又好吃又好储存。我每次吃软儿的时候也总是想着爷爷说的那句："这可是真正的好东西。"乐都人对软儿依赖一代感染着一代、一辈传给一辈。

一方水土养育一方人，也养育着一方的瓜果蔬菜。软儿树抗旱、抗寒、寿命长、不易生病等特点，让它得以在700多年前就在黄河以及河湟谷地广泛分布。著名书法家于右任过青海时也给这种果子留下了美句："冰天雪地软儿梨，瓜果城中第一奇。满树红颜人不取，清香偏待化成泥。"可能正是这种"清香"愿"化泥"的特性，让软儿陪伴我的爷爷成长，在生活艰苦、物资匮乏的岁月里滋养他的心田，锁住他的味觉，让他原本单调、苦难的童年多了一丝甘甜，一些乐趣；也让那些寒冷、漫长的冬季多了一个念想，一份慰藉。爷爷爱吃软儿，因为它能牵起自己一长串忆苦思甜的情愫，其中或许还掺杂着一点感恩吧。

火盆，温暖的记忆

袁存保

去年冬天，我在老家小住。有天晚上，纷纷扬扬的雪下了一夜。清晨，小院里白茫茫的一片。相比往年，家乡去年的雪比较多，天气特别冷。闲来无事，就在几间屋子里转腾，在一间堆杂物的角房里，看见墙角立起来的锈迹斑斑的火盆，便想起儿时架在炕上的火盆。通红的煤火伴着满屋子飘香的熬茶味儿和弥漫在屋子里的柴火、煤烟味儿，成为我内心一抹温暖的记忆。

小时候，家家户户都一样，没有火炉和烤箱，都是在老人居住的炕沿上放一个火盆取暖。火盆通常用铜或生铁按模型铸造而成，中间凹陷进去，形似一个盆，用于煨火。火盆边缘伸出去 5 寸左右，用于放置茶杯等器皿。火盆在当年的农村尤其显得贵重，一般家中围着火盆取暖的只有老人和小孩，年轻人还享受不到这个特殊的待遇。

我们家是书香门第，爷爷是清朝秀才，满腹经纶，为人宽厚，广交朋友，家中经常人来人往，热闹非凡，奶奶自然要经常应酬客人。奶奶是旧时女性，一双裹成的小脚支撑不了她高大的身躯，经常挂着拐杖走路。在旧时的农村，裹脚的女性干不了重体力活，所以冬天总是坐在炕上。她颠着小脚把客人们让到炕上就座，端茶倒水，从不嫌烦琐。屋里冷，奶奶就在火盆里生火，煤在火盆里不容易烧着，需要用木柴引火，她就用一节竹筒吹火。长时间吹火累得直喘气，煤烟味儿呛得她不停地咳嗽，头上落满了灰，但是她也不觉得麻烦。那时候家境并不殷实，奶奶就在火盆里烧几个洋芋招待客人。她有一样爱好便是喝茶，经常在沙罐里放进茯茶、盐、姜片、花椒，架在火盆上熬茶，长时间熬制后的茶清香怡人，一进她的房门闻见那诱人的茶香味儿就忍不住要喝上几杯。我至今还清晰地记得，她用大米和蕨麻熬的米汤（稀饭），美味可口，客人们喝过熬茶和米汤赞不绝口。

那时候，觉得冬天太漫长，真难熬。别家也如此，老人们围在火盆旁，要么喝茶，要么喝酒驱寒取暖。火盆没有排除煤烟的设施，日久天长老人们都习惯了用火盆取暖的生活，只是这样日积月累的烟熏火燎，房屋的墙壁和房间的摆设变得乌漆墨黑，那时房屋走风漏气，总有一丝风从外面钻进来。我每每睡到后半夜被冻醒后，总是看见奶奶做针线活，我们家6口人的鞋都是奶奶一针一线做成的。她纳的鞋底、绣的枕套、剪的窗花精美细致，远近闻名。

我在兄妹之中最大，对我的教育自然就严一些。记得那年冬天，我上一年级，我逃学和几个小孩一起去溜冰，我们高兴地玩了一天，回到家装着若无其事的样子。第二天下午，我的班主任唐老师告诉我的父母说我昨天逃学没有交作业，父亲要打我，奶奶扑前扑后挡住我。我想没事了，可是吃过晚饭后，她点上煤油灯说："你以后要记住学习是谋事创业的基础，千万不要荒废了学业。"我点点头就开始补作业。夜深了我还看见奶奶坐在火盆跟前陪我写作业，直到全部补完才休息。还有一次我在家玩，不慎摔坏了父亲心爱的收音机，父亲问起这件事，我却将责任推给弟弟，奶奶知道后并没有责备我，而是温和地给我说："人不诚实，就会失去信任。"然后她给我讲了几个身边不讲诚信的例子，对我说："做人要诚实守信有担当。言而无信不知其可。"她教给我许多做人的道理，比如尊老爱幼、爱亲人、与人为善、慈悲为怀等，尤其是"滴水之恩，当涌泉相报"的道理在我的脑海根深蒂固。的确，她不仅这样说，而且也这样做，与奶奶生活的点点滴滴以及奶奶教给我的许多道理，不断指引着我在正确的道路上越走越远，越走越坚实。

家乡有一个习俗，就是每年腊月初八到河里去搬冰，吃了冰一整年不得病，放在地里来年五谷丰登，每年这天大家便争先恐后去河里搬冰。6岁那年腊月初八，出于好奇，我和几个小伙伴一道去湟水河里搬冰。当我搬起一块大石头砸冰时，冰面破了，我顿时就掉进了冰窟窿里呛了好几口冷水，其他的几个小伙伴很快把我拉上了岸。当时我浑身湿透了，冻得瑟瑟发抖，于是一溜小跑跑到家里。奶奶看见我浑身湿透的衣服和冻得发紫的脸，紧张极了，赶忙给我换了衣服，拿起棉袄和棉裤在火盆跟前烤。我由于在冰窟窿里呛了水，得了重感冒，肺部感染，整夜咳嗽不止。奶奶不断地在火盆里加煤块，一会儿摸摸额头用湿毛巾冷敷退烧，一会儿替我盖被子。就这样整整一周，火盆里的火从来没有熄灭过，她也没有睡过觉。在她的悉心呵护和照顾下，我的病终于好了，感觉这种关爱远比火盆里的煤火更加温暖，一股幸福的暖流涌上心头。

后来，家里买了火炉安装在奶奶的房间里。火盆完成了它最后的使命，离开了土炕，搁置在角落里，很少有人再使用它。因为父母忙于农活，奶奶年事已高又照顾不好炉子、及时加不上煤，所以炉子时常熄灭，房间也远没有架火盆时热。那年正月初八，可能是回光返照，病了很久的奶奶显得很有精神，弥留之际，她说身上冷，要在火盆边烤烤火。父亲按照奶奶的吩咐，在火盆里引着火端到奶奶跟前时，她已经闭上眼睛永远地走了，彻底离开了我们。我们为没有完成奶奶的最后一个心愿而遗憾，而火盆却成了家乡的大院里留给我们的一个珍贵的念想。

睹物思人，看着立在墙角的火盆，再次想起奶奶慈祥的面容。它是我成长的见证，是幸福的象征，承载着我童年生活中一段永远温暖的记忆。

老板，再来一盘土豆丝

余　聪

我这个人从不敢说"阅人无数"，但绝对能毫不含糊地吹牛说"阅土豆丝无数"，这是个什么话呢？

从我小时候说起吧，家乡的土豆是从十年九旱的大山里种出来的，每逢国庆节，老爸老妈就带着我和弟弟妹妹们，冒着漫天飞舞的雪花去挖土豆……

在大多数时间里，我们几个都是抽着鼻涕，站在山梁上数着土豆。就那样一个个数完，国庆节假期就完了，剩下的大半年时间里，我们的生活都跟土豆有关，只有你想不到，没有老家人做不出的土豆，什么蒸土豆、煮土豆、炸土豆、炒土豆……光就这炒，又有土豆丝、土豆片、土豆块、土豆条之分。想想也是美事一桩，大清早地，端一碗土豆丝，再拿一个馒头或花卷，每人吸溜着土豆，喝着熬茶，那是一种习惯，更是一种饮食文化。

离开家的日子里，土豆丝其实成了一个符号，关于母亲，关于乡愁，或者，关于那山坳坳的记忆。据说在饭馆里，土豆丝是任何菜系里最能赚钱的一个菜。

但我好这一口，就是到了五星级酒店的餐厅里吃饭，总是按捺不住对土豆的热情，牛肉炖土豆、土豆烧茄子、土豆泥什么的，总要点个跟土豆有关的菜，朋友笑我，说我干脆撞死在这土豆上算了。

其实跟土豆相关的菜，多不胜举，比如清炒土豆丝、酸辣土豆丝、青椒土豆丝、新疆大盘鸡、土豆烧牛肉，等等，我这胃有点破烂不堪的意思，总是尝不了太辣的土豆，如果实在没有选择，退一步，自己在家切点土豆片，在电锅里烧点开水，就那样清水煮土豆，自己调制一点简单的调料，放那么一小碗，也能吃得风生水起……

土豆吃得多了，关于土豆的故事也就多了。

比如有一次，我在无锡，和哥们一起吃东北菜，我们俩吃东北菜，其实千篇一律，上一盘大骨，再一盘土豆丝，两碗手擀面、一盘花生米、一头蒜。简单但实在。

那一次，我饿了，他也饿了，先是大骨，他三两下就解决了大骨，我有点慢条斯理，这一慢，就出了问题——他开始吃手擀面和土豆丝了，而我的面还凉在眼前。当然，北方人吸面是一道风景，吃的时候往往不顾周围环境地稀里哗啦，一口面，再加几口土豆丝，就着几瓣蒜，那是何等的享受。眼看着土豆丝被哥们扫光了，我把筷子伸出去拨拉了一下盘子，顺便告诉他："喂，你慢点好不好，都快没了啊……"

我不说还好，我一说他就有点不好意思了，有点笑喷的意思："靠，这个还不管够啊！老板，再来一盘土豆丝！"

实际上，我一块大骨下肚，再吃面吃土豆丝时已经没那么饿了，两个人，两盘土豆丝，终究没能吃完。事后想想，这年头要是能有人陪你抢吃一盘土豆丝，也是一件大快人心的事情吧。

再说河南，有妹子老是承诺要给我炒一盘土豆丝，并声称刀功了得，今年的时候，从郑州到许昌平顶山地转了一圈，刚好有机会吃一盘妹子的土豆丝。

我在朋友家厨房，她们两个唧唧喳喳在研究土豆丝怎么炒，在抽烟的空隙，我一边擦汗，一边观望着她们的刀功，最后只一句："就这水平，也敢吹牛，你们不炒我也知道这味道了！"

果然，炒出来的哪里是什么土豆丝，是土豆条啊，我说没法吃没法吃，干脆我自己动手炒一盘得了。

后来，桌上出现了两盘土豆丝，一盘是我的，一盘是她们俩的，因为酱油倒得多，有点红烧的意思，但不是很透。据说，生土豆都能吃，这半生不熟的怎么不能吃呢？结果，她们吃她们的，我自己吃我自己的，最后还有小朋友帮忙，基本算是吃完了两盘土豆丝。

几个月后，我问她们两位，土豆丝技术怎样了？

答曰，正在努力。

努力个屁！

吃东西还是得有心情，比如切土豆丝，这可不光是刀功，实际上是一种禅功，至于怎么个禅法，那就是仁者见仁，智者见智的事情了。

当然，会吃的人不一定会做，我就是这一种。

附录

源远流长　花繁叶茂

——乐都文学概述

茹孝宏

乐都历史悠久，人文底蕴深厚，文学源远流长。

距今 4000 多年前，乐都柳湾先民创造的以精美彩陶为代表的史前文明，于 20 世纪 70 年代惊艳于世。柳湾出土的石磬、陶埙等古老乐器证明，那时的柳湾先民就有音乐活动，而在诗、舞、乐合为一体的原始社会，有音乐活动，就必定伴有诗歌及舞蹈活动。可见，那时乐都的柳湾先民就有以诗歌抒情娱乐的艺术活动。

汉武帝元鼎六年（前 111 年），汉军进驻湟水流域。汉宣帝神爵元年（前 61 年），后将军赵充国进军湟水流域实行屯田。神爵二年（前 60 年），汉王朝在今乐都设浩门、破羌两县，其中浩门县治所在今乐都东北境内，辖境大体包括今乐都东部和甘肃省永登县八宝川一带，破羌县治所在今乐都城区西，辖境为今乐都中西部地区，两县均属金城郡（治所在今甘肃省兰州西古城）。乐都被正式纳入大汉王朝版图后，就不断受到汉文化影响。据 1940 年出土于乐都高庙镇白崖子村的《三老赵掾之碑》记载，曾扎根乐都、被浩门县县令兰芳拜授为三老（掌管教化的地方官员）的赵充国六世孙赵宽，在乐都东部地区兴办教育，传播儒学。他的学生有百余人"皆成俊艾，仕入州府"。这百余学生中，肯定有擅诗善文者，只是史料匮乏，其作品无从查找。该碑没有镌刻撰书文和立碑者。撰书文和立碑者也许是赵宽的后人，也许是赵宽的学生，不论是谁，该碑碑文可谓难得的汉代时期的散文佳作，也是乐都乃至青海地区最早的文学作品。

东晋十六国时期，南凉国以乐都为首都，开馆延士，兴办儒学，大力吸收汉文化来发展自己的文化，使汉文化在乐都再次复兴，自然也培养出许多文学俊才。据史料记载，南凉王秃发傉檀之子秃发明德归13岁时奉父亲之命作《昌高殿赋》，他敏思善文，"援笔即成"，才惊百官，可惜其作品没有流传下来。南凉太府主簿宗敞年轻时撰写的散文《理王尚疏》文辞优美，"文义甚佳"，后来成为文坛大家。

唐代在西部设陇右道（治鄯州，今乐都），为全国十道之一。陇右道以鄯州为中心，共辖21州府59县。地域包括今甘肃省、青海省以及新疆维吾尔自治区的大部分地区。后又设陇右节度使。陇右节度使辖区驻军达7.5万，仅次于范阳节度使辖区的驻军规模，军事战略地位十分重要。这种情况自然带来人口增多，经贸昌盛，"天下富庶者无如陇右"（《资治通鉴》），自然也会促进文化的繁荣和发展。

这样一个鄯州府所在地、陇右节度使驻节地，当为中国西部政治、文化、经济中心和军事重镇。在这里，官员及其幕僚、掾属众多，文人雅士云集。在崇尚诗词、诗歌艺术高度发达的当时，这里自然会产生大量的诗歌作品，正如一位研究陇右唐诗之路的专家所说："鄯州是陇右节度使驻节地，也是唐代诗人创作诗歌作品最多的地方。"尽管文献资料匮乏，他们的作品大都被湮没在历史的烟尘中，但今天我们仍能看到遗留下来的许多作品。如哥舒翰任陇右节度使期间，大诗人高适就在哥舒翰幕府任过掌书记等官职，他的许多诗的写作地点就在乐都，如《九曲词（三首）》《登陇》等。其中《九曲词（三首）》第二首写道："万骑争歌杨柳春，千场对舞绣骐驎。到处尽逢欢洽事，相看总是太平人。"这首诗表现了哥舒翰收复九曲后乐都的人们舞狮欢庆胜利的盛大场面。再如唐代诗人钱起的《陇右送韦三还京》："春风起东道，握手望京关。柳色从乡至，莺声送客还。嘶骖顾近驿，归路出他山。举目情难尽，羁离失志间。"作者在陇右（今乐都）送别朋友，用旅途景色来预测朋友的前景，同时也寄托了自己的思乡之情。再如唐代诗人柳中庸的《凉州词》："关山万里远征人，一望关山泪满巾。青海城头空有月，黄少碛里本无春。"这首诗描绘了驻扎于鄯州（今乐都）的大唐将士内心的真实感受。唐代诗人在乐都一带写的诗，或以乐都情况为题材写的诗，还有崔融的《西征军行遇风》、岑参的《胡笳歌颂颜真卿使赴河陇》、杜甫的《奉送郭中丞兼太仆卿充陇右节度使十三韵》、刘方平的《寄陇右严判官》、长孙佐辅的《陇右行》、周朴的《塞上曲二首》第二首等。

宋元明清时期，乐都皆为"军政要地"。明代先后设碾伯卫，西宁卫碾伯右千户所，清雍正年间设碾伯县。

作为"军政要地"的乐都，宋元时期到过这里的文人学士也不少，受战乱等影响，虽然保存下来的文学作品不多，但至少能找到一些内容涉及乐都的诗歌作品，如宋代梅尧臣的《送王景彝学士使虏》、文同的《收复河湟故地》、岳珂的《下诏复河湟》，元代马常祖的《河湟书事》（二首）第二首等。

明清以降，到过乐都的文人学士则更多，他们创作了不少描绘乐都山川风物或感事抒怀或应景应时的文学作品。其中诗歌作品如明代嘉靖二十二年（1543 年）进士胡彦的《碾伯道中》："塞外不受暑，入秋风飒然。日高犹长绤，雨过却装绵。绝巘霾幽磴，悬崖吼瀑泉。哪知尘世里，别有一山川。"这是作者任御史期间来青海视察茶马事务，途经碾伯（今乐都）境内时所作，诗中描写了秋季乐都的自然风光和风情民俗，表达了对这里"别有一山川"的感叹和赞美之情。再如明代万历四十一年（1613 年）进士蒲秉权的《阅边宿瞿昙寺》："香刹庄严甲鄯州，湟西净土此堪游。烟笼宝篆蟠蝌蚪，风动旛幢醒钵虬。贝叶朝翻云满阁，部筘宵吹月当楼。好将一滴杨枝水，洒濯边尘慰杞忧。"这首诗是作者任西宁兵备道时巡边到乐都，游览瞿昙寺并夜宿于此而作。诗中形象地描绘了瞿昙寺庄严华美的建筑风格，并表达了祈盼西陲安宁的情怀。再如清雍正六年（1728 年）任碾伯县令的张恩的《南楼远景》："谁言荒僻是边陲？酷爱南城会景楼。远岫孤标晴亦雪，长桥稳渡陆如舟。浪浮燕麦川平面，烟簇蜗庐柳罩头。一幅画图看不尽，雄文碑版吊千秋。"这首诗形象地描绘了从会景楼（即南楼）上看到的景色及张仲录的碑文。再如清乾隆年间任西宁道按察司金事的杨应琚的《乐都山村》："巨石斜横碧水涯，石边松下有人家。春风不早来空谷，四月深山见杏花。"这首诗以疏笔淡墨描写了乐都山村的田园风光，清新优美，妙手天成，广为称颂。

散文作品如明代兵备副使范瑟所撰《创建定西门记》、明代进士陈仲录所撰《碾伯会景楼记》、明代举人李完所撰《重修城隍庙碑记》、清代杨应琚所撰《重修碾伯县文庙碑记》、清代碾伯县知县冯曦所撰《凤山书院碑记》等，都是优秀的散文作品。

其间客居乐都或过境文人学士留下歌咏乐都作品的还有明代的何孟春、包节、冯如京、姜廷瑶，清代的寂讷、斌良、张宪镕、何泽著、贾勋、来维礼等。

如前所述，乐都办学时间早，所以到清代时除大量的私塾、社学、义学等教育形式外，也有了很正规的书院教育，在多种形式的教育培养下，这里耕读传家蔚然成风，加之受客居和过境文人学士的影响，清乾隆年间至民国时期，乐都的一批本土作家已成长起来，他们依次是吴栻、傅咏、钱茂才、唐世懋、谢善述、赵得璋、李生香、萌竹、谢铭、李绳武、陈希夷、李宜晴、段生珍等，他们卓有成效的创作刷新了乐都文学的历史，撑起了乐都本土文学的一片天空。在这些本土作家中，以吴栻、谢善述的创作成就为最高。

吴杖（1740—1803，字敬亭，号对山、怡云道人、洗心道人，清碾伯县即今乐都人）于清乾隆、嘉庆年间，与狄道（今临洮）吴镇、秦安（今天水）吴登诗文齐名，故将他们三人并称"甘肃（当时青海属甘肃省）三吴"。他在仕途上不得志，大半生奔走于河湟地区，就馆教书，以馆谷养家。终因病愁困顿而死。吴杖存世的诗文，由其玄孙吴景周于 2000 年整理、校订、注释、标点，并加上他撰写的《吴杖传略》和《吴杖年谱》，集结为《吴敬亭诗文集》。

吴杖存世的诗文，数量之多，内容之丰，在历代河湟文人中绝无仅有。《吴敬亭诗文集》中的大部分作品或谈禅悟道，或演绎易理，或描景状物，或模山范水，就在这云诡波谲之中，寄托着对社会的认识，对人生的感悟，对美好生活的憧憬和希望。

《青海骏马行》是吴杖诗歌中传颂最广的诗篇，这首诗用赋、比、兴的手法，敷陈其事，寓言写物，因物抒怀，讴歌了青海骏马英姿非凡、踏云荡霞的神奇形象，借以抒发纵横驰骋的抱负，怀才不遇、壮志难酬的情结。这首诗想象奇特丰富，音调徐疾有度，铿锵有节，在整个清代诗歌中也是"卓然称大家"的。

吴杖的部分诗歌具有鲜明的地方特色。诗人出生于乐都，大半生生活于乐都，对乐都的山水人文有着深厚的感情，他的许多诗赋形象生动地描绘了乐都的山川形胜和人文景观，如《碾伯八景》《翠山赋》等。

吴杖继承了中国传统诗论中"诗言志""诗缘情"之说，主张"夫诗以言志，志之所在，发言为诗"（《自勖录后序》），"兴之所至，随意成章，以舒其情致斯耳"（《云庵琐语》）。他的诗歌多为抒写心志、兴之所至之作。吴杖的四首诗曾入选《清诗全集》。

吴杖散文中的一些应时应景之作，如寿文、祭文等，更是辞采灼灼，洋洋大观，脍炙人口。

谢善述（1862—1926，字子元，清碾伯县即今乐都人）自小苦读萤窗，16 岁时应县试、府试均名列前茅，23 岁即举拔贡。大半生从事教育工作。早先在民和官亭教授私塾，后任泾州（今甘肃泾川）学正（学官名）、宁夏府宁灵厅教授（学官名）、碾伯高等小学教师等。

谢善述今存其侄谢才华整理的《补拙斋文集》五卷，《梦草山房诗稿》二卷和章回体小说《梦幻记》一卷（二十回）。谢善述生活在清代末期民国初年，他的诗文反映了当时的官场腐败、吏治混乱和人民疾苦。他深谙当地的风土民情，因而为后世留下了许多翔实而又生动的史料。因此，他的诗文具有详史之略、续史之无的作用。

谢善述的创作深受"五四"新文化运动的影响，因而在创作中有意识地吸收乐都南山一带的方言俚语，创作了一批反映人民疾苦、宣扬中华民族传统美德、鞭挞社会恶习的《荒年歌》《劝孝敬父母歌》《戒赌博》等白话诗。这些群众喜闻乐见的作品，至今仍在乐都南山一带传唱。

谢善述于民国二十年（1923 年）创作的章回体小说《梦幻记》，反映了人民的疾苦，鞭笞了官吏的专横凶暴。这篇小说用白话写成，不仅是乐都的第一部白话小说，也是青海的第一部白话小说。鲁迅于1918 年发表在《新青年》杂志上的白话小说《狂人日记》是中国现代文学史上的第一部白话小说，而谢善述的白话小说《梦幻记》的创作时间比《狂人日记》的发表时间仅晚 5 年。

谢善述的诗文在当时深受好评，至今乐都还流传着"谢善述的文章赵廷选的字，李兰谷的对联王长生的戏"这样的评说。其中说到的赵廷选、李兰谷、王长生均为清代末期民国初年乐都人，分别在书法、对联和戏曲方面很有造诣。

从吴栻、谢善述留存于世的作品来看，他们的创作也代表了当时青海文坛的最高水平，吴栻可谓当时青海文坛浪漫主义文学的代表人物，谢善述可谓现实主义文学的代表人物，他们就像两颗耀眼的星，闪烁在青海文学历史的天空。

这一时期除吴栻、谢善述外，还有一位重要作家也值得一说，他就是民国中后期在青海文坛闪亮登场的萌竹。

萌竹（1921—1953，本名逯登泰，号尹湟，乐都高店河滩寨人）20 世纪 40 年代就读于上海复旦大学期间，结识"七月诗派"的贾植芳、胡风、路翎等人，并受其影响，创作出了一批诗歌、小说、散文和评论作品，发表在《希望》《西北通讯》等报刊，其中小说《青驴》《大青骡》《炒面的故事》发表于《希望》杂志。

1949 年后，乐都的文学事业得到空前发展，一代代作家和文学爱好者不断成长，各类体裁的文学作品不断涌现。萌竹、陈希夷、逯有章、辛存文、李生才、铁进元、许长绿、赵宪和是新中国成立后乐都作家第一梯队的代表人物，他们虽然没有在同一时间段形成庞大的创作阵容，但各自在不同的时间段，以突出的创作实绩赢得青海文坛的关注和认可。

萌竹在 1949 年前创作一批文学作品的基础上，于新中国成立初期又创作发表了小说《血红的草原》。萌竹的创作成果在乐都乃至青海的文学史上留下了非常珍贵的资料。他在 1949 年前后创作的小说均受到青海文坛好评。"在当时的青海作家群中，萌竹小说的成就已达到了很高的水平"（《青海当代文学 50 年》）。

陈希夷（1918—2013，乐都碾伯下寨人）是新中国成立后成长起来的一位本土作家，以创作旧体诗见长。他的《咏青诗稿》（三册）于 2002 年出版，收入诗、词、曲、赋 3000 多首。《咏青诗稿》对青海的人文、历史、地理风光等做了详细阐释和尽情描绘，对唤起人们爱祖国、爱家乡的情感具有积极意义。

逯有章（1933—2018，乐都高店河滩寨人）在工作之余坚持文学创作，终有收获。出版有长篇小说《河湟风云》《王府恩仇记》。

长篇小说《河湟风云》以河湟地区的生活为背景，以陆、巨、王、黄四姓人家 40 多年的经历为主线，反映了青海东部地区的社会历史变迁，揭示了发生在这里的历史悲剧的根源。小说具有曲折复杂的故事情节，质朴、善良、勇敢的高原人形象跃然纸上。《王府恩仇记》

以西部生活为背景，通过描写骆驼客的高原生活与悲惨身世，折射出复杂动荡的社会面貌。小说故事情节跌宕起伏，展示了一幅具有悲壮传奇色彩的西部生活图景。

辛存文（1934—2017，乐都蒲台乡寺沟脑村人）多年在《青海日报》工作，他结合自己的新闻工作，创作的大量报告文学、纪实散文等作品，发表在《人民日报》《甘肃日报》《青海日报》《青海青年报》《中国土族》《民族经济与社会发展》等报刊。出版有纪实散文集《西宁土楼山访古采今录》。

辛存文的创作以报告文学成就为最高，他创作的一批报告文学作品为改革鼓与呼，为时代画像留影，作品所总结介绍的先进典型和先进经验，被省委、省政府在全省推广学习。

李生才于 1938 年出生于乐都岗沟哈家村，毕业于青海师范学院中文系。曾在《诗刊》《青海湖》《西藏文学》《文汇报》《上海文学报》《青海日报》《厦门日报》《瀚海潮》等报刊发表诗歌、散文、评论和小说作品。他在果洛草原工作生活 20 多年，他的作品大多反映涉藏地区风情和藏族群众的生活。20 世纪 80 年代初期，李生才的小说创作风生水起，佳作不断，创作发表中短篇小说 20 余（篇）部，其中中篇小说《靴子梦》获青海省政府首届文学艺术奖。

李生才创作的长篇小说《含泪的云》发表于 1981 年第 10 期、11 期《青海湖》杂志，1982 年 11 月由青海人民出版社出版单行本。这部小说反映了龙木切草原上藏族群众迈上光明大道、告别黑暗社会的曲折历程，刻画了一位善良、正直而又极力拥护共产党民主改革政策的上层头人形象，故事悬念迭生，情节感人。

许长绿 1938 年出生于乐都岗沟七里店村。20 世纪 50 年代后期，他创作的一批诗歌、短篇小说、小小说在《青海日报》《青海湖》《牧笛》《工人日报》发表。后因历史原因，创作中断。1984 年后，他的创作又进入一个活跃期，创作的短篇小说、小小说、散文在《青海群众艺术》《西宁晚报》《青海青年报》《青海日报》《少年文艺》《青海广播电视报》《西部发展报》《西海都市报》等报刊发表。出版有诗文集《长路》。曾获《青海广播电视报》征文一等奖。

赵宪和（1940—2020，笔名赵禛，乐都马营人）数十年坚持对旧体诗的学习、研究和写作，在《西海都市报》《中华诗词》《诗词百家》《诗词国际》《诗词世界》《中国诗赋》《诗词之友》等报刊发表大量诗词作品。出版诗词集《南凉清韵》《晚晴吟草》《赵禛诗词选》《赵禛诗文集》等。

1949年后乐都作家第一梯队中还有蒲文成、谢佐、毛文斌、吴景周、周璋武、林中厚、李养峰、辛存祥、谢培等，他们均发表了一定数量的作品。其中吴景周发表多篇（部）戏剧、曲艺作品。周璋武、林中厚均发表较多民俗类散文。毛文斌出版诗、书、摄影集《海东风光》，书内收入旧体诗80多首。李养峰出版长篇小说《见证沧桑》等。辛存祥发表较多旧体诗。谢培创作的短篇小说《除夕》发表于1972年5月2日《青海日报》，1974年被青海省文联《征文》杂志转载，并被选入当时青海省初中二年级语文教材，在当时的青海文坛和教育界均产生很大影响。《除夕》褒扬了集体主义精神，塑造了一位大公无私的老农形象，在今天仍有积极意义；语言也较有特色，尤其是大量拟声词的恰当运用，增加了作品的审美趣味。

党的十一届三中全会后，不仅第一梯队的作家焕发了创作生机，而且一批新的文学青年在创作上跃跃欲试，并崭露头角，他们是巨克一、高建国、蒲生奎、朵辉云、钟有龙、赵建设等，他们构成了乐都作家的第二梯队。他们除在乐都文化馆编印的内部杂志《乐苑》上发表作品外，也在省、市（地）级报刊上发表作品。其中巨克一在《青海日报》《青海湖》《青海青年报》《瀚海潮》发表了散文、小小说作品；高建国在《青海日报》等报刊发表了散文作品；蒲生奎在《青海群众艺术》《青海文化》等报刊发表了散文、曲艺作品；朵辉云在《青海日报》

《青海湖》《青海青年报》《青海群众艺术》《群文天地》《西海都市报》等报刊发表了散文、小小说作品;钟有龙在《青海日报》《西海都市报》等报刊发表了诗歌、散文作品;赵建设在《青海日报》《青海湖》《青海群众艺术》发表了短篇小说作品。其中,朵辉云的纪实散文《为了幼苗茁壮成长》入选第二辑《青海,我的家园》,出版文集《细雨润秋》《细雨润秋》修订本,曾两获青海广播电视文艺奖;钟有龙出版诗集《乡间歇晌》;蒲生奎除创作一些散文、曲艺作品外,还经常写一些应时应景的寿文、祭文、碑铭等,语言典雅,辞采飞扬;巨克一时有新作品问世,并获奖。

时序进入 20 世纪后期,除第一、第二梯队的部分作家继续在文学的田野上耕耘外,一大批中青年作家如雨后春笋般不断涌现,他们在省内外报刊发表大量作品,出版多部文学作品,获得多个重要文学(文艺)奖项。因有他们的创作,乐都文苑呈现出花繁叶茂果飘香的瑰丽景象。他们的创作代表了当代乐都文学的最高水平。他们构成了乐都作家的第三梯队。现对其中创作成绩突出或比较突出的作家分述如下:

王建民是乐都作家第三梯队中最有天分的一位。早在西北政法大学求学期间,就已经在诗歌创作上初露峥嵘,还荣获《飞天》杂志"大学生诗苑奖"。大学毕业参加工作不久,即告别"铁饭碗","下海"打拼。非稳定的工作和非规律的生活,使他很少有静心写作的时间和环境,但他终究没有放弃文学,没有放弃写作。多年间在《青海日报》《西海都市报》《海东日报》《青海湖》《飞天》《当代青年》《星星诗刊》《诗选刊》《安徽文学》等报刊发表诗歌、小说和评论作品。作品入选《青年诗选(1987—1988 年度)》《你见过大海——当代陕西先锋诗选》《放牧的多罗姆女神——青海当代诗歌 36 家》《2009—2018 青海文学十年精选·诗歌卷》《江河源文存·诗歌卷》《江河源文存·小说卷》《江河源文存·评论卷》。其中的《青年诗选》是每两年从全球华人青年诗人中遴选 50 余位的诗作编辑而成的;《你见过大海——当代陕西先锋诗选》主编沈奇教授在选本序言中说："建民的诗是至今仍不失为前卫或曰先锋的、真正西部味的西部诗，现代意识加古歌情味，那一种反常合道、务虚于实的诡异劲道，如新开封的老酒，啥时喝来啥时为之一醉。"

王建民的诗集《太阳的青盐》入选浙江工商大学出版社"21世纪诗与诗学典藏文库第一辑"。这部诗集以汉字独特的时空架构能力，追索人类文化母题中诗质的人本部分，进行真正的现代考量。王建民以其对汉字的独特理解，在汉语新诗修辞上表现出一种难得的干净和清醒，从而抵达形而上的自由。

关于王建民的理论建设性文章《河湟文学论》，《青海新文学史论》评价说："王建民的理论主张对青海文坛有着深远的意义。他最先提出了'河湟文学'的概念，1989年2月他的长文《河湟文学论》在《青海湖》发表，从理论上比较完整地讨论了'河湟文学'的内洽性与实践的可能性，显示了一种青海文坛上少有的理论的自觉意识。"

近些年，王建民以清末至新中国成立前唐蕃古道、丝绸南路的重要节点之"丹噶尔—西宁"商业圈为叙事时空，进行了系列小说创作，已发表中篇小说《那花姐》、长篇小说《天尽头》等。长篇小说《天尽头》从工匠的银子、商家的银子两套系统考量钱的内涵和外延，似家园叙事，实为"丹噶尔—西宁"商业圈的白银资本历史；历史大背景据实呈现，叙述举重若轻，从而关注人本身，以及在文化碰撞交融之地商业的重要性。在非农非牧的生存境遇中，小说人物的确是一群不一样的男女。至于故事，青海的读者阅读时，故事就在他的文化记忆中；外地的读者阅读时，故事就在他的"远方"里。

马国福是第三梯队中一位年轻而有实力，且在省内外具有一定影响的作家。刚过不惑之年的马国福在《北京文学》《上海文学》《星星诗刊》《青年作家》《雨花》《诗歌月刊》《扬子江诗刊》《散文百家》《散文选刊》《青春》《青海湖》《美文》《黄河文学》等省内外百余家报刊发表散文随笔、诗歌等体裁的作品，其中以散文随笔创作成就为最高。

系《读者》杂志首批签约作家。大量文章被《读者》《青年文摘》等知名报刊转载，多篇文章被选为上海市、天津市、武汉市等多个城市中、高考作文训练题（试题）。作品入选《2017 年度散文选》。

马国福已出版散文随笔集《赢自己一把》《给心灵取暖》《我很重要》《给生命一个完美备份》《无限乡愁到高原》《听心底花开的声音》《在尘世的烦恼里开怀》《你所谓的安逸不过是在浪费生命》等 8 部。曾获孙犁散文奖（两次）、江苏省首届十大职工艺术明星、江苏省年度文学工作先进个人等荣誉。

马国福的多数散文随笔堪称美文，"美文如清风，佳句似佳茗"，在通俗的叙事说理中给人以启示，于精巧的描景状物中显出智慧。他更以一种博雅风范和悲悯情怀，体恤着芸芸众生，也温暖感动着读者。

余聪（1979—2013，城台人，本名海显澄，又有笔名夜梦，毕业于北京科技大学）是第三梯队中一位在省内鲜为人知，而在首都北京具有一定影响的作家，属于典型的"墙外开花墙外香"。他除在天涯社区等网站发表大量散文、杂谈和三部长篇小说外，还在《人之初》《北京青年报》《河北青年报》《新快报》《大学生参考》《涉世之初》《今晚报》《祝你幸福》《中国美食报》《中国电力报》《打工妹》《楚天都市报》《江淮晨报》《湘声报》等报刊发表百万文字。出版有长篇文化散文《一生要领悟的易经与道德经智慧》《孔子智慧全集》，长篇小说《丫头，你怎么又睡着了呢》《你的灵魂嫁给了谁》。

余聪的长篇小说深受北京青年读者的青睐。

长篇小说《丫头，你怎么又睡着了呢》在天涯社区网站连载后，"点击突破 130 万，回帖 12000 多条"。该小说纸质文本的"内容简介"中说，这是"一部让千万'丫头'潸然泪下的温暖感动之作"。

长篇小说《你的灵魂嫁给了谁》在天涯社区网站连载期间，也受到读者好评。该小说出版时的"编辑推荐"说，这部小说"具有相当的文学价值。从行文到结构，从语言到寓意，从环境到背景，都是特立独行、标新立异的。文章不拘泥于男女之间的感情纠葛，也不流于事情发展的肤浅表面，而是通过细致描写医院这个社会大环境下的小环境，从而淋漓尽致、入木三分地表现人物特征和社会现象"。

余聪的第三部长篇小说《北京，爱》在天涯社区网站连载时，同样受到好评，正如一位评论家所说："作者以现实主义手法，深刻揭示了当代青年的成长历程、心路历程。当现实的残酷和人性的光芒猛烈碰撞的一瞬，所发出的炫目色彩，成为这部巨著的独特魅力。"

就是这样一位风华正茂的天才作家，因消化道出血等疾病，医治无效，于2013年5月6日撒手人寰，年仅34岁。

周存云很年轻时就跻身青海文坛，20世纪80年代后期，他才二十几岁，创作就已进入活跃期，其后一直笔耕不辍，常有收获。曾在《青海日报》《西宁晚报》《青海湖》《瀚海潮》《飞天》《红豆》《绿风》《绿洲》《黄河诗报》《诗江南》《群文天地》等报刊发表诗歌、散文作品。作品入选《建国50周年青海文学作品选·诗歌卷》《中国散文诗精选》《高大陆上的吟唱》《诗青海·2010年鉴》《江河源文存·诗歌卷》《青海美文选》《2013—2014青海美文双年选》《2015—2016青海美文双年选》《2017—2018青海美文双年选》。诗歌《静坐的日子》被当代作家代表作陈列馆收藏。

周存云已出版诗集《无云的天空》《远峰上的雪》、诗歌二人合集《风向》、散文集《高地星光》《河湟笔记》，其中《高地星光》入选青海省作协编选的第五辑《青海青》文学丛书。诗集《远峰上的雪》获第二届青海青年文学奖、青海省政府第五届文学艺术奖。

周存云的诗简洁凝练，清新俊逸，意境深远。他的抒情散文含蓄蕴藉，贮满诗意；他的历史文化散文既有学者的风范，又有文学的构思和运笔，恢宏大气，洋洋大观。

李永新是一位非常勤奋的作家，他政务繁忙，手中的笔却从未停歇，他尝试诗歌、散文、评论等多种文体的写作，且均有收获。曾在《海东日报》《青海湖》《中国土族》等报刊发表作品。已出版诗歌摄影集《彩虹记忆》《江山如此多娇》《河湟寻梦》《白草台文丛》《李永新文丛》及文图集《极地门户行》。

评论家刘晓林在谈到李永新的创作时说："李永新的出身、教养、阅历，无一不与河湟地区的山川土地根脉相连，这决定了他泥土般质朴、坚实、执着的气质和心寄乡土的情感方式，同时也决定他思考的方向与文字书写的旨趣。"

李永新在担任海东市委宣传部常务副部长、市文联主席期间，创办海东市文学季刊《湟水河》，组织出版了由他主编的《海东情文艺丛书》《海东情文艺丛书2》《海东情文艺丛书3》《海东文学丛书》《海东文学丛书2》。以上几套丛书各卷本收录了海东籍作家、作者以及外籍作家、作者情系海东、抒怀海东的各种体裁的文学作品。

李明华于20世纪80年代后期步入青海文坛，创作发表了散文诗、散文、小说和报告文学作品，已出版散文诗集《家园之梦》，散文随笔集《坐卧南凉》，中短篇小说集《平常日子》，长篇小说《默默的河》《马兰花》，另有长篇小说《颇烦》发表。李明华以小说创作见长。

长篇小说《默默的河》第一章《党支书与地主女儿的爱情》被2001年第12期《青海湖》选载。根据《默默的河》修改而成的长篇小说《夜》，于2009年由《读者》出版集团敦煌文艺出版社出版，并被纳入西北五省（区）农家书屋工程。《夜》通过一个农村党支部书记一夜之间对自己一生经历的回忆，反映了社会变革给农民造成的心理失衡以及由不适应到适应的心路历程，是一部河湟农人的生存史，也是中国农村人生存史的缩影。可以说这部小说是李明华长篇小说的代表作。

长篇小说《颇烦》通过叙写社会转型期农民遭遇的无奈、尴尬和疼痛，给农民这个弱势群体以深度的人文关怀，表达了对一些社会问题的思索和拷问。

长篇小说《马兰花》塑造了一个命运多舛却具有吃苦耐劳、坚忍不拔、忍辱负重精神的河湟女人的形象。她的形象就像绽放在河湟大地上的马兰花，散发着淡淡的幽香。

李明华的作品入选 2010 年《小说月报》"报刊小说选目"及《新中国建立 60 周年青海文学作品选·散文卷》、《江河源文存·散文卷》。曾获青海新闻奖报纸副刊作品二、三等奖。

周尚俊自 20 世纪 90 年代前期开始文学创作以来，一直勤奋有加，未曾懈怠。曾在《青海日报》《青海青年报》《光明日报》《青海湖》《民族经济与社会发展》《文学港》《浙江作家》《延安文学》《西部散文家》《群文天地》等报刊发表散文、报告文学作品。作品入选《2017—2018 青海美文双年选》。已出版长篇报告文学《北山大行动》、长篇纪实散文《乐都人文印象》等。

长达 20 多万字的长篇报告文学《北山大行动》架构宏大，气势恢宏，具有一定的历史纵深感和历史责任感；是真实和真情的融会，是报告与文学的交响，是一部能真正体现报告文学文体特点的长篇报告文学，也是乐都报告文学的代表性作品。

评论家王建民在谈到周尚俊的散文创作时说："我发觉，不遗余力地记录乡村的人文德行，建构一种过往乡村的人文景观，正是周尚俊的创作追求……所以他怀揣笔墨，肩挂摄像器材，不断地上山下乡，还不时组织或掺和进乡间村社的戏班子、社火队、红白喜事、田间地头，去捡拾、临验、体悟那些乡村人文博物馆所需的一情一景，俨然一个古道热肠的老文人的做派。"

周尚俊曾获第四届青海省"德艺双馨"文艺工作者称号、第六届"中国梦·青海故事"征文鼓励奖等荣誉。

郭守先在乐都第二中学读高中时就发起并组织成立了"湟水文学社"，创办《湟水滨》油印杂志，正值青春年少、多梦季节的他和十来个爱好文学的高中同学相聚湟水之滨，以酒酹地，立誓要追念鲁翁，自彼时即踏上一条不归的文学之路，并对追求文学梦想葆有持之以恒的顽韧精神和宗教徒般的虔诚。30 多年来,在《文艺报》《作家报》《中国税务报》《青海日报》《贵州日报》《青海青年报》《西宁晚报》《海东日报》《西海都市报》《河南工人日报》《雪莲》《牡丹》《椰城》《诗神》《奔流》《黄河》《诗江南》《青海湖》《群文天地》《中国土族》《诗歌周刊》《加华文苑》《中国汉诗》《侨乡文学》《时代文学》《文学自由谈》等报刊发表诗歌、评论、随笔等体裁的作品。作品入选《废墟上的花朵——玉树抗震诗歌作品选》《新中国建立 60 周年青海文学作品选·诗歌卷》《江河源文存·诗歌卷》《2009—2018 青海文学十年精选·诗歌卷》《2009—2018 青海文学十年精选·评论卷》《开创文艺评论新风——中国文联第六届文艺评论家高研班评论作品选》《青海当代文艺评论集》等。

郭守先已出版诗集《翼风》《天堂之外》,文集《税旅人文》,评论集《士人脉象》,随笔集《鲁院日记》,文论专著《剑胆诗魂》。曾获全国税收诗词展评二、三等奖,第四届青海青年文学奖、青海文艺评论奖三等奖,第三届全国专家博客笔会优秀奖,《中国税务报》征文二等奖等。

郭守先在诗歌创作、文艺评论及文艺理论研究方面均有建树,尊崇人本主义,倡导锐语写作,作品以思辨性、批评性见长。他的创作极少受流行观念的浸染,既没有无病呻吟的矫揉,也没有追风跟俗的敷衍。他的评论直面文本的妍媸得失,褒贬分明,明快爽利。曾赢得牛学智、李一鸣、刘晓林、郭艳、刘大伟等省内外评论家的高度赞赏。

茹孝宏的文学创作起步较晚,他在《青海日报》文艺副刊《江河源》发表第一篇散文《核桃树》时,已年届不惑,不过其后写作发表都比较顺利。在《青海日报》《内蒙古日报》《中国教育报》《中国教师报》《西海都市报》《青海青年报》《西宁晚报》《青海广播电视报》《环渤海作家》《江海晚报》《鄂尔多斯日报》《海东日报》《青海湖》《黄河文学》《四川文学》《文学港》《华夏散文》《散文选刊·原创版》《中华诗词》《中国汉诗》《天涯诗刊》《文学教育》《金城》《千高原》《东方散文》《文坛瞭望》《群文天地》《诗城文艺》《东北风》等报刊发表散文、评论、纪实文学、旧体诗等作品。作品入选《生命之灯——全国首届"杏坛杯"校园文学大赛获奖作品集》《新中国建立60周年青海文学作品选·散文卷》《〈青海湖〉500期作品精选》《青海美文选》《2013—2014青海美文双年选》《2015—2016青海美文双年选》《2017—2018青海美文双年选》《江河源文存·散文卷》《2009—2018青海文学十年精选·散文卷》《青海生态文学作品选》《中国梦·青海故事》等选本。

茹孝宏已出版散文集《生命本色》《凤凰坐骑》，文化专著《乐都文化艺术述略》等，其中《凤凰坐骑》入选青海省作协编选的第四辑《青海青》文学丛书。曾获全省"三育人"征文三等奖、全国首届"杏坛杯"校园文学大赛三等奖、青海省政府第五次哲学社会科学优秀成果三等奖、青海省政府第六届文艺创作奖、青海新闻奖报纸副刊作品一等奖、中国散文华表奖最佳作品奖、青海省"四个一批"人才、首届"化泉春杯"全国散文大赛优秀奖、《中华诗词》优秀作品奖等荣誉。

关于茹孝宏的散文创作，王建民评价说："在茹孝宏的散文中，我读出个体生命之善之美之慧的传承，哪怕这些传承曾经处于一个人文困顿、令人不安的时代，同时也读出了河湟地域的厚道和贫瘠。从作家的角度说，茹孝宏的散文提出了一种'回去'的方式，一种质朴的方式。带着一颗厚道的心回到从前，你会发现，你待过的时空并非那么不堪，否则，人类怎么能活过昨天。茹孝宏告诉我们：不论世事如何，人性的坚强总会以他的方式散放辉光。"

蓟荣孝在散文创作上专注深情，并有所建树。在《中国教育报》《青海日报》《青海青年报》《青海广播电视报》《散文百家》《延安文学》《散文诗》《青海湖》《粤海散文》《环渤海作家》《青海作家》《雪莲》《中国土族》《华夏散文》等报刊发表作品。作品入选《新中国建立60周年青海文学作品选·散文卷》《青海美文选》《中国西部散文精选·第三卷》《2006 年中国散文诗精选》。

蓟荣孝已出版散文集《流淌的记忆》《湟水夜话》。曾获青海新闻奖报纸副刊作品三等奖、全国散文作家论坛征文一等奖。

蓟荣孝的散文含蓄蕴藉、空灵飘逸、语言典雅、辞采灼灼、耐人寻味。

陈华民一直善于学习，手不释卷，韦编三绝，尤其对地方历史文化谙熟于胸。中年以后博观而约取，厚积而薄发，勤奋创作，硕果累累，尤以长篇历史小说创作见长。自出版第一部长篇小说《大山的囚徒》以来，便激情奔涌，一发而不可收，连续创作出版了长篇历史小说三部曲《河湟巨擘》《南凉悲风》《瞿昙疑云》和《鄯州春秋》。

长篇小说《河湟巨擘》以汉代河湟地区汉羌之间"和战"形势为背景，以赵宽曲折而充满传奇色彩的一生为主线，塑造了赵宽深谙韬略、文思敏捷，并由一名武艺出众、勇冠三军的战将，转而成为博贯史略、通晓六艺的硕儒名士的形象。《南凉悲歌》以历史事件为基础，辅之以传说，演义了南凉王国从建立到覆灭的全过程；表现了南凉秃发氏三兄弟深谙韬略、擐甲执戈的英雄气概，以及他们顽韧的战斗精神。《瞿昙疑云》以明代第二个皇帝——建文帝逊国后的历史传说为主线，穿插一些史料创作而成。小说虽然不以倾心塑造人物形象见长，但主人公朱允炆生性柔弱、优柔寡断、刚愎自用、用人失察而导致逊国出逃、客死他乡的充满悲情色彩的形象清晰可辨。《鄯州春秋》以河湟历史为背景，以鄯州为中心，描绘了隋唐时期河湟大地波澜壮阔的战争场面，叙写了文成公主等几位李唐皇室公主和亲吐蕃与吐谷浑的民族和解事件，也描绘了当时河湟地区纷繁复杂的社会状况、唐蕃关系和人物群相。

谢彭臻是一位学者型作家，善于学习，手不释卷，学习之余偶有所感，则欣然命笔，抒怀论道。曾在《青海青年报》《西宁晚报》《青海湖》《群文天地》等报刊发表评论、旧体诗、散文随笔、短篇小说等。在多个文体写作中，以文艺评论写作见长。丰厚的国学功底，娴熟而高超的语言驾驭能力，使他在文艺评论写作中如庖丁解牛，游刃有余。不仅擅长文学评论的写作，还擅长书画评论的写作。他的评论笔锋老辣，潇洒大气。

索南才旦是第三梯队中唯一一位在青海文坛有影响的藏族作家，以诗歌、散文诗创作为主。曾在《西藏文学》《西藏日报》《西藏法制报》《青海日报》《工人作家报》《长江诗歌报》《西海都市报》《青海经济报》《艺报》《中国土族》等报刊发表作品。出版诗集《桑烟升起的地方》《同行三江源》。

索南才旦的诗歌植根于青藏高原的广袤大地和独特的民族风情，有着深厚的生活积累，精神饱满，内涵丰盈，散发着青藏高原原生态气息。阅读他的诗歌，就像伴随着他的咏唱，领略着青藏高原的奇丽风光，体验着浓郁的民族风情。

许正大以诗歌创作为主，也曾尝试过其他文体的写作，但以诗歌创作成绩为最突出。在《青海日报》《青海青年报》《西海都市报》《诗词报》《青海湖》《雪莲》《农民文摘》《中国土族》等报刊发表作品。作品入选文集《青稞与酒的记忆》《2009—2018青海文学十年精选·诗歌卷》、诗歌合集《俄日朵雪峰之侧》。已出版诗集《蓝色的梦》《心灵花朵》。曾获九三学社中央委员会征文优秀奖。

许正大的诗朴素晓畅、真切自然，他眼前的普通事物都能构成诗歌意象，看似随口道来，无雕琢之痕迹，却意蕴丰厚，耐人咀嚼。

李积霖作为书画家，结合书画创作与研究，书画评论写得风生水起，活色生香。偶尔也写散文。已在《青海日报》《海东日报》《群文天地》《文坛瞭望》《邯郸文学》《海淀文学》及青海《党的生活》等报刊发表评论、散文作品10万多字。

徐存秀（笔名秀禾）是乐都女性写作群体中的佼佼者，多年间在文学的田野上默默耕耘，专心致志，心无旁骛。在《青海税报》《青海湖》等报刊发表小说、散文等作品，以小说创作成绩为最突出。她发表的中篇小说《斑斓的夏季》(《青海湖》杂志 2009 年第 7 期)，受到青海文坛关注。已出版中短篇小说集《斑斓的夏季》、散文集《长发情愫》。

李天华以散文随笔创作为主，也写诗歌，部分作品与本职工作语文教学有密切联系。在《西部散文家》《中国土族》等报刊发表作品。已出版教研随笔集《品读经典》、散文随笔集《人文探究》、诗集《故乡与远方》。曾获全省"师德、师风、师品"征文一等奖。

李天华的教研随笔集《品读经典》是对经典课文思想意蕴、精神内涵和审美价值的解读和诠释，是一本具有教研价值的随笔创作，也是一本富有随笔情趣的教研成果。

应小青是第三梯队中一个特别的存在。出生于 1985 年的她少年失聪，从乐都六中（现海东市凤山中学）高二退学后，辗转至青海省特殊教育学校就读美术中专班。为感谢南京爱德基金会捐赠助听器，她写的一封感情真挚的感谢信被记者发现后，整版刊登在《西海都市报》上，感动了许多人。此后的二十多年间，应小青笔耕不辍，先后在《西海都市报》《海东日报》《知音》《知音·海外版》《好日子》《博爱》《家庭百事通》《莫愁·智慧女性》等报刊发表了近百万字的纪实特稿和散文，其中多篇散文堪称美文。

应小青 24 岁如愿加入青海省作家协会，28 岁被中国红十字会旗下的《博爱》杂志聘为特约作者，被《知音》杂志陈清贫写作文化培训学校聘为指导教师，线上授课。她创作的歌词《何不快乐》荣获全国音乐少儿大赛金奖；散文《借你耳朵听世界》荣获中国政法大学征文比赛三等奖，该文被数十家报刊转载。

应小青作为青海省优秀的青年作家，于 2021 年被推荐参加了由中国残联和中国作协在上海举办的第二期全国身障人士文学研修班，她用智能电子设备聆听知名作家潘向黎、王蒙之子王山、《青年文学》杂志主编张菁等老师的精彩授课，并受到中国残联吕世明副主席的亲切接见和勉励。

以上这些第三梯队的骨干作家显示出了强劲的创作势头，并形成了以王建民、周存云、郭守先、李永新、索南才旦、许正大为代表的诗歌创作中坚力量，以马国福、余聪、周存云、周尚俊、茹孝宏、蓟荣孝、李天华、应小青为代表的散文创作中坚力量，以王建民、余聪、李明华、陈华民、徐存秀为代表的小说创作中坚力量，以郭守先、王建民、谢彭臻、茹孝宏、李积霖为代表的文艺评论创作中坚力量，以周尚俊、李明华、应小青为代表的纪实文学创作中坚力量。他们在青海文坛都占有一席之地，并产生相应影响，在乐都文学发展史册上也写下了光辉的篇章。

第三梯队中除以上这些骨干作家外，在公开报刊发表作品较多的还有徐文衍、李积祥、张永鹤、蒲永彪、王宝业、辛元戎、祁万强、巨月秀、陈芝振、董英武、熊国学、赵显清、权文珍、辛秉文、谢保和、林倩倩等。其中徐文衍出版文集《心灵霁光》，曾获青海日报"回眸二十年"征文三等奖；李积祥出版诗词集《河湟涛声》，曾获青海诗词大赛一等奖、《今古传奇》征稿优秀奖；张永鹤曾获全省"师德、师风、师品"征文二等奖；陈芝振出版汉碑碑文（散文）研究专著《〈三老赵掾之碑〉释》；董英武出版文集《文明的追寻》；熊国学获青海日报周末版头题征文三等奖；辛秉文出版《青海舞蹈史研究》；谢保和出版诗集《乡间行吟》；林倩倩出版散文集《水落在远方》。还有张银德、马英梅、李万菊、铁生玉、权永龙、范宗保、熊国谦、盛国俊、李天林、郭常礼、王以贵、熊增良、马忠麟、巨月秀等也坚持写作，并发表了不少作品。他们为乐都文学百花园增添了更加多样的色彩。

另外，在全国新文艺群体崛起和发展势头锐不可当的大背景下，除上文说过的余聪外，乐都的一大批网络写作者也应运而生、渐渐成长。他们年龄多在 50 岁以下，其成员主要有朱丹青、李巧玲、张长俊、赵玉莲、李桂兰、李炜、贾洪梅、袁有辉、杨春兰、应小娟、盛兆寿等。他们中的大多数先在一些网络平台发表作品，磨砺笔锋，然后再向纸质媒体投稿，如朱丹青、李巧玲、张长俊、赵玉莲、李桂兰、李炜、袁有辉、贾洪梅、杨春兰时有作品见诸报刊。

朱丹青（本名朱琴玲，女）是乐都网络写作者中最突出的一位。她除在《青海日报》《青海湖》等报刊发表多篇散文作品外，于2016年12月创办微信公众号《青海四月天》，并担任该公众号主笔。已在《青海四月天》发表散文《消失了的年味》系列、《那片长满荆芥的故土》、《〈方四娘〉——一首流传在河湟地区的悲情绝唱》、《哭冤家——一场永无应答的对话》、《青海人的大月饼》等原创散文400余篇，共计50多万字。20万字的长篇小说《邻家有二凤》于2003年在全球华人网上家园《天涯论坛》连载。20多万字的长篇小说《湟水河边流走的光阴》正在《青海四月天》连载。

李巧玲（网名远方，女）也是乐都网络写作者中成绩突出的一位。他在乡村耕作之余从事散文创作，除在《海东日报》《中国土族》《群文天地》《瀚海潮》等报刊发表作品外，在《青海读书》《西海人文地理》《香落尘外》《昆仑文学》等公众号发表作品。已出版散文集《樱桃花开》。曾获《青海读书》2020年十佳"好作者奖"、《青海读书》2021年十佳"新锐奖"。

从时段上说，乐都的网络写作者群体也可看作乐都作家的第四梯队。但除朱丹青、李巧玲外，第四梯队中尚未出现其他代表性的作家和比较厚重的作品。欲承第三梯队文学创作之成就，开拓乐都文学事业美好之未来，第四梯队写作者任重而道远。

综上所述，乐都数千年文脉绵延不辍，不仅源远流长，且具有独特的边塞风骨和地域特色。尤其是1949年以来，乐都本土作家层出不穷，不断取得新的创作成果，虽不敢言说硕果累累，但可谓果实甘饴，回味无穷……

2022年3月29日

后记

　　《乐都文学丛书》的诞生，动议于 2020 年终岁尾。那是 12 月的某一日，我在乐都作协年会上，向区文联提出编纂出版《乐都文学丛书》的建议，区文联李积霖主席态度爽快，说这是一件大好事，定当勠力同心促成之。2021 年春节过后，即以区文联与作协的名义给区政府、区委宣传部分别呈送了编纂出版《乐都文学丛书》的报告，领导们研究同意后，在区委宣传部领导的指导下，即于当年 6 月正式启动编纂工作。

　　先是制订编辑方案，确定诗歌、散文、小说、纪实、评论各分卷编辑，然后进入组稿和编选环节。

　　这是乐都历史上第一次以选集的形式编纂出版文学丛书，因此发出的《征稿通知》中对应征稿件的时间范围自然放宽了一些，即编选"改革开放以来，尤其是近十年以来在公开报刊上发表过的作品"。为力争体现收选作者作品的全面性，避免缺漏和遗珠之憾，既编选乐都籍作者的作品，也编选外籍作者书写乐都、情系乐都的作品。

　　起初，拟对一些散文大家的作品多编选一些，并在向他们约稿时说明了此意。这源于我已经掌握有三位外籍散文大家均发表过两篇书写乐都的散文，乐都籍的散文大家发表书写乐都的散文则更多。结果特地约稿的几位大家大多只来稿一两篇，而其他多数应征作者的来稿都在两篇以上，有的多达四五篇，来稿总量之多，令我惊讶、惊喜。但受客观条件所限，该丛书的总字数必须控制在 170 万左右。据此，最终决定散文卷每位作者只入编一篇，并保持着优中选优、佳中选佳的态度，面对大量来稿，着实做了一番披沙拣金、掇菁撷华的工作。

鉴于乐都评论作者较少，征稿时未限定篇数。结果来稿量也很大，且作者多为省内评论大家，只是作者数量相对较少，倘若每位作者只入编一篇，显然不足一本书的体量。全部入编，评论卷体量过大。最终每位作者的来稿或删减一二，或删减二三，多数稿件则予以保留。因此该丛书中，评论卷体量稍大一些。小说卷中，每位作者的来稿或入编一篇，或入编两篇；诗歌卷中，多数作者的来稿入编若干首，少数作者的来稿只入编一二；纪实卷中，来稿多则入编得多，来稿少则入编得少。总之，各卷的选稿在注重文本品质的前提下，还综合考虑了多方因素。之后，除评论卷按被评论的体裁、诗歌卷兼顾体裁和内容分设若干栏目外，其他三卷均按内容分群归类，分设若干栏目。各卷均以其中蕴含该卷综合审美价值的某篇篇名作为书名。我们做完这些初步的编选工作后，根据青海人民出版社的三审意见，两次对各卷的少量稿件又进行了删减或替换。

该丛书编纂过程中，虽有劳心劳力之苦，但也屡屡唤起我们的敬意和感动，并在这种敬意和感动中不断汲取力量砥砺前行，不断增强做好此项工作的责任感和使命感。这除了源于我们阅读到广大应征作家或文字锦绣、或内蕴深邃、或视角独特、或情感丰沛、或书写真诚的各种体裁的作品外（当然许多作家的作品兼具多种优点），还源于广大作家的大力支持和热情配合。省垣作家王文泸、马钧、刘晓林、葛建中、唐涓、邢永贵、刘大伟、李万华、阿甲、张翔、冯晓燕，海东作家张臻卓、张扬、雪归，乐都籍作家王建民、周存云、李永新、马国福等均在第一时间发来大作。其中马钧先生某日凌晨4时起床，于6时左右将一篇曾发表过的评论稿改定后发到我邮箱里，然后匆匆盥洗用早膳后，驱车赴乐都采访该区的书法之乡活动开展情况。葛建中先生赴外地出差期间，背着笔记本电脑在所下榻的酒店里秉烛通宵，整理、修改完曾发表过的数篇稿件发到了我的微信。我向乐都籍老作家李生才电话约稿后，李生才先生花一两天时间翻箱倒柜，找出40年前发表他小说的数本《青海湖》杂志，当我和区文联李积霖主席赴西宁他的家里取那几本样刊时，他和老伴以耄耋之身准备了一桌子丰盛的菜肴，盛情款待我俩。凡此种种，不再一一列举。

编纂该丛书的初衷是回顾、梳理和展示改革开放以来，尤其是近十年以来乐都文学的创作成果，以使读者约略洞见乐都文学创作状况，触摸文学队伍薪火相传、新老交替的脉搏，了解乐都写作队伍的现状。另外，为使读者更好地了解乐都文学的发展脉络和乐都文学的方方面面，丛书中还特地收编了笔者撰写的《源远流长 花繁叶茂——乐都文学概述》一文。我们诚望乐都本土的文学写作者和文学工作者也能窥见自身的不足和隐忧，从而补足短板，强化弱项，开启乐都文学更加美好的明天。

五卷本《乐都文学丛书》，洋洋170多万言，可谓卷帙浩繁；编纂出版这样一套丛书，可谓工程浩大。当完成全部流程，即将付梓之际，终于如释重负了。

特别感谢青海省文联党组成员、副主席，省作协主席梅卓拨冗作序！

特别感谢乐都区委、区政府领导的大力支持！

特别感谢海东市文体旅游广电局的大力支持！

特别感谢乐都区委常委、宣传部部长丁生文花费大量心血并作序！

特别感谢乐都区文联主席李积霖花费大量心血！

特别感谢青海东方全力房地产开发有限公司董事长俞涛慷慨解囊！

感谢青海人民出版社总编辑王绍玉精心谋划，以及编辑二部编辑们付出的辛勤劳动！感谢青海德隆文化创意有限责任公司总经理张芳平的倾情助力！感谢乐都作协编辑同仁们的鼎力襄助！感谢所有支持、关心这套丛书出版的领导和朋友们！

如前所说，有几位知名作家应约投来两篇或两篇以上散文作品，因体量所限，只入编了一篇；有的作家、作者投来的某种体裁的作品，因特殊原因而未能入编。对此，只能举揖致歉了！

茹孝宏

于壬寅虎年孟秋